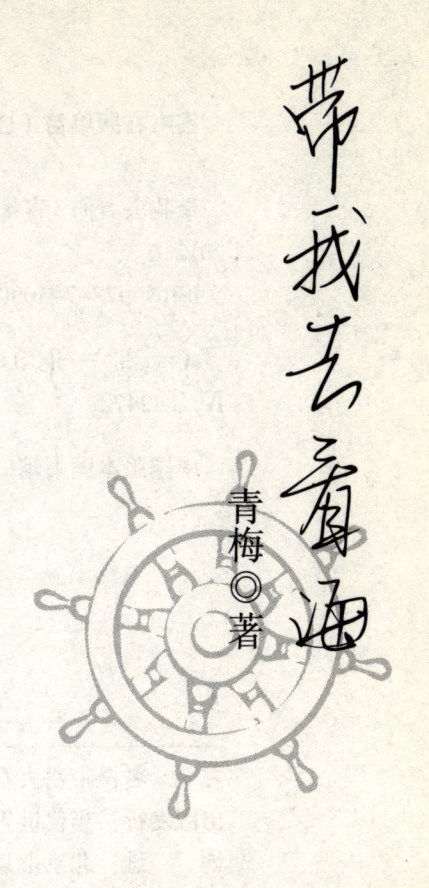

带我去看海

青梅 ◎ 著

当代世界出版社

图书在版编目（CIP）数据

带我去看海 / 青梅著. —北京：当代世界出版社，2012.6
　　ISBN 978-7-5090-0836-2

　Ⅰ.①带… Ⅱ.①青… Ⅲ.①长篇小说—中国—当代 Ⅳ.①I247.5

中国版本图书馆CIP数据核字（2012）第078066号

书　　名：	带我去看海
出版发行：	当代世界出版社
地　　址：	北京市复兴路4号（100860）
网　　址：	http://www.worldpress.com.cn
编务电话：	（010）83908456
发行电话：	（010）83908410（传真）
	（010）83908408
	（010）83908409
经　　销：	全国新华书店
印　　刷：	北京紫瑞利印刷有限公司
开　　本：	710毫米×1000毫米　1/16
印　　张：	19.5
字　　数：	350千字
版　　次：	2012年6月第1版
印　　次：	2012年6月第1次
书　　号：	ISBN 978-7-5090-0836-2
定　　价：	32.00元

如发现印装质量问题，请与承印厂联系调换。
版权所有，翻印必究；未经许可，不得转载！

目 录

001　第一章　　当你看海你会想起谁
006　第二章　　亲爱的，那不是爱情
012　第三章　　谁毁掉了那半个初恋
018　第四章　　转角遇到你，蜜糖还是毒药
023　第五章　　姐弟恋靠谱吗？
028　第六章　　拒绝还是开始，这是个问题
034　第七章　　酒壮怂人胆
039　第八章　　谁说我不在乎
044　第九章　　我是真的喜欢你
049　第十章　　生日要怎么过才惊喜
054　第十一章　有啥别有病
059　第十二章　我是个懦弱的男人
064　第十三章　为了爱情你肯放弃多少
069　第十四章　谁是你的保姆
075　第十五章　都是我的错
080　第十六章　群众的眼光也未必是雪亮的
085　第十七章　不要和陌生人说话
090　第十八章　备战大证考试（上）
095　第十九章　备战大证考试（中）
100　第二十章　备战大证考试（下）

106	第二十一章	好女不嫁海员
112	第二十二章	我们能不能不分手
117	第二十三章	爱比不爱更寂寞
122	第二十四章	我要上大船
128	第二十五章	陪君醉笑三千场（上）
131	第二十六章	陪君醉笑三千场（中）
134	第二十七章	陪君醉笑三千场（下）
136	第二十八章	未来肯定不是梦
142	第二十九章	拿什么送给你我的爱人
147	第 三 十 章	我要让你记住我
152	第三十一章	爱你，爱到不怕死（上）
155	第三十二章	爱你，爱到不怕死（中）
160	第三十三章	爱你，爱到不怕死（下）
164	第三十四章	幸福是筷子头上的肉丝（上）
168	第三十五章	幸福是筷子头上的肉丝（中）
172	第三十六章	幸福是筷子头上的肉丝（下）
176	第三十七章	告别的时代
181	第三十八章	我不想说再见
187	第三十九章	孔雀东南飞
193	第 四 十 章	你不要哭，这样不漂亮（上）
196	第四十一章	你不要哭，这样不漂亮（中）
199	第四十二章	你不要哭，这样不漂亮（下）
203	第四十三章	公主复仇记
207	第四十四章	试着习惯没有你的日子

211	第四十五章	踏上征程
216	第四十六章	你知道我在等你吗？（上）
219	第四十七章	你知道我在等你吗？（中）
223	第四十八章	你知道我在等你吗？（下）
227	第四十九章	休斯敦之殇（上）
231	第 五 十 章	休斯敦之殇（下）
236	第五十一章	背叛才是不可抗力
240	第五十二章	有多少爱可以胡来（上）
244	第五十三章	有多少爱可以胡来（中）
248	第五十四章	有多少爱可以胡来（下）
253	第五十五章	站在回忆的十字路口
257	第五十六章	万般皆是命，半点不由人
263	第五十七章	谁都有秘密
267	第五十八章	听说她爱你
272	第五十九章	天使也会变魔鬼（上）
275	第 六 十 章	天使也会变魔鬼（中）
278	第六十一章	天使也会变魔鬼（下）
283	第六十二章	往事风干来下酒
287	尾　声	
289	番外篇之人物内心独白	
296	后　记	
298	读后感（一）	
300	读后感（二）	

第一章　当你看海你会想起谁

海阔天空，一路是蓝。

这天能见度很不错，站在甲板的萧楠顺着水天线往远处眺望。大海茫茫，没有尽头。

抬头看天，没有一丝云彩的蓝色背景，美得就像一页童话。

追在船尾的海鸥一直在她头上打着转，婉转低回地叫着。

风呼呼地直拍萧楠的脸颊，这是个有些微凉的初夏清晨。船上的其他旅客都还酣睡着。

只有萧楠在看完了海上日出后趁着精神劲儿一直待在甲板上不肯回到房间。

她这次出来是被单位派到日本去培训。

这种机会本来是轮不到她一个刚走出校门不到两年的黄毛丫头的。

主管恰巧是高萧楠几届的校友，看萧楠有点日语基础，就把萧楠派出了国去学习学习。临走时同事还笑着打趣，"人家出国都是坐飞机风风光光的，多有气派。你可好，选择慢吞吞地坐船。敢情这真的是要'东渡日本'啊。"

萧楠笑着说，"这不是节约成本吗？"

"咱年轻，有的是时间。"

说是这样说，其实选择坐船是出于萧楠的私心。

这片蔚蓝的海，是萧楠儿童时代的美好，少年时期的抚慰，青春岁月的牵挂。

从小在海边长大的萧楠，是个对海有着特殊情结的姑娘。

每当心情浮躁的时候，看到蔚蓝博大的海，闻到熟悉的腥咸的海风，听见海浪拍击着岩石的声音，就会有种说不出的安定。

与海牵扯不断的缘分，也许是从她小时候抓到的第一只小螃蟹开始的，也或许是从她读过的第一个童话《海的女儿》开始的，这都不重要了。

重要的是，萧楠爱看海。因为海的浪漫或博大。深情或纯粹。

我们无从知道是因为萧楠青涩时代一直喜欢的男人江海阳是个海军从而更爱这蔚蓝的海。还是因为喜欢这片海，后来选择了海员丁一凡作她的大学恋人。但这又有什么关系呢。感情的事从来说不清楚。

反正，我们的女主人公萧楠是个骨子里有着浪漫因子甚至到了无可救药地步的家伙。

"这位小姐，甲板风大，小心着凉。要是想继续吹风，那就披件外套。"

萧楠转头看了看跟她说话的这个年轻男人。年轻男人戴着茶色的墨镜，笑起来有点玩世不恭的意思。阳光里透着那么点坏。听声音，很是熟悉。却不敢马上认出是谁。

"谢谢你，我不冷。"

"莫不是姑娘有什么心事，可不要寻短见。人生挺美好的。"

"开什么玩笑，我回去就是了。"

"且慢，你把我当成喜欢跟漂亮姑娘搭讪的流氓了，是不？"

"……"

"你不觉得我们在哪里见过吗？"

"……"

"萧大才女，你真把我忘记了啊，当年社团招新，你让我画海鸥结果我画了一只老鹰，被你踢出局的那个？"年轻男人摘下墨镜定神看着萧楠。

"程小东！是你？天哪，我怎么没认出来你。"

"我都盯你大半天了，就觉得也就只有你能看海看得这么出神了。怎么了，楠姐，你这又是在为谁牵肠挂肚呢？丁大帅哥又惹你了？还是你现在心里依旧没放下那个江大帅哥啊？两年不见，你是真的一点都没变，反倒是越来越像个大学生。瞧你这打扮，背带裤，帆布鞋。咋一点都市白领的气质都没有啊。"

"去，少跟我贫。山不转水转，水不转人转。我怎么走哪儿都能看着你。"

"要说我是真的佩服楠姐。出国都要坐着船浪漫地漂。只是这么多年还是这么个倔脾气。看起来还是像只会扎人的刺猬。我说刺猬姐姐，别老跟自己过不去啦。人生就那么几十年，开心也是一辈子，难过也是一辈子，何必自寻烦恼？"

"谁烦恼了，哪凉快哪待着去。"

萧楠嘴上看似很反感，心里却很感激上天给了她这个机会，让她在这条船上遇见了丁一凡的同院不同系的师弟程小东。也是她在大学里唯一交心的一个异性朋友。

"说吧，你咋也坐船出国了？不是上咱校研究生了吗？"

"楠姐，这次俺是为了俺伟大的爱情，不远千里远渡重洋，给她一个惊喜，俺豁出去了。"

"哟，这可真没看出来。就冲着这点，你就挺有我遗传基因的，哈哈。对，敢爱敢恨，姐支持你。"萧楠忽然像是回到了大学时代。

"对了，楠姐，现在你和他还好吗？"

这一句问下去，空气似乎有点凝固了。

萧楠一下子回忆起曾经的一幕。

那该是她萧楠临毕业的时候吧，丁一凡已经提前毕业出海实习去了。

当时是在一家叫作小四川的饭店，很多海大学生喝酒聚餐总是首选那里。萧楠这样的女孩即使在海大读了四年书，若不是认识这帮商船学院的男生，她是不会知道学校附近还有这样一家饭店的。

"祝愿姐的以后前途一片光明，回到家后也要偶尔想想我这个弟弟啊。"

透明的玻璃杯撞击，萧楠将杯里的啤酒一饮而尽。

她好像很久没这么喝过酒了。尤其在丁一凡出海之后。

萧楠再次把啤酒斟满，程小东拦下。

"姐，你意思一下就好，剩下的我喝吧。"

萧楠于是不再逞强。她把酒杯放在手里把玩了很久，笑了。

"弟，以后姐想来上海了，还找你。咱再好好地喝一次。"

"行，没问题，只不过以后咱海大拆迁后就不在这里了。姐回来，有些记忆就不在了，是不是？"

程小东的话让萧楠叹了一口气。

空气有些沉闷。两个人静静的都不再说话。只听见邻桌正在聚会的一群男人在高谈阔论。

那群男人应该也是海大毕业后出过海刚回来的海员。隐约听到他们在吹牛和攀比自己上过的船吨位有多大。桌上堆了很多空的啤酒瓶。

萧楠看着头有些晕，她忽然觉得眼前的一切那么不真实。

眼前这个叫她姐的年轻男孩，已经被保送上了本校的研究生。这顿饭，是程小东在给她践行。

"弟，说点有意思的给姐听听，调节一下尴尬的气氛嘛。"

"嗯，姐，这次我们去釜山，下船后有个小子特别搞笑。他说，永别了，我亲爱的校船。被船长骂惨了。船长说，可以说再见，也可以说再会，但是不能说永别。哈哈，忌讳多吧。还有，比如说我们在船上吃鱼，是绝对不可以翻过来的。至于如果遇到姓陈或者成的船长，千万不能叫他们陈船，不然……。那我以后万一毕业了也去跑船,万一一不小心升到了船长。他们不就不能叫我程船长了吗?郁闷哦……"

萧楠认真地听着,内心有点矛盾。她其实挺想知道更多与这个行业有关的东西,可是,又有那么一点不想知道。

认识程小东,是个意外。或者就像程小东说的,是跑不掉的缘分。

从那次竞选失败后,程小东仿佛总是会遇到萧楠。在图书馆,在自习室,在食堂,在她宿舍门前的水果摊子。曾有一度,萧楠觉得程小东像是盯上她了,或者更像是看上她了。程小东在校内网上找到萧楠,"会刁难人的刺猬姐姐,加我吧。"然后一个很可爱的笑脸。

也不知道程小东怎么问来萧楠手机号的。他总是有事没事地发短信给萧楠。

"刺猬姐姐,你今天穿的是紫色衣服,中午在二食堂看到你了。旁边没有丁大帅哥哦,一个人吃的可真少。"

"刺猬姐姐,你今天心情看起来不是很好,一个人跑到篮球场发什么呆?"

"刺猬姐姐,我们学院楼外面第三根路灯下有花开了,很好看。你知道那是什么花吗?那叫彼岸花。"

萧楠对丁一凡提起,有个男生好像对她有那么点意思。丁一凡有次还特意在上课前打电话挺紧张地说,"怎么,你这么快就要移情别恋了?说,他是谁?怎么着?航海系的小子想要挖墙脚?!"萧楠其实是故意的,她知道她和程小东应该不会有什么。但是看起来一个暑假过去,丁一凡就变得对她很放心了。再也不像从前那样小心翼翼地维系着他们的感情。她想到了这一招,看看丁一凡是不是还在乎她。

女孩总是这样,好像非要凭空或者想方设法创造出一个情敌来,才会让自己的男朋友倍加珍惜。萧楠也不例外。好在提起程小东这个无厘头的小子,丁一凡有点紧张的意思。

程小东其实是有过女朋友的,或者说,是有心仪的女孩的。只不过一个暑假的折腾,两个人就一拍两散。那是程小东的初恋,对于外表装作玩世不恭内心却把感情当作神明一样膜拜的小东来说,那颗刚发芽的爱情种子就突如其来莫名其妙地被一场暴雨淹死了,确实是一种比较大的打击。被打击过后,程小东就开始了"花心"的生涯。

谁知道他第一次想"花心"却遇到了萧楠这只刺猬。

在研究了一阵萧楠的特点之后,在和萧楠半开玩笑到半认真严肃地聊天接触之后。程小东发现，萧楠是个内心有着复杂故事的女孩。更重要的是，程小东知道，萧楠有种特别的气场。那种气场就像是恐怖片里的怨念，再没心没肺的人，只要受到这怨念的影响也会变得有些忧郁。程小东有点佩服这个有着强大气场的女孩。慢慢的，那个想花心的邪念就渐渐变成了对萧楠的欣赏。

萧楠对程小东说，"初恋啊，把它埋起来也好。谁可能第一次恋爱就成功？像你这种暗恋或者没有太怎么开始就结束的恋爱最美了。别去恨她，也别刻意忘记她，以后你会只记得她的好的。"

听到萧楠跟程小东说这些，程小东就知道，这个萧楠肯定是经历过什么类似的事，让她有这么多感慨。于是问，"你是不是在丁大帅哥之前有过类似'最美的恋爱'经历？"

萧楠倒也不知道怎么就和这个程小东说起那段最美的故事来。两个人聊着聊着，一来二去竟成了莫逆之交的知心好友。时下有个说法叫蓝颜知己。萧楠总是不喜欢这个词，她喜欢把不是爱情但是却比友情更珍贵一点的感情变为亲情，所以她把程小东认作了弟弟。

第二章　亲爱的，那不是爱情

　　萧楠很少跟朋友提到她内心深处的这段最美好的青涩恋情。或者说，那只能算是半个恋情。哪怕是当初跟丁一凡交代过去的一切，也会藏一半留一半。可是对于程小东，她说起这段青涩的感情总是饱含着深情。

　　萧楠的大学，男女比例确实严重失调。不夸张地说，绝对的狼多肉少。刚进大学的时候，她的父母十分放心，因为这学校绝对秉承着半军事化管理的光荣传统。早操，晚点名，不许夜不归宿，每天晚上11点宿舍楼下的大门就肯定紧紧关闭。所以即使大学远在家乡千里之外，老爸老妈也不担心他们的宝贝乖女儿会被哪个无良的浑小子拐走。而萧楠更是下了军令状般的誓言，大学里绝不恋爱。并很冷静而理智地分析，大学里的爱情都是不切实际和虚无缥缈的。谁都知道，毕业后就要一起失恋，谁都知道，离别的歌一唱，马上就天各一方。

　　不要觉得这妮子是真的心如止水。那不过是因为她心里一直有个名字而已。

　　江海阳。

　　江海阳是初中高萧楠两届的学长。第一次他们见面是在校合唱团的汇报表演上。演唱曲目应该是那首《大海啊，故乡》。领唱的江海阳穿着学校发的白衬衫，笑起来露出很整齐的牙齿。现在回忆起来，萧楠觉得听他唱歌的记忆好久远，模糊得让她近乎于忘记。只记得那声音很是干净。在那个年龄段的男孩子因为变声又不怎么注意保护嗓子，都难听得像公鸭。正因如此显出了他的特别。

　　一直以来两个人就像是两个轨道里运行的行星，没有交集。偶尔注意到这个人，也是来自身边的女生私下里的八卦和评头论足。

　　直到有天萧楠莫名其妙地被推进那个合唱团中滥竽充数。

　　每次排练，江海阳都会很认真地挑选歌曲和教大家练习。他总是不记得她的名字。若是她犯错误，他就会半皱着眉却似笑非笑地对她说，"嘿，那个丫头，你想什么呢？"还从来没有一个人敢叫萧楠，那个丫头。

　　而在他的眼中，她也确实只是个普通的丫头。连名字都不屑于被记住。

　　她清晨上学时总会遇到他，匆匆路过。不说一句话，甚至，没有微笑。因为初中的萧楠胆小而自卑，主动示好在那样的年纪里根本就是个不可能完成的任务。

学期末，偶然间萧楠被老师叫到办公室整理学生档案。那时的档案用的还是小学的照片，一张张翻过去。居然看到江海阳的，实在有趣，因为完全不像。萧楠笑得很夸张，这不就是个小女孩么，哈哈，一个男的用漂亮去形容终究是有些奇怪的。而漂亮这两个字用到那个时候的他身上，也许刚好合适。

后来再遇到背后议论江海阳的女生，萧楠都会很不屑地加上一句："你说他啊，一个长得像女孩儿的男生，有啥可喜欢的？你们不知道吧，他小时候的照片可娘着呢。"

当时萧楠并不知道，青春期里的女孩子，越是装作不在乎，心里就是越在乎。其实她很在乎这个被众多女孩暗恋的家伙居然总是不记得她的名字。他每次都是丫头丫头地叫着，甚至称呼往往是，喂，嘿，那个谁。却从来没有被他叫过一声，萧楠同学。

有次合唱团的同学集体罢工不想排练了。江海阳忽然说："大家在排练厅里玩捉迷藏吧。"于是一帮半大孩子就真的玩起来。玩着玩着就渐渐放肆了。不知是谁先起了个头，开始互相泼水。江海阳也不知是有意还是无心，泼到了萧楠的衣服上。本来萧楠很想发作，但看到江海阳无辜的笑容，竟然完全发不出火来。

"丫头，别总板着一张脸。生活多美好啊……"

直到多年后萧楠才知道。

她已经不知不觉在那一个单纯透明的年纪喜欢上了这个有着明媚笑容的男孩子。

很多次，萧楠一个人躲在角落里偷偷看江海阳倚在学校看台的栏杆专注地望着操场上进行正酣的足球比赛。夕阳橘红色的影映在他那张还显着稚气的脸上，嘴角轻扬刚好完成一个很好看的弧度。那一刻，阴郁的心情一下子就因此变得晴朗起来。感觉就像是宁静的夜空忽然看到灿烂绽放的焰火，那么闪亮。

夏天一过，江海阳毕业了。

萧楠哭得很伤心，为无法再看到那样的笑容而伤心。

好在在那个年代，虽然没有手机短信，邮政事业却异常发达。

清冷的冬，萧楠搓着冻得通红的手，在雪白的信纸上写下了他的名字。那是她第一次鼓足勇气写信给一个男孩子。尽管信上的内容不过是些寒暄问候的话。

慢慢的，两个人就变成了笔友。天南海北地闲聊，互相鼓励着前进，日子飞快地过。每次接到信的萧楠，都会像从前看到他的笑容一样开心。

在那一个时期，萧楠几乎能背下他写过的每一句话。其实也不过只是浅浅的祝福与关心。深知那样的沦陷无可救药。萧楠只好反复对自己说。我只是想作他的朋友而已。朋友，只是朋友，就已经足够。

很多时候，萧楠在自习课上写信给他。信纸一张张写完了就背扣在桌子上。有风从高高的窗户里吹过来，哗啦啦掀起一角。同桌那个戴着圆眼镜胖乎乎的男生总会问，"你怎么有那么多话要写。"而萧楠总是笑而不答。

萧楠会频频地跑到校门口的小信箱等他断断续续的回信。看他短短地描述他的高中生活，依稀还有些初中幽默风趣的影子，于是看完信还会傻乎乎地笑。

为了能让这种通信持续下去，萧楠忽然变成了一个问题大王。八卦得简直可以和当前的娱记有一拼。江海阳呢，依旧好脾气地回答着。

他说他喜欢GIGI的漂亮、周杰伦的才气、爱尔兰的草地森林和湖水天空，他说期末考试快到了要加油不要再写信分心了，他说他们班都最喜欢阿根廷队，他说外号恐龙的女生欺负他，他说他忙着自己的私事，他说未来的日子谁也说不准，现在要努力做到最好，他说你也要努力呀，要多交朋友，朋友多了快乐自然就多了，他说看你的文字真的很开心，他说认识你这个朋友真的很难得，他说，他说……他没说，其实那段日子他有个活泼外向的女朋友。

萧楠坐在学校外面的栏杆上，两条腿晃来晃去，看着他寄来的照片。照片里的他依旧浅浅地笑着，好像胖了一些。

彼时，好友看到了信中的照片。问，他是谁？没等回答，朋友就自问自答了。你哥哥吧。眉眼中不知哪里相似呢。萧楠无语。心想，他终究还是变得难看了。何时竟然和她眉眼相似，又自己去问自己，其实不是外表相似，或许内心的某个部分，他们是那样相似，但不知道他察觉了没有。

那是一场多么无畏和徒劳的暗恋啊。就是那样的暗恋，装点着她灰白色的青春。整个中学时代，他们断断续续地做了两年多的笔友。清高的萧楠在优秀的中学里没有像其他女孩一样开始自己青涩的爱情。

毕竟江海阳的特别，一直在萧楠的心中根深蒂固。

那个记忆中的江海阳，会把每一本发下来的书用牛皮纸包好。书包或者兜里永远有洗干净的手绢，后来则是换成纸巾。他会说很多好玩的笑话，逗她笑，然后自己却故意忍住不笑。他会把她弄坏的文具都奇迹般地修好，再也不用麻烦老爸。他会在她笨手笨脚地在一旁看男生运动时挡下可能会伤到她的篮球。他高兴的时候会哼唱情歌，尽管不是为她。他会跟她借新买的杂志，并且会告诉她哪一篇最好看。他会对她说，不要沉迷于业余爱好，要专心学习，这样才能在考大学时考到大城市，去见大世面。他对她说，以后，他想去上海，毕竟上海是全国最大的城市。

所以萧楠发誓要考上江海阳所在的重点高中。然后，再考到和他同一城市的大学。

在江海阳高三的时候，他们的通信因为高考的复习课业繁重而终止了。此后便没了联络。

每次学校周一升国旗，望着旗杆想象着他曾在国旗下讲话时的语气和声调，萧楠都会淡淡地笑起来。那样一个优秀的男孩子，会去哪里实现他的梦？会去他说的繁华的大都市吗？每每想到这里，萧楠都会加倍努力地学习，或者说只有加倍的学习，才能忘记曾经虚幻的不真实的记忆。

人们都说，心里有个人，即使他不在你的身边，你也不会觉得孤独。

萧楠从来不敢问任何人，江海阳高考后到底去了哪里。于是就在心中默认，他一定考取了上海某重点大学。

得知江海阳后来考取了本地军校的消息。

那个时候的萧楠已经报完了高考志愿。几乎所有可以能够填报的外地学校都在上海。

拥有一个漫长的暑假，百无聊赖的萧楠成天把自己挂在网络上。

就是在那个漫长的夏天。江海阳，再次出现了。

在qq的那一端，江海阳无法看到那一句"是我"的身份验证出现时，萧楠惊喜的表情。他们像从来没有失去联系的那样笑说从前。

"真的，这么多年来能说这么多话，似乎只有你……"

"丫头，高中时候你恋爱过吗？"

"没人喜欢我。我长得难看，又喜欢每天板着一张脸。"

"我才不信。你是不好意思说吧。肯定有小男生总想请你吃饭，对不对？"

"嘿，还真被你猜中了。是有个人总想请我吃饭。不过，是想要我帮他给别的小姑娘写情书。"

"丫头，就要上大学了。就算是你从前真的恋爱了，估计也会因为距离而分开的。去上海，开始新生活吧。"

"是啊，我会替你圆你的上海梦。"

"还有，有男朋友了记得跟我说哦。我帮你把把关。看到底什么样的帅哥，才能打动丫头的芳心。"

"我说过了，大学里我绝对不会恋爱的。你要是不嫌我烦，在我想找人说话的时候，就一直骚扰你好了。"

"傻丫头，爱情到来时是不会让人那么冷静和理智的。"

"那你给我讲讲你的那段罗曼史啊？我喜欢听故事。嘻嘻。"

"丫头，我可不是故事大王。等你这个大一寒假回家了，我请你吃饭，到时候再跟你好好聊哦。我现在在实习，这个夏天我就不能回家了。青岛的海水很蓝，这里的山也很美。一切都挺不错的，就是没有美女。还有，哥哥我失恋了，所以，先别问我那么多私人问题。"

"哦？是哪个大美女敢让你失恋了啊？"

"行啦，丫头，我要准备出发了。留个电话给我，回头跟你联系。"

上大学不久后，萧楠就收到了江海阳寄来的信和照片。身后是蓝色而平静的海。他的笑容依旧很灿烂。只是，笑容外多了很多无奈和沧桑。

江海阳的这几年，也许是因为经历了一段青涩的爱情而变得沉默冷静。

萧楠知道，也许江海阳的初恋让他刻骨铭心。

她愿意做他的一个听众，尽管江海阳不会轻易说出来。

江海阳把萧楠当作了他最好的朋友，或者是妹妹，更或者，只是因为江海阳暂时没有女友，萧楠正好成为了一个可以照顾的对象。

不由自主的，江海阳总会对萧楠格外关心。哪怕隔着几百公里，他们还能短信，还有电话。寒暑假，两个人都回到老家自然也少不了要经常见见面。江海阳不是不知道萧楠喜欢他，一个初中同学，还是个女同学，咋就莫名其妙一联系就是将近十年？怎么不是别人非得是她萧楠？他到底喜不喜欢萧楠？这也很难说清楚。

如果不喜欢，又怎能在高中的时候刻意隐瞒自己有女朋友的事实？又怎能在谈第二段无疾而终的恋爱时依旧隐瞒着萧楠？哪怕最后第二段还是失败，他江海阳也要彻底保护着这传说中伟大的友情。他知道他跟萧楠在一起的时候挺快乐的。但他也一再强调，他江海阳和萧楠是纯洁的男女关系！

江海阳和萧楠一块出去吃饭，看电影，逛街，爬山，换不同的地方看海，甚至晚上睡觉前要是睡不着了，不免会互相发发短信说说一天的牢骚和不满，直到发到晚安。说他一点不喜欢萧楠，那是不可能的。但是为啥他和萧楠就总是止步于爱情呢？

说来说去还是要讲讲江海阳的初恋汪雪。

汪雪比江海阳大一点，在高中和江海阳恋爱之前曾经谈过一次恋爱。可以说她是江海阳的感情导师。汪雪敢爱敢恨是出了名的。在重点高中谈恋爱，其实很需要勇气。

汪雪有个性，独立，是小女生和大女人的混合体。

尽管初恋时江海阳不那么太懂到底什么是爱情，汪雪经常被这个不解风情的傻小子气得半死，可两个人在高中三年也算是学校里有名的模范情侣。人家都说，女人是因为爱而成长，男人是因为爱上一个女人而成长。江海阳必须从心里感谢和认定初恋汪雪是他生命中除了他妈之外比较重要的一个女人。

汪雪高中毕业后选择了出国，江海阳去了军校。这种完全不靠谱的恋爱就在时差和军号声中悄然熄灭了。这对江海阳来说也是个打击。他心中一直有内疚，如果当初我再对她好一点点，是不是结局就不一样了？

初恋的失败让江海阳一直很难释怀。他想，就算是他和汪雪真的再没有可能了，至少也该遇到一个类似汪雪的翻版吧？萧楠显然不是汪雪那种类型的女孩。她太幼稚，太任性，经常连自己都照顾不好，看起来总像是长不大。

冬天，有次他和萧楠一起吃火锅。吃好准备穿上大衣出门，萧楠胡乱穿上呢子外套，扣子居然也会系错位置。江海阳看见了，没有笑，帮她把扣子重新系好，再把围巾帮助她正了正。然后很严肃地说，"你都多大了，还像个孩子似的。"语气里似乎还有点宠溺的味道。那一刻萧楠仿佛觉得幸福降临了。下一秒，江海阳就说，"以后你得找个会照顾你的老公嫁掉啊。要不然就赶快学会把自己照顾好，总是这样怎么行？"

萧楠的心情总像是过山车，上上下下随着江海阳的表现而起伏不定。

大学里，大一的女孩是草莓，大二的女生是苹果，在没有变成西红柿之前，宿舍里的女孩都被抢购一空。虽然海大的女孩不但数量不太多，而且质量不太好，可是终究大学里的爱情就像是必需品。

心高气傲的萧楠从来都不正眼看大学里的男生一眼。谁让她心里有个人民海军江海阳呢！人民海军爱人民，可惜，江海阳对萧楠的爱，总离那个真正的爱情差上那么一点点。

第三章　谁毁掉了那半个初恋

　　萧楠大三的时候，江海阳在青岛工作已经一年多了。萧楠总说，一定要趁着大学毕业前去青岛看看海，尤其是江海阳说过的有着金色沙滩的海。

　　江海阳倒也满口答应，"那绝对没问题。等我涨了工资，我就带你去我最常去的那几家饭店，咱们好好打打牙祭。"

　　江海阳知道萧楠说这话的意思，要么他们把关系挑开，要么去完之后从此陌路，让萧楠留下个美好的记忆，也算是给萧楠这么多年青春岁月无果暗恋的一个交代。前几年大学生电影节获奖的一个电影叫《独自等待》，萧楠在她大二暑假的时候把这个电影的DVD碟片作为礼物送给江海阳。

　　电影里面那个叫李静的女孩，演出了萧楠苦涩的心情。影片的最后留下一行字，送给从你身边溜走的人。这是多么明显的暗示啊，他江海阳怎么能不知道？

　　可是不能爱又有什么办法？这么多年，萧楠一直陪着他。对他这么好的女孩，江海阳怕是再也找不到第二个了。

　　深夜不睡觉也要帮他把毕业论文里的文献翻译搞定，听他抱怨刚工作时遇到的一切困难和不顺利，绞尽脑汁地想给他生日的惊喜，她曾经为了他路过上海中途可以停留一个小时就等了几乎整整大半天。这女孩傻傻的，却真实地爱着他。他能不知道吗？

　　可是他不能爱她。他曾经在毕业散伙饭离开学校的前一天晚上喝醉到泪流满面，然后发消息给她说，"我江海阳是混蛋啊，我今生欠你太多太多了，恐怕只有来世才能还清你了。"

　　第二天又不好意思地不再承认他说过的话。他的职业决定他要冷静，甚至要残忍。所以他在知道这么多年萧楠装作不经意却依旧不依不饶地没事发短信甚至打电话骚扰他，其实只是因为她卑微地爱着他之后，他还是决定残忍地对她说了。

　　"萧楠，我们一直是好朋友，以前是，以后是，永远是。"

　　"你什么意思？"

　　"我不能爱你，萧楠。你听我说，我们只能是好朋友。将来肯定会有个男人，他会好好照顾你，关心你，懂得疼爱你的。"

"她回来了，是不是？"

"萧楠，这不需要你知道。你只需要知道，我们不可能就是了。"

"喂，你这个自以为是的家伙，我说过我喜欢你吗？你这个自大的家伙。"

萧楠心里有个地方忽然很空很空。这种感觉已经不止一次地出现了。

其实她早就知道，从一开始就知道江海阳瞒着她和初恋在一起，到后来他又找了第二个女友，到他又失恋。他什么事可以瞒得过她？他不过一直把她当个孩子罢了。或者说，他不想因为这些伤害她。可是，他以为那么做她就什么都觉察不出来了吗？

"丫头，别这样。你会找到比我好的男孩子的。我不值得你这么傻，我不值得你爱。"江海阳看着萧楠那种假装无所谓的样子，忽然有些心疼。说不出为什么的心疼。

"我能抱抱你么？"

那是个充满复杂情绪的拥抱。

萧楠有一滴眼泪，滴在了江海阳的肩膀上。

萧楠猜得没错。汪雪回来了。

汪雪的回心转意让江海阳乱了阵脚。

这么多年，汪雪对萧楠一直有着深刻印象。

她不敢确定萧楠和江海阳究竟是不是真的一直只是好朋友。她只是知道，她汪雪回来，萧楠就别想再打江海阳的主意。

汪雪私下里找萧楠聊过几次天。

这些江海阳估计也是知道的。但是他是个男人，他讨厌女人之间的明争暗斗。

一个是自己刻骨铭心的初恋，一个是对其充满了内疚的红颜。

这让他非常头疼。

对待这种事，他不得不想起他父亲江永鑫的话："男人这辈子总会遇到点跟女人有关的烦心事。这种事千万不能心软，否则就会害了两个女人，更会害了你自己。"

"一个男人若是处理不好感情上的事，其他的事更不会处理好。对于那种可有可无的友情，还是放下吧。爸爸我活了大半辈子，就不相信这世间有什么纯洁的男女友情。"

"你和那个姓萧的小姑娘，还是保持距离的好。不然以后人家找不到合适的丈夫，难免会埋怨记恨你没有早些和她说清楚，耽误了她的终身大事。"

江海阳在心里认定江永鑫这个老头很古板。

可江永鑫绝对是个慈父。在江海阳小时候,江永鑫周末一有空就带他的宝贝儿子江海阳去动物园,然后在看完动物之后买一个小汽车,最后带着小江海阳心满意足地回家。所以江海阳即使在长大很多年后也一直舍不得扔掉那些父亲买过的玩具。在江海阳的家里,依旧有一个小木箱,里面装了满满一箱小汽车。那每一辆玩具汽车都记载着一个温馨周末的记忆。

大概正因为亲情的温暖,它像一颗小太阳,照耀着江海阳,才让他有那么灿烂的微笑。江海阳长大之后江永鑫脾气就变得有些古怪了,主要表现是特别的固执和不懂得变通。有时父子俩常常因为一点小小的分歧就搞得不欢而散。

唯独这些对待感情的忠告江海阳却不得不放在心上。在江海阳心中,江永鑫是个称职的好丈夫,更是个出色的好爸爸。在中国传统的家庭模式里,男人的角色其实很复杂,好男应该不跟女斗。在女人喋喋不休的唠叨下,男人唯有忍耐,才能成就家庭的和谐。这一点江永鑫一直做得特别好。或者说,江海阳从父亲身上知道,作为一个男人,对一个女人最大的爱就是忍耐和忠诚。父亲该是最懂爱、懂责任的男人。

他决定哪天有空再给萧楠打一个电话,再次表明一下自己的态度。

选哪天呢?这年的春节开始得特别早,因此大学开学开得也特别早。2月份没过几天,萧楠就回学校了。择日不如撞日,江海阳要在情人节之前把这个心结给搞定。

这天萧楠刚吃过晚饭。大学都差不多一样,每一个新学期刚开始课程都比较松。

不到2月中的天气依旧冷得不像话。

萧楠像平时一样,拎着水杯去图书馆泡一杯果珍,然后捧在手里来达到取暖的效果,顺便去蹭图书馆的空调。

大学里她的刺猬脾气是大家有目共睹的。而这个刺猬的刺,也仅仅是针对靠近她的男生。从大一到大三,对她示好的男生数量变成递减函数曲线,慢慢接近于横轴趋近于零。她可以有一堆好姐妹,但就是从来不给任何男生追求她的机会。就是连跟男生说话的语气都是冷冰冰的。

这天她好像知道江海阳要找她似的,心情特别的浮躁。去借书的时候有个男生撞了她一下,换成平时,她自己也许什么都不说就离开。可这次不知道怎么了,她瞪了那男生一眼。

"你没长眼睛吗?"

"不好意思,真的,对不起么。"

"你把我撞得很疼。什么叫做对不起么?你跟人家道歉就是这么道的?!很不情不愿,是不是?"

"不是的,你误会的,对不起么。"

萧楠看这个撞他的斯文男生挺瘦弱,穿着他们商船学院的制服。制服的肩章上画着电风扇一样的小叶片,很显然,这男生是轮机的。

在大学里,商船学院的学生其实不那么招人待见,"经管的妹子,信息的汉,商院的流氓满园窜"。

尽管这座大学里百分之九十多的高就业率全靠商院的男生在撑。可其他学院的学生总觉得航海专业的男生头脑简单四肢发达。尤其是萧楠所在学院的男生,每次看到商院的男生都很不屑地说一句,"靠,他们那帮子跑船的。"

萧楠对商院的男生印象基本不错。也许是因为准海员的制服太像海军军装,也或许是通过江海阳描述的,和海打交道的男人都应该是勇敢而心胸开阔的,更或许只是一种莫名其妙的同情。这个年代若不是有特殊原因,谁还甘心把自己的青春岁月都奉献给那片大洋。

"主人,来电话了……"稚嫩的童声从萧楠的手机扬声器里传出来。

萧楠一路小跑就溜出了图书馆,全然忘记了自己刚才和那个轮机男的掰扯。

"丫头,上海冷吗?多穿点衣服。你在哪儿呢?"

"还行吧,刚才图书馆里蹭空调中,你干吗呢?江大队长,那帮子90后新兵蛋子挺不好管的吧?"萧楠接到江海阳的电话总是从工作开始聊。自从上次江海阳跟萧楠提到一直是好朋友的事之后,萧楠故作轻松的就像是什么都没发生过。

"是头疼啊,那帮90后小孩,都一米八多大个,站在我眼前,虎背熊腰的。气势如虹啊。"

"得,你现在已经是干部了,管理领导者,怕那些小破孩儿?"

"丫头啊,今天我给你打电话有正经话要说。"

"干吗啊,难不成你江大队长要结婚了?别这么吞吞吐吐的,啥事,说吧。我心理素质好得很——"

"不是,萧楠,你听我说,我觉得吧……"

江海阳在严肃时就变得特别让萧楠害怕,尤其是他叫萧楠名字的时候。

"我觉得,你是不是应该找个男朋友?有个人照顾和关心总是好的吧。"

"江海阳，你到底吃错什么药了？管起我的个人问题来了。谁让你管的，汪雪？"

"萧楠，你别这样，我就是觉得，你应该有个男朋友，是吧？"

"觉得，觉得。爱情这种事，是我想遇到就遇到的吗？"萧楠忽然再也不想强装若无其事下去了。

"那你得有这个意识，你不会真的单身一辈子的，是不是？"

"我就知道，汪雪要斩草除根了。我现在和你保持的距离还不够遥远？我跟你说江海阳，你要这样，咱现在就绝交。以后也别给我打电话，我也去换个手机号去。"

"你怎么忽然变得这么激动呢？我就是想跟你说，汪雪对咱俩的友情估计有点误会，你得理解她一下。以后，她要真是你嫂子了，咱俩确实得保持一定距离了。"

"好了，我找一个就是。江海阳，我今天就上网发个帖子，我萧楠还不信在这个遍地都是男人的大学里还找不到一个男朋友了。"

"别，你别和我赌气。我只是……"

"江海阳，放心吧。一个月之内，我把新男朋友带到你那儿让你审查。行了吧？赶紧准备接驾。"

萧楠挂上电话那一刻，深吸了一口气。去他妈的什么一辈子好朋友的鬼话。人都是自私的，在没有影响自己的生活之前怎么都好说。显然江海阳的话明确而直接，敏感的萧楠知道她的感情必须要找个出口去释放与解脱。

江海阳在挂完这个电话之后并没有松一口气的感觉，他为了这个事也想了很多。他其实很怕失去萧楠。网上有篇文章说，男人应该有个深爱的妻子，再有个最懂他的红颜。那将是多么完美的生活。和妻子柴米油盐，与红颜把酒言欢。只是，这个作红颜的牺牲太大。让萧楠作那个红颜？他江海阳何德何能？

他有些后悔不该这样单刀直入。可想起他多少次和萧楠打电话都是顺着生活胡乱聊下去，聊着聊着半个多小时就很快过去了。长途电话能聊那么久的，除了和恋人，恐怕也就是和萧楠了。

他发短信给萧楠。"丫头，别真的急着找男朋友。我今天就是随口这么一说的。我只是觉得，你这么一个女孩，去那么远的地方上大学，还是个不会照顾自己的家伙，我作为朋友关心你一下。"短信也被江海阳反复修改了几次才发出去。他知道，萧楠这人任性起来可是相当厉害。上次萧楠就干过一件孩子气的事。江海阳上一个女朋友找到萧楠,萧楠马上就说自己有男朋友,还真的带了一男孩对江海阳说,让他放心。只是那个男孩实在很无辜,他是真心喜欢萧楠。事后很快就被任性的萧楠冰冷而残忍地甩到了一边。

短信发出之后,萧楠第一次没有立刻回复。

她想起江海阳在第一次跟她提起汪雪时的眼神。想他说起,当他在实习舰上辛苦了一天,站在甲板上满脑子想的都是汪雪的时候。海很寂寞,天空也很寂寞。人是憔悴的,心是灰的。初恋是什么,是你这辈子走不出,忘不掉的甜蜜痛楚。萧楠在日记里一字一顿地写。

江海阳,你给我记着,你把我的初恋给毁了。我恨你。

第四章　转角遇到你，蜜糖还是毒药

情人节这天，萧楠在宿舍几乎睡了整整一天。室友乔羽看萧楠闷闷不乐的样子，就打趣地说，"老姑娘越睡越懒。要不，给那些对你早就有想法的小子们一个表现的机会？"

萧楠也不接话茬，自己从床上爬下来，径直走到书桌前打开笔记本上起了网。习惯性地登录QQ和校内网。这个时候在线的人基本也都是些不过情人节的单身者，或者不能在一起过情人节的异地情侣。

本来萧楠以前是没有校内账号的，记得别人经常推荐她注册5Q，她总是嫌麻烦。主要是个人资料和照片必须要求都是真实的，好像只有这样才能显出大学生的诚心和素质。和萧楠有着十几年友情的好友贾雨秋申请了校内网之后鼓动萧楠去给她增加人气。

"我们只加认识的熟人不就完了？或者加点间接认识的熟人也行。既然是熟人，你那点资料谁不知道啊？"

萧楠想想也是，就在刚进大学不久后用自己的名字注册了一个号。最开始她只加认识的同学。发现泄露真实资料也没有什么不妥。毕竟活跃在校内网上的人大多数都是大学生。慢慢地，她也就接受了校内网首页右下角那个"可能认识的人"。这一栏里，出现的都是同一个大学的校友。萧楠加了几个之后，就一直把他们放在一边，偶尔看看新鲜事，哪个人更新了什么状态，传了一些什么照片，她隐约都有点印象，只是她从来也不主动给他们留言。这一天，她想好好整理一下好友列表，觉得那些八百年也没讲过一句话的"可能认识的人"适当该清理一下了。也许是因为情人节寂寞而无聊的缘故，她回访了每一个申请加过她的校友。想看看这些人到底是为了什么而申请加她作好友。

丁一凡就是在这次萧楠的回访注意到了萧楠。萧楠的头像是在家乡最著名的广场上拍的，傍晚的晚霞映衬下显得萧楠的脸红扑扑的，像一个有光泽的小苹果。

丁一凡刚进大学的时候也是在校内网首页上看到那个"可能认识的人"，想都没想，随手就加了萧楠。加的时候多留了一句话，"老乡，你好"。简单而亲切。就因为这多出的一句话，萧楠同意了。对萧楠来说，她没有理由拒绝一个写了明确理由的男生。虽然他们不认识，可一句老乡，却迅速拉近了两个人的距离。

情人节这天晚上，丁一凡也无聊得不知该做点什么。校内网上看到萧楠的回访，好奇心驱使，他忽然很想和这个同校的没见过面的老乡聊聊天。再仔细看，这个女孩，是不是上次被他撞到之后凶巴巴的那个？！

"老乡，你在线的？现在还在我们海大吗？我怎么从来没有在老乡聚会里看到过你？真的没想到，在咱们海大还有这么可爱的老乡么。"

丁一凡直接就把这句话拍在了萧楠校内首页的留言板。很突兀，却又显得很实在。尤其是那一句不经意的夸赞，让萧楠觉得这个男生对她貌似有些好感。

"我在啊，我从来不参加任何老乡聚会。你是商院的吧？"萧楠看到相册里的丁一凡穿着那一身制服在校门口笑得很是灿烂，一时有点失神，这眉眼不知哪里像极了江海阳的少年时代。只是，这丁一凡年纪似乎小了一点，看照片也就十七八岁的样子。"小朋友，难不成你还看上姐姐了？！"萧楠被自己的想法吓了一跳，她早已忘记那天在图书馆遇见的瘦弱斯文轮机男是不是就是这个叫他老乡的小朋友。

这个情人节江海阳也过得浑浑噩噩。听说市区有个什么糖球会，周末闲着无事的江海阳就和同事赶去吃了一肚子的糖球。本来他想晚上没事跟萧楠聊聊这个无聊的糖球会。忽然想起是情人节，怕她误会，就索性倒头睡了。

正相反，睡了几乎一整天的萧楠在晚上可就变成了夜猫子。看着这个自称老乡的轮机男有着那么多废话要和她说，一会儿问她是什么专业的，一会儿又说什么下次见面要打招呼。一来二去，校内网的留言板就被丁一凡的问话排满了。

反正无事可干，本姑娘就和你随便聊就好了。萧楠内心知道自己像是在报复什么，可具体到说清楚是什么，她自己也不知道。有时她真的希望有个人能拯救她盘旋已久却苦苦不肯放开的感情。对，就是一个出口，帮她离开她纠结10年的感情出口。

"楠楠，刚刚你校内网上给你留言的帅哥是谁啊？"大学里同系不同班的好朋友沈瑶打电话问萧楠。萧楠马上把留言板上的那一堆留言删了干净。

"不认识，他说是我老乡。没见过。但是看起来挺眼熟的。"

"哟，是不是小妮子春心动矣？我看着这家伙长得还挺帅，你该不会是看上人家了吧？"

"开什么玩笑，这人今天也不知道抽什么风。我加了他都两年多了，就刚才他忽然给我留言了。沈大小姐，我可冤枉得很啊。"

"哈哈，你还当真了？我就是说着玩的。你还真别说，我觉得这小子长得挺像那个演《仙剑》的胡歌。要不你俩认识认识？就当多认识一个朋友也没什么嘛，反正都在一个学校不是？"

沈瑶这么一说，萧楠还真有点动心了。可这个念头随即就被丁一凡不依不饶的又一条留言给打消了。萧楠用小纸条发过去，"有啥话别给我再往留言板留了。加我QQ就行。"

学校周末晚上熄灯会延后一个小时，晚上11点20。萧楠下了线。

第二天一早，萧楠再上线，打开QQ就是一条验证消息。四个字，干脆利落，"我是老乡。"资料看过去，大概就是昨晚的轮机男。轮机男网名"爱*转角"。看起来这男生八成刚失恋？萧楠也没再多想下去，点了"同意"。头像就开始跳了起来。

"你在做什么？昨晚很高兴和你说话的么。"

又是"么"，忽然萧楠想起来图书馆那个瘦弱的轮机男。莫非就是他？！

半个上午，萧楠和丁一凡不痛不痒杂七杂八地聊了些学校里的琐事。

就在萧楠决定随便找个借口结束这段聊天的时候，丁一凡假装不经意却很自然地说："老乡，以后有什么事，我可以帮你，尽管找我好了。给我留个手机号啊？"

萧楠并没有把这句话当成男生对自己的搭讪或示好。也不知道是粗心还是刻意，手机号让她少留了一位。

这可害苦了丁一凡。他拨了一次号之后发现不对，又不好意思直接在QQ上问萧楠。只好把最后一位自己加上去。试了好几遍。

终于，丁一凡拨通了萧楠的电话。

"老乡，怎么你男朋友不让你把电话号码随便给别的男生，所以你就故意给了我一个错误的号码？！我找你找得好辛苦啊！"

这句话问得很是巧妙，丁一凡一来想知道萧楠目前的状态，二来也给萧楠一个暗示，他是真诚地希望能和萧楠认识。

就这样，萧楠的电话本里多了一个名字。丁一凡。

从这之后，丁一凡开始对萧楠上心了。丁一凡的心思说简单也简单，他就是想在大学里找个女朋友。显然，萧楠作为校友又是老乡，长得还不错，看样子肯定没男朋友。

丁一凡一直想把萧楠约出来见面，但是两个人不熟，用什么理由见面呢？只好没事短信、QQ，这么没话找话地聊着。

两个人聊天内容几天下来总围绕着学习，考研，公务员之类的打转，就是没有什么实质性的突破进展。

"老乡，你平时一般在什么地方自习？或者经常去哪个食堂吃饭？我怎么总是遇不到你？"

萧楠看到这样的短信就知道这小子打的什么主意了。

"有缘我们就会遇见。"

"可是，我想见你怎么办？"

"有事？"

"就见一面行吗？"丁一凡可怜兮兮的语气让萧楠哭笑不得。萧楠在心里认定他就是个小孩。小孩撒娇的功夫可是一流的。

萧楠看着窗外滴滴答答的雨似乎依旧没有停下来的意思。江南冬天这种哩哩啦啦的雨下起来最是讨厌。宿舍里很安静，所以雨声听起来格外响。

"什么时候这雨停了，我再见你好了。"

"真的？那明天雨停，你明天就见我是吗？"

怎么可能？萧楠忽然自顾自笑起来。广播里传出这样的声音，气象台发布最新消息，已经持续了两周的阴雨天气依旧影响着江南的大部分地区。预计此种状态将持续到下个月……

江海阳自从给萧楠打完那个电话之后，一直不敢再跟她提找男朋友的事。两个人似乎在表面上恢复了正常的联系。萧楠试探地问江海阳。

"最近有个帅哥在追我呢。你说，我要不要把握机会？"

"他干吗的？"

"跑船的。"

"拉倒吧，你这人，我怎么说你好？你就非要找个不在家的啊？"

"我说着玩呢，没有这人。"

"喂，丫头，你可别吓唬我啊。终身大事，马虎不得。别老跟我开玩笑。我还记得上次你把人家小子耍得够呛。"

"别跟我提那事了，行不？我现在长大了，再也不玩那种糊弄假洋鬼子的游戏了。"

"丫头，不管怎样，你得保护好自己。别把感情当游戏，那一点都不好玩。"

"你和她怎么样了？"

"这个，你不需要知道那么多。"

萧楠一旦提到汪雪，江海阳就三缄其口。他不愿意让事情变得那么复杂。汪雪已经好几次和江海阳旁敲侧击地讲，以后少跟萧楠联系。别忘了，你是谁的男朋友。

对于江海阳来说，他也怕总提汪雪对萧楠伤害大。在他心里，一直希望她们两个相安无事。平时工作上就够钩心斗角惹人懊恼了。

"好吧，那么，还是那句话，下个月，我把男朋友带过去让你审查。"

江海阳知道萧楠又在讲气话，于是也不再多讲什么。交代了两句天寒加衣早些休息的话就收线了。

部队里的生活是很规律的。江海阳以前还是学员的时候本来养成过早睡早起的习惯。现在成了干部，却不再早睡。尽管早起的时间依旧雷打不动。

驻地就在海边，难免会比内陆感觉要冷上几度。江海阳睡不着，就索性决定下了楼去海边散散步。他想着刚才萧楠说的话。跑船的？她那个小脑袋里到底在想什么？

一直以来，在江海阳面前萧楠总是心直口快。她几乎总是第一时间和江海阳汇报身边发生过的一切。这一次，萧楠怎么忽然提起这个跑船的？

记得以前，萧楠总是和江海阳开玩笑："守着那么多兵哥哥，怎么也不给妹妹我介绍一个作男朋友？"江海阳就说，"不许胡闹。你以为军嫂那么好当？一个人在家，你要自己带孩子，照顾家人。就凭你那小样？自己都照顾不好。你得找个会照顾你，会疼你的人来给你幸福。"萧楠把嘴一撇，"不行，我以后就要当军嫂。谁说我不行？谁说我不会照顾自己了？"

江海阳觉得萧楠这次又在赌气了。海员？

在江海阳的心中，海员这个职业是要比军人这个职业更要辛苦的。工作枯燥不说，长时间无法接触陆地，心理素质稍差的人就会慢慢变得性格孤僻和沉闷起来。自从他上了军校之后，很多以前的朋友也渐渐地疏远了他。时间，距离，可以冲淡很多东西。虽然他一直跟萧楠说，和海打交道的男人，才是这个世界上最勇敢最坚强的男人。可他却希望萧楠将来的幸福是完整的，或者说，不是那么辛苦的。

第五章　姐弟恋靠谱吗？

雨已经连续下了快20天。萧楠心想，这雨大概是下给她看的。小时候写作文她就经常愿意用类似的句子："天空下着雨，宛若我的心情。"这句子虽然俗到家了，可是她自己还总以为挺诗意。其实诗意是没有，倒是很"湿意"。

宿舍不朝阳，被子潮得几乎可以扭得出水来。洗过的衣服挂在屋里也丝毫没有干的意思。萧楠因为下雨也不再有去图书馆蹭空调的念头了。也许潜意识里，她不那么想碰到丁一凡这个经常把老乡挂在嘴边上的傻小子。

丁一凡显然是比萧楠喜欢去图书馆看书的。大学里看书最多的动力其实是为了考试。没有考试，谁会去看书呢？丁一凡想他真的该好好为商院的兄弟们平一下反。其实商院的考试最多。为了要凑齐上船所需要的证书，从大一开始，考试就成了家常便饭。虽说不是太难，可需要记忆的东西可真不少。所以他认为整个大学里的专业，谁也没有他们苦。学习强度几乎和高中无异。早自习，晚自习，为了奖学金，为了综合排名，或者说白了都是为了最终能够签一个体面的单位。

若不是为了就业，谁读这样一个苦行僧的专业？有人讲，海员就像是一群海和尚。寂寞，枯燥，还不好交女朋友。以前他刚进大学还没想过那么多。高中同学看他照片是一身制服，第一句话就是："哟，你这是去当兵了？"开始他还觉得很自豪，这身制服多帅啊！时间长了也习惯了，每天上课看到的都是齐刷刷的大老爷们。平时在大学里穿着制服也不见得就有多耀眼。别人的眼光总是复杂中带点同情。

"嫉妒！一定是嫉妒我们的就业率。"丁一凡每当看到这样复杂的眼神心里总是恨恨的。但心中有时也难免失衡。很少有人理解他真正是做什么的。轮机管理？修车轱辘的？

航海专业几乎没有女生。即使有，长时间和男生打交道，那些女孩多少也开始有了江湖气。大学里谈恋爱？他不是没想过，可是认识女孩的机会实在太少。作为一个来到上海读书的东北人，难免会被势力的上海小姑娘瞧不起。丁一凡出身农村，一半有着鲤鱼跃龙门的自负，一半又带着点骨子里天生的自卑。两种性格特质彼此纠缠，显得有些矛盾。

凭着丁一凡的长相，其实要找个女朋友并不难。只是他对人的要求总是挑剔得近乎完美主义。高中时代看着别人谈恋爱，青春荷尔蒙让他也情不自禁过。和初恋处了一段时间之后，性格就开始有了摩擦。年轻时都不懂得怎么经营感情。丁一凡仗着自己长得好看，学习成绩又在班里不错，慢慢也就放下了那段青涩的感情。他和别的男孩又不同，从来不会觉得自己有什么地方错了，而是一味地去想对方的不好。谁让她爸爸以前进过监狱！所以她性格也是那么怪异！她太自私！她没人情味！

也许是喜欢他的女孩太多，他并不那么懂得珍惜感情。有时偶尔也会有点愧疚感，不过那些愧疚感经常转瞬即逝。可能是他从来也没经历过为谁牵肠挂肚的滋味吧。爱情，对这样一个还不能称之为男人的男孩子来说，就像是速食的方便面，饿了的时候冲上一包填饱肚子就好，如果还能闻到点疑似佳肴美味般的盗版香气，那就再好不过了。

在丁一凡的眼中，什么叫好女孩？本分，内向，最好脾气再温顺得像只小猫或者绵羊。如果长得再漂亮点那就更靠谱了。大三前，他正儿八经不算暧昧对象的恋爱也就谈了三次。这和那些喜欢动辄就玩感情游戏，三五天就换一个女朋友来说的一些人来说已经算很不错了。他上一个女朋友方晓鸥，想想吹了也很可惜。那女孩不过就是爱花钱，手脚大了一些，平时喜欢打扮得时尚些。异地恋好像总是需要葬送在距离上。自从丁一凡上了大学，看到光怪陆离的大上海就动了想留下来的心思。显然，老家那个不思进取的花瓶女友已经不够跟得上自己前进的步伐了。再加上方晓鸥的家人在知道了她处的对象未来会是一个海员之后也有了点反对的意思。俩人就算和平分了手。做朋友吧。方晓鸥尽管表面上大度地祝福了丁一凡，心里总有点不服气。凭啥你想甩我就甩我了？不时地还是要像没分手一样和丁一凡联系着。丁一凡琢磨着，距离这么远，一来二去时间一长你也就把我忘了吧。感情这事，说白了，一个人去维系迟早只能换个独角戏的悲惨结局。凭着方晓鸥的条件，再找一个也不难。有时也觉得这么想挺自私。可人不为己天诛地灭嘛。

丁一凡在这次失恋后，变得比从前更实际。异地恋还是不靠谱。要找就找身边的。先是在校内网半开玩笑半认真地跟一些兄弟们说："给哥们儿我介绍个女朋友啊。"后来干脆就是让室友们帮助介绍认识女孩。问他为啥这么着急？因为他丁一凡眼瞅着再过一年就要出海啦！

起先他对萧楠是没有那个意思的。他想就算他俩没戏，交个朋友或许将来还能给他多介绍几个女孩认识认识什么的。毕竟一提起"老乡"这两个字，再怎么也得给个面子吧？可看样子，萧楠这妞儿有点油盐不进的意思。每次跟她说话好像都绷着，全然没有其他女孩看见帅哥就巴不得往他身上贴的感觉。野马最难驯服。但却最让驯马的人有征服欲。碰了几次钉子之后，丁一凡觉得这妞儿还有点意思。

　　眼瞅着雨就下了快一个月，丁一凡心想，这妞儿难不成还串通老天爷就是让天一直不放晴的？

　　"你还记得你说过什么吗？如果天晴，你就见我。我跟你打赌，明天天会晴。我可爱的老乡么，很快我就要见到你了，很兴奋的么。"

　　萧楠接到丁一凡这条短信的时候正在宿舍里对着镜子练习着发呆的表情。镜子里的萧楠看起来有些闷闷不乐。按照乔羽的话说就是没有恋爱中女人脸上的那种幸福的光泽。萧楠的脸有些婴儿肥，鼻子小小的，眼睛很圆，有点像日本漫画书里经常画的那种有着栗子眼睛的女孩。因为她的娃娃脸，不知道她真实年龄的人总会少猜上几岁，这一度让她很骄傲。可是江海阳总是那样打击她，就你这样总是长不大，以后等你变成老太太了，还是这副德行，那该有多恐怖啊！

　　萧楠知道江海阳不喜欢这种幼稚的类型。他应该喜欢熟女，像汪雪那样的熟女。受伤了的时候可以躲进她温暖的怀里寻求一丝安定。

　　江海阳本身是个山一样的男人，外表坚强，内心脆弱。萧楠回味着曾经和江海阳那个短暂而结实的拥抱。他的肩膀有点像父亲，宽宽的，靠上去就觉得温暖，就像儿时她伏在父亲的背上可以甜美的睡过去，无忧无虑的幸福。

　　可显然，那个肩膀不属于她。

　　小萝莉和小正太能够变成一对儿吗？

　　萧楠一想到这个发短信的丁一凡就有说不出的纠结与烦闷，尤其是看到那个莫名其妙多出来的"么"字。

　　"我想谈恋爱了。"萧楠在睡前发短信给江海阳。以前她发给江海阳的短信字数都很多，仿佛非要把一条短信的70个字都用掉才罢休。这一次倒是干脆得不到10个字。

　　江海阳第二天还要出操，所以早早就睡了过去。接到短信时已经是第二天的一大早。

　　"丫头，我今天忙呢。回头再和你说。"

　　这天一大早，天还真的放晴了。阳光把校园里的树叶都照得异常耀眼。萧楠知道江海阳对她的耐心慢慢磨平了。换成以前，他无论如何也不会这么不耐烦地回她。她还能强求他更多别的什么吗？只是好朋友，你怎么能指望他能像男朋友那样哄你？

既然天晴了，萧楠自然不能食言。不就是见个同学吗？就算是网上认识的又怎样？何况不是那种网友。都是一个学校的，就是校友。萧楠想到这里心态就平和多了。

她故意选了吃过饭之后再见这个丁一凡。这样两个人也就不用把心思花费在吃饭上了。仿佛一切都考虑得无懈可击。萧楠没有打扮甚至也没换一套衣服，只是匆匆梳了梳稍微有点凌乱的头发就大大咧咧地出去了。由于走的急，连多余的零钱也没带。如果这算是两个人的约会第一次见面，明显的，萧楠就没有重视，或者说，她压根就没打算去重视。

丁一凡可就相反了。出门前，他想了半天，到底要穿哪一件衣服。大学里，他压根就没有什么勤洗衣服的好习惯，尤其还是到了冬天。平时在家洗衣服这种事都是老妈代劳。男孩子，不需要学习家务！可是衣服不洗看起来形象不好怎么办？没关系！咱一天换一件，挑相对不脏的穿！

架上眼镜，看起来更斯文点。把脸洗得仔细点，胡子刮干净。嗯，再喷上一点淡淡的古龙水。镜子前照了照，OK，可以出发了。对了，钱包一定要带好。

两个人又在图书馆碰了面。这一次丁一凡先认出了萧楠。

去哪儿呢？丁一凡在出来之前就一直在想这个问题。第一次见面，又不能太直接。两个人是刚见面的老乡关系，既要显得亲切又不可以太尴尬。

"你有事吗？陪我买个牙膏呗。"

"去哪儿买？"

"东门外的那个超市怎样？"

"哦。"

丁一凡选了一个离学校最远的超市，这点萧楠也心知肚明。这不过就是为了散步创造机会。要是真的想买牙膏，学校里面就有卖的，何苦要兜那么大的一个圈子？去东门要经过很长的香樟大道。如果说每个大学里都有一个情人路，那么勉强这条路也可以算是情人路了。俩人在情人路上散着步，即使没有什么，看着也像是有点什么了。

一路上，丁一凡开始表现得不由自主的殷勤。"你饿不饿？要不要吃点什么？"

萧楠本来不紧张的心情倒被这个架势给吓着了。她摇了摇头，说刚吃过饭，什么也不想吃。

本来很长的路转眼就到了超市。丁一凡胡乱拿了一支牙膏，就看萧楠在一旁安静地等他，丝毫没有想要买什么东西的意思。

"你要不要买点吃的？我请客哦。要不我请你吃糖？你们女孩子应该都挺喜欢吃糖的，是不是？"

"不，我不喜欢吃糖。"

"上次我们从韩国实习回来，有种杏仁糖挺好吃的。可惜啊，那个时候你不认识我，不然……"丁一凡平时话本来不多，可是也许是看到萧楠想刻意讨好的缘故，忽然变得话多了起来。看着眼前这个安静起来不发一语的女孩，丁一凡有那么几秒心动的感觉。有男生请客她都不要？这女孩看来不是个喜欢花钱的主儿。老实，本分，又不爱花钱。这不正是我想要的吗？

结账的时候，丁一凡冲萧楠微微一笑。那个笑容阳光得让萧楠有了错觉，仿佛他就是少年版的江海阳。看起来身高一样，侧影也那么相似。萧楠忽然慌了，她一个劲儿地在提醒自己，也许她太想江海阳了，想念他想念到看谁都有他的影子。

晚上回去，萧楠把丁一凡的照片传给初中闺蜜田蕊看。田蕊惊呼，"天，你这是在哪儿找到的江海阳高中时候的照片！"

田蕊知道萧楠的心思已经很久了。她本身也不希望自己的好友总陷在这种无谓的单恋里太久。看着这张传说中对萧楠有点意思的男孩的照片，田蕊不得不承认这男生长得很帅。眉眼间不知道哪里确实有点像江海阳。可又不那么像，看起来似乎是江海阳的活泼阳光版。

"这小帅哥比你小点吧？哪儿人？干吗的？快快如实招来。妞儿，赶快恋爱吧。管它三七二十一，把那个贪婪的混蛋江海阳赶紧扔掉。咱萧楠可不是没人要了。你看这小帅哥天生丽质长得细皮嫩肉的，嘿嘿，我看你俩该有点故事。在上海没有点故事，你也太浪费这城市了不是？"田蕊一气儿说了很多，说到最后萧楠招架不住匆匆下了线。

萧楠想，大概她总是要败给有着阳光笑容的男孩子吧。不过，这丁一凡看起来这么幼稚，他要真作我男朋友？那不成姐弟恋了？不行不行。

算了，认个弟弟吧。一个长得像江海阳的弟弟。

第六章　拒绝还是开始，这是个问题

自从那次和丁一凡见面之后，萧楠在心里认定他是弟弟了，也就不再那么绷着和他说话了，她甚至有时主动和丁一凡说话。两个人偶尔也到操场散散步，讲讲身边发生的事。丁一凡在讲到自己未来的职业时，观察着萧楠的反应，看她对这行究竟有多了解，或者多反感。想不到的是，萧楠既没有像别的女生那样装作很懂的样子鄙视这个专业，也并非一无所知。萧楠因为江海阳，理解并认同这份职业的辛苦和不容易。

这让丁一凡心里忽然感到很踏实。找到这样一个能够理解自己职业的女孩，还真不容易。丁一凡知道萧楠内心深处有道感情的伤疤。他试探性地问了一些，结果问出了那些萧楠内心深藏已久的对江海阳的感情。他知道，萧楠从前的那段感情可不是一般的单恋，那种执著几乎都要把他这个从来觉得爱情没有那么伟大的人感动了。他忽然想起冯导的那部《非诚勿扰》，秦奋觉得梁笑笑那种心眼实的女孩对他应该也没错。丁一凡确定萧楠跟梁笑笑应该差不多。这种倔强的女孩一旦要是被他征服了，肯定就没跑。

萧楠也没有太排斥和丁一凡的大部分的交流。

只是两个人经常能碰见的地点大概只有自习室。

对丁一凡这个性格急躁的人来说，这个女孩这么久都没有拿下，实在让他觉得有些伤自尊。很多以前用来泡妞的招数用在萧楠身上似乎都失败了。

软硬不吃。那就直接跟她说我喜欢她。丁一凡发短信的时候，一点都没有犹豫。

"我不想让你自己再一个人痛苦下去了。单恋是痛苦的。让我带你离开痛苦吧。没有别的理由，因为我喜欢你。"

"和我在一起吧，我会让你的生活像牛奶糖那么甜。"

甜腻的话，丁一凡早就不知道写过多少。可是那些话想想都很假。倒不如踏实一点。很多年之后，丁一凡再想起自己曾经还说过那么恶心的话，甚至都觉得脸红。

快9点半了。

自习室的人越来越少，虽然是初春，但毕竟依旧还有冬天的寒冷。

萧楠的笔依旧没有停，她已经给丁一凡写了回绝信。

尽管写得很委婉，但是文字里还是隐约透露出"危险，请勿靠近"的信号。

萧楠一言不发地把信递给丁一凡。

丁一凡此刻就坐在离萧楠不远的同排位置。接到信的那一刻他似乎有点惊讶。

信纸像是从抄写笔记的本子随意扯下来的简单一张纸，但却郑重其事地装在印有大学名称的正规信封里。

上面的字迹很工整，看得出来，萧楠是练过字帖的。丁一凡收。信封没有糊上。

没有写院系，也没有写班级。很显然，这小妮子在写这信的时候就是敢大胆地直接将信当面交给丁一凡的。

丁一凡平时最讨厌看密密麻麻的文字，若不是他觉得大学里专心读书才能拿到奖学金，他才不会那么有耐心地天天去自习室看书。他在尽量耐着性子去看这小妮子到底写的什么。

他是有这个习惯的，不去细读文字的细枝末节。只抓重点。

关键句原来就是那么几句。你比我小。你长得比我好看。你以前估计有很多小姑娘追求。我不想再受伤害了。

丁一凡看完之后皱起眉头。心里琢磨，这小妮子果然不好追。我丁一凡莫非也遇到对手了？

此时看着正在奋笔疾书的萧楠。看起来她很镇定。自习室里没有空调。江南春寒料峭。萧楠时不时地还要搓搓略微有些冻伤的手。

"萧楠，我看完信了。我们出来谈谈。"

"去哪里？"

"教学楼，423。"

萧楠不知该答应还是不该答应。可是步子却已经不由自主地跟了出去。

423教室是没有人的。但是看着干净的座位，白天肯定是有人上过课。

丁一凡大大咧咧地找到了一个座位坐下。萧楠很警惕却又怕不礼貌地隔着一个座位也坐下了。

"你的信我看了，你的意思我却没有明白。"丁一凡有点明知故问的意思。他要看萧楠怎么拒绝。

"信不是写得很清楚吗？我在问你，你不介意我比你大？不觉得我长得不好看？你的过去是不是很复杂？"

"第一，我没有觉得年龄是什么问题。我姥姥比我姥爷就大。第二，我没觉得你长得不好看。每个人都有每个人的审美。我觉得你不好看，我就不会追求你。第三，我真的没有太复杂的过去。你是知道的，我这个专业，一个女孩都没有。高中时候光顾着忙学习了，哪有机会谈恋爱？"

"那我问你几个问题吧。你觉得为什么要和我表白？你知道自己要什么吗？你是一个能坚持做好一件事的人吗？你的自控能力怎么样？"

萧楠和丁一凡的对话不像是谈情说爱，倒像是50年代初次见面的两个大龄青年互相谈着条件。

更或者，像是面试官在考察一个求职者。

这一点丁一凡心里暗暗叫苦，这小妮子实在是不解风情，可他又不得不严肃地一本正经起来。

"为什么和你表白，是吗？因为我再有一年就要出海啦。教我们辅机的老师说过，男人应该主动对喜欢的女孩表白一次，哪怕是失败的，也要说出来。因为看到你，我觉得我应该为了自己勇敢一次。如果再不说，就没有机会啦。"

"至于我是不是知道自己要什么，那我给你举个例子，或者说，给你讲个故事。"

"我爸爸就是跑船的，我知道这行有多辛苦。可是我不怕辛苦，所以我也选了这行。第一年我没有考上理想的大学，当时我的志愿报的也还是这个。我和别人不一样，他们是稀里糊涂地选择了航海，选择了跑船，他们不知道这行没有想象中的那么风光。可是我知道。我知道自己不适合在尔虞我诈的职场。那么吃这点苦，也是值得的。"

"你知道我们专业的就业率很好，所以我根本不需要那么拼命地天天在自习室看书。可是我不需要被逼着学习也会主动来上自习，因为我觉得人不是牲口，不需要当不得不需要学习的时候才努力。"

丁一凡说这些的时候，目光是闪烁的。他不敢直接看萧楠有些犀利的目光。

萧楠在听到丁一凡说他执著的一定要跑船时突然对这个认真的家伙有了好感。

明知山有虎偏向虎山行？也许这句话不对。

大学里的老师曾经说，海员这个职业在早期很光荣。不少以前陆上专业的女生最后都嫁给了航海类男生。而旧时的一个择偶标准更是有这样一句："政治面貌要党员，长得要像演员，挣钱挣得要像海员。"

仿佛一听"海员"这两个字,就意味着高薪水。在曾经一个闭塞的年代,海员还意味着可以从国外捎回很多国内买不到的东西。

这点萧楠倒是没有仔细想过。她想的是,这小子挺实在。

现在的人已经不喜欢海员这个职业了。陆地上有工作可以做,何必去跑船?

就像,现在人也不喜欢军人那个职业一样。这个丁一凡居然和江海阳一样,去主动选择当今社会并不看好的特殊职业。

萧楠对丁一凡要另眼看待了。

丁一凡此刻微微眯着眼睛。他的问题还没有回答完。

可是也许已经不需要再回答下去了吧?

丁一凡在等着萧楠开口。萧楠依旧不依不饶。

"继续啊,还有呢?"

丁一凡挠了挠头,又摸了摸鼻子。

他总是这样,在不知该说什么的时候先要做点辅助动作才能找到灵感。

"我手里的练习册,看到了吗?我已经做到了第5057道。这本书一共有一万多道题。"

萧楠凑过去看了看,那本书是学校印的,纸张很粗糙。蓝色的封面上写着轮机英语练习册。练习题都是选择题。尽管萧楠的英文不错,可看着那些专业名词也有点头疼。

丁一凡算是回答了那个问题,他已经做了一大半枯燥的习题集。一本看着就让人头昏眼花的习题集。

换作平时,萧楠也许对这种回答依旧不够满意。她问的是,能否坚持做好一件事。做完一大半练习册并不等于一整本全都做完了。何况,做题这事也太狭隘。

只是,萧楠此刻看丁一凡的眼神已经和最开始见到他时不一样了,或许她还没发觉自己的潜意识里已经把丁一凡这个男人看作了是上天赐给她的另一个江海阳。

丁一凡的英俊,是萧楠不能去逃避的问题。

还记得上次他们在图书馆正式见面,碰巧被室友夏薇薇看到。夏薇薇再看萧楠的眼神都变得暧昧。"嘿,咱们楠楠啥时候在哪儿也勾引上小帅哥了?"

"没有啊,谁说我勾引帅哥了?"

"还敢不承认,周五晚上7点半图书馆门口那个男的是谁?长得还挺斯文。"

萧楠不是没有仔细考虑过一个男人长得太过周正意味着什么。往远了说,那意味着家庭不稳定。帅哥就是祸水。即使他不花心,外面诱惑那么多,谁敢保证他一定就能当柳下惠呢？

可萧楠也是个普通的姑娘，她有虚荣心。她现在想得最多的恐怕就不是帅哥不好看管的问题，而是她萧楠也是有魅力的，尤其是被这样一个帅哥追求。何况，这帅哥看起来也并不坏。

你江海阳是不是觉得我萧楠就真要一辈子等你了？

萧楠此刻满脑子都是对江海阳的埋怨和愤怒。或者说，这种恨却是变向的爱，而且并没有随着时间的改变而稀释。

看着丁一凡的微笑，萧楠觉得也许她确实并不讨厌这个男人。不然，怎么平白无故给了他那么多见面的机会？

以前也不是没有人追过萧楠。通常萧楠总是恶狠狠地拒绝，毫不留情。别说给见面机会了，就是电话号码也甭想轻易拿到手。就算有了电话，也只是拒接。

萧楠大学不谈恋爱的念头是无人能撼动的。

这一次丁一凡的出现算是打乱了萧楠的计划。

萧楠的那些问题其实更多的是在担心这个长相英俊又文质彬彬的帅哥是不是要跟她玩玩。

最后一个问题，萧楠正琢磨着要不要继续不依不饶地问下去。丁一凡忽然发话了。

"你是不是也把我当作色狼了？怎么离我那么远？我会把你怎么样吗？你肯定对我印象不好，就算我长得像冯远征那个专演大反派的家伙，你也不能冤枉我啊。我知道，你们背后都说，外院的花，交管的草，商院的流氓满街跑。你们怎么可以诬陷我们学院呢？！我们也是人！不是狼！人有七情六欲不是错吧？！"

这句话是萧楠始料未及的。看了看手表。已经接近10点。10点教学楼的灯就要关了。往常一到9点55分，萧楠就会很自觉地收拾东西回宿舍。今天和丁一凡从自习室来到了教学楼显然是个一反常态的举动。

"还剩最后一个问题了。你问我自控能力怎样。其实我现在看到你，内心有种很强烈的渴望，我真的很想吻你。可是我什么都没做。"丁一凡这句话在空荡的教室里回响。萧楠再一次始料未及。空气瞬间凝固了。

春天，萧楠在琢磨春天这个季节果然是个不妙的季节。宿舍楼下的猫咪总是在半夜叫得撕心裂肺。丁一凡的直白，把最后的答案变得很巧妙。

萧楠看着丁一凡，目光是直视的。纯粹而明亮。这个女孩，一旦勇敢起来就是一发不可收拾的。这点也正是江海阳受不了的。因为那种目光可以让内心有愧疚的人感到惭愧。大多数女孩在看到自己喜欢的男人，会忽然变得羞答答，她们不敢那么明目张胆地看着男人的眼睛，可萧楠从来都不。她的目光并不是毒辣的，也不是充满挑战和勾引的，只是纯粹地看着。眸子是清澈的。她可以从他的瞳孔里看到小小的自己。

这天的萧楠穿着呢子大衣，本来很纤细的人却被包裹得像棕熊一样笨重。北方人总是在南方的冬天显得异常怕冷。江海阳经常会发短信告诉萧楠，多穿点衣服，注意保暖。哪怕穿得像熊也不要紧。这种发自内心的关心显然比一般朋友看起来更加温暖。

江海阳的关心总是这么贴近生活的。他还会告诉萧楠，多吃点，她太瘦了。

一个寒假在家，萧楠也确实把脸吃圆了。看起来有点婴儿肥。

丁一凡看着萧楠这个眼神，心里自然也有了底。至少这妮子不排斥他。

月色阑珊，有树的影子斜斜地投射到教室的墙壁上。

萧楠被冻伤的手，被另一双手试探地握住。

一切心照不宣。

"我能抱抱你吗？"

还是这句话。只是这句话丁一凡说得很轻很轻。

没有踏实的温暖，没有微妙的安全感。萧楠又哭了。

这一哭把丁一凡搞得也很尴尬。很明显，这不是个浪漫的开头。

第七章　酒壮怂人胆

萧楠自从那次和丁一凡稀里糊涂地建立了暧昧关系之后就开始自责。连她自己都不知道这样算不算接受了丁一凡。

也许寂寞太久了吧。萧楠其实对丁一凡这个家伙的突然闯入她生活的做法感到很恼火。爱情就该是这样到来的？

丁一凡开始有事没事发短信。上课，下课，吃饭，晚自习。好像他一整天都无事可做。萧楠的态度却依旧是冷冷的。这让丁一凡不明白，这妞儿不是没排斥我吗？为什么还像是要甩开我？

男人多半都是这样，对于快要到手却没得手的东西特别上心。其实丁一凡忙着呢。但那句话怎么说的？时间是海绵里的水，泡妞儿的时间总还是挤得出来的。

两个人再见面，依旧不像情侣。对，本来就不是。萧楠依旧把心门紧紧地关闭，拒绝任何人闯入。两个人走路，丁一凡只能跟在后面，别说牵手，就是并肩都显得多余。萧楠专挑那些又窄又挤的小道走，毕竟这么久独来独往，她习惯了！

周末丁一凡约她出去逛街，萧楠也不拒绝。却也不那么欢欣雀跃。丁一凡是说要买一双鞋，其实也是想趁机讨好一下萧楠。

小姑娘不都喜欢逛街买衣服的？要不买个毛绒玩具？再或者请她吃顿饭？看场电影？去滑冰？他丁一凡想尽了一切办法，但是从萧楠的口中得到的居然都是一个答案。

"No。"是的，所有的讨好换来的都是No。

这妞儿到底要干吗？

看萧楠钻进商场后就想找个安静的角落呆着。大众书局。萧楠不知道在多少个无聊的周末就那么安静地待在大众书局里消磨了一个又一个下午。丁一凡只好跟在她后面。

"我就不耽误你的时间了，我买本书就走。"

"不，你看一会儿吧。我等你。"丁一凡显得很有耐心。

萧楠显然想买那本书很久了。很快就找到了那本书在书架上的位置。

石康的《一塌糊涂》。

"怎么买了这么本不吉利的书名的书？要买就买'柳暗花明'要不就买'美妙人生'。"

丁一凡故意想让气氛变得轻松起来。他其实怕极了一直看着萧楠这张一本正经的脸。

书店的灯光柔和，有种家的温馨。在灯光下的萧楠显得很文静，笑得也很安静。丁一凡看着有点出神。他在心里想，这妞儿再难追我也得拿下。

既不用买贵的漂亮衣服和化妆品，也不需要陪她滑冰看电影搞那些没用的娱乐消费，甚至连一顿像样的饭都不必请，只要安静地陪她去一次书店看看书就OK了。高兴了也许她会买下来一两本也不过就三五十块钱。这妞儿泡起来可不要太轻松了哦。

只是丁一凡根本无法理解萧楠这种女孩的心思。太深了，他想不出来。

所以他们之间注定无法有更多深层次的思想交流。尽管丁一凡也渴望能读懂她的心思。不过眼下他能做到的就只有默默陪着她做她想做的一切事情了。

接下来的几次接触，丁一凡越来越觉得没意思。

萧楠依旧还是那样客气的，安静的和他见面，然后聊些有的没的身边的琐事。萧楠说，想找个人陪她看看海。丁一凡问她为什么，她也不多说话。只是浅浅地笑笑，说喜欢。心烦的时候喜欢而已。看到海了之后，心里就异常的宁静。什么烦恼都忘记了。

丁一凡嘴上答应着将来一定要陪她看。心里想，海有啥可看的。老子估计以后看海会看到恶心的。两个人在家乡都能看到海，从小到大守着海边，又不是那种从来没见过海的内陆人。这一点丁一凡并不能理解。应该说，是相当不能理解。

丁一凡发现萧楠总会在看着他的时候忽然若有所思地想起什么。这一点让他心里经常感觉很不爽。丁一凡也曾看过萧楠心目中那个海军的照片，感觉压根就跟自己不是一个类型。所以要说自己做了别人的替身，那是绝对不可能的。那么，就只有一种可能。这妞儿心里就压根没有忘记那个男人！

换成平时，不，换成别的男人，也许早就放弃了。可丁一凡不知道为何，就是想坚持。或者说，那是种保护欲在作怪。在他看到这个女孩为了另外一个完全不相干的男人哭的时候，他就觉得特别心疼。他想让她开心。或者说，让她开心了，他就有了成就感。比如，他那些无关痛痒的小聪明，小幽默。他变着花样地想逗她笑，甚至不怕自己丢人，露怯献丑。那种讨好，常让萧楠哭笑不得。

"你怎么还不开心，要不我在地上打滚耍猴给你看，行不？"

"怎么能让你笑啊？你还真难住我了。那我给你讲个事，刚进大学时候吧，我们谁也不知道学校里连草丛都藏着摄像头。晚上吧，一帮男生出去上网回来，内急，又对学校环境不熟悉，于是就想就地解决。结果貌似被藏在草丛里的摄像头拍下来啦。当时给那哥们吓得呀，以为就此被开除了。哈哈哈。"

丁一凡确实是阳光开朗的，他笑的时候给人感觉特别纯净。以前他的女朋友无不是被他这样阳光开朗的外形所深深吸引。萧楠不排斥但也一直不完全接受。她心里想的是怎么跟丁一凡说她心里就是不能接受开始一段爱情。每次看到他这样的刻意讨好，她心里也丝丝拉拉地疼着。自己的感情没解决处理好，怎么忍心随便去伤害另一个无关紧要的人？

她决定要丁一凡陪她喝一次酒。

有人说海员的酒量总是海量。那么准海员的酒量也不会差到哪里去。丁一凡以前和大学里的哥们聚会，一起喝酒的时候啤酒都是论箱上的。

然而和一个女孩喝酒，丁一凡还是第一次。尤其还是和一个自己有点喜欢的女孩喝酒。她想干啥？发泄内心的不满？还是故意给我创造机会？

两个人随便找了学校附近的饭店点了几个菜就喝上了。

"丁一凡，你是个好男孩。真的，我谢谢你这段时间陪我。我想跟你说，我想我们不合适在一起。"

"你什么意思？你找我喝酒就是为了这个吗？我想你应该给我，也给你自己一个机会。你看着我的眼睛，你不敢看是不是？我说过，我是真的喜欢你。我想给你一个你需要的未来，你应该是幸福的。为了一个不值得的男人，你不该继续等他下去了。我觉得我能给你幸福。你给我个机会。"

萧楠无言，遇到丁一凡这样被拒绝了好几次却依然执著的男生不多。以前很多男生在知道了萧楠心里有个喜欢了好多年的男人之后都放弃了。他们觉得像萧楠这样叶公好龙的女孩，就算是真的和那个海军在一起了也不会幸福。纯属是一厢情愿的自虐。

丁一凡自己也纳闷，这个小妞儿究竟有什么特别就忽然吸引了他，甚至有点迷恋。两个人稀里糊涂地喝了几瓶啤酒后，都有点醉了。在送萧楠回宿舍的路上，丁一凡看着微醺的萧楠，脸上那一抹红晕让他情不自禁地摸了几下她的脸。

见萧楠没有说他什么，他胆子大起来，轻轻地在萧楠的脸上啄了一下。或许真的是酒壮怂人胆。丁一凡直白地问萧楠。"我可以吻你吗？"

这句话其实问得很没技术含量。答案肯定是不可以。萧楠被丁一凡钳在了他的怀中动弹不得。丁一凡不管不顾了，那些细密的吻像雨点似的落在萧楠的脸上。可始终就是撬不开萧楠的嘴。也许是酒劲儿上来了，萧楠忽然觉得头晕。她只记得自己忽然被腾空抱了起来转了几圈。丁一凡在眼前变得很模糊。她觉得眼前的这个人很熟悉又很陌生。有点想哭，却又哭不出来。她似乎不愿意接受这个事实，她不想随便把她曾经看得很美好很重要的初吻丢掉。这个问题也许在其他人的眼中觉得很可笑。在上大一的时候，有个小姑娘当得知她萧楠居然还留着初吻就像看待大熊猫一样珍贵。这年头别说初吻了，就是初夜，保留到20多岁，那都是很不容易的。萧楠经常被身边的朋友老处女老处女地叫着。无奈里似乎没有多少自豪。22岁，居然就变成了老处女？这是什么社会？

这个没有让丁一凡一次得逞的湿吻，让丁一凡懊丧了很久。萧楠是跑着回宿舍的。回去后就不理丁一凡的一切电话和短信了。

丁一凡有种欺负了一个女孩的感觉。搞了半天人家对我一点意思都没。我这不成了强奸犯了？

这年头，被亲了几下就难过成这样？还有这样的女孩吗？丁一凡一方面觉得很没面子。同时心里却又开始狂喜。莫非这妞儿以前都没被人亲过？那可以肯定一点，她应该是个货真价实的处女。天啊，也许我真的中彩票了？这年头长得不错，身材也好的处女还有吗？丁一凡在宿舍里经常听到哥们的感慨。追了一个外表超级纯情的姑娘追了3年，结果一上床之后发现这外表极其纯情的姑娘早就不是处女了。那滋味，多难受啊！丁一凡从来不掩饰自己的处女情结。男人也许可以在生活作风上稍微风流点，但是自己的女友必须要干净纯洁。不然以后的职业，要一个婚前都无法保持住贞洁的女人去为了他继续守活寡，那是绝对不可能的。遇到了萧楠这样纯洁到几乎一尘不染，保守得几乎不可理喻的女孩，丁一凡只好不停地跟萧楠道歉。说他自己确实喝酒喝得晕了头。可是酒后吐真言，他是真的喜欢萧楠。同时也不断地强调以后绝不会再轻易冒犯，不会做类似情不自禁的事。丁一凡在道歉的时候显得异常诚恳。其实他根本就没有喝醉，区区几瓶啤酒不过就是垫垫底。然而强吻一个女孩的感觉却真的刺激，他也终于明白为啥某些影片里怎么会出现强暴的场景。那种兴奋，是他从来没有过的体验。

回到宿舍的萧楠，看到宿舍的室友都安静地各自做着手头的事。钱英在绣十字绣，乔羽在看韩剧，孙菲菲在和外地上大学的男友视频。谁也没注意她绯红的脸和沾满了酒气的味道。萧楠把随身背的小挎包丢在床上，不发一语。也不做什么。任凭手机在床上一直震动。来电字幕提醒，丁一凡。"丁一凡"这三个字，此刻显得那么刺眼。

萧楠不想理会，就打开电脑上网，发现江海阳这个几乎不怎么在网上现身的家伙在线。于是和他聊起来。她每打一行话都显得特别冲。江海阳隐约感觉出来什么不对。

"丫头，你今天怎么了，为啥总跟我抬杠？"

"我喝酒了。喝了很多。我心里不舒服。你知道吗？"

"你没事喝什么酒？谁欺负你了吗？"

"我讨厌我自己，我可能不配再和你做朋友了。江海阳，我恋爱了。"

"丫头，你是真的要恋爱，还是要和我赌气？我说过，你伤害不了任何人，最后只会被伤害。恋爱是需要用心的，你不能勉强自己。那样的感情是荒唐的。你懂吗？"

"你有什么资格教训我？是你要我恋爱的。我这样就是荒唐的，那么，我宁愿和这样的人荒唐，也不再和你荒唐了。"

"如果你是真的找到了爱情，我会祝福你。"

"我不需要你的祝福。江海阳，你说我是不是马上就要失去你这个朋友了？"

"不会的，你永远都不会失去我这个朋友。我说过，我们可以做一辈子的好朋友的，是不是？"

一辈子的好朋友。

一辈子，"永远"这样的词真好听啊。萧楠很害怕听到这个词。因为年轻时候的永远都不远，一辈子都很短。前一秒还山盟海誓，下一秒就分道扬镳的故事，她不知道听说了多少个。每个故事的开始都很美好，结束都很残忍。但是她却依旧喜欢听这个词。听江海阳对她说，丫头，我们可以做一辈子的好朋友。因为恋人会分手，会吵架，会在离开彼此后互相怨恨对方直到老死不相往来。但是朋友却不会，朋友可以一直看着彼此成长，看着彼此走向最终的幸福。那画面想想都很完美。只是，那是理想状态。留下来做朋友不甘心的那个，总会一面祝福一面心酸的吧？

汪雪和江海阳会结婚的吧？江海阳以后的孩子如果是个女孩，会不会长得像江海阳小时候？

萧楠胡思乱想地睡着了。手机没有关。丁一凡的短信一条条地发到了她那个已经被磨损得不像样的手机里。"你睡着的时候会是什么样子呢？一定也很甜。晚安，倔强到可爱的女孩。"

第八章　谁说我不在乎

丁一凡开始以萧楠的男朋友自居，出现在她的生活里了。

他可以为了给她送一杯她喜欢的奶茶等她下晚课一直等到发烫的奶茶完全变得冰凉，他可以因为下雨看到萧楠没带伞就把自己的伞丢下然后一个人淋雨哪怕感冒，他可以为了萧楠没事旷几节不重要的课就为了见萧楠一面。给萧楠讲那些其实已经老掉牙的笑话。他知道萧楠喜欢唱歌，尽管自己五音不全也要硬着头皮跟萧楠去KTV干嚎那几首他一直练了好多遍却怎么也学不会的歌。他没事就约萧楠出去散步，然后发现学校已经变得很小了。

当然，最多的见面，还是在图书馆的自习室里。两个人看着各自的专业书。萧楠有时会看到睡着，很无意地就枕到了丁一凡的胳膊。那一刻，丁一凡觉得幸福离他那么近了。

这天，依旧还是在自习室。萧楠忽然不想学习。她随意拿起丁一凡的手机看起来。一条彩信提示，让她很好奇。

那是方晓鸥发过来的。照片是写真照。那女孩浓妆艳抹，漂亮得有点俗气。

再看短信，内容虽然并不暧昧，但是似乎对丁一凡的日常生活非常了解。

萧楠知道自己和丁一凡的关系并不能算完全确定。毕竟从心底深处，她还没打算真正完全接受丁一凡。而明显的，这个发短信的女孩和丁一凡应该关系并不一般。

她到底是谁呢？萧楠忽然很想知道。这一刻，萧楠不得不承认，她好像开始在乎眼前这个假装无辜的男人了。

丁一凡要和萧楠单独谈谈。还是老地方，教学楼。

他承认，这女孩一直和他关系不错。自从上大学，就经常打电话。其实两个人不是不能成为很好的恋人，只可惜身处异地。将来在一起的希望渺茫。前前后后，交代了一些细枝末节。听到丁一凡说这些，萧楠忽然有种上当的感觉。

"你就让我一个人等江海阳不好吗？你既然都有女朋友了，何必再找我？"

"你听我说，我和她不可能了。这女孩不是找不到男友的人。她很快就会把我忘记。我不想耽误她，时间会冲淡一切的，是不是？就像你，你对江海阳，就是单相思，你们不可能有结果的！"丁一凡说到这里有些激动，声音甚至有点嘶哑。

萧楠听到这句话忽然哭了。单相思，这个词是多么残忍？

不知道什么时候，丁一凡抱住了萧楠。萧楠开始死命地挣脱，挣脱中带着赌气和绝望。

她知道，她是挣不开这个男人的怀抱了。这一刻萧楠心里忽然冒出了一个想法。

她必须要在和丁一凡完全确定恋爱关系之前去见一次江海阳。

不听任何闺蜜和朋友的劝告。去青岛看江海阳变成了她小长假的最重大计划，甚至，也是她大学里最疯狂的计划。

丁一凡不是不知道萧楠要去见的是谁。他想也许这次萧楠从那个男人那里回来，也就死心了。

他是那么自信。自信地认定，如果萧楠要是和江海阳能够走进爱情，那早就是恋人了。这一点，他丁一凡是绝对有把握的。

就这样，萧楠用自己在大学里打工赚的钱，买了飞去青岛的特价机票，不顾一切地要去敲诈江海阳的饭了。

盼到了小长假，萧楠终于要去江海阳那里看不同于家乡的大海了。一个随身的小旅行袋，外加丁一凡平时最喜欢背的双肩书包。干净利落。

临走前，她还给丁一凡打了个电话，说自己回来之后就好好地和他开始真正的爱情，补偿他之前所做的一切。丁一凡还是自信地笑着说，"妞儿，你不会真的不回来的。我相信，你就算绕一圈，还是认为最正确的那个人就是我。"

丁一凡其实心里也底气不足。他故意留了那个书包给萧楠，其实就是想证明给江海阳看。萧楠有男友了，那书包一看就是个男人背的。同时也给萧楠时刻提醒，她背着他的书包，怎么会忘记他？！

由于是特价机票，飞机没有按时起飞。萧楠甚至都有点不想去了。到青岛的时候已经是深夜11点多。来接机的江海阳看到萧楠，第一句就是问："你饿吗？"丝毫没有提起误机的三小时他有多焦急。他也是怕提起了，萧楠会不好意思。自然接过行李，叫来车子。一切都是那么亲切，像是见到了亲人，这时候的江海阳就像是萧楠的哥哥。两个人一路上聊了好多关于萧楠口中的预备恋人丁一凡。车子在高速路上飞驰，深夜里的青岛安静而美丽。

当车停在了江海阳之前找好的宾馆，已经是深夜1点。老板迷糊地拿起钥匙把房间打开，江海阳对萧楠说，"凑合住下吧，这里还算安静。"

都交代完毕，江海阳关上门，说了句晚安，然后离开。看到老板已经把门又重新锁上了，只好把老板叫醒。

"快把门打开啊，我要出去。"江海阳想到老板一定是误会了他和萧楠的关系。此刻只有尴尬。

回到部队驻地，已经是两点多了。

江海阳第二天一早上给萧楠发消息，跟萧楠说，要是起早了，想出去转转，楼下就有卖早点的店。如果不急，就等他一起吃。如果想买什么没有带齐全的洗漱用品，可以去附近的小超市。如果闷了，可以去宾馆对面的几条小街转转，有早市，很热闹。如果想要取点钱，下楼转身就有ATM可以救急。当然，你也可以不用取太多钱。哥哥还有余粮。

江海阳就像是个导游活地图，把他所有能想到的都嘱咐了萧楠。他自己也知道既然萧楠来找他，必然是全然相信了他，把安全问题都交给了他。他必须要负责任。让萧楠在青岛短暂的旅途能够玩得愉快。更重要的是，他想给萧楠一个完美的记忆。

萧楠还是等江海阳一块吃的早饭。江海阳微笑着夹起早餐的小菜，一边还看着路上买来的报纸。两个人对坐着在清晨的阳光里吃这样一餐早饭，就像是熟悉已久的夫妻，聊着涨的楼市，跌的股市，有这么个瞬间，萧楠感觉幸福得快死掉了。只是，这仅仅只是一次早饭。朋友间的一次早饭。眼前的这个叫做江海阳的男人，是属于另一个叫汪雪的女人的。想到这里，萧楠有点失神了。手机里有了丁一凡的消息："早安。你现在在做什么呢？我想你了。你快回来吧。我后悔你去青岛了。你不会真的忘记我吧？"

萧楠此刻忽然觉得自己挺坏。她在脚踩两只船吗？不，她来这里，是为了放下这个男人。然后去全心地爱另一个正在等她忘记的人。

吃完早饭，萧楠就说："带我去看海吧。看和家乡不一样的，有着细软沙滩的海。"

青岛的海水确实和家乡的不一样。蓝得像钢笔水。沙滩踩着也舒服。江海阳知道萧楠喜欢看海，更喜欢看全国各地不同的海。他想萧楠这奇怪的爱好倒也不难满足。

两个人很快到了海边。萧楠这一刻就变成了孩子。春末的海水还有些凉。萧楠也没有在意，硬是光着脚丫挽起了裤管踩在了那样绵软的沙滩上。江海阳对萧楠说："心里有什么委屈就大声叫吧，喊出来就好了。"

萧楠想了想，喊了一声。"江海阳是个大混蛋！"

喊完了还觉得不解气，又喊了一声，"我曾经喜欢过一个大混蛋！"

江海阳看着她，也不说话。只是眼睛眯着看她，说："还有吗？那，那个叫做凡哥的家伙，他是不是也是个混蛋？"

江海阳就是这样喜欢打趣地故意反过来说。他知道萧楠口中的丁一凡，比萧楠还要小上一岁。可是听萧楠说，在大学里很多人都喜欢叫丁一凡凡哥。

这个凡哥，整整小了江海阳3岁。可江海阳还是要叫他凡哥。

他对这个凡哥挺感兴趣。从最开始萧楠发照片给江海阳看时就觉得这个凡哥像是似曾相识。

萧楠第一次给江海阳发丁一凡的照片，是一张合影。照片上的丁一凡穿着和海军类似的制服。眉眼里确实透着几分和江海阳相似的地方。萧楠让江海阳猜哪个是凡哥。江海阳毫不犹豫地就指了出来。事后萧楠问，怎么会这么准，为什么就是他。江海阳说，没有为什么。只是直觉。直觉告诉他，这个丁一凡注定要和萧楠有段故事。而能和萧楠在一起的男人，肯定不是个一般的男人。他肯定要忍受萧楠莫名其妙的伤感与胡思乱想。这个看起来笑容阳光纯粹的男孩，他到底是不是那个会守护萧楠一生的天使？

江海阳害怕萧楠又是在跟他开玩笑。但是看到照片他就安心了。萧楠也许真的是喜欢上这个小子了。但愿他的笑容能融化萧楠曾经冰封的心吧。

萧楠在青岛短暂的停留，江海阳请假全程陪玩。早中晚三餐，每顿都吃得精心而创意。他带她去吃他曾和战友们最喜欢的水煮鱼。细致地帮她把鱼刺都挑出来。把汤上的漂浮辣椒油都撇出来。他带她去吃他平时都不舍得吃的烤鸭。涂上甜面酱，跟她说鸭皮最香了，吃一口就忘不掉。他带她去吃在上海吃不到的特色火锅，叫上他们共同的朋友，他大学最好的朋友颜峰。三个人在桌上豪气云天，恨不得今生朋友来世兄弟的结拜。

萧楠离开的时候，江海阳对萧楠说。

人这一辈子，总归还是要找个人去爱的。如果没有遇到，那么就找个爱自己多一点的人。然后去幸福的生活。

在机场，萧楠几次想哭。却都忍住了。在安检口，她对江海阳招了招手。没有拥抱，没有不舍，只是笑着说，再见了。而心里却是再也不见。所有的回忆，她珍藏了。

在她坐上飞机决定再看一眼这个城市的时候，关机的前一刻，江海阳的短信跟了进来。

"提前祝你生日快乐，提包里有给你的生日礼物。愿你一切都好。"

萧楠赶忙打开手提包，不知道什么时候，包里被装了一个小小的礼品袋。里面有封短信。

"这是一支钢笔，愿你在心情烦闷的时候，用这支笔写下你所有不快乐的心情。还有一个玉佩，它会保佑你顺顺利利的吧。记得要开心。无论如何，快乐的，好好的生活。"

第九章　我是真的喜欢你

丁一凡在大学里过了几天没有书包的日子。除了觉得书包没了，书只好用手拿来拎去之外，心里还有点空。最主要的是，他第一次发现好像真的对萧楠这个妞儿上心了。他不想让萧楠认为他丁一凡是个小气的男人。所以那两天他刻意显得很大度，也不敢想什么时候就什么时候发短信过去。

晚上他拨萧楠的手机，却发现是关机的。他知道萧楠去的是部队驻地，那地方荒山野岭的。万一遇到什么坏人，怎么办？一个姑娘家！不，其实他想象力更丰富一点。这个时候，那个丫头是不是和那个她喜欢了好多年的男人在一起？天！他们会怎么样？丁一凡想起这些头就忽然疼了起来。他也没了自习的动力，早早回宿舍了。坐在电脑前，打开一个游戏窗口，又关上。异常的烦躁。好不容易拨通了萧楠的电话，却发现萧楠略带哭腔的声音。絮絮叨叨的不知道跟他说些什么。终于放下了心，萧楠没有和那个男人怎么样。至少看起来情况是这样。但是，这丫头又哭个什么劲儿呢？

他突然觉得这个妞儿实在让他心力交瘁，或者说，他丁一凡确实遇到克星了。想他以前是不是曾经伤害过太多人而丝毫不在意呢？这就是报应！他丁一凡也有这样一天！也会为了一个女孩坐立不安，甚至在深深地吃着一个完全没见过的男人的醋！他曾经问萧楠，那个江海阳到底有多好？萧楠也不说，只是笑了，好像在回忆什么细节。那个样子简直让他抓狂。

喜欢一个人到底是什么滋味？丁一凡一直觉得爱情应该很简单。你看着她，觉得很安心，很幸福？不，还是你看到她就担心得要命，怕她淋雨了，怕她又嚷嚷着要喝酒，怕她忽然伤心地哭起来，怕她受伤怕她不快乐。丁一凡不是琼瑶戏里的男主角，但是他此刻很想像马景涛发疯般的嚎上几嗓子。他想要给萧楠一份他能给的幸福。哪怕只是希望她通过这段感情忘了那个据说她从十几岁就开始喜欢的男人。这样的心情应该是喜欢了吧？或者比喜欢还要深的？是爱？

丁一凡不是没有表达过爱这个词。反正那三个字说出来并不困难，随口就可以说上好几遍。可以严肃地郑重其事，可以轻描淡写玩世不恭，也可以神情款款。他可以在短信里把那句爱你写到自己都麻木。可是，什么是爱，他自己并不知道。从他知道自己是个男人那天开始，就有无数个女孩跟他表达那句我爱你。他看得太多了。有时候是不屑，有时候是骄傲中透出的一丝自豪，有时候是内疚，有时候……

从小到大，丁一凡就是个听话的好孩子。学习好，人聪明，又长得可爱，后来是帅。他是没受过什么挫折的，很少听到有人会拒绝他，跟他说不！记得萧楠那次跟他说："要不，我们先从朋友开始？"他听这句话的时候就想，先是说从朋友开始，然后说，我们只能是朋友，再然后就是疏远！冷淡！想起这些他就觉得不可思议。这妞儿凭什么这么牛？没道理呀。

就因为这，丁一凡一鼓作气地决定厚着脸皮追下去。心里还有那么个想法，我就不信你萧楠比别人多什么！

他开始不停地发短信给萧楠，自从他们互相设定了亲情号码之后，没话找话似的电话就可以名正言顺地打得更多。毕竟，不能让中国移动占到便宜。丁一凡不停地说着似乎倾诉不尽的想念，萧楠这边却不能热络起来。她从不说爱，甚至说喜欢也小心翼翼的。丁一凡从别人那里可以轻易得到的那样一句话，在萧楠这里变得很艰难。

其实萧楠是太认真了！认真的人往往就失去了更多的乐趣。萧楠跟丁一凡说："给我段时间好不好？你要等我，等我一心一意的，慢慢对你好。感情真正到了那个时候，我再对你说那句话好不好？"萧楠说的时候满脸真诚。暮色里，丁一凡看着这张真诚的脸不好拒绝。想轻轻拥着她吧，她却敏捷地轻轻一闪跳开了。丁一凡只好摇了摇头，叹了口气，说："好吧，我等你，就那么一直等。等多久都乐意。"

不要以为这句话说出来丁一凡心里就是心甘情愿的。他可不是《山楂树之恋》里的老三，等一年零一个月还是等到25岁的，甚至等一辈子。这样的话不过都是说说而已。谁能当真。他料定，他丁一凡不会等太久。萧楠虽然心里有个不管是十年还是八年的影子，可毕竟现在谁在她身边啊？他丁一凡！既然两个人在一个学校，见面还不是易如反掌。

周末中午，这天天气不错。萧楠一边听着收音机一边在学校的水房洗衣服。周末的水房一般几乎没有什么人。顶多看到水房里放着不知道哪个懒惰的家伙泡着脏衣服的盆子漂在水池里。萧楠于是养成了周末洗衣服的习惯，一来人很少，二来可以把收音机摆在水房，边听边洗。这就是萧楠派遣寂寞的一种方式。享受孤独，对萧楠来说是最拿手也是最擅长的了。也正因为这样，她没有觉得自己多了丁一凡那样一个小跟班日子有什么不同。

衣服洗了一半，电话就响了。

"嘿，是我，你在干吗呢？吃午饭了没？出来一下好不好？我有惊喜哦——"

"我正忙着呢，忙着跟一大堆衣服战斗。有什么事就电话里说吧？"萧楠还没来得及擦干手上的洗衣粉泡沫，用头侧过来夹着电话。但显然，萧楠还是对那个所谓的惊喜有那么点期待。这阵子自从丁一凡开始展开攻势以来，惊喜倒是没有太多，只是生活开始变得热闹了起来。

"出来吧，我真的很想见到你。你要是不出来，今天我就不回宿舍了。"

"到底是什么啊？你能不能不卖关子？我的衣服要是泡久了会烂的。"

"不会很久啦。你来了就知道。快，我在空教室等你。"

丁一凡简短地挂上电话，开始在教室等萧楠。

萧楠把湿衣服拧了拧，随意地挂在阳台的绳子上就出去了。

悄悄地推开空教室的门，见丁一凡没有察觉，萧楠暗中观察着丁一凡。他正在盯着学校派发的《新闻晨报》体育版看得出神。桌子上放着那个她背过的书包。边上还有一个很大的盒子。好像是蛋糕，又好像不是。萧楠轻微地咳嗽了一下。丁一凡马上抬了头。

"怎么这么快？是不是也很迫不及待地想要见我了？"

"喂，你这人真的很厚脸皮。找我这么急，什么事啊？"

"那个，我同学他女朋友过生日，我帮他们做了点事，他们为了奖励我，把他们的蛋糕给我了。我要是这就拿回宿舍，肯定被那帮子狼风卷残云了。"

说罢，丁一凡把盒子打开。里面果然是一块蛋糕。蛋糕是红豆的，上面没有厚厚的奶油。中间是用抹茶夹了一层，不像是一般的生日蛋糕，却很精致。

"你舍得给我吃？我这要是咬了，不是破坏美感了？再说，你要是把我吃过剩下的蛋糕给你们宿舍的同学，他们看到了，还以为是谁先啃了一块呢。"

"叫你吃你就吃么，你不吃，他们也会吃了。是不是觉得太干了？我这里还有一瓶水。"丁一凡又从书包里拿出一瓶HELLO-C柚的饮料，拧开，递给萧楠。

萧楠有点愣住了。丁一凡这么细心？知道上次看到她喝的就是这种饮料。他记住了？霎时还真有那么点感动，也有点惊讶。

"怎么不吃呢？你吃么。我就看着你吃。快点。"

"要不，我们一起把它消灭了？咱们不给他们留了吧，嘿嘿！"

"你要是想全部吃掉，真有那么大的胃口你就吃。大不了我跟他们说我自己全给吃了就好了。呵呵，我是男人啊，男人不喜欢吃这么甜兮兮的东西。"

萧楠小心翼翼地用叉子插下来一块，放在嘴里，还没怎么咬就化了。

"好吃吗？你吃东西怎么那么淑女啊。要大口大口地吃哦。"

萧楠看着丁一凡笑着对她说话的样子，一时出了神。奶油不知不觉地就粘在了嘴边。

"哈，你真像个小孩，从第一次见你的时候我就觉得你像我妹妹似的。可是，抱着你的感觉却和抱妹妹的感觉不同，你……"

话还没说完，萧楠发现教室的门被风关上了。她下意识地想打开。丁一凡小跑过去，拦住了萧楠。两个人就那么僵持着站立。半天，谁都没有说话。

丁一凡盯着萧楠沾满奶油的嘴边看了很久，最后，用指尖把那层奶油轻轻抹掉。两个人都像个孩子一样笑了。

丁一凡不敢造次下去，只好继续一个劲儿地干笑下去。他不是不记得上次那个晚上，他试图去吻萧楠的时候，那个尴尬的画面。萧楠总是说，没有准备好，或者说得更直白些，就是还没有准备爱上他，接受他。只好随便说点有意思的事，分散一下注意力。

其实对于丁一凡来说，他早已经忘记初吻的时候自己是什么感觉。也许有点笨？或者仓促而紧张，紧张而兴奋？那都不重要了。重要的是，在萧楠面前，这个迟迟都没有确定关系的吻，也太难得到了。想到这里，他依旧不愿意放弃这次单独相处的机会，或者说，得手的机会。他随便扯话题，天南海北没有主题了很久。

这一刻他脑子也有点嗡嗡的空白。他想要说点什么浪漫气氛的话，却一句也想不起来了。莫名其妙，他忽然冒出一句："我是真的喜欢你，萧楠。"好像不说这句话，就是假的喜欢。萧楠也知道，她好像被一种什么气场拉住了，不再像以前那样显得拘谨。就在刚刚丁一凡说她像个孩子的时候，她就感觉到似乎有种熟悉的亲切感。认识丁一凡也算有了一段日子，每次看到他刻意地去逗她笑，她在笑的时候都是放松的，慢慢地不设防了。

丁一凡又重复了一遍，"我是真的喜欢你，真的，真的……"

萧楠见丁一凡的脸靠近了她，也就闭上了眼睛。

这个吻很轻，很小心。也许是丁一凡真的太紧张，他把口水留在了萧楠的脸上。萧楠也不好意思说什么。她似乎对这个吻反应很平淡，却又不得不承认，记忆应该是不一样的。嘴里还含着甜甜的红豆抹茶蛋糕。

很久之后，丁一凡再问萧楠还记不记得那个吻之前和之后说过的话，萧楠总是说不记得了。这让丁一凡有点失望。这不是她的初吻吗？笨的连嘴都不会张开，应该没错。为什么她却不记得那句他憋了很久却真实坦白的一句话呢？我是真的喜欢你。是的，他不敢用爱这个词。因为他知道也许这妞儿一定不高兴。随便说爱，什么是爱呢？

他在那天把手机里的纪念日多设了一个，也偷偷删掉了几条曾经跟别的女孩的暧昧的短信，顺便把一张萧楠的照片存在了一个文件夹里。

第十章　生日要怎么过才惊喜

　　转眼就到了夏天，萧楠要过生日了。丁一凡提前一周就开始想怎么给萧楠过一个不一样的生日。由于他本身不是个浪漫的人，前面那些洒狗血的追求过程几乎快要了他的命。

　　很多时候，他都觉得萧楠虽然有时坐在他的身边，心里却一直保持着一定的距离。这个距离是他无论怎么想接近都接近不了的。有时他想努力试着听懂或者感受萧楠的思想，只可惜总是失败。萧楠总是说，生活要慢下来，要享受过程。这一点丁一凡无论如何也理解不了。他从小接受的教育就是要一个结果，所以必须努力。他认真读书，认真拿奖学金，甚至如此卖力地去追求讨一个女孩的欢心，不都是为了结果吗？过程有多重要？

　　"下周日你就过生日了，要和你同学一起过吗？还是和我？"

　　"这周我们同学都忙着要期中考试了，所以没有什么人有心思给我过生日吧。要不，给你个机会表现一下？"

　　"遵命，有我在的生日，肯定不同凡响！"丁一凡这话刚说出来，就意识到自己的嘴可真贱。这妞儿可不一样，要是生日过得没有特别之处，肯定不会满意。平时他也不能算个闲人，眼瞅着海事局的考试也要临近了，白天上课打盹，走神的时候发发短信，要继续对萧楠甜言蜜语，晚上还得看复习资料。他只好在心里不停骂这个混球专业。看着人家大学过得逍遥无比，电脑游戏打着，小妞儿泡着，有的是时间风花雪月。咱们就不行，没事净他娘的考试。这个证，那个证，一个个还都马虎不得。万一少了哪个，你就别想上船。

　　要说，二十一世纪什么最贵？人才！那么，对于他丁一凡来说什么最宝贵？时间！想来想去，他觉得最能让萧楠感动的，莫过于陪她一整天。随便做什么。好在丁一凡平时学习还算认真，浪费个一天也不算什么。尽管他向来采取保守战术，资料不看个三遍以上是不会信心十足地走进考场的。这次就算豁出去了吧。这么想着，他就跟萧楠说，过生日的详实计划已经准备部署好了，就差领导检阅了。

　　清晨刚起床，萧楠的手机里丁一凡的短信就飞进来了。从睁眼开始一整天，他丁一凡是完全要听萧楠安排的，就是做马做牛也得哄小寿星开心。第一件事，吃早饭。

周末的丁一凡不那么喜欢早起，这相当正常。平时即便早晨没课，也一样要起来做操或者跑步。这是这半军事管理大学的特色之处。好不容易没有了早操，周末睡懒觉的机会被剥夺了显然不是件愉快的事。但是，他喜欢的妞儿非要吃早饭，起晚了食堂就没饭了，只好选择咬咬牙起床。

两个人睡眼惺忪地来到了食堂，稀里糊涂要了八宝粥和几个包子。萧楠看着丁一凡随意的吃相，觉得这男孩真实得可爱。他和江海阳果然不同，和江海阳吃早饭的时候，萧楠感觉他连夹菜的姿势都那么帅。眼前的丁一凡呢？这个时候正像一头无忧无虑的小猪，呼呼地喝着粥，吃起饭来还真的挺香，只是这小猪瘦了一点。

其实早上萧楠也没有什么胃口，看着丁一凡吃得那么香，自己碗里的粥却怎么也喝不光。

"怎么了？是不是觉得我吃饭像非洲难民？你也赶紧吃吧，吃完了凡哥带你出去玩。"

"我吃不下呀，要不你帮我把它喝光？"萧楠看着丁一凡把自己的那份也喝光，忽然觉得自己终于找到了一个食物垃圾桶，而且是一个不嫌弃她的垃圾桶。笑得就格外灿烂。

丁一凡并不知道到底带萧楠去哪里玩比较合适。想来想去只好去了他们大一春游时去过的公园。去的地点好不好玩不重要，重要的是，和谁在一起。就像吃饭一样，吃什么不重要，关键是和谁吃。公园不大，却开满了不知名的小花，萧楠站在花丛里笑的样子倒还真的跟平时不一样。丁一凡的相机就没停下来过。有人说，一个人美不美，要看另一个人眼中的角度好不好。丁一凡发现这个长相普通的小妞儿在他的相机里却有种别样的美丽。

萧楠也发现这个摄影师虽然水平不怎么高，可真的拍出了另一个她来。有点佩服眼前这个一直说她是美女的家伙。女生听到类似的赞美即使表面上装作若无其事，心里总还是开心的。尤其这句话还是从这样一个阳光帅哥的嘴里说出来。感觉更不一样了。情人眼里出西施，说的不过就是如此。

骑双人单车，划船，这都是恋人间游戏的浪漫科目。科目练习完毕，进入午饭时段。萧楠说自己要吃水煮鱼。很显然的，她还是很想念曾经在青岛吃到的水煮鱼。丁一凡自然要听从萧楠的安排。同样是吃这道菜，没了那句提醒小心鱼刺的话，更没有细致周到的服务。有的只是两个人闷头苦吃。期间，萧楠变成了那个主动拨开鱼刺撒开辣油的人，不时还往丁一凡的碗里夹点什么。这一刻，萧楠觉得自己好像长大了。只是这个被照顾的家伙并不领情，还要在吃饭的时候不停地讲述自己对感情的理解，抒发他未来的伟大抱负。

"我其实就不是个浪漫的人，我认为感情就该现实一点。我坚信中国传统里，男主外，女主内的思想是有一定道理的。我也不怎么会照顾人，但是我会争取在结婚后负责任。将来如果我跑船了，我就想……"丁一凡在讲这些的时候，眼神有些飘。他完全沉醉在他自己的世界里，有点忘乎所以。

萧楠也没觉得他的这番话没有道理。她有很多次跟丁一凡讲，以后实在不行就转行，当个老师什么的，安身立命一辈子。她也不是不能作一个小女人，只是周围的朋友总觉得她看起来更像是个拼命三娘般的工作狂。表面柔弱的她内心却有种说不出的强大的力量。这种力量有时往往让身边的男人有种敬畏甚至恐惧。闺蜜沈瑶总是提醒她，小女生有时候就不要逞强了，在男人面前尽量还是要偶尔装傻，萧楠也不多反驳。她就是这样的人，心里有数的时候，别人说什么都不好使，执拗得很难被说服。

丁一凡问萧楠以后会做什么，萧楠开始一步步计划明确的交代出来。努力去外企干几年积攒经验，觉得瓶颈了再读研，有了研究生文凭再作打算，或者考个教师资格证。丁一凡想到萧楠有了作教师的打算，忽然想起自己的职业如果有个老婆是教师应该再好不过了，但他又不能勉强萧楠放弃，这么多年读航运专业的辛苦岂能白费？

"那你以后要是真的变得这么强大，我往哪里摆？该不会一脚把我踹掉了吧？"

"你不是应该觉得很自豪吗？你有那么优秀的女朋友，说明你丁一凡也很优秀，否则这样优秀的女孩怎么会选择你呢？"

"反正，你没有必要为了我改变什么。不管你读到什么程度，只要你不把我随便一甩了之。我支持你读下去。"丁一凡说这句话的时候很诚恳。尽管很多人说，女人一旦书读多了就没了魅力，但这个时候丁一凡已经完全被萧楠的规划震撼了。很多人都没有想过一年内的事，更别说三五年之后的事了。萧楠能这么说，至少她就和别的女孩不一样。

他们两个人从以前的打工史聊到后来得奖学金的次数。这些小事都让丁一凡对眼前这个看似貌不惊人的女孩有了新的认识。她居然也在打工的过程中吃过不少苦，她做过的家教并没有比他少多少，她一直也频繁地拿着奖学金。了解了这么多之后，丁一凡格外心疼这个眼前有点单薄却又倔强的女孩。

"以后，你有了我，再也不要让自己辛苦了，好不好？"

萧楠眼睛有点湿了。那该是第一次有人这样对她说类似的话吧。其实萧楠知道自己不会沦落到被一个男人养的地步。她打工，也不是因为家境特别贫寒，只是因为大学里的生活太单调，想给自己找点事情做。退一步讲，她的家境虽然够不上富贵，也算是个小中产阶级。萧楠强调自己小时候也在农村生活过，所以不是没有吃过苦的那种娇小姐。也挑过水，劈过柴，生过炉子。她不太想让丁一凡太详细地知道她家里的具体情况，仿佛被知道了，就会变得不平等，让他这个出身农村的孩子自卑。

傍晚，两个人终于回到了学校。丁一凡把萧楠送回宿舍，自己偷偷跑到花店买花。老板娘一看就知道这个小伙子是要送女朋友，就推荐他买九朵。长长久久，寓意深刻。第一次买花的丁一凡，显得羞涩。见老板娘好像还有很多话要说的样子，赶紧付了钱，为了怕别人看见，硬是往滴着水的玫瑰上套了一个塑料袋。

"楠楠，我还没送你生日礼物呢。如果我说我就压根没打算送，你会生气吗？"

"没送就没送呗，你不是已经陪了我一整天了吗？"

尽管这样说，萧楠还是有点失望。

丁一凡学着电视里老套的桥段把藏在身后早已经被他折磨得快奄奄一息的玫瑰花拿了出来。

萧楠不知该哭还是该笑。或者说，已经又哭又笑了。

"这是我第一次送花给一个女孩。所以，你必须要收下。生日快乐，楠楠。"

萧楠没有想到她人生第一次郑重其事地接受玫瑰花居然是在这样的情境下。以前也不是没有人要送花给她，不过是她不喜欢，直接丢到垃圾桶。

"你就不知道该感谢我一下吗？"

"谢谢你。"

"谢谢就完了吗？就为了把这玩意儿拿到你的手中。我的手被刺扎了很多下呢。还有，我陪了你整整一天啊，等了好久，给你那么多次机会了，你怎么就不知道为了表示感谢得……"

"得什么？你要干什么？！"

萧楠那紧张的表情让丁一凡不禁偷偷在心里笑出声来。

"你想到什么了啊？我是说，你是不是得亲一下我？我跟你说啊，不是谁都可以随便亲我的啊，我今天晚上给你最后一次机会，机不可失时不再来哦。"

萧楠继续哭笑不得，但看丁一凡如此认真，只好照办。

"不行，你在敷衍我。我要罚你补考。你不会亲小孩吗？你把我当小孩不行吗？你看我是个多可爱的小孩啊。"丁一凡开始装可爱。

"你知道我很笨的啊，我不会啊。"

"那好，我罚你回去亲枕头，练好了回来亲我。回去睡觉吧，呵呵。"丁一凡时而严肃时而调皮的表现让萧楠真的有点招架不住。

回到宿舍，三个女孩都盯着她像盯怪物一样的看。

"哟，咱们楠楠收到玫瑰啦？哪个帅哥送的呀？"

"看来我们不用给你过生日了，你现在可是幸福了哈。"

"还是九朵呢，楠楠，这是谁跟你要天长地久呢？你这个丫头，赶紧如实招来。"

姐妹们七嘴八舌地问个没完。萧楠只是笑，说了一句"你们以后会知道的"，就去洗漱了。在即将准备上床睡觉的时候，她看到了江海阳的短信。

"愿你以后每天都像今天一样快乐。"

这条短信萧楠一直在等，尽管她已经提前收到过祝福和礼物了，可是她还是希望他记得。每次生日可以没有别人的祝福，但是少了江海阳的，萧楠总是觉得少了点什么。收到这条短信，她终于可以安心的睡觉去了。

第十一章　有啥别有病

牙疼不是病，疼起来可真要命。这一句话萧楠从前从来就没体会过。小时候妈妈就告诉她糖不能多吃，会有蛀牙。后来矫枉过正，萧楠养成了不爱吃糖的"好习惯"。在这样的好习惯里，牙疼这种事几乎只能在别人的嘴里才会发生。所以当萧楠第一次觉得牙疼得快死掉的时候已经算是病入膏肓了。

晚自习前，丁一凡打电话问她还要不要一起上自习。萧楠一口回绝，说自己头疼。她不好意思说是牙疼，其实说牙疼也没什么不好意思的，只是她不愿意让丁一凡看到自己忽然肿起来的脸还有愁眉苦脸的样子。拿起小镜子一照，一颗不怎么正常的牙齿正在她的口腔里萌芽，顶着她整张嘴巴都难以张开。她终于知道，自己大概要为传说中的智齿付出疼痛的代价了。还记得很久之前江海阳跟她说，人在成年后长出来的牙齿都很顽固，有些人在长它的时候往往会痛得死去活来。她当时还说大话，认为自己的牙齿不会难为她，说不定她这辈子都不会长出智齿，因为她总像是长不大。难道说，因为遇到丁一凡，她萧楠迅速长大了不成？

萧楠躺在宿舍的小床上，同宿舍的姐妹们都该上课的上课，该自习的自习，该逍遥的逍遥去了。她一个人找了本书看，看到一半就昏睡了过去。再一醒来，感觉口干舌燥，身体飘飘忽忽，一点力气都没有。起来倒杯水，发现自己大概发烧了。下意识地发消息给江海阳，跟他说自己又病了。这次是牙疼，而且疼得发起烧来。萧楠把短信发出去之后才想起，自己已经不是以前那个没事有个头疼脑热就跟江海阳抱怨的小丫头了。她有男朋友了。想拨电话给丁一凡，又怕打扰他学习，于是只好等江海阳的短信。

"嘿嘿，你才长智齿吗？我上大学前就几乎都长出来了。很疼吧？记得这几天不要吃米饭之类比较硬的东西，你就喝稀饭吧。少说话，吃点消炎药，多喝水，应该会没事。如果一直不退烧，记得要去医院看看啊。听话，这个时候就不要逞强了。不许任性。"江海阳知道萧楠从小到大就有个毛病，一发烧就不容易退，而且喜欢说些胡话，比如是不是这次就要挂了啊，会不会留下后遗症把脑子烧坏了啊，或者说些更离谱的，如果她萧楠真的有天不在了，他会不会记得她之类莫名其妙的。一旦退烧，就生龙活虎当作一切都没发生。这一切，江海阳已经习惯。

"我好害怕啊,还一直在烧,都两天了。体温越来越高呢,怎么办?"

"丫头,去医院看看吧,你的凡哥呢?怎么不管你?要不我找他了啊。那小子怎么照顾你的?!不行你把他电话给我。"

"他要考试了,不想麻烦他。再说了,我真没事。我就是想发发牢骚。如果打扰到你了,你就忙吧,不要管我了。"

江海阳看到萧楠的短信,忽然不知道怎么回复她好。他一直觉得他亏欠这女孩太多。如果连几条短信的安慰都不给,他江海阳就太没爱心了。但是,类似这样的安慰,给了又有什么用呢?那个丫头怎么总是不好好爱惜自己的身体,总是生病呢?他一直希望萧楠身边有个人照顾她,关心她的生活。现在不是有那个人了吗?为什么这个丫头还是可怜兮兮地发短信给他?难道这次的凡哥又是个冒牌货?

江海阳让萧楠好好睡一觉什么也不要想,也许吃点退烧药就好了,心里却担心起来。

到了晚上9点多,萧楠终于忍不住打电话给丁一凡。她只是想听听丁一凡在干吗。不知道为什么,她就是在他面前表现不出来太多的柔弱,他的粗心有时让萧楠既生气又无奈。

"您好,您拨打的用户正在通话中……"

10分钟,萧楠再打给丁一凡。听筒里传来的声音依旧是这句冰冷的女声。

一个小时之后,大概10点半的样子。宿舍就快要熄灯了。丁一凡给萧楠打来电话,问萧楠有没有好点了,谁知道劈头盖脸听到的就是一顿发火。

"你这一个多小时给谁打电话呢?!"萧楠困难地张开嘴巴一字一顿地说。

"我妈好久没给我打电话了,就跟我多说了几句,没想到聊了这么久。你怎么了?"丁一凡有点心虚又有点羞愧地说。

"我生病了,我发烧了。很严重呢。"

"那你吃药了没?要不去校医院看看?"

"我不想去医院,我不喜欢去,我讨厌打针。"

"你怎么像个孩子似的,现在是在学校里,没有什么太多的事情。以后你要是工作了,就这样一直不治等着病情严重,要怎么办?你怎么可以这么任性,又这么无理取闹呢?!"

"不用你管!我好不容易主动打电话给你一次,你就占线这么久。你跟你妈妈打电话打这么久说什么啊?"萧楠完全没有掩饰自己的不满。加上她本来就已经被发烧折磨糊涂的脑子根本想不到自己这样的问句让她在丁一凡那儿显得很幼稚。

"好了,我错了,好不好?我真的担心你出问题。原谅我真的不知道你病的这么严重,刚才都觉得很过意不去了。你再这么一说你不去医院,我能不着急吗?这样,要是觉得和我一起去医院不方便,就找你的室友带你去,好不?别任性了我的祖宗,你要是生病了我比你还难受。今晚上我24个小时不关机,你想什么时候找我都行,我就一直守着。不,以后每天我都24个小时不关机。我随时待命!"

萧楠听丁一凡在电话那头哄了她半天,因为牙疼得不愿意说话,说睡不着,就要丁一凡唱催眠曲给她听。完全忘记他之前说过他从前在家唱歌,被邻居说成像老太婆哭被老妈痛打一顿的典故。丁一凡依依呀呀地想起了那首朝鲜民谣《阿里郎》。虽然调和词都错得离谱,萧楠却是第一次听到这样特别的摇篮曲。

"凡哥我是不是很有才?我可是会说韩语哦?呵呵呵……"萧楠终于在丁一凡使劲浑身解数下迷迷糊糊地度过了崩溃的牙疼一天。

第二天上午萧楠没有课,索性就早操也不想出了。快到中午的时候,丁一凡问她要吃什么,一会儿就给送过来。萧楠想也没多想,就说了一句,随便吧。

这个随便可是难坏了丁一凡。

"我说祖宗,食堂里没有卖随便这个菜的。怎么你也得来点最高指示。"

"我要喝稀饭……别的,就不要了吧。"

稀饭?食堂里中午只卖八宝粥,丁一凡想着就犯了愁。平时从食堂把饭菜带走都有方便饭盒可以装,这稀饭拿餐盒怎么装?要说他丁一凡还是机灵,想到自己还有吃方便面时赠送的大号饭盒,正好可以装上一饭盒。再买点啥呢?萧楠那妞儿爱吃玉米和棒冰。于是二话不说就买了这几样,连想都没想就到了萧楠的宿舍楼下。

萧楠因为发烧也不再在意形象,穿着睡衣就憔悴地走到了女生宿舍的大门口。丁一凡看到萧楠这个样子,就有点难过。

"你怎么把自己搞成这个样子!"语气里既有责备又有心疼。

萧楠也没注意丁一凡眼睛里的那种说不出的关切和柔情。看到的只是丁一凡送来的东西。

"你手里拿的这是什么啊?这么大的饭盒,你是要喂猪吗?还是懒得给我送第二顿,所以故意的啊?还有,我能吃玉米吗?我现在牙疼着呢。冰棒?!你诚心给我添堵呢,是吧?哎哟!"萧楠的牙看着这些硬邦邦,凉丝丝的东西又开始示威一样的疼起来。

"我说姑奶奶,你还没好呢啊?快点去医院,走,别再拖了。你想急死我吗?"

"不去，你回去吧。谢谢你。晚上不用来给我送饭了。我就把你喂猪的食物都喝掉。"萧楠酸溜溜的语气让丁一凡听了也很不舒服。好不容易送了这么一顿饭，结果萧楠丝毫不领情，还挑出来这么一大堆毛病。真是娇小姐，一点都不好伺候。

萧楠心里也莫名其妙的烦躁。也不知道是因为牙疼，还是因为别的什么。这件小事让萧楠想了很多也很深入。一个口口声声说要照顾我，爱护我的男人，居然在自己生病的晚上打电话打了整整一个多小时，说是给妈妈打电话，谁知道是不是呢。这么大的一个男人了，有那么多话要说给妈妈听吗？好，就算不是打给别的女孩，这样一个依赖自己妈妈的男孩子，他长大了吗？明知道我生病了，牙疼，还要买这些我不能吃的东西。他的脑子是猪脑子啊？他心里到底有没有我？

萧楠的这些胡思乱想，完全没有什么关联和逻辑性，甚至还真的有那么一丝无理取闹的感觉。她完全忽略了其实丁一凡能够注意到她平时喜欢吃什么这样一点比较重要的习惯已经很不容易了。她确实不该把打电话那件事，上纲上线到一个男人有没有长大的层面上。事后她也觉得自己不对了，她是怎么意识到自己不对的呢？

这还要归功于江海阳。江海阳打电话问萧楠是不是好些了，萧楠劈里啪啦地开始跟江海阳抱怨。一会儿说丁一凡粗心马虎，一会儿又说他心眼小得跟针鼻儿一样，一会儿又说他如何如何不懂得讨她的欢心。说得江海阳哭笑不得。

"我想我和他有点性格不合。"

"哈哈，丫头，你长大了啊，学会性格不合这个词了？"

"是啊，不是你们都爱说，两个人在一起，最常见的问题就是性格不合吗？"

"可是爱就会让性格不合的两个人学会宽容理解。要不怎么说相爱容易相处难呢？你呀，就不要那么介意一些小事了。学会大度一点不好吗？咱们楠楠这次可不像女侠啦。"

"那像什么？"

"像，像个喜欢耍小性子，小脾气的野蛮小女人，哈哈哈。你把那小子折腾得够呛吧？我可劝你适可而止啊。男人，忍耐力都是有限的，不要仗着人家喜欢你，你就欺负人家，是不是？"

"可是，他就像个愣头青，木鱼疙瘩。好像脑子被灌了铅，怎么都不开窍。"

"那你就好好教育他一下，让他慢慢被你同化嘛。改变都是潜移默化的。如果你不喜欢现在的他，就努力地让自己适应他。"

"那要是适应不了呢？是不是就得立马分开？"

"说什么呢，才经历多少事，你就总把分开分开挂在嘴边上？"

"不知道为什么,我总觉得我和他在一起时间不会太长。我有时候没办法面对自己,我甚至都不知道自己喜不喜欢他,或者说喜欢他什么。我好怕失去,但是也不知道自己得到没有。我脑子好乱啊。"

"那就什么也别想啦,我看你呀,还真是一个生病把你那个小脑袋给烧糊涂了。"

"江大队长,最近我总是失眠。"

"反正我也不困,那要不我陪陪你?咱们上网聊吧。"

江海阳和萧楠聊着聊着,不知不觉就过了半夜。几次江海阳要催萧楠睡觉,萧楠就是不听话。江海阳于是就一直陪着。

"你说,我将来会幸福吗?"

"会的,一定会啊。你会比我幸福。"

"为什么?"

"因为你是个值得去得到幸福的女孩。"

"可是我自己总是忘不掉失败的过去,怎么办?"

"什么失败的过去,谁给你失败的过去了啊?"

"你啊……"

江海阳看到这句话思维停顿了。这个丫头总是在不经意间重重的,把那句不合时宜的话提出来。这让他很苦恼。

江海阳说了很多让萧楠勇敢面对自己感情类似劝慰的话。一直到凌晨三点,萧楠实在撑不住了,并且也觉得确实不能再打扰江海阳了,才下了线。萧楠的头像一暗,江海阳马上跟着下了。江海阳有些不安,但又说不出来这不安是来自什么。

第十二章　我是个懦弱的男人

　　萧楠自从那次跟江海阳在网上聊天聊到半夜之后，心里也有了不安。她倒不是因为觉得这样对不起丁一凡，毕竟他们之间的谈话就像是闺蜜之间的谈心，要说到暧昧可能还算不上。但是她觉得这样做，汪雪知道了心里肯定会不好受。女人都是脆弱敏感而又善于吃醋嫉妒的。如果连这些都没有，那么爱情也快要没了。

　　倘若他丁一凡偷偷半夜三更的也和另一个女孩聊天直到对方下线怎么办？

　　当室友乔羽给萧楠了这个假设时，萧楠说不出话来了。她知道，她的占有欲肯定会先让自己抓狂。只许州官放火，不许百姓点灯吗？这个也说不好。只是她知道她绝对不会忍受丁一凡背着她那样做。

　　"但是你怎么知道他就没有那样一个女孩？"

　　乔羽的话一直在萧楠的脑海里盘旋着。萧楠不得不想起来上次在丁一凡手机里发现的那个叫做方晓鸥的人。

　　上网查到方晓鸥的个人主页，很快就跳出了这个女孩的所有资料。萧楠怎么看都觉得这女孩和她完全不是一个类型。

　　之前，萧楠最害怕的，莫过于自己做了前任女友的替身。这样一看，心里也就算踏实了一半。好在丁一凡不是因为她长得像前女友而爱上了她。

　　萧楠尽量刻意地让自己的好奇心压制下来。她其实很怕那个女孩有一天像汪雪一样找到自己，对她说那些她不想听又忍不住听的一些过去甚至现在。

　　个人主页上方晓鸥的头像是一张刻意摆着姿势的大头贴。那样子有些做作，但是萧楠却不得不承认这女孩不难看。不，应该说还算好看，只是少了点神韵和气质。再一看归属院校，原来是一所名不见经传的三流师范类专科院校。这样看来，她萧楠貌似是把这女孩高看了，心里又有了些许说不出来的优越感。这种优越感来源于萧楠从小到大被灌输的好孩子思想。她总以为学习好也能算是个优势，可以稍稍弥补在外貌上的不足。这也许就是很多高校里，越是成绩优异的女孩相貌越不出众的原因吧。既会学习又会打扮的女孩不是没有，但总归不多。好学生往往都是些相貌普通的平凡人。如果长得一般，学习成绩又不优异，靠什么来吸引别人的目光与注意呢？

萧楠的来访引起了方晓鸥的注意。很快，方晓鸥申请加了萧楠为好友。两个女孩就这样在这种意外的方式下聊起了丁一凡。

"你应该是丁一凡的一个比较不错的好朋友吧？"萧楠故作轻松地写下这句话的时候，忽然觉得这次谈话料定就不会是次愉快的谈话。

"你是谁？你是他现在的女朋友吗？"方晓鸥语气很冷很直接。

"算是吧。我还想好好多了解了解他。或许应该说，我是那个需要多了解丁一凡的人。"

"那你不要找我来了解，还是你自己去了解比较好。"

"可是，你先加了我呀？你是不是有什么误会？或者，你想和我说什么？"

"我想说什么？是你想对我说什么吧？"方晓鸥继续快言快语。

"那好，既然你不喜欢兜圈子，那我也不兜了。大家都是女孩子，我知道喜欢一个人是件好事，也是件坏事。尤其是当你喜欢一个人，而他却对你不冷不热的时候，肯定心里不会好受。我有过类似的经历。你喜欢丁一凡，他知道吗？两个人能否会在一起，都靠缘分。你相信缘分吗？"萧楠在写下这段话的时候，连她自己都不知道她这样写到底想表达什么。她仿佛有点同情这个叫做方晓鸥的女孩，她怕自己会跟汪雪一样，最后变成疯狂吃醋的女人。

方晓鸥看到这一段话，心里有点不爽。她想，丁一凡这么快就有新女友了？也许他们早就暗渡陈仓了？

"你和丁一凡相处了多久，是不是很久了？"

"很久是多久？"

"一年吧。"

"一年就叫很久了吗？那我们不算很久，我和他就算刚刚开始吧。同为女孩，你也知道，对自己在乎的人，通常都会吃醋的。你说是不是？"

萧楠也没设防。只好如实回答。

方晓鸥忽然暗自欣喜起来，原来这丫头是个真诚的傻蛋。她还不是很信任丁一凡。我倒要看看，我方晓鸥到底怎么比你差了！

方晓鸥马上打了电话给丁一凡。语气中带着撒娇和不满。

"你怎么搞的嘛，居然叫一个莫名其妙的女人来和我聊天。人家生气了嘛。我说过，我想要祝福你幸福的，只要你幸福就够了。可是，你这是什么意思呢？故意在我眼前炫耀你现在的幸福吗？你这人怎么这么坏嘛。"

丁一凡在接到了方晓鸥的电话时有点意外。上次萧楠生病时的占线电话，其实就是方晓鸥打给他的。自从丁一凡和方晓鸥分手后，丁一凡一直觉得很愧疚。方晓鸥一边装作无所谓的坚强，一边心里就暗暗较劲。每个失恋后的女人几乎都要脱胎换骨一次。她开始更勤地去翻阅时尚的杂志，买更漂亮的衣服，来让自己看起来更有魅力。闲来无事就拍了几张看起来不错的照片，再把这些照片全都变成彩信发给丁一凡。她说自己已经整理好了心情，退到了他的好朋友的位置，继续关心着丁一凡的生活。每天依旧发短信给丁一凡，并且对他说，即使不爱了也没关系，这依旧不能阻止她对他的感情。

就让我一直以好朋友的身份关心你好不好？

丁一凡每天看到那么多方晓鸥的短信和彩信，有时也狠心地想全都删了。可是有过感情的人都知道，一日夫妻百日恩，一朝情侣百日思。他接到方晓鸥的电话，不知不觉就聊了很多。他以为方晓鸥是真的不计前嫌能够理解他现在的选择。就像方晓鸥说的那样，爱情就应该是伟大的，看着对方幸福也是另一种幸福。方晓鸥问了很多丁一凡新任女朋友萧楠的情况。得到的结论就是，这女孩长得很普通，还比他丁一凡大一岁，尽管这些缺点存在着，可丁一凡却选择了这个长得既不年轻也不貌美的女孩。为什么？因为她是个聪明的女孩！什么叫聪明？方晓鸥想不通。

这一次方晓鸥打电话告诉丁一凡，萧楠找她聊天不知道目的是什么。并且强调，你这个女朋友可是对你很不信任哦。她怀疑我对你的关系不正常了。多冤枉呢！

丁一凡不得不倒吸一口冷气。这个貌似平时马马虎虎从来不过问他生活，也从不看他手机短信，更不要他QQ密码的萧楠居然知道了方晓鸥的名字！而且她们居然还聊上了！他会不会因为这件事就此失去萧楠？

丁一凡忐忑地打电话给萧楠想出来见见面把话说开。萧楠不说话。只是沉默。这种沉默就像小时候他考试成绩不理想回家后看到父亲的沉默一样让人从心底渗出一丝寒意。

萧楠沉默了好久。两个人却谁也没有挂掉电话。

"出来见见我吧。我们把话说开。你还不了解我。你想知道什么我都告诉你，好不好？"

"不，我不想听。"

萧楠明知道方晓鸥跟丁一凡肯定有段什么过去。可是这一刻她到情愿丁一凡什么都不说，就像以前那样对她说他的过去就只是一张白纸那么简单干净。

不知不觉，萧楠已经从上网的宿舍走到了走廊，她惊讶地看到丁一凡就站在她们宿舍楼下的大门外。丁一凡喘着粗气，显然是跑着过来的。

宿舍门外隔着一道铁栅栏，萧楠站在铁栅栏的这端看着丁一凡，内心复杂而矛盾。应该马上这样转身回宿舍！她心里的声音是这样告诉她的，但是她的脚却没有丝毫移动的意思。丁一凡的影子在夜晚学校昏黄的路灯下被拉得长长的，人也显得更加清瘦。

萧楠忽然想起，最近这一大段时间，她经常站在这里接丁一凡的电话。因为她并不想让宿舍的人知道她萧楠每到晚上总要和一个男生通电话讲些无关痛痒的事。多少次，丁一凡在电话里讲笑话，劝她不要喝酒，不要淋雨，早点睡觉。

她一边拨弄着宿舍外的铁栅栏的栏杆，一边漫不经心地回答，知道了。

这样的日子，有好几个月了吧？明知道她心里一直有个别人，他丁一凡还那么执著地坚持着。并且坚定地对她说，总有天，你会不记得江海阳这个人的，所以他丁一凡要一直等，等她爱上他。

那个看着她哭就心疼的男人，现在就站在离她不远的铁栅栏外盯着她看。

萧楠心软了。

"对不起。我知道你是个容易受伤的女孩。我还知道，你从前受过的伤让你对类似的事情异常的敏感。所以，我不敢跟你提起那些过去的事，就是怕你会多想。更重要的是，我真的怕你离开我。你知道吗？从一开始我就希望你遇到我之后能够慢慢变得快乐起来。每次看到你笑的时候，都觉得好幸福。我答应过你，只要你跟我在一起，我就要让你变得快乐。可是，为什么没有多久，我就失败了呢？我又让你难过了。我真笨。我就知道，我是个窝囊的男人。从小我就窝囊。我不敢面对很多事。"

"自从遇到你之后，我觉得我慢慢学会勇敢了。我勇敢地爱上你，然后勇敢地跟你表白，再不自量力勇敢地希望你也能够爱上我。"

丁一凡说这段话的时候，流下了眼泪。那是萧楠第一次看到一个男人如此近距离地当着她的面哭。那么伤心。伤心得让人动容。

她主动走出了宿舍楼下大门的铁栅栏。想安慰他几句，却一句话也说不出来。眼前的丁一凡像一个犯了错误的孩子，他不再敢看萧楠的眼睛，眼泪却还一个劲儿地流。萧楠第一次走上前去主动拥抱了丁一凡。丁一凡在萧楠的怀抱里哭得更加伤心。身体在抽泣中不停地颤抖，却又强忍着不让泪水继续流下去。

有人说，当一个男人在一个女人面前流泪的时候，那么，他是真的爱了。

萧楠暗暗在心里对自己说，让一切都过去吧。或者，让一切交给时间。或许，这就是命运。

谁让我没有在更早的时候遇见你?

就像你没有在我认识江海阳之前遇见我一样。

他们要面对的,应该是怎么面对未来,而不是纠结于那些无用的过去。

第十三章　为了爱情你肯放弃多少

萧楠在经历了这次心软后，跟自己说爱应该是宽容的。丁一凡的过去，就让它随着时间远去逐渐淡下去不是更好？可越是这么想，心里就越别扭。世上本无事，庸人自扰之。

这天萧楠不知怎么的就和汪雪在QQ上聊上了。汪雪忽然问萧楠，爱一个人是不是就肯为了另一个人放弃一座城市？萧楠忽然不明白汪雪的话。

但其实也不难理解。汪雪为了江海阳放弃的不仅仅是一座城市，或者说是一个国家，甚至说很多事都要从头再来。爱一个人，有时候不完全是宽容的问题，还有牺牲和让步。

萧楠看到汪雪的话，发现自己的幼稚了。如果要她萧楠为了谁放弃一个城市或者做点什么牺牲，还真的很难。以前她一直以为自己喜欢江海阳，或者说那种喜欢深入骨髓了。现在一比较，还真的不比不知道。如果要她萧楠为了江海阳放弃点什么，拍拍良心，她能做到吗？看来也许她萧楠还真的没真正爱过谁。

丁一凡每一次跟萧楠提起将来毕业后的去留问题，总是一脸虔诚，充满了对未来的向往。

"跟我一起留在上海吧。"丁一凡在说这句话的时候，夹在大厦林立楼宇间的东方明珠正在黑暗中闪烁着它独特的光芒。

上海这座城市一直给丁一凡一种向上的动力。自从来上海读书，丁一凡就领略了这座全中国最大的城市海纳百川的气势。他还记得第一次坐地铁的新鲜感与笨拙，也记得第一次看到黄浦江对面海关大楼的激动与兴奋，他和很多外地求学者一样，渴望有一天能成为留在上海的海漂一族。因为不知不觉几年的生活，他渐渐习惯了大型的购物中心，习惯在年底打折的时候和别的上海同学一样去疯抢存货，习惯了接受这座城市每天带给他的无数惊喜和挑战。

"上海的房价这么高，就凭我们的收入，我们将来什么时候能买起房子？"萧楠的一句若无其事轻描淡写的话，就像一盆凉水，泼在了丁一凡的脑袋上。

萧楠的冷静和理智，是丁一凡最不喜欢的。他们在这个观点上显然不同。

萧楠来上海求学的目的是她浪漫的情结所致。在上海念书，那不过只是萧楠在整个人生中必要的那么一个阶段或故事。她从来就没想到要真的留在上海生活，那样实在太累。萧楠心里明白，丁一凡的海员职业，是需要萧楠用尽一切力气去支持的。

既然过日子，就难免不会考虑诸多现实问题。两个白首起家的年轻人，倘若在随便一个二线城市打拼也就算了，却偏偏是这个人人都既向往又害怕的上海。昂贵的物价，令人咋舌的房价，只升不降的交通费，还有即将面对的水电煤，哪一样不需要钱？

两个人没有上海户口，毕业后工作就很难像上海本地人那样享受五险一金的待遇，公积金呢，怎么去供养房贷呢？将来如果有了孩子，谁来付出更多的时间和精力？两边老人的孝顺赡养问题呢？

再说，海员的工资真的有那么高吗？下了陆地，就一分钱拿不到了。人的一年，365天不能总在海上漂泊吧？总得休假吧？休假了，就没了经济来源了。一年到头平均下来，又能有多少钱呢？钱倒也不是最重要的，海员常年在外，家里的大事小情，谁来打理？萧楠会为了家庭完全放弃事业吗？那么，放弃了事业，又如何承担那些必需支出开销的压力？

人生里，最美好的时候，兴许就是大学时代了。无需考虑柴米油盐，只有美好而崇高的理想和对未来无限的憧憬同渴望。

丁一凡的大话说的是不是太天方夜谭了？萧楠苦笑，看着眼前这个雄心勃勃的男人，她也觉得有些话说出来难免太打击丁一凡的自尊心。

于是，她换了一种口吻。

"你不是说，喜欢大连的环境和气候吗？上海的夏天太热，你最怕热了。冬天没有暖气，又这么湿冷。实在不适合人类居住。如果真的这么喜欢上海，以后我们每年都回来看看我们在大学认识的这些好朋友，你说好不好？顺便也来看看让我们相识的大学？"

"父母一天天就老了，他们慢慢就需要我们的照顾了。如果我们真的把家扎根在这个千里之外的城市了，他们需要照顾的时候，我们是不是会变得不孝？古话说的好，父母在，不远游。"

"你丁一凡不是大孝子吗？你以为他们需要的是钱？不，他们在老的时候，最需要的是人！就是那个刷刷筷子洗洗碗，揉揉后背锤锤肩的儿女！"

"好，那我们回去。在大连也挺好。大连最美了，因为，那个城市有你……"丁一凡看着萧楠说的这一番话，也很在理。其实他一半也是在考验萧楠是不是真的那么一门心思的回家。他知道,这个表面看起来普通的萧楠也藏着奋斗的野心。她一直跟丁一凡说,有朝一日,她萧楠说不定就会成功地让很多人知道她萧楠的名字!

"那个时候,你是不是就打算把我甩掉?"

"你这人到底有没有自信?你看人家杨澜,事业爱情双丰收。人家也没说有了事业就不结婚吧?孩子还生了两个呢!我就欣赏她这样的!"

"什么?你喜欢杨澜?长得那么难看,成天就知道做事业的女强人,我最讨厌了!"

丁一凡多次跟萧楠说起,要她以后什么也不要做,就安稳地做全职太太。因为他想给她安稳的幸福。

幸福到底是什么?萧楠觉得这个词好抽象。她曾经问过江海阳,什么才是真正的幸福。江海阳总是带着笑意说,丫头,有时候幸福就是一种持续的快乐状态。

"那么,什么又是快乐呢?"

"快乐就是简单的,发自内心的开心。一个人,一辈子最重要的就是开心。可是,往往人的一生中,真正让你开心的事不多。"

"小时候,我们可以在家里玩玩具玩一个下午都不觉得寂寞。再大一点,是考试成绩得了第一名。后来,是找到一份你喜欢做的工作,还有,找到一个懂得珍惜你,对你好一辈子的爱人。"

什么都不要做,只是安心地整理家务,照顾孩子。难道这就是传说中安稳的幸福吗?萧楠问过自己。她也不是真的想做女强人,只是,她实在无法理解,那样的生活是否就会真的幸福。

还是不要想那么多虚无缥缈的未来吧。

夜晚,黄浦江上的灯火跳跃闪烁,可却反倒让人觉得江面看起来是那么静谧和安逸。徐徐的江风吹来,把人熏得有些醉。

丁一凡从后面抱住萧楠,轻轻地说:"无论以后遇到什么,都不要离开我好不好?"

萧楠沉默,她不敢想以后的以后,他们会遇到什么。未来好像还那么遥远,倘若有天真的离开丁一凡,她萧楠会不会难过?这些问题搅得她混乱。江风吹乱了她的长发,丁一凡转过来,习惯性地帮她把头发拨到一边,看着她的眼睛又说了一遍。

"不论遇到什么事,请不要离开我。你只是我一个人的。必须是……"

语言是深情的,眸子是清澈的,微笑是甜美的。

眼前的一切却好像是不真实的。

丁一凡指着江上偶尔驶过的江轮，对萧楠卖弄起来。

"我考考你这个未来的陆上航运精英，你说，船那么大，那么笨重，怎么会漂在水上呢？"

"你当我真是弱智儿童吗？初中的物理我及格了。船之所以那么漂在海上，是因为它其实内心是空的，这样综合起来密度就比水小了。所谓阿基米德定律，质量越大浮力就越大。能让船漂起来，都是水在帮它。"

萧楠喜欢认真，或者说较真地和丁一凡一争高下。

"嗯，你看江上那些平板的小船。我忽然想起有种船，叫'夫妻船'。那是一种渔家特有的小船。它们总是挨得很近，只要男女牵了手就可以上的来。也有人说，渔家为了生活，就在船上烧饭做菜过日子。我喜欢这种船的名字……"

丁一凡每次说起夫妻，说起小两口这样的话，萧楠总是沉默。不是害羞似的脸红。她只是认为，这样的畅想还很遥远。

她和丁一凡不似其他男女朋友那般上来就老公老婆叫得亲热。主要是萧楠一直在排斥。当第一次丁一凡说起，她就是那个他一直想要娶回家作老婆的人时，萧楠在心里冷笑了一下。男人总是一时冲动的。书上说，一个男人在第一眼，就会把见过的女人分类。有些是一夜情的对象，不用负什么责任。有些是知己，可以在事业上辅佐一把，红袖添香。还有的，就是安分守己，懂得温良恭俭让的老婆了。萧楠经常被朋友们开玩笑，说她是钱小样类的好妻子人选。因为"嫁人当嫁灰太狼，娶妻当娶钱小样。"有个性，不乏对生活积极向上的态度。一味死命地坚持，不为了金钱，只为了那传说中，弱水三千只取一瓢饮的爱情。萧楠并不知道自己将来会不会真的变成一个优秀的老婆。她只是知道，目前她讨厌和排斥这样的称呼，十分没有文化内涵。在她眼里，老婆这个词就像是在人们手里被蹂躏了千百遍的人民币显得那么俗气和不堪。尽管不屑，却不得不认同。每次丁一凡强迫她一定要叫他老公，都让萧楠有种不得已而为之的无奈。这能说是她不爱他的表现吗？一个称呼有多重要？

丁一凡内心有种强烈的占有欲，他喜欢听，那么萧楠必须叫。可看着萧楠不情愿的样子，丁一凡又忽然觉得羞愧。他问她，他们之间要不要换个称呼？直呼其名太生分。

萧楠在脑海里搜索了好久。让他叫她什么？

亲爱的？肉麻。甜心？恶心。小乖乖？有没有特别一点的了？

丫头，丫头。萧楠忽然想起江海阳每次叫她丫头的时候那种亲切。就像小时候，妈妈一边数落一边宠爱。

丁一凡很不乐意，这是什么土里土气的称呼？！亏你还是大城市出身，在上海念过大学的家伙。丫头这个称呼比老婆还要俗！

其实丁一凡心里有其他的想法。他知道，丫头这个称呼背后肯定有那样一个特别的人。那个人又是谁？江海阳？不行，这不间接就当了他江海阳的替代品了吗？

他不是不知道，萧楠强迫让他这个不爱洗衣服的人没事就换上白衣服，强迫他把头发剪成干净的毛寸，甚至强迫他去看那些他其实一看就头疼的文学作品，这他妈的都是谁给这妞儿惯的毛病？！可是没办法，谁让他现在喜欢这妞儿呢？萧楠问过他，是不是不喜欢这些？丁一凡满口答应，这样多好？我凡哥也应该学着有深度有文化内涵一点，是不是？你喜欢我啥样，我就啥样！

不过对于称呼的妥协，他丁一凡还是决定再协商一下。绝对不能跟江海阳那小子一样叫她丫头！

萧楠想了半天，终于灵机一动。

我叫你"过儿"好不好？

这倒是挺新鲜。很多人都知道萧楠是个十足的金庸迷。

杨过是什么样的人物？绝世痴情大帅哥是也。

金庸大侠所有的小说中，萧楠最向往的爱情便是神雕侠侣。师徒的日久生情，绝情谷的等待。十六年后的重逢。双剑合璧的盖世无双。全天下没有比他们更逍遥更荡气回肠的恋情了吧？

丁一凡摇了摇头，可是，却实在想不出比过儿更好的称呼了。

"你这不是间接就让所有人知道我比你小了吗？"

"那怎么了？你不喜欢那你想一个？"

"好吧，亲爱的龙儿，我们从此就有称呼了。记得，这是我们彼此间永远不同的称呼。"

爱情里，总要有一个人做出让步。为了爱，总得有一个人比另一个人承受更多。

丁一凡在这个与萧楠的相处的过程中学会了忍让与低头。

他想好了，他要去萧楠在的城市。那里也有海，有海便有属于他的事业。

他也在想，男人就该多让着女人一点，是不是？

为了爱，必须学会舍弃。那么，一个城市算什么，几件小事算什么，一个称呼又算什么呢？

第十四章　谁是你的保姆

自从萧楠恋爱后，从前很要好的小姐妹们都开始八卦起来。

"楠楠，你啥时候拿起针线了？以前不是连个纽扣都懒得钉吗？"

"楠楠，你啥时候把你那丁大帅哥曝光给我们看看？"

"楠楠，你现在打电话都变得温柔了啊？看来恋爱中的女人就是不一样哦。嘿嘿。"

萧楠从来不愿意过多的解释。此刻她正在笨拙地用一根很粗的线穿一根不太粗的针。她眯着眼睛，一边剪掉毛刺的线头，一边不停地对准针鼻儿瞄准起来。好不容易穿了进去，打了个结。然后开始叹气。

萧楠确实不喜欢针线活。宿舍里的姐妹无聊时绣十字绣这样的爱好，她从来就不参与。不是她不屑于，而是她真的不擅长。她依稀记得，上一次拿针还是自己帆布书包破了个洞。她很费力地从背面胡乱地缝好，幸亏别人不注意也看不出她别扭的针脚。她从前最得意的针线活作品就是她小学三年级时缝过的抹布。后来再遇到需要用针线的时候，几乎都由妈妈代劳了。家里有缝纫机，她也会踩几下。所以她几乎就不缝东西，最多缝个纽扣，那也是最基本最普通的了。更不用说织毛衣，或者围巾。

或许有些技能真的是天赋。她曾经对江海阳说，她是个连针都拿不好的笨姑娘。江海阳就哈哈大笑。那可不行啊，将来你的那位万一比你还笨呢？

江海阳是个生活技巧全能型选手，做饭，洗衣，缝，叠，熨，打扫，修理电器，什么难得到他呢？在军校，就不能经常回家。工作了之后，也要什么都自己来。虽然身边常年没有女人照顾，江海阳却一直过得干净整洁。这一点他倒真的遗传了父亲江永鑫。男人也要会做饭，并且做得比女人好吃。家务活样样精通。一屋不扫何以扫天下呢？

有时江海阳也会抱怨，说单身的那些日子自己太累了，要是有个像田螺姑娘那样的女人来照顾自己的生活就好了。男人就是再勤快也勤快不过女人。男人就是再干净，也不会有女人干净。

萧楠就很苦恼。这可如何是好？我是个笨姑娘。

洗衣服？马马虎虎，但是总归还是可以洗得干净。这一点好像女孩子天生就比较擅长。

做饭？也还好。萧楠嘴刁，吃东西比较注重感觉。所以自己做的时候味道也还说得过去。这一点，她也算是可以给自己打一个基本及格的分数。

叠衣服？葛大爷在电影《非诚勿扰》的征婚启事里专门有一条，最好洗完的衣服叠的和刚从商店买回来的一样。这可是个技巧。她宿舍里的孙菲菲就有这么一手。叠出来的衣服真的和商店里刚买回来的一样。她萧楠就不行了，只能算是整齐，但绝对不能和商店里买回来的去比较。

熨衣服？她也熨过。水喷得到处都是，尽管没有熨坏过，可是总感觉熨了和没熨区别不大。

缝衣服？杀了她吧。如果说一个人的字体可以用鸡爪子爬过来形容，那么萧楠的针线轨迹就像是一条倔强爬行中弯曲的蚯蚓，忽长忽短，忽紧忽松，时疏时密。

当丁一凡把他似乎被扯破了线头的毛衣送到萧楠手上的时候，萧楠的头就瞬间变成两个大了。

"你帮我缝一下吧。不用缝得很好，只要我能把它带回家就好。"丁一凡在交给萧楠的时候，充满抱歉地笑了笑，这倒是把萧楠笑得不好意思了。她要是把它缝坏了怎么办？！

"你就在我边上慢慢缝吧。我这儿有针线。"丁一凡似乎有备而来，把书包打开，从里面掏出一个不大的针线包。

萧楠缝也不是，不缝也不是。只好坦诚相告。

"这个，我不太会。真的不太会。"

"没关系的，你随便缝一下就好了。"丁一凡温柔地看着萧楠，那一刻觉得拿着针线的萧楠实在是可爱极了。他应该是这个世界上比较幸福的男人了。

但这并没有给萧楠多少鼓励。萧楠费了半天力气才把这个已经面目全非的毛衣勉强缝上。前后检查了两遍才长舒了一口气。心想，这是鉴于三年级抹布作品之后还算比较拿得出去手的一件作品之一了吧。

没想到，这还没有结束。丁一凡又拿出了一个被扯坏了的被单，把它叠好放在了一个塑料袋里。没等萧楠反应过来，丁一凡就开口了。

"这个太大了，放在这里缝不方便，你没事回宿舍帮我缝一下吧。"

仿佛女孩天生就必须要会缝缝补补。这是什么逻辑？这是大众的逻辑！萧楠不敢再推辞了，只好尴尬地接过床单被套，心想，这小子到底还有多少被扯破的东西？！他没事难道就扯被单和衣服玩，好让我来缝缝补补吗？

抱怨归抱怨，萧楠终于是败给这一堆床单被套和破衣服了。她开始不停地练习做这个她从前最厌恶的针线活。她记得，好友石蓓蓓跟她说过，学着去爱一个人，就是要从为他做不喜欢做的事开始的。

丁一凡看到萧楠笨拙的针线活，也哭笑不得。看起来这妞儿还真的是笨得可以。也不知道她这一路是怎么长大的。她确实和别的女孩不太一样，或者说，和他以前接触过的那些女孩都不太一样。或许她是城市长大的吧，说她娇气倒是有点夸张，可是至少也是典型的双手不沾阳春水。以前有女孩给他送过十字绣，缝过坐垫，甚至一些比较复杂的布娃娃，他都很不屑。他认为会针线活，是女孩天经地义的。没想到，缝几个衣服和被单就把萧楠难为成这样。丁一凡是从来不会做一切家务的，他认为这些生活技能根本就不需要学习。反正都很简单，尤其是做饭洗衣这样的事，说起来那都是女人干的。他一个堂堂的大老爷们，拿起铲子炒菜，那像话吗？没事抱着洗衣板搓衣服，或者拿个绣花针缝衣服，想想都很娘们。男人就应该挥斥方遒，就应该铁马冰河，就应该驰骋江湖。孔子不是说过吗？君子远庖厨。

正因为有这种思想，他十分厌倦做家务。每当看到他们宿舍里那些男生在水房里洗衣服那个样子他就觉得别扭。也有人会调侃他几句，"嘿，凡哥，你真行啊，不愧是东北纯爷们啊。就是不爱洗衣服啊。"不过丁一凡还真的就有本事，能在不怎么洗衣服的情况下依然保持衣物的整洁度。这就意味着他在穿衣服的时候必须要格外小心了。冬天的时候还好说，大家都不怎么勤洗勤换。可是到了夏天就会变得稍微麻烦了。一旦积累到一定程度，衣服上的汗味就变成了酸味。丁一凡看着那一大堆被换下来却真的懒得洗的衣服也把眉头拧成了麻花。

他也是有面子的，不能真的穿着酸臭的衣服去见人吧？尤其他现在身边还多了一个小迷糊一般的女朋友萧楠。尽管萧楠好像总是表现出对什么都不在乎的样子，可她至少也是个女孩。看着他这个样子，肯定会对他印象大打折扣。想到这里，他就不情愿地扭开了水龙头准备洗衣服。正在这个时候，一个电话打过来了，原来是前女友方晓鸥的。方晓鸥问他在干什么。他也没来得及编造别的借口，就说自己在洗衣服。最近功课也很紧，所以衣服堆了很久都没有来得及洗。

"你女朋友怎么没有主动要求给你洗衣服呢？"

"她啊，她平时也很忙的。再说了，我也不太好意思让她知道我不爱洗衣服这个缺点。呵呵。"

"你女朋友对你不够在乎吧？连几件衣服都懒得给你洗？要是我在你身边就好

了，我会帮你把衣服都洗掉的。你每天学习肯定都特别辛苦吧？自己要好好照顾自己哦，不要太累了的。"

丁一凡忽然觉得很温暖，是啊。他的小迷糊女友萧楠怎么没想到给自己洗两件衣服？她不在乎他！她根本就是不爱他！

丁越想心里越不是滋味。他难免开始怀念会跟自己撒娇的方晓鸥。方晓鸥总是会在关键的时候出现。记得以前，方晓鸥总是会甜甜地在电话里叫他老公，关心他的生活，让他不要太累，告诉他，她是那么那么的想念他。她是那么那么的需要他。她在等着他回来，等他带她出去玩。可他怎么就狠心地和她说了分手呢？都是该死的距离啊，谁让她不在我的身边！

可是身边的这个萧楠，每天都在忙什么？她有报告要听，她有活动要参加，她要去做家教了。她陪他逛街，心里却想着考试会不会受影响。她从来不说她想他！她好像也从来不需要他！她不叫他老公的，她叫他过儿。什么劳什子过儿。一个被人砍掉了一条胳膊的独臂傻小子！

他生气！他觉得这他妈的算什么狗屁爱情！

丁一凡正想到要打电话给萧楠，萧楠碰巧就打过来了。当听到萧楠的一声喂，他忽然又消气了。萧楠说，有点想见见他了。想见就想见了，怎么还有点？

丁一凡觉得萧楠语言里的含蓄有时候很让人抓狂。可语气里分明却还是在乎的。

好在两个人就在一个学校，根本也用不着费劲。很快就碰了面。地点却是他们最开始聊了很多很多的操场。

萧楠对丁一凡说，"没啥事，就是想看看你了，又怕影响你学习的。"

丁一凡跟萧楠抱怨："哪有我们这么谈恋爱的！你看别人都花前月下，卿卿我我的。你成天都在忙什么？你还以为你是一个人呢吗？我看你就是没把我当回事！心不在焉的。不行，我得惩罚惩罚你！"

"那你要怎么惩罚啊？我们本来就是学生，平时确实都有自己要忙的事情啊。你有课上，我也有。你要自习，我得考试。为了不影响你的学习效果，我都选择自己找别的地方不和你一块自习的。这不都是为了大家好？"萧楠心平气和，永远有一堆理由来搪塞丁一凡的不满。其实萧楠心里很清楚，一旦他们见面多了，难免会更亲密些，亲密多了就等于在河塘边走，长在河边走，哪有不湿鞋？大学校园里的纯洁爱情早就不多了。毕竟男人和女孩还不一样，夏天大家穿的都薄，就是看着都会蠢蠢欲动，别说天天亲密接触了，那不等于自寻苦吃？万一出了擦枪走火的事，谁负责？说白了，女孩总是比较倒霉和痛苦的那一个。这一点，她萧楠比任何人都看得透彻。相处了这么久，她已经发现丁一凡并不是一个最初他说的，一个很有控制力的人。尽管只是沉迷于接吻，那么下一步又会是什么呢？想到这些，她开始躲着丁一凡，却并不会明白地直说。

"你能不能帮我做点事？"

"啥事，你干吗吞吞吐吐的啊？"萧楠心里犯嘀咕，这一次又要求我做什么？缝他没完没了的破被单？还是有什么难言之隐？莫非，他想……萧楠一旦展开联想就是无边无际的。

"没啥，我就是想说，你有空能不能帮我洗两件衣服？"

"哦，我以为啥事呢。行啊，那你上去拿来给我呗。"萧楠倒是松了一口气，原来就是洗两件衣服。萧楠想，一个夏天，衣服都轻巧单薄，洗起来并不费劲。学校里水费又不需要自己额外掏钱。洗两件衣服还会在这个炎热的夏天感觉一丝凉爽。

丁一凡一看萧楠答应得是如此痛快，心想原来这妞儿也不是心里没有我嘛，就是不那么会主动献殷勤罢了。

他转身就回了宿舍开始搜刮没有洗过的衣服。进入夏天以来，他丁一凡洗过的衣服就屈指可数。眼看他所有的夏天衣服都要换个遍了，再不洗可就真的挑不出一件没有汗味的衣服了。他这一搜刮就用了将近半个小时，等在楼下的萧楠开始有了不耐烦。

好不容易找到了一个巨型的大袋子。丁一凡这才塞了满满的一大袋子衣服下了楼。

看到丁一凡手里那个巨型的大袋子，萧楠一时还没反应过来。她定睛看了看，才发现那一大袋子居然都是丁一凡的衣服！对，是丁一凡要拿给她洗的脏衣服！

瞬间，萧楠石化了。这是什么情况？！

"要不，我们用洗衣机把这些都消灭了吧？"

"那怎么行？我要是想用洗衣机，早就自己拿洗衣机洗了。洗衣机哪里能洗干净？要是用洗衣机能洗干净我还找你吗？"

"你，你什么意思？你找我就是为了代替洗衣机的？你不是说两件衣服吗？这里面有多少？快有二十来件了吧？丁一凡，你拿我当什么了？保姆？！还是老妈子？"萧楠忽然情绪激动起来。引得从他们身边经过的同学们都纷纷侧目。

瞬间丁一凡也觉得面子忽然挂不住了，还从来没有一个女孩在他面前大吼大叫呢！

　　他想不到，平时一声不吭、没有太多怨言和脾气的萧楠居然会因为洗衣服的事而跟他大发雷霆。

　　"你不洗就算了，你吼什么吼？！我丁一凡欺负你了是不是？！我原以为你是个贤惠勤快的女孩？！"

　　"贤惠？我也有我自己的生活，我为啥就一定要给你洗衣服？就因为我是你女朋友？是你的女朋友就该死吗？是你的女朋友就要作你的老妈子和保姆吗？我告诉你丁一凡，你看错人了！我不是那种女孩！我不贤惠，也不勤快！"

　　丁一凡想把衣服从萧楠手中夺过来，可萧楠却偏偏死死又抓住不放。两个人就那么互相来回撕扯着。很快，袋子就被撕破了。里面五颜六色的衣服撒了满地。萧楠执拗的一件件把衣服捡起来重新放进包里拿起来就跑。一边跑嘴里一边还骂。

　　"丁一凡，你看着，我能不能给你洗。我今晚上不睡了也把你这些脏衣服都洗完。对，洗完之后，咱们就完了！"

第十五章　都是我的错

　　一路跑回宿舍的萧楠还在生气。丁一凡却真的没有再打电话过来。萧楠决定把她所有的衣架找出来，一下子需要洗二十多件衣服，这绝对破了萧楠的纪录。

　　何况，这里是女生宿舍！要是像船上挂满旗一样五颜六色招摇地把这些男人的衣服晾在走廊里，那她萧楠肯定迅速成为她们整层楼的话题人物！

　　她小心翼翼地先把两件颜色比较鲜艳的衣服丢到了盆子里跑到洗衣服的水房。正在洗脸的老乡江惠跟她热情地打起了招呼。

　　"周末好啊，楠楠？来洗衣服啊？"

　　"嗯，呵呵。你这洗面奶挺好的啊，呵呵。"萧楠支支吾吾，故意不让江惠仔细看她盆子里的衣服。

　　"可不，这还是我妹妹从韩国给我带回来的。对了，上次你那个丁大帅哥他们同学出去实习了，也给你带过这同一个牌子的不是吗？还有，上次他带的糖挺好吃的，帮我谢谢他哈。"

　　"啊，是吧。呵呵，那个洗面奶我那儿还有的，你要是不嫌弃，你就都拿去？"

　　"瞧你说的，洗面奶这东西又不能拿来吃，我半年才能用多少啊。好啦，幸福的小楠楠，晚安啊。"看着江惠洗完脸抱着脸盆回宿舍了，萧楠这才松了一口气。

　　还好是周末，没有太多人。很多上海同学回了家。空旷的水房水龙头还有点漏，滴答滴答的水声在夜晚显得格外清脆。

　　萧楠一边洗心里一边骂，丁一凡，他妈的真不是东西。我上辈子欠你了不成？！

　　巨型袋子里面的衣服一件件的被拿出来，萧楠在昏黄的灯光下有点瞌睡。可是她想，如果到了白天洗这些男人的衣服被更多的人看见了更要命，只好坚持。

　　中途有几个女生上厕所用奇异的眼光看着萧楠，都很惊讶。这么晚了，这个女孩怎么洗起衣服来就没完没了？她们谁也没注意到，这个女孩手里的衣服清一色都是男人的。有短袖上衣，衬衫，球衣，长袖的T恤，无袖的背心，还有短裤……

　　最开始萧楠还有耐心像洗自己衣服一样，泡完洗衣粉再用肥皂细心地去搓搓比较难洗的地方。后来因为时间一点点的接近午夜，异常困倦的萧楠也不再纠结于细节了，随意的把衣服泡泡，再捞出来涮一下，闻闻没有味道了也就放心地拿出来准备晾晒了。

到底要晾在哪里好呢？走廊肯定不行，那就得晾远一点。

过了午夜，宿舍外的大门已经紧紧关闭。萧楠咬咬牙，决定翻墙把衣服晾在没有人怎么注意的单杠上。想着第二天一大早再偷偷地收回来。

一来二去地折腾，就接近了半夜两点多。当萧楠把所有的衣服都挂好，再回到自己的宿舍洗漱完毕已经快三点了。躺在床上她就在想一个问题，她在把那些衣服都洗好之后，还给丁一凡她该说什么？

萧楠之所以这么执拗，还是在和自己赌气。她凭啥就一口答应了丁一凡要帮他洗衣服呢？她这个人就是这样，答应了别人的事，从来就没有反悔过。如果说不洗，那说明她萧楠出尔反尔。可是洗了，那就是要惯他丁一凡的毛病。谁给他惯毛病？以后我不成洗衣机了？萧楠越想越气，躺在床上翻来覆去就是睡不着。半夜里，谁也不可能听萧楠倾诉心声，来回折腾。萧楠索性就一直睁着眼等到了鱼肚泛白，直到外面的鸟儿开始活泼地叫着早安了。

她偷偷爬起来把衣服收起来，发现衣服都还潮乎乎的。也难怪，一个晚上不过也就几个小时，上海还在梅雨季节里，正是湿度比较大的时候，想让衣服迅速干了，确实是不可能的。

她打电话给丁一凡，张口就没好气："你快点滚过来把你的破衣服拿走，它妨碍我了。"

丁一凡因为衣服这件事也一宿没睡好。他正不知道怎么缓和和萧楠的关系。听到这句话，一时还真不知道该怎么接招。他并不知道萧楠是不是真的会把衣服洗了，更不知道萧楠这么说到底想要干吗。他读不懂萧楠的想法，已经不是一次两次了。他经常发现萧楠做的事往往都会出乎他的意料。有时候是惊喜，那个时候自然是好的。可类似这样的情况，丁一凡从来没有遇到，尤其是这是他们第一次这么剧烈的冲突和争吵。萧楠也是第一次跟他怒目圆睁地提出要散伙！

见丁一凡没有马上接招，萧楠更是气上加气。

她想起来打电话找好友田蕊抱怨。先是说丁一凡怎么怎么过分，如何如何的大男子主义，完全不管不顾她萧楠的死活。说到动情处恨不得像是想要把丁一凡生吞活剥。

田蕊看萧楠完全沉浸在气头上已经失去了理智。只好对她说，"你萧楠呀，真是个笨蛋。遇到这样的情况，你怎么不知道用撒娇来挡驾呢？"

"你跟他说，人家好累了嘛，你怎么不知道心疼一下我？洗衣服这样的事就该交给洗衣机嘛。不就行了？干吗傻乎乎的真的把那些臭衣服洗掉？还那么倔？倔丫头，你自作孽不可活啊。"

萧楠想想还真是如此。可她萧楠什么时候服过软？既然倔强地顶下来了，就得死撑。

一天过去了，两天过去了。丁一凡发短信，打电话，萧楠就是不回也不接。她说过，洗完衣服就散伙。洗完了，他们的关系就完了！

萧楠在发给江海阳的短信里写道："今天，丁一凡这个名字在我的心里就此除名了。"

江海阳不知道他俩究竟又发生了什么，只是莫名其妙地开始担心起萧楠的情绪来。他知道，萧楠这个丫头喜欢生闷气。一生闷气估计就会失眠。不知道那个丫头是不是因为这事又开始熬夜了？他想上网去抓萧楠是不是又在半夜的时候挂在网上当夜游神，可是又怕这样总是抓她搞得她误会，或者又借故开始和他进行秉烛夜谈。上一次半夜聊天的事他对汪雪也有愧疚。他不能总是作这样尴尬的角色。只能祈求上天，让萧楠这丫头的爱情顺利点吧。千万不要再遇到混蛋小子来折磨她了。他在心里祈祷的话，丁一凡并没有听见。

丁一凡此刻也是郁闷的，他不知道怎么去哄萧楠了。

以前，他只要说几句好听的话，任何女孩都不会再生他的气。别说两天不联系，不说一句话，就是两个小时都不可能！他丁一凡这两天已经给萧楠发了不下百条的短信了，还打了好多电话。就算是真的要散伙，总得先把衣服还给我吧？

最让丁一凡头疼的是，萧楠不接他电话也不摁掉。绝对是打过之后完全不理会直到十四响结束后电脑自动切断的状态。

他知道萧楠倔起来他真的拿她一点办法没有。他也开始意识到自己有错了。可是，这个错误至于要上升到分手的地步吗？他还是第一次听说，因为洗几件衣服，两个人就分手了！要不怎么说城市女孩难伺候。他还记得一次她晚上偏要喝牛奶，可是十点一过，学校里的小卖部都关门了。他说就不能忍忍？那妞儿怎么说？谁让你买了？我自己去！

这不是纯属任性吗？有这么折腾人的吗？

他丁一凡好不容易发现有家小卖部没有关门，想打电话问她还要不要了。那妞儿死活就不接电话。怎么回事？耍弄傻小子吗？不接电话这个事把丁一凡唯一的一点耐心也磨平了。这次又是！又不接电话！

"都是我的错，都是我不好。我太自私了。我任性了。回我短信好吗？我错了。我真的错了。我想说一千遍我错了。你原谅我吧。我以后再也不敢了。我不会让你再洗一件衣服了。以后我把我的洗衣卡也交给你用好不好？以后我给你洗衣服吧。"

既然不接电话，丁一凡只好被动地让萧楠接受道歉。

"啥也别说了，你烦不烦啊，我去复旦大学那边逛逛。让我安静安静。"

好不容易萧楠回了一条短信。终于算是撬开了一条通往被原谅的门缝。丁一凡叫苦不迭。

复旦大学？跑到那里去干什么？可是，既然萧楠说了，她去复旦大学那边去逛逛了，那我丁一凡就得跟过去表示诚恳的歉意。想到还有书要看，丁一凡皱了皱眉。要说还是单身的时候比较好混，不需要这么折腾。

从自己的大学到复旦大学，坐车就得一个多小时。丁一凡一边坐车一边抱怨，真是耽误时间。这妞儿这次追回来，我得好好管管，不能让她再这么折腾我了。

可是，他并没有多大把握，这一次追到复旦大学去就能够手到擒来地把萧楠这妞儿哄回来。万一这次真的分手了，至少我得把那些衣服要回来啊，不然我真的要裸奔了……

其实萧楠在去复旦大学的路上也觉得自己有点折腾得过分了。毕竟用别人的错误来惩罚自己本身就是件傻瓜才做的事。她萧楠是什么时候忽然也变得这么折腾了呢？连她自己也不知道。以前觉得她自己很理智，很聪明，看到别人谈恋爱那个痴痴傻傻的样子就觉得很不屑一顾。"他们怎么会那样呢？没长脑子吧？"可是，眼下她萧楠就像个没长脑子的人了。

她一个人去复旦大学校园逛了逛，看着三三两两的情侣从她身边走过，心里就不是滋味。算算看，她和丁一凡这样有一搭没一搭的相处着也好一阵子了。怎么就因为洗个衣服说散了就要散了呢？她上次还答应他，说帮他去买条七分裤的。上海的夏天很是讨厌，丁一凡很怕热。他的很多同学都喜欢穿七分裤，因为这样既不显得随便，又可以减少裤子出汗贴在腿上造成的受热面积。

萧楠不知不觉就从复旦大学的校园里逛了出来，走到了一个商场，又迷迷糊糊地故意去瞟那些男士的服装区。她只是想知道知道，丁一凡如果要买七分裤是不是可以来这里看看。

天！她在想什么东西呢？她不是说要和他分手的吗？那她看这些做什么？！

就在这个时候，丁一凡出现了。他刚好看到失魂落魄的她心不在焉地听着

MP3，也不怎么抬头看身边走过的人。

　　丁一凡上前一把把萧楠的耳机扯下来。"喂，你在听什么呢？！都是些失恋的歌！你要和我分手，凭什么？我还没同意呢！"

　　"我不需要你同意，我说过了，我不是你想要的那种女孩。你找那种贤惠勤劳善良的去吧。我告诉你了，我不是。所以我不适合你。我不耽误你找那个人去！"

　　"你在说什么呢？我晚饭都没吃，就跑出来了。你看你，你这个样子，失魂落魄的。上街也没个开心的样子。刚才我跟了你一路，都吓死了。你也不看看车，也不看看路。你是想把我急疯，是不是？你要是不想活了，我也跟着不活了！"

　　"够了，把这些话留着说给别的妞儿听吧。别跟着我。"

　　"我说了，我真的错了。我跟你道歉，道一千遍歉都可以。你给我一次机会好不好？我以后真的不再让你洗衣服了，我发誓！"

　　"你这人怎么这么烦啊，我都跟你说了，别跟着我了。让我静静。"

　　"那不行，你走哪儿我跟着哪儿。我就跟定你了。这辈子就跟定了。你说吧，你上厕所我就在外面等着。"丁一凡不依不饶，脸上还一直挂着没皮没脸的笑。萧楠真是无可奈何。

　　两个人走着走着，都有点渴了。因为天气热，两个斗着气的人倒是都没有想着要吃饭。

　　丁一凡心里有数，萧楠不会真的因为这一次洗衣服事件就跟他真正分手的。他已经看到了她在看男装部时候的眼神。那眼神里充满了对丁一凡的惦记。这让他开始放心。

　　路过一家奶茶店，丁一凡可怜兮兮地跟萧楠说："借我两块钱，好不好？"

　　"干什么？！"

　　"我兜里就剩三块钱了，借你两块我好买一杯奶茶给你喝。我知道你渴了。我兜里就算只剩最后一分钱，也愿意给你花！"

　　"你真穷啊，要是你找不到我，自己兜里就带三块钱？你一会儿怎么回去？"

　　"哎，那我就苦命了啊。走回去吧。再说了，我知道你不会不管我的，是不是？别生气了啊，以后我都听你的。这次都是我的错，我的错啊……"

第十六章　群众的眼光也未必是雪亮的

洗衣服事件总算是被丁一凡连哄带劝给变成过去时了。可事情之后，萧楠却在内心开始问自己，这个丁一凡，到底是不是自己将来可以共度一生的人呢？莫非不过只是人生驿站上的一个匆匆过客？她不是个喜欢把感情当作游戏的人。如果真的把初遇的美好只化作一段遗憾的故事，好过今后纠结的分手吧？

朋友们都知道萧楠这么多年来之所以一直单身除了心里有个江海阳之外，更重要的是她对爱情的慎重。看萧楠这么犹豫和折磨，好友石蓓蓓和许晓言决定分别抽空帮助考察一下丁一凡的为人。

许晓言大三的时候就决定去英国留学，临走前还和石蓓蓓、萧楠说，等有朝一日变成"大海龟"了三姐妹再齐聚上海，不论谁先结了婚，无论天涯海角也要飞回来见证好友的幸福时刻。听说萧楠身边忽然多了这么个莫名其妙的家伙，许晓言是既替她高兴又充满好奇。正巧许晓言要回国办一些手续，两个姐妹再也不需要隔着时差谈心事了。当萧楠听到许晓言要回大学来看她，激动得差点跳起来。

只可惜时间短暂，许晓言只能匆匆和萧楠聊上一会儿，见个面，连饭都来不及吃。萧楠觉得很遗憾。许晓言忙说，"快，把那个传说中你的杨过大侠叫出来见见！"

丁一凡这是第一次正式见据说是萧楠大学里最铁的姐妹之一，心里难免有些紧张。萧楠很轻松自然的介绍，"这位，是我大学里同居过的超级密友啊，哈哈。"许晓言笑笑，打量了一下丁一凡，也大方地伸出手说你好，幸会幸会。丁一凡反倒像个大姑娘，好半天才伸出手，腼腆地笑笑，呵呵，你好你好。

三个人聊起来，也不过只是寒暄。许晓言看眼前这个瘦得近乎单薄、脸上一直挂着笑容、白净斯文的男孩，瞬间明白了。原来萧楠找到的或许只是谁的影子。许晓言说，"你可得对我们楠楠好点，以后她要是受了欺负，我们姐妹好几个呢，可不会饶你啊！"

"呵呵，那是自然。我怎么敢欺负她呢？平时都是她欺负我！你看，我本来手头是都有事的。她说她有个重要的朋友要来见我，这不，我马上就出来见了。她指东我不敢打西，指南不敢打北啊！"丁一凡嘴上迎合着，心里却是另一种念头。她萧楠什么意思？还没怎么的，就找个姐妹来威胁我了？还我欺负她了她们不会饶了我？一帮子小丫头片子，能把我怎么样啊？！

许晓言没有多说什么，只是在临走时说了一句："以后有机会大家再见，说不定下次再见就是婚礼上再见了。"她拥抱了萧楠一下，挥挥手说了再见。回去的路上发给萧楠消息："这男的看起来估计还不错，话不怎么多，挺老实的。不像是个能花心的主，就是好像心眼有点多。总之，你能幸福就好。"

许晓言了解萧楠，她轻易是不会恋爱的。既然恋爱了，肯定自有她的道理。据说考验期时间很长。既然考验期都过去了，应该就是没有问题了。她没有像其他好友那样，先把这位闺蜜的男友身世都问一遍。只说了一句，看着还算老实。尤其看到丁一凡在萧楠面前一脸在乎，大气不敢出的样子，心里就偷笑。看来这世上真是卤水点豆腐，一物降一物啊。

继许晓言之后，好友石蓓蓓也想看看萧楠身边的这位护花使者了。石蓓蓓说过生日想萧楠陪她一起过。萧楠二话不说就答应了，然后问丁一凡是不是也有想一起的意思。丁一凡自是不能回绝。

萧楠提议三个人去KTV唱歌。丁一凡觉得尴尬，他一个大男人居然要像三陪一样陪着两个女孩唱歌，还规定说不让带自己的朋友。你萧楠也太独断专行了吧。想怎么样，就怎么样。可是如果他要说不陪她们，萧楠肯定会生气。于是只好硬着头皮去。

石蓓蓓是个温柔细致的女生，在等待唱歌的期间她并没有特别地去观察丁一凡的外表，而是细心地去观察丁一凡的表现。

萧楠看等待的时间有点长，就提议，"要不我去买点饮料吧。也好润润嗓子。"

"哎，楠楠你也得给男孩子一点表现机会是不是？让他去买吧。"石蓓蓓指着这个传说中可以称作是"准姐夫"的人，浅浅地一笑。

丁一凡看到两个女孩互相依偎着似乎有说不完的话，只好乖乖地投降。

"你们喝什么？我这就去买。"

"那你看着办吧，不需要很贵的。楼下就有便利店。"萧楠还是那句看着办。丁一凡接到指令就坐着电梯下了楼。

石蓓蓓见丁走了，马上说。

"这小子看着对你还行，但是这才刚刚开始呢。我看他啊，有点木。估计是不太会体贴人的那种吧？"

"还行吧。什么事还不都得慢慢来？我看他今天看到你有点不好意思了。他怕生人的。时间长了就好了，以后大家熟悉了，慢慢就不会像现在这样了。"

"哟，我还没说他什么，你就帮助他说话了？要不怎么说女生外向。你呀，得多让他做做事。男人都是这样的，骨子里都有点贱。你不要求他做事，他就帮助别人做事去了。"要说石蓓蓓虽然恋爱经验不丰富，可是观察能力却是一流的。她知道萧楠别看外表争强好胜，其实内心极需要别人保护她那颗脆弱的容易受伤的心灵。一个木讷的甚至有些不会处事的男人，会不会真的给她的好友带来幸福，这很难说。

好不容易进了KTV包房，萧楠开始热场，说些祝福石蓓蓓生日快乐永远漂亮的话。丁一凡也没有太多表示，只好也跟着说了些祝福的话。气氛忽然变得尴尬起来。于是萧楠只好一首首的唱歌。

或许是从前单身了许久，萧楠仿佛会唱的歌总是那些失恋的，伤感的。可却不得不承认，每一首歌都唱出了属于她自己的理解。石蓓蓓喜欢听萧楠唱歌，她曾说萧楠的声音有点像撞击玻璃杯的清脆，充满质感。

石蓓蓓这是第一次听萧楠唱起一首歌。王筝的《越单纯越幸福》。歌词写得真美啊。"越单纯越幸福，心像开满花的树。大雨中，期待着有彩虹。"

萧楠的内心敏感，她为什么喜欢这首歌，恐怕只有知道她全部心事的闺蜜才能知晓。这么久，一个外表单薄柔弱的女孩子，来到离家乡那么远的陌生城市念书。前面的那些年，她一定很辛苦。在没遇到丁一凡之前，她受到过多少委屈？

可丁一凡却不那么想，他翻看着萧楠点唱的记录和欲唱曲目。《可惜不是你》、《后来》、《我们说好的》、《成全》，这都是什么乱七八糟的失恋歌曲？就不能唱点欢快甜蜜的？

趁着萧楠去洗手间的空当，丁一凡把那些欲唱曲目全都删掉重新改了。

萧楠一回来，看到音响里响起蔡依林和陶喆的那首口水歌。《今天你要嫁给我》。丁一凡有些得意地对她笑，要她陪他唱。

"听我说，手牵手，跟我一起走，创造幸福的生活。昨天已来不及，明天就会可惜。今天嫁给我好吗。"

石蓓蓓被这样的场面也被雷得不轻。眼前的丁一凡，拉着萧楠在石蓓蓓面前秀着甜蜜。可这样也好，气氛就忽然被搞得欢快起来。石蓓蓓在一边鼓掌，生日庆祝一不小心变成了萧楠和丁一凡的恋爱甜蜜真人秀。这还真是意料之外的惊喜。石蓓蓓被眼前的甜蜜感动了。

"萧楠，你幸福了可不要就此把妹妹我忘了啊。"

虽说这是一次比较难忘的三人聚会。更是石蓓蓓有生以来过得最特别的一个生日，但石蓓蓓站在萧楠的立场也想了很多。

晚上石蓓蓓跟萧楠聊电话。

"蓓蓓，你觉得丁一凡这个人怎么样？"

"那还用我说？你不是已经找了两个人考验了吗？目前还没发现他有什么特别。我就是觉得他挺幼稚的，貌似还不太成熟。你不知道啊，你出去那么一会儿，他就把你选过的歌全都删了，好像他不怎么懂得你的内心。其实唱苦情歌不一定就是代表你心里难过啊。你苦情歌唱得最棒了，这是你的特长。他这么强制性地让你把所有你点过的都删掉，是不是有点不礼貌？"

"这个，我倒是没想那么多，也许他就是不希望我唱着失恋的歌，怕我想到一些什么不美好的过去之类的吧。这个做法是有点极端。呵呵。"

"楠楠，我也没说他不好，就是提醒一下你。我觉得他这个人活起来挺自我的。对了，这个人将来的工作会干吗？听说是个跑船的？"

"嗯，将来他会是个海员，所以不会经常在家的。他自我一点就自我一点吧。谁没有自我呢？反正他和我相处的时间也不那么多。大家各自退让一步就是了。爱情里不就是宽容和理解吗？你还跟我说过呢，你说爱一个人就是要为了对方而改变。"

"那是没错，可是也要双方都改变，是不是？我总觉得这个小丁同志和你不太像同一个世界里的人。你的美好他未必能参透。你没问问他，他到底喜欢上你哪一点了？"

"问过啊，他说我这人真诚，执著。"

"没了？这个真诚和执著该怎么去理解啊？我说楠楠，你不会也是个超级大花痴吧？看到帅哥就走不动？外表可不是最主要的，重要的是人的内心啊。"

"你胡说什么呢？我是那样的人吗？我就是觉得他挺善良的。为了我，肯执著地追我那么久。如果不是他，估计我这会儿还在为江海阳和汪雪重新在一起的事难受呢。"

"好啦，我就是说说。我不是非得说你的丁大帅哥多不好，毕竟那是你们恋爱嘛。恋爱中的女人吧，智商都为零。以前我以为你萧楠就有什么例外呢，现在看来啊，你和她们都一样！"

石蓓蓓也是好心，姐妹两个你来我往居然聊了很久才收线。萧楠在搁下电话的时候也觉得不可思议。她和丁一凡怎么就没有聊过那么多呢？因为他是个木头！

就像石蓓蓓说的那样，两个人从前的背景或许相差有点远。且不说什么城市孔雀女，农村凤凰男的论调，单是萧楠丰富的内心情感需求，他丁一凡就不一定能理解。石蓓蓓问他们将来毕业后会怎么生活，生活在哪里，做什么工作，将来孩子谁带，房子怎么买，这些一个个现实问题摆在眼前，他丁一凡又是怎么回答的。这些，萧楠心里清楚。他丁一凡想得太少了！他张口就来的承诺，动辄就嚷嚷的结婚，好像是那么虚无缥缈。

万里长征才走了第一步，两个姐妹观点不同。她萧楠要何去何从？

萧楠的父母听说萧楠有个预备的男朋友人选，也开始关心起女儿来。萧楠的母亲一直希望女儿能找一个专一上进懂得顾家的好男人。她和现代的家长观念一样，对女儿在大学里恋爱持着既不反对也不支持的态度。恋爱，是人的一生中比较重要的一个环节。虽说不比结婚那么神圣，至少也该是美好的。萧母没有太多地过问女儿这个大学里的男朋友究竟怎样，看萧楠在手机里用彩信发了一张照片，小伙子人长得还算周正，又觉得既然一个大学里读书，智商和人品应该也可以算说得过去。要说自己的女儿配他，那绝对是绰绰有余的。听说男孩家里是农村的，将来的职业还是海员，萧母有些抵触。但是只要女儿喜欢，待她好，家世和职业又有什么关系呢？萧母知道，从小她对萧楠娇生惯养，萧楠任性的毛病长大之后都改不掉了。想到若是有哪个傻小子肯容忍她宠坏了的女儿，也是萧楠的一种运气和福气。

萧母一边感慨着女儿终于长大了，需要一个男人去照顾和呵护了，一边又要叮嘱萧楠，女孩子家要注意保护自己。不要随便花男孩子的钱，更是要好好改改她那个任性的毛病。

父母由于离得远，谁也不可能因为女儿说恋爱了，就马上飞过去帮助看看这个未来毛脚女婿究竟是什么样。只好跟萧楠说，等到放假了，有空带他回家坐坐。平时也要让身边的朋友多多帮助把把关。

萧楠一下子觉得身边关心她的人除了父母外还真不少。可她这会儿不知道为什么，还是经常会想起江海阳。她跟江海阳说，身边的朋友不少都见过凡哥了，但是每个人的看法都不一样。江海阳笑笑说，不管别人说什么，你萧楠又不是傻子，自己应该有主心骨啊。他们说凡哥不好，也未必就是坏事。当然，如果都说他特别好，也不见得就是好事。记住啊，群众的眼光也不见得就都是雪亮的。有些好人，偏偏对身边的那个就不好。有些坏人，哪怕做尽了恶事，偏偏就对他身边的那个特别好，比如说那个汉奸蒲志高。

群众的眼光不一定是雪亮的？这个观点挺特别，萧楠重复了一遍。心里依旧没有底。

第十七章　不要和陌生人说话

　　纯纯的大学恋情，不外乎就是上自习，一起吃饭，不停地见面，不停地说那些甜腻了掉牙的情话。站在大学顶楼的天台，看被污染的星空。日复一日，承诺的激情被岁月淹没。丁一凡总是问，什么时候去领那张只有9块钱的小红本，要不哪天高兴了直接去民政局算了。萧楠总是刻意板着脸，伸出手揪住他的耳朵，狠狠地拉一下，告诉他，做梦！

　　这样没有柴米油盐的日子纯粹恋爱，萧楠知道时日已经无多。离开大学，他们会不会像很多恋人那样，毕业后我们就一起失恋？

　　可是，爱情的到来总是那么让人措手不及。如果不接受，也许今生就会少了一段美好的记忆。萧楠只有跟自己说，活在当下，把握每一天眼前的快乐。她和丁一凡乘地铁，看到一节节车厢从身边呼啸飞驰而过，透明的玻璃窗映出两个人模糊的身影。丁一凡对她说，哪天我们也去照个正式一点的照片。就像那种情侣写真，穿着情侣装，一定是回头率最高的一对儿。

　　她和丁一凡偷偷地跑去校园阴暗的角落故意去吓唬那些亲热中的小情侣，每次都乐此不疲。他们晚上到不同的地方上自习，再在忽然想念对方的时候打电话约定三分钟内就出现在彼此的眼前。听到古老的教学楼刺耳的铃声，丁一凡就像小孩一样，帮萧楠把耳朵堵住，大声叫着冲出大门，也不管走廊的地面是不是刚刚拖过，把脚印留得到处都是，让在里面打扫的清洁工气得恨不得拿拖把打他们。他们偷偷地跑到研究生楼后面的小花坛的石凳上吃西瓜，然后含着西瓜汁躲在大松树后面接吻。只是蚊子总是比两个人更敬业。两个人没站多久，腿上就全是被蚊子吻过的痕迹。被叮过的地方又红又痒。丁一凡只好用清水不断地去冲洗擦拭。还得不停地帮萧楠抹清凉油。萧楠曾经像别的小女生一样，问他能不能帮她系一次鞋带。丁没有犹豫就系了，就像他可以帮萧楠洗脚一样。一次学校里有一个他们经常走的后门因为修整变成了壕沟，丁一凡二话不说一把横抱起萧楠就跨了过去，把萧楠吓得尖叫，慌乱中扭伤了脚，从丁一凡心疼的眼神里，萧楠第一次懂得了什么叫在乎。

　　学校后面的小饭店所有卖盖浇饭的老板们几乎都认得出这对儿特别的大学生情侣。丁一凡总是会只点老一样的菜，然后不停地添加米饭，一直添到小成本生意的老板开始叫苦。所以直到毕业,当萧楠再次去那家饭店时,老板都会问起,那个能吃的小伙哪里去了。可算走了。不然很快这家店就要被他吃垮了。

他们经常去学校东门的那家奶茶店买萧楠最喜欢喝的凤梨奶茶,走在那条长长的香樟大道上。

不问过去,不想将来,只享受过程,不要求结果。这是不是所有美好而脆弱的大学恋爱的通病?这些都不需要两个人去多想。

丁一凡曾问萧楠,是不是和他在一起之后,身边的异性朋友就都开始躲着她?

萧楠不回答。都说海员对感情的敏感和多疑是可怕的,丁一凡的症状是不是还不算严重?

有几次,萧楠站在学校的电话亭和远方的朋友打电话被丁一凡撞见,每次都会看到丁一凡眼神里的不悦。这是在乎还是占有?说不清楚。所以萧楠尽量保持着和朋友的通话不超过三分钟,这样就不会被丁一凡抓到占线而让她自己解释不清麻烦增多了。

别人她都可以不那么在乎,但是和江海阳的联系是一种戒不掉的瘾。萧楠有了男友丁一凡之后,江海阳还是会和以前一样和萧楠讲起生活里那些有趣或令人苦闷的事。这都没错,没有跨越界限。只是丁一凡知道,江海阳不同于任何一个萧楠的异性朋友。他其实一直都无法相信江海阳和萧楠是真正清白的。那么,每天萧楠和另外一个男人说心事,又算什么呢?

"你把手机藏那么严实做什么?里面有秘密?"

"都是同学之间的正常联系,能有什么秘密呢?"

"那你干什么总像是躲躲闪闪?你有什么要隐瞒我的?还有,昨天下午我打你电话,你占线了那么长时间,那是打给谁呢?"

"我妈有空就会给我打电话啊,怎么了?你连我妈的醋也要吃?"

"你和你妈妈有那么多话要说吗?都说什么啊?是不是说起我了?"

"对,说起你了。说你的坏话呢!"

"还有,昨天晚上,我就听电话里面你的MSN一直叮叮咚咚地响。说吧,是不是和哪个帅哥聊得正起劲?我妨碍你了吧?"

"什么啊,那是我在国外读书的那个同学和我聊天呢。我们俩有时差,遇到一次不容易啊。"

"那你把你的MSN密码给我,我看看上面都有谁。"

"喂,你不要这么霸道,行不行?我也有自己的空间,好不好?"萧楠忽然激动起来。她想起上次朋友和她一起游周庄。两个人玩得正起劲儿，丁一凡突然发短信跟她说，要帮她收校内网的菜。

对农场游戏，其实萧楠并不太重视。她每次都是种完等待大家都偷光了再懒洋洋地收完。所以她也就没放在心上，跟丁一凡说，下午就回去了。不着急。这一句可不要紧，丁一凡却不依不饶了起来。他瞬间发了很大的火，说没想到萧楠一点都不信任他。既然是男女朋友，又有什么隐私？连个校内密码都不肯给，真是让人生气！

萧楠迷惑了。忙问朋友的恋人是不是也要管得如此严格。

朋友的回答是，两个人不是靠密码的坦诚来维系感情。她劝萧楠想清楚，这样一个小心眼的男人是否适合萧楠。

那次和丁一凡的交锋，让萧楠有些头疼。尽管后来丁一凡没有再强求，萧楠也留下了严重的心理阴影。对于萧楠来说，密码算什么呢？一颗心比密码重要得多。她已经要决定把那颗心交给他了，如果真的值得。倘若不是丁一凡这样急三火四地问她莫名其妙的要各种密码，兴许哪天萧楠一高兴就会主动把很多秘密跟丁一凡分享了。只可惜，丁一凡要的不是萧楠分享心底的秘密。他只在乎的是，他是否能把握萧楠异性朋友的圈子，是否可以高枕无忧。无需再和任何一个随时可能出现在萧楠生活里的所谓"情敌"去PK。

他有时候会把萧楠的电话本拿来翻翻，从名字读起来，似乎女孩子比男孩多得多。这也不奇怪。萧楠有个习惯，和异性朋友的交往多半都靠网络，电话只存了一些关系特别好或者必要联系人。孤单的时候，萧楠也曾觉得空虚。只是那个时候，她知道那100多个号码里，也许只有两三个适合倾听她的心事。在她最需要有人倾听她心事的时候，这100多个号码却瞬间只变成了一个个符号。她有时候也会问自己，为什么两个人了，有时还会很寂寞呢？看着图书馆里一个眼神就足够默契的情侣，她也会问自己，是不是他们在一起，也不见得事事都默契，也有矛盾和争吵的时候吧？

丁一凡对萧楠面对异性圈子的态度基本还是满意的。因为他至少目前还没有抓到传说中让他觉得构成威胁的情敌。

萧楠对丁一凡草木皆兵的举动也哭笑不得。她问他为什么要那么紧张兮兮。换来的是丁一凡可怜巴巴又无奈地回答："你这样的女孩，万一要是哪天被哪个比我优秀的男人拐跑了怎么办？我得小心点，好好看好了，这样你才会乖乖地哪里也不去。"这话听起来像是对萧楠的在乎。沉迷于爱情里的萧楠也懒得去想这样下去以后丁一凡是否还会有更过分的举动发生。每次她在丁一凡面前和老妈通话都显得简短而快速，丁一凡假装在一旁装作漫不经心，同时却费尽力气要听个清楚。再遇到短信被丁一凡看见的时候，萧楠也大大方方地给他看了。上面无非是些小女生之间的抱怨和感慨。即便这些，丁一凡也要看得仔细，甚至推测上下文的意图猜个八九不离十。

田蕊的一次短信让丁一凡起了疑心。田蕊和萧楠十几年一直一路走来，算是资深闺蜜一枚了。有时候两个人互相会开玩笑，说些没谱的话。

晚上田蕊正从外面回来，心情不那么好，就发了一条，"嘿，亲爱的宝贝儿，你在干啥？我想你了。快点拯救我内心的干涸吧。"

萧楠和丁一凡正在学校大门附近晃悠，一个短信进来，萧楠连忙掏出来看。还没等看仔细，丁一凡立刻就凑了过来。这条暧昧的消息瞬间让丁一凡有了醋意。再一看田蕊在电话本里存下的名字，卡卡。

一晚上，萧楠针对关于"卡卡"是谁讲了许久，讲她们伟大而不俗的漫长友情，讲起她们的十二年，讲起那些初中纯粹明媚的忧伤，讲起这个姐妹见证了多少彼此重要的心路历程。这些故事，丁一凡其实也都不是那么在乎，他只是问萧楠一个问题："你的电话本里究竟还有多少不是实名制的号码？卡卡不是卡卡，是个叫田蕊的姑娘。那么，那些貌似女孩的，云啊，燕啊，婷啊，菲啊的名字后面，是不是其实却是个男人？"

这个问题马上把萧楠搞得错愕。这种小聪明萧楠其实也想到过。比如，她把江海阳的名字偷偷地改成了C。没有别的注释，只有她看得懂。

可她也明明知道，有些时候，就算是这样，丁一凡还是会知道的。若有天丁一凡看到那样的短信："我已经到队里了，今天海边风好大，那帮小兵真烦，晚上还要查夜。你今天过得如何？"类似的短信，她如果说那是个女孩发的，丁一凡会相信吗？

高中时代，萧楠看过那样一部电视剧。梅婷和冯远征演的，叫《不要和陌生人说话》。安医生外表纯良，工作出色口碑良好，院里的人都夸他一表人才。可就是这样一个别人眼中的好丈夫好医生，却给梅湘南带来了无尽的伤害。家庭暴力，每次都在打完妻子后痛哭流涕地说自己其实是真的太在乎了，所以才会动手。这样的伪善，甚至残忍，让萧楠不禁打了个寒战。丁一凡会不会也像安嘉和一样？她还记得一次丁一凡咬着牙说，"你以后千万不要做对不起我的事。如果一旦让我知道了，什么事我都做得出来。"那句话貌似玩笑，却又不像玩笑。萧楠说："如果有天，我真的爱上了别人，不会隐瞒的。会直接告诉你，在和你说了分手之后，再去处理好自己的感情。绝对不会出现那种背着你爱上别人的情况，更不会随便和别人玩暧昧玩到不能控制的地步。"说完这句话，萧楠有点后悔了。她后悔她这样直接说，会不会使丁一凡觉得她将来就一定会变心。

学校里有些女孩确实不那么专一，有些女孩子背地里有好几个男朋友。而要命的是，每一个都不知道彼此的存在。女孩子周旋于那些男人中间，游刃有余。这样的生活是萧楠所无法理解的，爱情怎么可以这样？难道一次只爱一个人那么困难吗？

她也知道，也许丁一凡选择她，大概就看中了她对爱情专一的态度。她从来不问丁一凡的私事，她相信丁一凡同她一样，是有很好的约束力的。所以她从来不查丁一凡的通话记录，也从不看他的短信。她明白己所不欲勿施于人的道理。

她一直相信真爱可以战胜一切困难，真爱是可以慢慢地把自己不好的一面改掉的。

丁一凡的多疑和敏感，只要不影响她正常的交往和生活，想想也没有多恐怖。

她尽量做到让丁一凡放心，也相信《不要和陌生人说话》，不会真的变成现实发生在她自己身上。

第十八章　备战大证考试（上）

　　航海类高校的毕业生都知道，他们除了要考和其他高校学生必考的四六级英语考试和计算机考试外，还有四小证和一大证的考试。四小证在前几年就算是搞定了，而最后的"大证"就像是其他大学生的毕业论文一样重要。丁一凡所在的学校，一心想把大证考试的通过率创造出一个奇迹，也想通过这种考试来提高在兄弟学校中的威望。这样的压力层层传递，学校压给学院，系主任压给辅导员，辅导员只好压到学生身上。

　　丁一凡的辅导员彭卓越在晚点名的动员会上大讲特讲大证的重要性。"同学们，我们将要面临的是第一次机考！这意味着什么？这意味着我们以前纸质的题库就有可能作废了。这就需要同学们付出更多的努力！别指望混混就能过！这不是平时我们小打小闹的期末考试。没有大证，那么大学四年你们就白念了。当然，个别同学以后不想跑船的可以当作没有听到。但是，我想绝大多数的同学们既然来到了商船学院，目的还是很明确的。那么，大家从现在开始就要好好看书了。还有，告诉大家一个不幸的消息，今年我们就没有暑假了。就算有，估计也就能休息几天。外地的同学要有思想准备。"

　　这些话说完，底下齐刷刷的就是一片骂娘声。可以想象，这几百号的大小伙子在听到这样不幸的消息是怎样的郁闷和无奈。

　　不得不承认，这样一所在上海有名的航海类院校，甚至说在全国都有点名气的航海类院校，能做出这样的决定不是开玩笑的。丁一凡不由得想起自己一路走来都是"幸运"的。整个高中时代，他郁闷而压抑。他所在的二中，在整个省都是出名的变态。一个星期下来，唯一一天休息日还只放小半天假，美其名曰购物假。爱干净的女生只好利用这样可怜的小半天假去洗澡，男生在这个时候还不忘记去网吧厮杀一小会儿放松一下。他经常骑着自行车狂奔在乡村空旷的大道上，冬天呼呼的风刮在脸上就像刀割一样疼。上自习同学照个镜子也会被教导处主任叫出去，严重的就是直接开除。丁一凡在那样严格到近乎残忍的高中里磨炼出了看书绝无二心的良好学习习惯，同时，也变得格外看重成绩和排名。最重要的是，他知道他这么努力和拼命是为了什么。比如大证考试，比如将来的综合测评，比如和综合测评挂钩的综合排名。这都和他将来的单位好坏有着直接的关系。好多人大学上得很轻松很愉快，那是因为没有马上看到就业的压力和残酷。对于商船学院的学生来说，或许就业根本就不是问题。每年就业形势好得让陆上专业的人羡慕得五体投地。可是，一个人吃着碗里看着锅里，好多家单位争着抢着要同一个人的景象又是用什么换来的？就是这一张张证书！

丁一凡在准备考试的过程里心情浮躁，他也不是铁人。他在想着为什么自己总要如此被这些所谓的考试绑住。从小到大，除了读书，他不知道什么东西还是他擅长的。萧楠也曾笑言，说他丁一凡最大的爱好便是做练习册。还笑说等他过生日要送他练习册作为礼物。可这也不能怪他！生在农村，没有那么好的条件。那些传说中的爱好和兴趣，他都不需要去培养和发展。他要做的事就是拼命读书，不停地读书。小时候妈妈跟他说的最多的话就是："你怎么能和那些小孩一样呢？你是要读大学的！回来就要写作业，写完作业就看会儿电视。绝对不可以跟那些小孩一块玩！他们会把你教坏！他们这辈子也就那样了，不需要读太多书！"

他于是就听话了，没有出去疯玩的习惯，也不和那些所谓的"坏孩子"同流合污。时间长了，他变得特别宅。"万般皆下品，唯有读书高。"这种思想根深蒂固，几千年都不会变。他知道他考试考得好，就会有奖励，哪怕是严厉得不让他吃零食的父亲也会因为他考试成绩有了提高而忽然变得慈祥。然而，真的读到了大学，以前那些邻居和父母不喜欢的坏孩子，有的已经成了家，有的做起了小买卖，生意也不错。他们时常也会提到丁一凡这个大学生，总是羡慕加感慨。想找丁一凡叙叙旧吧，每次都听说他在上海，在上海读着将来可以大把地赚着人民币（兴许就是美金）的大学。

他们也许不知道，我现在还过着衣来伸手饭来张口的生活！我还像个没有断奶的孩子！丁一凡每每想到这里都会觉得有点讽刺。

丁一凡的妈妈是不希望儿子跟老丁一样，还要把青春继续贡献给这片茫茫大洋。所以当初看丁一凡高考失利后第二年又一次报了航海类院校就有阻拦的意思。谁知她拗不过丁一凡的固执，再加上眼看大学生就业形势一年年的严峻，也就随了他们的意思。老丁说得好，像丁一凡这样傻乎乎只知道读书的孩子，将来要他做买卖，让他去尔虞我诈的职场，那不得碰得鲜血直流啊。跑船没有什么不好，既不需要太多复杂的人际交往，也不需要特别硬的后台背景。踏踏实实做人，吃苦耐劳，耐得住寂寞，就可以了。

他们也想过，等着以后丁一凡慢慢通过工作经验的积累稳定了，就下来到陆上找一份工作。

就这样漂一辈子，绝对不是个好的归宿。

轮机不像航海驾驶，就算到了陆上也有着相对优势。而眼下，他丁一凡所要面对的，就是第一关，先把大证考出来。这样才有将来上船的资格。

他看重这个资格的获取过程。所以他不能真的把精力更多地花费在谈情说爱上了。

临近期末考试了，萧楠也不轻松。宿舍里的姐妹也经常为了考试挑灯夜战。清凉油、花露水、咖啡，各种刺鼻的味道混合着，桌上摆着应急灯还有一摞书和资料，听着已经有点破旧了的电扇叶片吱吱呀呀的声音，不停地背着有些枯燥甚至异常繁琐的题目。这几乎就是接近考试周每个人的生活。

萧楠知道丁一凡比她还要苦恼，所以她尽量减少和丁一凡见面的次数。为了谈恋爱而耽误大事，那是高中生才做的傻事。她和丁都是理智的，想着将来来日方长，眼下还是应该以学业为重。

丁一凡打电话给萧楠，说自己一大段时间估计都要和题库恋爱了。萧楠很平静地说："你有你的题库情人，我有我的课程设计对象，咱们正好各自换换口味。"

话是这样说，丁一凡内心其实更希望萧楠和他撒撒娇，让他不要只知道看书忘记和她说甜言蜜语。谁承想这妞儿如此爽快，居然连眼睛都不眨地说一点都不在乎丁一凡的突然"情感罢工"，这也让丁一凡有点失落。原来萧楠依旧没有把他丁一凡太当回事。课程设计比他都重要吗？

丁一凡也不是瞧不起萧楠学的专业。他只是觉得陆上专业的学生技术含量太低，学点什么那都是花拳绣腿，纸上谈兵。课程设计？还不就是套用从前的老数据自己再照猫画虎地算一遍或者画一画？

谁知萧楠比他这个复习考大证的人还要上心。大夏天的，一个人跑去没有空调，甚至电扇都转不动的教室画设计图。听到这些丁一凡就来气，一个人学里的期末考试而已，你犯得着那么用心吗？

其实萧楠也不是真的想要这么认真。她只是觉得不要像个闲人。丁一凡说他要好好学习，难道她萧楠就要游手好闲的每天傻傻地等他电话，给他短信，问他到底有没有想她吗？

连续几天，丁一凡终于忍不住要跟萧楠抗议。你到底心里有没有我？他希望在他学习到烦躁了的时候，能够有个人问他是不是累了，或者跟他说有个人一直在想着他。可如果一直说又显得无聊。要说男人的情感需求也是很奇怪的。多一分会显得矫情，少一分又似乎太过冷静。

他偷偷跑到萧楠画图的教室。看着萧楠一个人正在认真地数着坐标纸上的小格子，那眼神看起来明显比看他的时候还要专注。上海在梅雨季里的晴天最是闷热。密密渗出的汗珠从萧楠的额头上滑落下来，手被铅笔上的碳粉抹得有些脏。T恤衫的背后已经被汗水打湿，贴在身上，看起来就很热。丁一凡忽然觉得萧楠也挺不容易的。轻轻关上了门，转身去了学校的小卖部，买了几根雪糕，还有一包纸巾。

"这么热，歇歇再做吧。还有，擦擦手，你看你的手脏兮兮的，哪里像个女孩的手？"

萧楠抬头看见本应该"日理万机"的丁一凡此刻却出现在她的眼前，一下子感动得说不出话来。尽管那雪糕在丁一凡的手里慢慢融化，那纸巾也粗糙的只有学校小卖部才会卖。

丁一凡总是这样，在愤怒的时候，只要一见到萧楠的脸，忽然就忘记了最开始他到底是为什么而愤怒。这女孩在沉静时自是有一种如水般的柔和，柔和里又透着一丝不服输的倔强。就像他第一次看到她的眼泪，那么有感染力，仿佛是谁轻轻一拉，心就跟着柔软了。

"答应我，以后不要再这么拼命了，好不好？这些考试啊，什么设计啊，其实都很简单的。你这么聪明，成绩不会差的。那么要强，就会很累的啊。"

这样的话，换成萧楠在读小说的时候，肯定是嗤之以鼻的。多琼瑶啊，多文艺。可当这样的话从丁一凡这样一个平时拽拽的，有时又很大男子主义的人口中说出来就变得异常的温柔和不可思议。

"你怎么知道我在这儿？"

"要说你这个人就是奇怪，每次都要和我玩躲猫猫的游戏。以前的时候吧，我问你电话号码你能给我给错一位，后来我问你喜欢去哪个食堂吧，你说你不想告诉我，现在吧，我问你在哪里绘图，你还是说你不想告诉我。你以为你不告诉我，我就不知道了吗？小东西！"

丁一凡重重地刮了一下萧楠的鼻子，叫她小东西。

她什么时候变成小东西了？

不管大东西，还是小东西，丁一凡承认萧楠其实是个坏东西！

他本来是要讨伐她为什么连续几天都对他不冷不热不理不睬的。可他这个最怕热的人居然为了萧楠跑了个来回就为了买个雪糕。

看着萧楠咬着雪糕开心的样子，丁一凡有了成就感。一根雪糕就能满足，其实萧楠要的也并不多。

"以后你热了，渴了，需要我了，就告诉我啊。你不让我为你服务，我就为别人服务去了！"

"那我是不是就像召唤阿拉丁神灯里面的妖怪一样，只要擦一擦灯，你就能出现？哈哈。"萧楠孩子气的一面露了出来。她学着港台电视剧里的样子，故意装作撒娇的样子说。

"哥哥我要吃糖糖……"一边说一边还故意抓住丁一凡的衣角扭起来。丁一凡大叫着说，"妈呀，你撒起娇来咋这么吓人呢。"

两个人闹着闹着也就都忘了自己身在压力很大的考试周了。

丁一凡几次想和萧楠说，家里人让他准备考研，或者考公务员。他不知道该怎么做决定。如果一旦选择考研或者考公务员，就意味着他丁一凡就要变成失守诺言的混蛋。他答应她要跟她一块到大连发展属于他海一样的事业，不是吗？他怎么忍心说出口？

他问前几届的学长，如果去大连，工作会不会好找？找到的工作是不是会赚很多钱？他们的答案都是不置可否。大连是个比较尴尬的城市，赚的没有花的多，房价并不比上海低到哪里去。

不过，大连的船公司百分之八十跑的船都是油船，对身体伤害大，听说公司升职又很慢。这样看来，去大连不是个明智的选择。既然能在上海读书，为什么不留下来呢？好多人的话不停地在丁一凡的脑海中盘旋，他已经觉得脑子里像是有一团乱麻了。

萧楠还不知道这些，她觉得丁一凡应该能把握好他们的爱情走向。也许别看平时丁一凡偶尔撒娇像个小孩，在他说她是小东西时候的眼神，让她看到了宠溺，就像江海阳在帮她把扣子扣好时候的样子。

第十九章　备战大证考试（中）

丁一凡第一次跟丁母提起萧楠，也就是这个夏天刚刚开始的时候。丁母第一个反应是想看看这个小姑娘到底长什么样子。儿子这几年也算是交过好几个女朋友了，每一个时间貌似都不太长。她也从来没真正见到哪个女孩，只见过照片。听说萧楠比儿子还大一岁，脑海中立马显现出一个姐姐的形象，完全想象不出是什么类型的女孩。丁一凡说女孩是个城市姑娘，看完照片之后有点失望。这女孩长得很普通，不能说难看，至少不够漂亮。都说大连出美女，这个美女很一般嘛。儿子自是说了不少女孩的好话。丁母知道陷在爱情里的儿子肯定是看不到女孩的缺点的，不然怎么会那么冲动地说想要和这个女孩结婚？

丁母最了解这个被她宠坏了的儿子了。儿子喜欢做什么事都热血三分钟，冲动的时候什么承诺都敢许。结婚？大学都还没有毕业就已经想到要结婚了？还是和一个据说在网上认识的女孩结婚。她想也许过不了多久，儿子就又会厌烦。没有哪个女孩可以忍受丁一凡有时暴躁而又孩子气的性格。也许没等她反对，女孩就会和儿子分手了，又或者，儿子发现了女孩不够漂亮，就会移情别恋。年轻人的爱情，往往都经不起考验。可是，不让儿子恋爱吧，又似乎不尽情理。于是丁母只好问："你们这几个月，有过争吵吗？"丁一凡老实回答："小的争执还是有的，但是问题都不大。我们一直没有吵过什么架。"这句话让丁母有些惊讶，难道说儿子这次终于懂得宽容和忍耐了？难不成这个女孩还真的那么有本事？丁母只好说："那是因为你们还没有真正的在一起生活。现在如果就大吵大闹，到了真的结婚还不打得你死我活？"

关于将来儿子的前途问题，丁母想了很多。她一直希望儿子毕业了就回老家。上海虽好，可离家太远，儿子尽管已经长大，可还是让她牵挂操心。如果他真的和这个城市姑娘结了婚，以后这姑娘肯定不是想留在上海生活就是要回到大连。让她去他们家那个渔村，她会乐意吗？想都不要想！这太不现实了。

每次听到丁一凡提到萧楠，语气里总是带着一半幸福一半憧憬。这样的丁一凡让丁母感到十分担忧。她有时候也会说上几句："凡啊，你就不能回老家找一个？我看那个方晓鸥吧，除了矮一点，不太白净外也没有啥缺点。你就不能重新考虑考虑她?"

丁一凡迷惑了,当初不是你说的,方晓鸥不好的吗?怎么现在又让我重新考虑她?那萧楠怎么办?在听到历届学长说大连没有他们的未来之后,他变得异常的焦虑。他有点后悔自己怎么那么轻易地就答应,说要和萧楠一起回大连。

准备考试是件劳心费神的事。丁一凡也不会总有那个心情去给萧楠送雪糕。

萧楠完全不知道他已经承受了来自家人的压力,朋友的不支持,家人的模棱两可。要他丁一凡怎么选择?他知道萧楠是个容易受伤的女孩,好不容易从江海阳的那个阴影走出来,这时候他丁一凡说,我们没有未来,所以不如现在就结束?这对她也太不公平了。何况,两个人在感情上也找不到更多的问题。

不想看书的时候,他丁一凡就一个人跑去操场的草坪。枕着双手,躺在这个草坪上看上海的天空。这阵子天空总是灰蒙蒙的,要下雨了,气压很低。他想起自己有次被萧楠拉起来跑步,那个时候他才刚吃过饭,肚子里还有食物没有消化。可是却不好意思拒绝,只好陪着萧楠一起跑。那个时候的萧楠仿佛有心事,他只陪她跑了一圈就吃不消了。之后就看萧楠自己一直绕着操场跑步,一圈又一圈。从远处看,绑着马尾的萧楠身影很单薄,就是这种单薄让他心疼。这样一个女孩,为什么就不能再快乐一点呢?她心里到底还有多少东西是他不知道的?现在,他要增添她的不快乐吗?

他做不到。他也不能这么做。

MP3里放着周传雄的《黄昏》,也是一首伤感的歌。"感情的世界伤害在所难免,黄昏再美终要黑夜。"他丁一凡怎么也慢慢变得喜欢听伤感的情歌了呢?

手机里,有萧楠发给丁一凡的短信:"加油哦,为了明天,为了未来!"

未来又是什么?他丁一凡的未来和萧楠的会不会是同一个?

他不敢想,不愿意想。

方晓鸥最近一直在晚上给丁一凡发消息。他知道,方晓鸥一直没有放下那段感情。那个时候多好啊,不需要谈什么天长地久,更没有什么承诺。两人在一起就是纯粹的开心,用不着为明天打算。不像现在,他要开始为一个未来去承担责任。显然的,他并没有那么大的把握和决心。

他试探地问方晓鸥:"如果,我只是说如果。如果有天我说要你放弃你的工作陪我一起来上海,好不好?"

"只要有你在的地方,就应该有我在啊。"方晓鸥不假思索地回答。她的想法也很简单。尽管她已经定下来必须要在老家作教师。可是,这样的话说说就可以了，丁一凡也不见得会真的让她去吧？上海？你就是说去美国，我也可以答应。

方晓鸥为了表示自己的决心，连QQ签名也改成了"陪你到天涯，随你到海角"。

听着就让人感动。她知道，这样的话用来感动丁一凡，太容易了。

她也试探着问丁一凡："那你那个在大学的女朋友呢？她怎么办？你们怎么了？"

"我和她分手了……"

"那我这个暑假来上海看看你，好不好？你来陪我好好逛逛上海吧。我有好多想去的地方哦……"

方晓鸥没想到丁一凡这么快居然就和萧楠分手了。她也不想问清楚原因。通过上次她和萧楠的聊天，她感觉得出来，萧楠似乎并不那么在意丁一凡。她心里好像有另外一个人。这样最好。感情里的事是很难一下子说清楚的。

丁一凡也不知道为什么，居然能连眼睛都不眨一下，就说自己和萧楠已经分手了。更让他自己无法控制的是，他居然答应了方晓鸥来上海的要求。

他跟自己说，你萧楠不是能去青岛找江海阳吗？那，方晓鸥来我这儿又怎么了。你理直气壮，我大不了不让你知道就好了。

他觉得曾经和方晓鸥在一起的时候，对她真的不够好。由于当时是方晓鸥主动，丁一凡也没有太上心。这次如果方晓鸥能来上海，他得对她有点补偿。他这样做，内心不是一点内疚感都没有。可是，萧楠那个马虎大意的妞儿，连手机都不查，能发现什么呢？

萧楠跟丁一凡说："这次期末考试过后，就要换宿舍了。能不能帮忙搬一次家？"

丁一凡一口答应，心里却想着，你的事情怎么那么多？

"考完试之后，我得快点回家。家里快要拆迁了，需要我帮忙的事挺多的呢。听说你们今年没有暑假了是吧？要好好在学校复习哦，考完大证就算解放了。"

"好，你回家后不能就把我忘记了啊。以后我每天早中晚都给你短信。没事就给你打电话。"

丁一凡为了表示自己没有别的心思，特意表现得忠心耿耿。心里却想，你就不能晚点回家多陪我几天？这样，方晓鸥来了我也好推脱。这样急着回去，就不能怪我不给你机会了。

萧楠搬家的那天上午，丁一凡偷偷去帮方晓鸥预购了回去的火车票。等他回来的时候，萧楠已经搬得差不多了。

一个女孩在大学里住了这许多年，东西都多得顾不过来搬。同学之间谁也没多余的精力互相搭把手。萧楠只得一趟趟地跑。她心里不是没有埋怨，丁一凡说好了她搬家的时候帮她的啊。她必须上午抓紧搬完，搬完了好回家。

同学里有个男生知道萧楠搬家着急，就热心地想帮把手。萧楠有了点顾虑，她想到如果丁一凡知道了肯定会不高兴。可是，女孩子力气哪有男的大？如果不让男生帮助搬，估计就得折腾到天黑了。于是她也顾不上那么多，看着那个男生抬着她的箱子就走，爽快极了，心里就越发的别扭。看来，丁一凡经常做"说话的巨人，行动的矮子"。

萧楠终于把家差不多搬完了。那个男生看到萧楠书桌下还有最后一个箱子没有要搬走的意思，就问是不是一块要搬走？萧楠摇了摇头，她要把这个装满书的箱子留给丁一凡搬！必须要他分担一点！

丁一凡看着这个沉沉的书箱子，头就大了。在家从来都没有干过这么重的活。只得找同学借来一个自行车把箱子放到后面带过去。一边推车一边还抱怨，既然你都能把那么多东西搬掉，怎么还要留一个给我呢？

萧楠不说话了，一路上她沉默。一个口口声声说要照顾我一辈子的男人，连帮忙搬个家都要抱怨半天。以后怎么办？

丁一凡心虚的时候总是会用愤怒来发泄。他见萧楠并没有说什么，连忙问起帮萧楠搬家的人是谁。萧楠没好气地回答，是个暗恋我的人！

"什么？说说，是谁！好啊，我一不在，你这边就出现了情况。你让我怎么放心你！"

"你还在意这个吗？你应该感到高兴才是。就你这个小体格，帮我搬一个小箱子就气喘吁吁。要是没有人家帮忙，你现在估计快累死了。"

丁一凡也觉得自己这样不对，但他一直觉得萧楠应该是无所不能的，区区搬家这样的小事还要劳烦他丁大少爷吗？

两个人拌嘴都显得心不在焉。萧楠因为着急回家，也就没有多和他计较下去了。

丁一凡把萧楠送到车站的时候，心里就算是松了一口气。

他说了好多要萧楠回家之后自己好好保重，不要忘记他的话。那种依依惜别的样子，谁看见了都会觉得丁一凡绝对是个没有问题的满分男朋友。

丁一凡在回去的路上想起他和萧楠曾经的对话。

"如果有天，我是说如果，你能为了我放弃回家，选择和我一起留在上海吗？"

"为什么忽然说起这句话？是不是最近压力太大了？和我说说好吗？"

"我的意思是，如果我让你非得为我留在上海呢？"

"我说过，留在上海太不现实了。你会很辛苦，我也会很累。我们做不到的。"

"那我想跟你说，大连没有我的未来了。我必须要留在上海了。"

"哦，其实你的单位在哪里都一样啊。你别忘了，你是船员。公司就算是签在广州，签在香港，休假了你也是想去哪里去哪里，想回家就回家。放轻松一点啊，你可以选择签一个上海的船公司的。我知道，你不愿意去大连的船公司。听说待遇和晋级制度都不如上海的优越。没关系，不管你签哪里我都支持你。眼下你也不需要想太多。专心地考你的大证就好了。签单位的事，至少还有三个多月之后呢。"

"我就是想问你，如果有天，你会为了我放弃回家吗？能或者不能。"

"那要看值得不值得了。如果你值得，我就能。"

"我只问你能不能。"

"也许答案是不能。丁一凡，我们需要现实一点。不管是你还是我。留在上海不是一件容易的事。"

"那我想告诉你，如果你能为我留在上海，你就是我唯一的选择。"

"什么意思？"

"对，就是你理解的那个意思。"

"好吧，那我也许真的不会变成你那个唯一了。"

丁一凡面对萧楠的冷静，真的无话可说。他几次想开口说，你这个笨丫头，有人在和你竞争啦。你居然还骄傲地说你不能。为什么你就不能为我低一次头呢？哪怕一次？

可是他同时又觉得他不该这样摇摆。

萧楠从来没有强迫他必须要爱她。

是他追着萧楠希望她能给他一次机会。于是她给了。

现在他丁一凡又要强迫她一定要认同必须要为了他放弃一座城市。

将来又会让萧楠放弃什么？

他想来想去觉得好累。是的，也许萧楠在骨子里还是不爱他。不然，一个女人就该为了自己心爱的男人而嫁鸡随鸡嫁狗随狗。她那么执著坚持要回家，说白了也是她自私。

谁没有父母？谁没有亲人？谁没有朋友？谁就一定要为谁放弃？

那就要看谁更爱谁多一点了。

方晓鸥让他觉得愧疚，同时又让他觉得感动。是他先负了她的。她依旧这样无怨无悔。也许这才是爱情。

第二十章　备战大证考试（下）

回家之后的萧楠果真每天都会早中晚收到丁一凡的短信。有人说，出轨时候的男人的智商仅次于爱因斯坦。这一点用在丁一凡身上丝毫不为过。他一边要陪方晓鸥逛遍上海，一边还要担心萧楠不定时的查岗短信。要想把两边都瞒得天衣无缝，这真的不是个轻松活儿。不过也有人说，爱情久了自然就淡了。这时候只要擦干净那些痕迹，不让两边发现，反倒有助于感情的促进。因为愧疚，他反倒对萧楠格外关心。

丁一凡只要一有空就要和萧楠联系。无论QQ，飞信，或者电话。即使是学校加课强制性的晚自习前吃饭后剩下的那半个小时，丁一凡也要抽空和萧楠联系。相信很多有异地恋经验的朋友都知道，在你看不到这个人的时候，唯有听到对方的声音和不间断的联系并得到回应才能证明对方心里依旧还是有你的。

丁一凡不知道在备战大证的日子里，有多少和他一样有女朋友的哥们因为冷落了对方而搞得女友差点要分手。反正他凡哥自有他凡哥的办法，至少能让两个女孩都对他毫无怨言。

然而吃饭哪有不掉饭粒子的？冷不丁也许就会犯些致命的低级错误。一次他硬是把发给方晓鸥的短信发给了萧楠。还好他灵机一动，自己给自己打了圆场。幸好疏漏不大，也让丁一凡自己倒吸了一口冷气。

他摇摆于两个人之间的事，丁母不是不知道。她警告了丁一凡不能这样儿戏，万一要是让萧楠知道了，说不定哪天会把他往死里整。丁母觉得萧楠的思维并不简单，通过几次儿子描述她的一些行为与做法，就不难发现，萧楠有别于同龄孩子的思维，或者说比同龄孩子要成熟稳重得多。丁一凡的小脾气和自私萧楠能忍得了。可是，要她去容忍丁一凡的背叛，除非她真的不爱他，要不就是特别爱他，否则，现在的情况下，谁又能忍受得了呢？凭着萧楠的性格，肯定要闹到天翻地覆才肯罢休。

丁母要丁一凡自己想清楚。要不就和萧楠马上说分手，要么立即停止和方晓鸥的暧昧关系。在丁母的心中，萧楠怕是不会坚持到最后的。与其这样，不如现在趁着儿子开始摇摆了就劝他们分手，免得日后萧楠感情陷得更深，连甩都甩不掉。

她几次问儿子是不是已经和萧楠发展到不能再发展的地步了。丁一凡都一口咬定他们清白得很。可看得出来，丁一凡似乎对萧楠有着说不出来的依赖。说清白得很，又能拿什么去界定？她只好希望萧楠能放了儿子一马，最好不要搞得不好收场。

方晓鸥在上海之行之后也想了很多。她发现丁一凡似乎变了，变得比以前懂得女孩子的小心思了。她不知道是应该高兴还是难过。这个男人，若不是经过了另一个女人的培训，如何变得如此深谙女人心理？

女人的直觉往往都是准确的。方晓鸥不相信萧楠真的和丁一凡就干干脆脆地分手了。她又开始找萧楠聊天，试探她的语气。明显的，萧楠一副蒙在鼓里的样子。她是装傻还是真傻？

方晓鸥很想直接和萧楠摊牌，让她不要再找丁一凡，最好消失得干净彻底。可这样做又显得很没有水准。她听说过萧楠的聪明，却不知道萧楠这样不动声色和无动于衷究竟是唱的哪一出戏？她想过无数个方法，至少要让萧楠和丁一凡发生争吵。这个时候她再在中间调和，装柔弱让丁一凡心软。这样就会加速萧楠和丁一凡关系的崩溃。

只是方晓鸥似乎找不到萧楠生气或发火，甚至和丁一凡吵架的痕迹。

方晓鸥无法想象，一旦萧楠回到大学，再和丁一凡相处下去，是不是又没她方晓鸥什么事了。这样反复折磨，让她自己也感觉特别累。

方晓鸥有时候也不明白自己为什么就是那么想得到丁一凡。

上高中的时候，丁一凡学习成绩是那么好，尤其在理化方面，总是可以当一个老师去辅导她们这些看着题目就头疼的小丫头。她暗恋他好久，也知道他从前的那些小打小闹的感情。也可以说她等他也等了好久了。她觉得就算是冰块也可以被她的关心所融化。所有的爱情都可以源于感动和同情。丁一凡在那些风景都看得差不多的时候，偶尔想想身边还有这样一个一直对他崇拜的小丫头，他能不动心吗？

她以为他可以为她停止追寻了，她以为他终究还是会回到她身边的，她以为他定是需要一个终结者来结束他的浪子生涯的。可是岂料，大学都快读完了，马上他丁一凡就要回到老家了，怎么半路杀出个程咬金？

好多朋友也劝方晓鸥不要再执著下去，既然这个男人是为了自己的前途而想要离开你，不管他的话说的有多冠冕堂皇和美妙动听，说具体点那都是因为他自私！如果真的爱你，怎么会离开你？怎么会很快就爱上另一个人？

这些道理方晓鸥心里也不是不懂，只是她做不到说放弃就放弃。她曾经跟萧楠说过，"难道你就不想和他生活一辈子吗？"萧楠的回答是什么？她还没想得那么长远！这是什么话？

既然你这么不在乎丁一凡，干吗还站着茅坑不拉屎？痛痛快快地让给我算了。

方晓鸥和很多女孩一样，总是觉得事实应该是像她们想象的那样，男人出现了动摇或者对前女友不再像最开始分手时那么冷漠肯定就是男人和新女友关系不好。既然不好了，那我就是有机会的，甚至她还有拯救的心理。既然你在新女友那里得不到幸福，为什么不回来找我让我给你幸福呢？

丁一凡在复习考试，两个女孩都不会刻意打扰。

只是丁一凡发现萧楠变得比从前话少了，可每次联系却又出乎意料的温柔。他不知道这个改变是从什么时候开始的。他甚至觉得也许原本萧楠就知道他和方晓鸥在短暂的暑期在上海见过面并且还是非同一般性质的见面。他越想越觉得内疚。可萧楠却一直什么都不说。

他偷偷去看萧楠在暑假写的日记，仿佛她每天都过得很充实。

和朋友去大饭店吃自助餐，和朋友去看孙楠的演唱会，和朋友去街边吃烧烤。

字里行间好像有些哀怨，可是究竟在哀怨什么他看不懂。

她也写她对爱情的理解。也就浅浅几行。一次她提到了那句话。"慧极必伤，情深不寿。"

连忙问她这句话的意思。她在电话里笑了笑，说只是觉得那句话不错，就记下来了。

有朋友在下面评论，奉承萧楠是个聪明且用情至深的女子。丁一凡看着也会吃醋。他不是不知道，萧楠的灵气自是有另一些男人愿意百般疼惜的喜欢。因为那些人好像比丁一凡更懂她，可萧楠仿佛对那些懂得咬文嚼字的男人并不十分感兴趣。有时他丁一凡自己也忽然觉得奇怪了。她萧楠怎么会忽然头脑发热挑来选去就选了丁一凡呢？而明明知道他丁一凡最不擅长的就是剖析萧楠细微敏感的心理。所谓同极排斥，异极相吸。他们的互补组合，大概就可以诠释这个道理。

丁一凡对方晓鸥呢？明显就容易掌控得多。毕竟做过同班同学，又是实至名归的前任关系。两个人在网络上自是可以老公老婆叫得亲热。

丁一凡发现他对方晓鸥有了新的要求。因为她有时候真的太幼稚。幼稚就意味着麻烦。如果方晓鸥能够像萧楠一样再冷静理智一点多好？至少在花钱上不要那么大手大脚就好了，否则将来过日子，头几天就把一个月的工资全都花光了怎么办？他承认方晓鸥真的不是个过日子的人。如果只是做情人，也许能给他凡哥长长面子。可问题是，他凡哥现在既不是大款又不是富二代，靠什么来包养一个情人呢？

如果说，一个成功的男人背后，一定有一个默默付出的女人。那么失败的男人背后，一定有一堆争风吃醋的女人。

萧楠也会模仿这个句式造句："每一个风光无限的奥特曼背后，总有一个默默挨打的小怪兽。"她一声不响地把这句话写在了校内网的个性签名上。丁一凡看了心里一颤。这是在暗示我什么吗？可当他小心翼翼地问起萧楠，萧楠又会一脸无邪地说，这句话多有意思啊。

谁是奥特曼？谁又是小怪兽呢？丁一凡忍受着良心上的不断折磨，反倒是迫切地希望萧楠哪天把话题挑明了说。只可惜，他就是看不到萧楠真正发火的样子。

这个为了备战大证考试而无法休息的暑假，对于丁一凡来说既心烦意乱又无可奈何。上海8月的天气是他从未经历过的炎热。在这样的炎热里还要周旋在两个女孩之间。可想而知，难度是多么巨大。

终于有一天，萧楠忽然不回他的任何短信和电话了。这让丁一凡不安。

一个上午，加一个下午。丁一凡发了几十条短信，每一条都石沉大海。拨电话过去，依旧还是萧楠惯有的不接直到14响结束。

难道她知道了？她要不告而别的和我分手了？

他第一次觉得分手是那么可怕的一件事。他不能就这么稀里糊涂地失去萧楠。

他道歉。他不知所措地说些语言混乱的话。他完全慌了。不知道该怎么办了。

"你是不是只是生我一天气就好了呢？"

"你不要这样连分手都不和我说就直接消失了吧？你这样做不负责任。"

"不，你是在故意折磨我。你是不是觉得我最近太忙忽略你了呢？"

"我不要分手，我以前真的错了。我知道我对不起你。你就原谅我这一次好不好？就一次。"

"你给我一次机会吧。你到底是因为什么就无缘无故地消失呢？你是不是因为江海阳？如果是因为他那我觉得我真的很悲哀。从始至终你就没有忘记他！"

"楠楠，我求你了，你就给我回一条短信好不好？你没事吧？我好担心你。你知道吗？你这样我根本无法安心听课了。我要是大证考不出来，我就没有前途了。"

"楠楠，你怎么这么狠心？你简直没有人性。"

丁一凡用尽了一切想说的，能说的词语。萧楠就是没有回应。

就在这同时，他在QQ邮箱里收到了这样一封信。

丁一凡：

你好！

已经不是第一次写信给你了。几次想打电话给你，都觉得很不妥。那么只有写信最合适。

和你聊了两次，反馈的信息都是说我没和你说实质性的东西。我不知道你想知道的实质性的东西是什么。

不知你看没看过《我的野蛮女友》，男主角留下的十条建议，相信你能有点印象。我也想给你留下一些建议，请你耐心把这些看完。

1.她是个感性的人，敏感，任性。对男女上的问题尤其比较敏感，不要触碰她的底线。既然已经决定和她认真开始恋爱了，就要把你的莺莺燕燕收起来，不管从前你有过多少女人，甚至发生过什么关系，都要干脆点的解决收拾干净。

2.她脾气不好的时候你要忍着，听她把话讲完，不管多啰唆，多没有实际意义。不要打断，说不要再讲了，这样她会很伤心。要经常准备纸巾在身边，以防你惹哭了她也好有个东西擦。

3.晚上10点的时候要催她睡觉，她说睡不着，就告诉她有条件喝点牛奶。她不能熬夜。这一点切记！

4.她酒量很大，但是不要让她喝太多。如果她提出要喝酒，肯定有两种情况，一种是心里特别不爽，另一种是特别高兴。不要粗暴地阻止，最好陪她喝一点。

5.天气不好，提醒她要带伞。这丫头不喜欢带伞，经常淋雨。感冒了会高烧，那就比较麻烦了。高烧的时候会说些莫名其妙的话，不要害怕。过去了就没事。

6.没事问问她家里的事，她会很感动。她心情不好或者好都喜欢唱歌，这一点还好，她唱得虽然没有我好，可也还过得去，不至于要命。这一点你要忍一忍。

7.她喜欢写东西，要鼓励她多写。我不指望你能做她第一个读者了，但是不要打击她的积极性。这是她最大的爱好，也许你不欣赏但是不能瞧不起，说些打击她的话。

8.尽量少欺骗她，她讨厌别人撒谎。你要是想到了要撒谎最好想想能不能不要她发现，骗一辈子那是最好。她挺聪明。不好骗。

9.她怕冷，冬天手会生冻疮，还不爱戴手套。去年冬天给她寄了手套和热水袋，估计都被她丢了。她在有些时候确实很粗心，你比她稍微细心一点她肯定会很感动。感动她一次也许她就能记住你一辈子。

10.她也挑食，不爱吃饭的时候你要先多吃让她看着。

11.她喜欢旅游,不能陪她的话也不要责怪她。最好在她回来的时候第一时间看到你。如果你不想接她也最好不要对她发脾气。

12.如果生气了她不接你电话,要打到没电为止。

13.她为你做了每一件事后,都真诚地和她说谢谢。她以后会做得更好。

14.如果真的不想和她在一起了,让她说分手。男人只能说我爱你,说分手这样的话还是留给女人吧。

15.她真的是个好女孩。

留给你这些建议,是我想到的。有些不全面,可是我觉得够了。

不要觉得我总要求你什么,这样让你感觉不好。因为你是她的男朋友,是她选择认定的人,所以我们希望你知道这些。我没有别的意思。你如果觉得我说的话太刻薄了,或者让你觉得不爽了。不要怪罪她。

真正爱一个人,不用别人说就会做得很好了。如果说你一直就没有学会如何关心别人,只能说明你还没有真正爱过,而只是喜欢而已。

我就不说她的优点了。你能喜欢她,自然知道她一部分优点。

她没有你想象的那么复杂,但是也决不简单。一个人从小到大,总要经历一些事才能真正长大。她经常喜欢放大自己的痛苦,忘记快乐的部分。也是因为从小得到的爱太少。

每个人都有缺点,这世上没有满分的一个人,但有五十分的两个人。

她是个能给人带来很多难忘回忆的人,就算是我这样没心没肺的人都能感觉得到。所以,遇到她是幸运也是不幸。

谢谢你能看到这里,也谢谢你能理解我和她的感情。

祝好。也祝你们好好把握住手里的幸福,学着珍惜。不要等错失的时候再后悔。

丁一凡看完之后就知道这信是谁写的了。

他果然没有猜错。萧楠肯定和江海阳说过什么了。

这个江海阳,到底想干什么!丁一凡反复把信读了几遍。牢牢记住了上面的话。他知道,他不能输给江海阳。他必须要把萧楠追回来!

第二十一章 好女不嫁海员

暑假很快过去，萧楠再回到学校的时候。迎接她的依旧是丁一凡的穷追猛打。丁一凡知道萧楠不能熬夜，于是再也不敢晚上打扰她，却要照着江海阳说的，督促她早点睡觉。

萧楠心里不知道是什么滋味。整个暑假，她都对外人宣称她已经和丁一凡分手了。朋友问的详细些，她也不愿意回答。只是说，两个人不合适。没有人知道丁一凡的背叛。

萧楠问自己，这算不算是一种报应？她当初那样任性地去青岛找江海阳，算不算也是一种背叛？可是仔细又一想，她已经明确地说明是要去作一次告别的。况且，他们清白得很。从始至终，都那么纯洁。那种美好她估计可以放在心底一辈子了。做人不该那么贪心。

她记得自己有次和江海阳打电话一聊就聊了一个多小时。她问他，男人是不是都会有一阵找不到北？或者说，男人天生就是花心和多情的动物？

江海阳没有多说什么，只说也许萧楠是误会了。不能因为一点自己的猜忌就毁掉了一段感情。

萧楠说，张信哲的一首歌里唱得很好："美丽的女子容易变。"那么，长得稍微好看一点的男人也容易变。

江海阳沉默。老实说，他也不知道丁一凡是个什么样子的人。从照片上看来，丁一凡笑起来很阳光，估计心里也没装多少过去，或者说没有什么愁事。他的眼神里透着一股子只有乡村孩子才有的纯真。

他和丁一凡也在网络上聊过天。听起来，丁一凡信誓旦旦地想要给萧楠幸福。很难说，他为什么还会发生背叛这样的事实。也许只是逢场作戏？可是既然深爱一个人，又怎么有那个心情和别人逢场作戏？也或者，他其实真的两个都爱？更或者他两个都不爱？

他曾经以男人和男人的对话语气问他，到底是不是只想和萧楠玩玩。丁一凡的坚定让他觉得这个男人有着不同于他的孩子气。因为丁一凡什么话都敢答应。他问丁一凡是不是在老家一个，学校一个？丁一凡马上否认。

但是这些一面之词谁也说不清楚谁是谁非。江海阳只有坦诚地给丁一凡写了那样一封信,来激发丁一凡内心的感情。如果丁一凡真的心里还有萧楠,他应该知道怎么做。

江海阳在电话里问萧楠,你想和丁一凡只谈一场轰轰烈烈的校园恋爱,还是要和他走到最后?

萧楠忽然不知道该怎么回答了。有句话叫做一次不忠百次不用,她萧楠不是不知道。她还要为了江海阳而苦苦把这段看似已经走进死胡同的感情拉回来吗?

"曾经有一句话,叫做好铁不打钉,好男不当兵。我就不是好男。还有一句话,叫做好女不嫁海员。你听说过没?"

"你江大队长哪里来的那么多词,还一套套的?"

"说真的,你想过他出海以后你的生活吗?在他出海的时候,你们能多久联系一次?在你最需要他的时候,他出现不了。如果你生病了,如果你寂寞了,如果你难过了,谁来照顾你,谁来安慰你,谁来鼓励你?这些你都想过吗?现在你们在大学里,一个电话就能见面。将来呢?你也许听到最多的是,你拨打的用户已关机!"

"你为什么现在要跟我说这些?"

"我只是想跟你说,爱情不是一件容易的事。如果你确定你想要和他走到最后,就努力让他不要再出海了。这样对你们的将来有好处。"

"可是我已经和他分手了。"

"哈哈,情侣之间说分手却分不掉的事情每天都在发生。我敢保证,他还会继续找你的,就像最初他追求你那么执著!"

"也许吧。也许那个女孩知道我把他甩了,他又回头来找我了也说不定。"

"好了,你这个小脑袋什么时候能想点有用的?你对自己有点自信,好不好?我只是担心你太认真最后变得很受伤。"

好女不嫁海员。

这句话萧楠倒是第一次听说。很多朋友在听说了萧楠在大学的男友将来是个跑船的之后,经常问她的一句话就是。

"他将来一定很有钱吧?"

如果不是这句,肯定也会有人说,他多久回家一次啊?他不在家的时候你会不会寂寞啊?

更有些朋友直接说:"你知道,海员这个职业不太好啊。很多人觉得这是个

'放荡'的职业。你怎么知道他不会去'打野食'？你想过这个职业生理上的寂寞和空虚是一般人难以理解的压抑吗？现在没有结婚倒还好说，以后你结婚了，就知道这里面的苦处了。"

再关心萧楠一点的朋友就会说："以后你生病了，谁来照顾你？"

这些话在萧楠的脑海里都曾经盘旋过很久。

而这次江海阳直接说出的却是这句"好女不嫁海员"。

海员这个职业怎么了？难道不是和大家一样赚辛苦钱？甚至赚的并不比陆上工作的人多。为什么会有那么多人一直认为海员的钱是大风刮来的呢？

她也听说过德国的妓女街，可是那个地方中国海员从来就不会去。他们心里惦记着都是妻儿老小，怎么会犯这种错误？

中国这么大，海上漂泊的海员们就有几十万，他们后面就是几十万的海嫂。她们生病的时候，都没有人照顾，孩子都需要自己带。可是她们一样毫无怨言。

萧楠不知道怎么和那些朋友去解释。她知道那些人也没有恶意。

有些情况不是完全不存在的。她耐心地去和朋友们解释，职业和人品无关。只是这个职业会让爱情变得更脆弱和敏感。

萧楠每次在遇到别人的困惑和不解，内心动摇的时候，也经常告诉自己。心里有爱，就要相信对方。心里有爱，就会有一切。

电视里播出过振华四号的船员在索马里和海盗搏斗的报道。看到那个眼神异常坚定的轮机长平静而富有感情地说："我当初只有一个念头，那就是我还有一个家，他们在等我。所以我必须要活着回去。我们所有船上的人都必须要活着回去。"

萧楠看到那个硬朗的汉子在说出这句话时的悲壮和温柔，眼泪都差点流下来。她相信一个顾家的好男人，无论人漂泊在哪里，心里都会是坚定的。

她又想起那年的马六甲事故，一个女孩在听到她的男友就在那条船上时，一直不敢打听他的消息，却一直一直祈祷，希望她的他能活着回来。她说："我那时只有一个念头，我知道他一定会为了我活下去。"结局是圆满的，男孩回来了，他的那句话也是惊人的相似。"我一定要为了她活下来，就这么简单。"那是爱情里创造的奇迹吧。

她也记得跟丁一凡说，如果有天他变心了，那么一定要先让她先知道。她一定放他离开。丁一凡举起自己的右手看着她的眼睛说，如果有天真的变了心，就让他所在的船永沉海底。这样的毒誓发起来让萧楠都感到不寒而栗。以前的萧楠很喜欢看像《后天》、《完美风暴》、《泰坦尼克号》这样的灾难片，觉得电脑的特效看起来多过瘾啊。

可自从她认识了丁一凡，再也不觉得风暴是件很酷很帅的事了。因为她知道风暴太可怕，人在大自然面前总是显得格外渺小和无力。她在找不到丁一凡的时候再也不敢说，你为什么失踪了这样的话。失踪，在这个行业里就意味着死不见全尸的残忍。

她也曾和丁一凡抱怨过，和一个海员谈恋爱，更多的只是爱上了寂寞。丁一凡却跟她说，其实何必想得那么悲观？其实和一个海员谈恋爱是很幸福的事，因为你知道，有那样一个人，无论在哪里，即使跑遍大半个地球，心里却只想着你一个。你就是世界上最幸福的人了。

话说得都很浪漫，萧楠曾经被这样的场景不知道感动了多少次。

可如今她却要面对不知道是被精心设计的骗局还是丁一凡内心一直的摇摆挣扎。

她不知道方晓鸥和丁一凡在这一次的上海之行里究竟发生了什么。

她只是觉得头痛，想逃离，所以她情愿不想知道。

她最不愿意相信的就是丁一凡其实不过只是想玩玩她的感情，只不过是因为寂寞。那么，那些情话都是谎话，那些鲜花不过就是糖衣炮弹。宿舍里书桌上还有那个他们相约一辈子的杯子。她在一次喝咖啡时候把杯子盖儿摔碎了，后来是勺子。难道说这就暗示着他们必须要分手吗？

桌上还有丁一凡怕她总是下雨不带伞而专门送给她的雨伞。

她自从认识了丁一凡真的很少在下雨天的时候淋雨了，更戒掉了没事不管心情不好就喝酒的坏习惯。

打开电脑，那个纪念他们100天的视频她还没有删掉。

自从相识到现在，一件件小事就像是一幕幕电影在她的脑海中放映。

"不要再喝酒了，好不好？你怎么像《非诚勿扰》里面舒淇演的那个梁笑笑？"

"我就是梁笑笑，我也有忘不掉的人。我今天喝酒了，可是没有喝醉。好难受啊。"

"你和梁笑笑一样，心眼实，是个好姑娘，一定没错。"

"谷子地说过，她对死去的人那么执著，对活着的人也一定是。"

"我为什么不能让你开心呢？我是个懦弱的人，我真的好笨。"

"你能不能不要为了因为我犯错误而惩罚和折磨你自己呢？你折磨我吧。"

"这么大的雨，你又出来乱跑。你想干什么！"

"你可以不生病吗？我看着难受。不，你还是生病吧。这样我就能一直给你送饭了……"

"楠楠，你以后要是出名了，一定不可以把我甩了。你要是把我甩了，我就写一本书，说我和你的事，让大家都知道！我不怕丢脸。因为你必须是我的。"

"无论遇到什么，你要相信我。相信我们是有未来的。"

"萧楠，不管你走多远，我都有这个自信。我要你知道，即使你再绕几圈，你还是会发现那个最对的人是我！"

"失去的时候方知珍惜，这段时间我想了好多。有你在的日子，我变了，变得勇敢了。我希望以后的日子里都有你在，所以你不能就这么连分手都不说就离开。"

萧楠坐在宿舍里，想到这些曾经丁一凡说过的话。内心复杂。

丁一凡说方晓鸥是个心机重，复杂的人。不要和她说太多话，以免会受伤。丁一凡的解释让萧楠心软。这个时候萧楠就像是一只想把头埋在沙子里的鸵鸟，不愿意看前方的路是不是已经无路可走，更不敢想他们这样拖下去究竟谁更受伤。

这天的雨下得很大，萧楠看着大雨洗刷着玻璃窗。丁一凡的电话又在固定时段响了起来。

她依旧想要把电话摁掉或者干脆不接。

无意地跑到阳台，发现丁一凡就站在萧楠新搬好的宿舍楼下。丁一凡没有打伞，就站在那里望着萧楠。

"楠楠，你下来吧。我就想看看你。只想看看你。看见你我就心安了。不求别的什么。你给我次机会好不好？我也不求你原谅我。我们重新开始？"

雨水落在丁一凡的身上，他早就浑身湿透了。像所有电视剧的男主角一样。丁一凡胡子凌乱，人也憔悴了很多。

萧楠不想理他，就转身回到了自己的宿舍看书。

她一遍遍地翻着一本其实早已经看过很多遍的小说，内心却像长了草一样的不安。

她不是心里完全就忘记了丁一凡的。可是她又能怎么样？她很想对丁一凡说，算了，不要再折磨我这样一个已经受过伤害的人了。问世间情为何物啊，为什么受折磨的总是这些动过心的人？

一个小时过去了。她决定去阳台看看丁一凡是不是已经回去了。

让她惊讶的是，他还站在那里！

难道他真的想演电视剧吗？萧楠皱了一下眉，决定继续不理他。

楼下的宿管阿姨看到有个男生站在女生楼下，这么大的雨却还没有打伞，就知道肯定这个小子是惹女朋友生气了，却不知道是哪个倔强的女孩能有本事让这样的一个看着斯文白净又可怜兮兮的男孩在外面受苦。

宿管阿姨平时和萧楠是很熟悉的。因为萧楠在空闲时间作楼长助理经常帮助阿姨开门检查宿舍卫生。阿姨上楼找萧楠告诉她刚开学这几周的检查比较严格，平时要比别的同学再早点起床。顺便就提起了楼下有个男孩在外面一直站了好久的事。

"喔唷，现在的女孩子都做的不得了嘞。侬看各自小宁卖相老好唔，落雨了还在外面淋的像只落汤鸡。可怜的嘞。"

宿管阿姨说着萧楠勉强能听懂的上海话，萧楠禁不住往外面看了好几下。那种担心的表情一下子出卖了她和丁一凡的关系。

宿管阿姨一出去，萧楠就跑下了楼。把曾经丁一凡送给她的伞拿给了他。

"拿走，你回去吧。别在我的宿舍楼下给我丢人了。人家看了还以为我怎么你了。"

"那你原谅我了，是吗？"

"你在说什么啊，我不懂。你赶紧回去。"

"不行，你不原谅我就不回去。"

萧楠被这样的阵势着实吓了一跳。大雨中，两个人的伞很快就被风吹散。瞬间雨也打湿了萧楠的衣服。萧楠一时不知道该如何回答丁一凡。两个人就那么僵持着，谁也不再说话。

第二十二章　我们能不能不分手

萧楠和丁一凡站在雨里，没有像电影电视剧里一样，没有拥抱，只是对视着。萧楠的眼睛已经被说不清是泪水还是雨水的东西冲刷得眼前世界一片模糊。她的心真的是石头做的吗？不是，她只是认为在那一刻她是不够爱他的。不，她还是爱的吧。只是更多的是爱里面有一种复杂的恨。那样复杂而莫名其妙的情感让她只好选择沉默。

雨似乎越下越大，丁一凡忽然狠的一把拽过萧楠拼命地跑，跑到学校里最大的那棵树下。

那棵树曾经被学校里的每一届学生亲切地叫做"大榕树"。其实大榕树并不是榕树，而只是一棵粗壮的香樟树。香樟树经过几十年的成长，盘根错节，一棵树从腰部开始出现断裂，像是从中间劈开了，但仿佛又像是两棵树互相缠绕不再分开彼此。

这棵树之所以被人称作是大榕树，也许正是因为这棵树本身固有的浪漫让学生们不由得引起了一些美好的想象。许多情侣第一次在大学里约会的地点，也通常选择在这棵树下。

丁一凡第一次想和萧楠约会的地点也希望是这棵树。遗憾的是，现在他却要在这棵树下和她表白心迹，期待着能够使萧楠回心转意。

丁一凡已经不知道该怎么去表达他的歉意。他知道，就算是说一千遍对不起。她断也是原谅不了他的了。那些山盟海誓，就像是一种习惯性的说辞，在貌似钢铁一样坚强的萧楠面前，还起得了作用吗？

"我们认识了多久了？"萧楠终于开了口。

"212天。"丁一凡不敢看萧楠的眼睛。他并没有忘记，自从她开始闯进他的世界，他就开始在手机里存下，那是属于他们的纪念。

"丁一凡，我们认识了这么久了，为什么你还是不肯和我交心？"

"不，我想和你说。我有什么都想和你说。你只要不流眼泪了，只要不再用我的错误去惩罚你自己。我就和你说。"

"不，我不想听你说。你不要陪我一起淋雨了。你知道的，我心情不好就喜欢淋雨。因为只有这样，我才会觉得这一刻是清醒的。"萧楠知道，即使丁一凡现在说，他想什么都要和自己说了，也不过只是些敷衍。

丁一凡那一刻不是没有想和萧楠彻底摊牌的念头。他想要告诉她，方晓鸥的软弱无助和无法割舍，他自己的优柔寡断与无奈甚至内疚，还有他父母的反对意见以及同学的不认同。可看到萧楠这么一说了，看到萧楠比他还要痛苦的样子，他又把那些话从嘴边咽了回去。

"楠楠，你要怎么才能原谅我？"

"你放开我吧。让我一个人回到原来的生活好不好？这样我就再也不需要和另外别的女孩去分享这样一个心不在焉的你。我要的爱情其实很简单，我只想要个专一的男人，能和我走完将来人生的男人。你可以有属于你的过去，我并不想过多的去过问。我知道谁都有属于自己的过去。可是，你能让你的过去真的过去吗？"

丁一凡咚的一下跪了下去。这让萧楠彻底睁大了眼睛。

丁一凡什么都没有说，这样一个动作却说明了一切。

萧楠从来没有那么真切地看到过一个男人在她面前下跪。她曾经想过无数个看到男人下跪的情景。她一直想，或许只有在被求婚的时候才会遭遇到这一幕。这就像是她第一次看到丁一凡的眼泪。

男儿膝下有黄金。这句话从小萧楠就知道。又是多大的错误可以让丁一凡做出了这样的动作。此刻的萧楠就像是提前经历了这样的情景：出轨的丈夫在想要回归家庭之后选择请求妻子的原谅。

她又害怕丁一凡会说那句，你不原谅我我就不起来。

大榕树是个学校里的标志性标的物，同时也是来往人潮最为密集的地方。尽管是雨天，经过这棵树的同学依旧络绎不绝。她知道用不了多久，这样的场景就会被围成一个圈的人群所议论纷纷。她萧楠想不做话题女王都不行了。这样的反面典型万一要是传出去还不被同学一直当作笑柄？还有宿管阿姨，她得怎么去说我？一个东北女孩居然比上海女孩还要会"作"。萧楠的脸皮薄，她知道她绝对厚不过丁一凡。看丁一凡果真没有起来的意思。只好上前一步把丁一凡拉起来。丁一凡很快就站了起来，一把就把萧楠搂住。

"我们能不能不分手？以后再也不闹了。我们好好的，好好过以后的日子。我真的不能没有你。没有你的日子太痛苦了，我想象不出来以后没有你我该怎么办。"丁一凡知道萧楠不会不被这样的阵势吓住的。他看到萧楠哭了，就知道萧楠其实心还是软的。那么再怎么说看着他的下跪，也绝不会绝情到让他一直跪在那里。

他已经在她的宿舍楼下站了快两个小时。凭着丁一凡的身体素质，他其实也是扛不住这样的雨淋风吹的。

回去之后他就开始狂打喷嚏。丁一凡终是为了这样的折腾而害了感冒。

可是这样的感冒又是那么值得。他丁一凡也终是通过了这张"下跪"的旧船票而登上了船，开始了涛声依旧。

他在感冒期间还要坚持上自习，一边头疼地看题目，一边还要用纸巾不停地擦鼻涕。他知道，这次他的付出也有点大了。萧楠这个妞儿让他真吃了不少苦头。人家都说幸福就是遭罪，这一点都不假。

大证考试的前一天晚上，他有如神助地发现自己折腾出来的感冒居然奇迹般的好了。

也就是在丁一凡准备考大证的这段日子里，萧楠发现自己和一个叫程小东的男生变成了好朋友。

程小东是丁一凡和同一届航海驾驶系的同学，同属商船学院。起先萧楠一直认为程小东是因为丁一凡才和萧楠走得这么近的。直到慢慢才发现，程小东原来和丁一凡并不像她想象的那样熟悉。

程小东刚刚经历了一段不那么顺利的初恋。他和萧楠诉说曾经属于他的初恋故事。萧楠总是耐心地听着，听程小东说那些男生也会为爱情变得很痴很傻的小事。有首歌的名字叫做《那些疯狂的小事叫爱情》。爱情总是会让一些人忽然变得痴狂，然而程小东的那个她似乎并不领情。没有了爱，一切都显得那么多余。失去爱情的程小东变得有些敏感和絮叨。萧楠的耐心让程小东也很感激。

程小东的学习成绩优秀得让一般人嫉妒。可往往智商高的人，情商都不怎么样。陷入爱情里的男人和女人一样，都会变得智商骤降。程小东在萧楠理智冷静的分析下渐渐也对未来开始了新的憧憬。新学期，程小东发了一等奖学金，就想请萧楠吃一顿饭。

萧楠一直在犹豫到底要不要去吃，或者带上丁一凡一块去？可这样又显得她萧楠像是故意在失恋的人面前炫耀她的爱情显得很不合适。

她认为她还是有权利在正常的学习生活外拥有一两个不越界，可以分析男生心理的异性朋友的。

只是这样的友谊，要丁一凡理解起来就会很困难了。他想也许那个传说中的近在咫尺的"情敌"终于出现了。

程小东长相普通，甚至在丁一凡看来，这男人几乎可以用丑字来形容，多像学校里那个卖水果的大哥？外表憨厚，农村出身的小东皮肤不似丁一凡那样白皙，倒是透出了一股子跑船人独有的老实劲儿。丁一凡对自己的长相向来充满自信。他认为萧楠在内心肯定是好面子的，当初能选择和他在一起一部分也是归功于他的外表。正因为这样，他也实在没必要为这样的情敌费任何心思。

可萧楠却总说，对一个男人来说，内在比外在更重要。这句话让丁一凡听起来格外的刺耳，好像她在说他不过是一个绣花枕头。事实证明他丁一凡也确实不够有什么内涵。除了看专业书之外他什么书也不爱看。萧楠几次都说丁一凡考完大证真该有空去看看别的书。丁一凡嘴上一直答应，心里却巴不得说："饶了我吧。让我看那些没有什么实际意义的小说还不如杀了我。要不看看连环画也好。"阅读文字对于丁一凡来说真的像是酷刑。

程小东呢？他应该是那种喜欢文学的人吧，至少他能读懂萧楠想表达的。

萧楠曾经和程小东抱怨丁一凡的懒惰，还有那些喜欢一口答应却不兑现诺言的坏习惯。

程小东每次都说，这样不好，不如趁早分了吧。他并不知道丁一凡还有背叛过萧楠一次的经历。即使是这样，他也已经预见他们的爱情很难走到最终。可是看到萧楠话语中还有着不舍得。程小东也只有随她去了。爱情本身就是个没有道理的事情。你告诉她什么是对是错，那都是不管用的。她必须亲自尝到苦头才会罢休。他自己也不是一样吗？

本来就是一个愿打一个愿挨的事。

这天下午，大证考试终于要结束了。由于是第一次机考，当时就可以看到成绩。丁一凡在点击那个提交试卷的时候手就一直在抖，直到点了两遍才终于上交完毕。

他承认其实机考也并不是很难，只是他完全没有料到其实还是按照以前的题库模式出的题。他后悔没有多看几遍题库，同时又觉得万分恼火。早知道只是从以前老模式的题库里出题，何必还要为了这个破考试浪费一整个暑假呢？

他这一个暑假能做多少事情！就因为这一个大证考试，他牺牲了多少休息时间？还第一次没有了暑假！

交卷之后，很快就出现了分数。不能说答得很完美，但是至少他通过了。

刚进考场时下的雨已经停了。雨过天晴后的秋天空气异常的清新。

他在雨后的清新里，打电话给一起战斗的兄弟，今晚一定要不醉不归，庆祝终于被干掉的大证考试。这个时候他忽然就忘记了要和萧楠汇报一下他的战况。

他也忘记了他曾经的许诺。考完大证之后，就把从前那些为了应付考试而没有陪萧楠的时光全都补回来。哥们的几个电话，马上就让他重新兴奋了起来。妞儿，你就先在你的宿舍里有事没事地想想我吧！

萧楠不是不知道丁一凡已经结束了考试。因为程小东在机考结束的第一时间就和萧楠愉快地汇报："楠姐，我考完了。很棒哦。那题可是超级简单的。我答起来就像是玩游戏。你说他怎么就不出难一点呢？"

"哦？那么简单？那么说大部分人都会通过了？"萧楠第一个想到的是丁一凡应该问题也不会大。挂了电话她马上问丁一凡是不是试卷超级简单的？

丁一凡想了想，说："还好吧。要不是我在暑假里复习的那么认真，估计肯定不会考的这么好。"

听到丁一凡这么一说，看来是顺利通过了。萧楠在心里也松了一口气。

忽然丁一凡语气一转："你怎么知道我们考试很简单的？谁告诉你的？是不是航海的那个小子？"

第二十三章　爱比不爱更寂寞

　　大证考试结束的那天，丁一凡和共同战斗的哥们集体到雷鸣多的家算是放肆的玩了一晚。丁一凡知道，这次大证考试结束后，离毕业就更进了一步，以后再这么放开了喝酒的机会不多了。这么一想，那晚大家喝的就都有点高。雷鸣多拍着丁一凡的肩膀说了一句："哥们，把你那个长得一般穿着土气的妞儿给踹了吧，像你长得这么帅，走哪儿都是一堆小姑娘哭着嚷着要你娶了她们，咋就看上这个没有任何特点的妞儿了呢？"

　　"莫非，这妞儿是在床上把你征服了的？"丁一凡听到这话时还没喝太多，所以他的意志是清醒的。他知道雷鸣多说这话不是开玩笑，绝对是认真的。雷鸣多的女友乔娜有一个好朋友叫许丽丽。许丽丽只是看到过丁一凡的照片就对这帅哥倾心了，几次要乔娜把丁一凡介绍给她认识。

　　乔娜问雷鸣多丁一凡女友什么样？雷鸣多把萧楠的照片一发，乔娜看了看，第一眼也觉得萧楠很普通，至少不是那种一看就能把人眼晃坏的美女，或者说，不是那种青春无敌时尚佳人，可却又不能说萧楠就是难看的。那张照片里的萧楠笑眼弯弯，像是温柔地注视着谁，看起来眼神纯粹得像个孩子。谁也说不上来丁一凡和萧楠是不是真的算是郎才女貌，或者应该说男貌女才合适。

　　雷鸣多是丁一凡在上海最好的哥们，两个人从外形上看起来差不多，都是高瘦的斯文型，只有在笑的时候，雷明多嘴歪的弧度比别人明显的厉害。萧楠在私下叫他小歪嘴。

　　第一次见到雷鸣多的时候，萧楠就觉得这家伙看起来坏坏的。可是既然是丁一凡的朋友，她就不能表现太多喜怒哀乐。上海男生的细致和吹毛求疵的坏毛病，小歪嘴都有。萧楠敏感地知道，这个小歪嘴并不喜欢她。

　　自从她知道了这一点之后，就尽量避免在丁一凡他们聚会的时候出席。萧楠清高了点，她想到的是，自己没必要强迫着非要和不喜欢的圈子有什么接触。

　　她忘了一点，在丁一凡朋友们聚会的时候她的经常缺席意味着什么。意味着丁一凡其实虚荣的不想让大家在背后说他丁一凡的女朋友长得很普通，或者很土气。

　　丁一凡已经不止一次地提醒着萧楠要注意打扮。第一次这样说的时候，萧楠还会撒娇地说:"那你帮我去买一件你喜欢的样子的衣服啊。"两个人都还只是学生,自从谈了恋爱,萧楠和丁一凡都从曾经的出色家教位置上隐退了。没了固定的外来收入进账,添置行头这样的问题实在不好跟父母开口。第二次丁一凡打电话给萧楠说,要她把那些宽松的休闲衣服都换掉,最好是彻底丢掉,换上紧小窄的性感时装。颜色要鲜艳,要告别灰白黑,还有,不要穿那么多衣服,穿多了衣服会显得臃肿。这些杂七杂八的要求看起来根本不像是从一个大大咧咧的男人嘴里说出来的。听到这些要求后,萧楠的眉头就开始皱起来了。

萧楠无论如何也想不明白她那些衣服怎么不时尚了。她从小到大,一路乖乖牌的打法,除了学校发的校服和制服,她就没怎么买过属于自己的所谓漂亮衣服。其实,哪个女孩不希望自己穿着的漂亮呢?可对于一个学生来说,没有正规的收入,商场里那些漂亮光鲜的时装只可以看看却不能真的买回家。何况萧楠的母亲也一再强调,读书的时候不要把精力都倾注在打扮上。相信这也是很多一路重点初中,重点高中培养出来的乖学生家长的统一心声。萧楠发消息给已经在家乡工作了的夏晓曦,问她自己最近是不是变土了?夏晓曦马上开玩笑:"那是自然,你成天和一个农村孩子朝夕相处,不土才怪。"

"真的?我看着是不是越来越像个村妞?""喂,你今天是咋了?谁说你啥了吗?你不是一直就这个风格吗?我看着挺好,朴素大方。难不成那个农村孩子还嫌弃你不成了?""是啊,这家伙居然嫌我土。今儿居然跟我说,你是什么时候从农村来城市的,敢情我小时候在小镇体验生活那两年还被他说成是农村土著了。我那是不愿意让他自卑,拼命强调城乡无差别。这一搞,倒是把我自己给揪进去了。这也就算了,他居然嫌我穿的土?难道那种城乡结合部的大红大绿才叫他眼中的时尚?""别计较了,他说了,咱就虚心点呗。说要你怎么改?""看那样他是喜欢性感型,非要我把休闲裤改成那种紧身牛仔裤,还有衣服,他貌似就不知道我怕冷。眼下深秋快入冬了,我多穿两件衣服他就皱眉。""哈哈,那是要你秀身材给他看吗?不过,你没提醒他,如果你真的变性感了,大街上看你的色狼多了他不吃醋?小妞儿,那你就露吧,露两次他就担心了,或者拼命买衣服,让他花钱,时间长了他就不会这样了。""对了,忘记说了,我总感觉他有意让我模仿谁。""谁?他那个老家的村妞方晓鸥?那可有点过分了。你俩怎么会是一种类型?他丁一凡要是想复合也不能这么折腾你。"放下手机,萧楠叹了一口气。她从柜子里拿出一件有些褪色的紧身牛仔裤,一件很薄的开衫嫩黄色外衣。打开拉门式的窗户,秋风起了,阳台上飘着女孩们晾晒着的五颜六色的衣服,随风摆动,像一面面旗帜，呼啦啦地吹起响声。

　　清早，萧楠依旧是全宿舍第一个被起床号叫起来的那个人。早操的时候，江惠看到萧楠单薄的衣服，忙问："你不冷吗？现在秋天啦，穿得太少了会感冒的。"

　　"没事的，反正春捂秋冻。要是现在穿得多了，以后冬天岂不是都不知道再穿什么了？"

　　两个人说着说着就朝食堂走去。照例，做完早操之后的食堂人山人海的队伍颇为壮观。总是有些男生在队伍里挤来挤去，只为了给女友买一份热气腾腾的早餐。想到丁一凡也曾在追求萧楠的初期干过这样的傻事，萧楠不禁轻笑了一声。这笑声里有感慨，有叹息，有羡慕，还有些说不出来的什么。她已经不记得是从什么时候，丁一凡不再给萧楠送早饭了，也许是两个人熟悉了，不再有那种追求与被追求的乐趣。既然鱼已经上钩了，那么再喂鱼饵还有什么意义呢？男人，还不都是一样。

　　食堂的电视里播着天气预报，萧楠一边吃一边听那几个和她有关的城市的天气情况。家乡，江海阳所在的城市，再就是自己的城市上海。这个习惯一直没变。天气预报里的主持人声音有些嘶哑，好像是感冒了。没错，全国都在大幅度降温。早晨的时候，她收到了江海阳的一条问候短信："丫头，要多穿点，变天了。"这个时候，估计丁一凡还在呼呼大睡吧。自从考完大证后，商院的弟兄也不再有心情去上那些可去可不去的课程。负责宿管的大叔也睁一只眼闭一只眼，宿舍环境只要不是可以把人熏得顶到外面去就可以了。所以不要说陪萧楠一起吃早饭，就是丁一凡他自己也早就把早饭和午饭合在一起吃了。

　　萧楠盯着手机屏幕发了呆，她很想打个电话跟丁一凡说，今天有点凉，她穿少了，要是这时候有人给她送一件衣服过来就好了。可是当电话快要拨出时，她又摁掉了，这个时候他应该还在睡吧。她给江海阳回了一条短信，告诉他知道了，自己已经学会照顾自己了。还想问问他，好久没怎么联系了，最近可好？

　　很久都没有见江海阳回过来一条消息。她猜江海阳一定正在交班，也就不再打扰。萧楠知道自己不能再用以前的标准要求江海阳关心得无微不至了。还记得从前江海阳经常叮嘱萧楠要多穿些衣服，这样就不会感冒。哪怕冬天穿的像狗熊，像粽子，像气球，不管穿得多厚，多笨，只要暖和就好。在江海阳的心中，萧楠就像一个孩子，永远长不大，也总是忘记随着季节更替衣物。也许就是这样，江海阳从来只是把萧楠当作孩子而不是女人。孩子就是要吃饱睡好穿暖，然后每天开开心心的没有烦恼。孩子不用把自己打扮得花枝招展或者时尚性感。孩子永远都只是在受欺负的时候大哭，然后在一个安慰的怀抱中忘记烦恼，安静地直到再次显现笑容。

中午的时候丁一凡看到和平时不一样的萧楠，眼前一亮，完全没有觉察出萧楠被冻得有些轻微地发抖。

"我就说楠楠打扮了之后会不一样的，是不是？不过，这衣服好像旧了，这是你什么时候的衣服啊？是你的吗？怎么感觉好像还有点大。"

萧楠没有说话，丁一凡看出来这衣服大了，却没有看出其实是因为萧楠瘦了。自从和丁一凡恋爱以来，不知为什么，萧楠瘦了好多。也许是因为那次生病，好一阵都没有用正常的饭量吃东西，也或许是因为萧楠有些疲倦，不再像以前那样沾着床就睡，看到东西就想吃了。室友们以前知道萧楠是个干吃不胖的家伙，也许金牛座的人都是天生的美食家。萧楠曾经吃遍了食堂里所有的点心，并专门总结了食堂里所有的甜食价格和供应时段。有阵她很迷恋一种叫做奶黄酥的小点心。她和好朋友们说，如果心情不好的时候吃甜食就会马上开心起来。有什么比在下雨天还能买到食堂里刚出烤箱的奶黄酥更觉得幸福的事呢？可是自从她恋爱之后，就不再去食堂只为了买一块小点心而排上半天队了。一来，要好好保持身材，万一真的要是吃胖了怎么办？二来，丁一凡是不喜欢吃这类甜食的，两个人习惯性的只去一个食堂吃饭。卖甜食的却在另一个，真要为了一个点心跑过去，怕是也买不到了。慢慢的，她就把甜食戒了。

面对萧楠无缘无故的沉默，丁一凡摸不着头脑了。平白无故，这又是怎么了？他实在也想不出又是哪里不对。学校已经开始正式通知商船学院的学生准备等着一年一度的双选会了，这几天他正忙着作简历。三年来，考出来的证书这时候让丁一凡有一种特殊的成就感和自豪感。可同时他也在迷茫着，不知道未来到底会是个什么样子。听好多上过船的学长说，上船的日子就是消磨青春。一个实习生，能做什么？他还记得大二的时候校船那短暂的三周实习让他感觉船上的生活无非就是吃睡。机舱里的噪音很大，仪器也很多，在学校里学到的那些东西似乎都是纸上谈兵。机舱里的老机工是不愿意耐心教授他们什么的，只是让他们擦擦油，数数集装箱而已。想到这里，他又觉得丧气。想不到怀着抱负辛苦地学了三年，到头还得从零开始，这真让心高气傲的丁一凡有点接受不了。好在眼下那些都还是未来将要经历的事儿，有些同学开始私下里到处托人打听哪个公司比较有前途，一时大家又从一个考证的紧张感转移到了就业的压力上。虽然说就业完全不成问题，然而去什么样的单位却像是可以分出三六九等。这样的压力，丁一凡也开始感受到了。他父母的意思还是希望他毕业后安心地回老家考个公务员，安身立命一辈子得了。要不就考研究生，继续念下去，这样以后就可以不上船了。

　　如果说真的考了公务员，那么萧楠怎么办？她怎么可能跟他一块回那个在她心中的小渔村？念研究生的心思，他丁一凡慢慢也开始没了。他发现自从大证考试结束后，只想放松。这十多年一直读书，读到已经完全厌倦了。现在再要他回到从前每天都要上自习的位置耐心地看书，还不如杀了他来的痛快。

第二十四章　我要上大船

风吹过校园的香樟树叶，沙沙的像是要告诉人们秋天来了。

丁一凡在宿舍一遍遍地看着已经成稿的简历，感慨着时光飞逝。

这是大三的最后一个学期了，原本热闹的校园变得寂静。低年级的学弟学妹们早已因为学校的即将拆迁搬到了荒僻的滴水湖畔。还记得他刚认识萧楠时曾许诺，若有天他们也一块搬到那个荒僻的校园，他就载着不会骑自行车的萧楠去上课。可是还没有上完大三的第一个学期，属于他的自行车就丢了。他们终究没有实现那单车上的浪漫。

一个个晚饭后的宣讲会将校园安静的礼堂变得灯火通明。每一场他都耐心地去听去看，生怕错过什么有用的消息。为了应付随时可能需要的面试，他开始换上从前一度自豪过又厌恶过的准海员制服，镜子中的他竟变得有些英武。

他决定去尝试的第一个公司，是传说中一年多才可以下一次船的外派公司FM轮船。

FM轮船是家家族企业，凭着多年和海大的深厚友谊，加上老总的女儿是美国劳工部部长的名气，让很多想要盼望早些换出正式证书的实习生们充满了向往。丁一凡凭着不俗的学习成绩轻而易举地获得了那个面试机会。

在他面试之前，忽然想到应该先和萧楠说说自己的想法。他知道萧楠遇事比他沉着冷静，更懂得要什么。所以他很想听听她的意见，顺便炫耀一下他的能力。

这已经不是他第一次有这个想法了。丁一凡最引以为自豪的莫过于他认真努力下的学习成绩，每当看到自己的名字排在成绩单的前列，那种满足和自豪感就由衷地从心中升腾起来。

萧楠作为一个陆上专业的学生，其实对这些并不熟悉。她只是听说FM轮船是个需要吃苦的公司，单不说一次就要跑一年多无法下船，就是光听到外派两字都感到头脑发晕。外派就意味着船上不会有几个中国人，说不定还会受到外国船员的排斥甚至欺负。那样的环境，他一个刚入行的实习生能马上就习惯和适应吗？

丁一凡说自己是农村孩子不怕吃苦，区区一年多又算得了什么呢？

萧楠叹了口气，想到他若真的与她一年多不见，会不会就此淡忘，或者就桥归桥路归路了？她眼睁睁看到了太多异地恋败给现实的例子。倒不是觉得自己的心会改变，而是怕他们的感情会随着时间的拉长距离的拉远而变得越来越淡。

她很想问他，如果，只是如果，我说要你不要去那么久，你会不会就不去？可始终话到嘴边又咽了回去。她不想让他觉得她居然也这么小家子气。她萧楠不是天不怕地不怕的侠女吗？她什么时候也开始这么磨磨唧唧儿女情长了呢？她怕他笑话她。大丈夫应该四海为家，连这点远大抱负都没有，怎么算得上是真的男子汉？何况，这一年多说长也不长，在她决定选择一个船员时就应该有了这个他不会常在身边照顾的准备。面对着正雄心勃勃决定大干一场的丁一凡，萧楠还是给了一个微笑，要他去试试。

从得知可以进面试到马上就去面试的时间很紧张，丁一凡甚至还来不及做什么充足的准备。更重要的是，他也完全不知道该准备什么。船员面试和一般其他的面试还不同，没有什么规律可循。网上那些繁杂的面试应对技巧，那些故作小聪明的自信对他们来说完全是行不通的。他只记得前几届的学长通常都会告诫他们一句话，一定要表现的踏实肯干能吃苦，甚至笨笨的，傻傻的也不要紧，反正只要老板们不会觉得你们随时想着要拿证跳槽迅速跑路就好。一个公司将实习生从什么都不会的高校毕业生培养成为一个正式的高级船员干部，也是需要花费大量时间精力和金钱的。如果看到眼前的人一副油腔滑调，老练沉着，肯定是第一个就会被消灭掉。

排在他前面的几个面试者和他一样，都穿着学校统一发的制服，走进那个面试的小房间，每一个都是自信中带点紧张，出来时各个都倦容满面。

"丁一凡——"

声音里既不严厉也不温和，听起来很像是中学班主任在点名。那是个看起来已经不年轻了的中年女人的声音。她的气质看着绝非一般，白色衬衫外罩着一件藏蓝色的西装，西装上貌似还别着一个闪亮的胸针。在一般场合还真难见到如此着装正式的中年妇女，不对，中年女教师，也不对，兴许她是资深的HR？

未等丁一凡定过神来，坐在他正对面的一个慈祥的老者只是简单地翻了翻他那两页简历就开始慢条斯理地问起话来。

听起来似乎只是唠唠家常。

"多大了？家里几个孩子？父母是做什么的？为什么要选择跑船？对我们这个公司了解多少？"

丁一凡听着这些问话开始放松了，这老头儿看着挺和善，问话的过程中一直是笑呵呵的，多像小时候村里那个给他买过糖吃的爷爷？

他于是也就微笑着回答，23了，家里就他一个。在回答父母是做什么的时候，他忽然后悔不该那么自豪地说自己是独生子女，那不是意味着父母会很牵挂他吗？

只好使了个小聪明，在回答父母是做什么的时候故意说得很可怜。爸爸是渔民，妈妈是农民。至于为啥选择了跑船，又是一顿解释自己爸爸就是跑船的，而自己能吃苦云云。对FM轮船了解并不多，只是知道需要吃苦耐劳老实可靠的人，需要不错的英语能力，他英语已经过了六级，基本口语交流应该也不成问题，只是希望老总多给自己一个机会，让他能快点上船，这样也好早点为家里减轻负担，他确实很适合这个岗位，也合适这个公司。

他确实没有猜错，老头儿问他是否是独生子女，确实考虑到家人能否不给他负担让他安心地去船上工作。听说丁一凡的父亲也是船员，就更加捏了一把汗，家里就剩下母亲一个人，对于独生子女的他来说，母亲真的不会牵挂吗？可是看着丁一凡那样坚定而执著，并且强调农村孩子能吃苦的优点，老头儿又很满意了。

"小伙子，我看了你的成绩单，确实很优秀。如果我说可以让你提一个条件，你希望公司给你什么方面的支持？物质上的，或者其他方面的都可以。"

这句话的指向很奇怪，看起来倒不像是用人单位的故意刁难。根据这慈眉善目的老头儿的意思，心里怎么想的就应该怎么说。

丁一凡想到学长告诫过的话，更是觉得应该实事求是地说出他最想说的话。

"我想上大船！"丁一凡不假思索地就蹦出来了这一句。一块面试的几个人忽然忍不住想笑了。这小伙子果真是初生牛犊不怕虎，是什么原因让他有这个想法呢？

老头儿忍住笑，严肃地问："为什么要上大船呢？"

丁一凡完全没有料到他的回答居然让在场的人都有了笑意，这一点他是始料未及的。他不过就是单纯地说出了自己的想法而已。

"因为大船会学到很多东西！"

"小伙子，麻雀虽小五脏俱全哪，只要你肯钻研，小船上一样可以学到很多你在学校里书本上学不到的东西。"

老头儿继续微笑着，眉头也由刚才稍微的紧皱变得有些舒展，右手握住的笔随意地在他的简历上涂写了几下，抬头示意丁一凡继续说下去。

丁一凡用左手挠了挠头，身子稍微侧了侧，有点不好意思地说，"还有，我听说大船摇的不怎么厉害，呵呵。"这句话说出来，在座的所有面试考官终于绷不住笑出声来。可是丁一凡却依旧一本正经地坐在那里,似乎被大家的笑声搞得尴尬了,把挠头的左手放下来,一时不知所措。

"但是你没听说大船走的航线也不一样吗?比如说,必须绕过好望角,那里的风浪也会更大,就要摇晃得更加厉害。"老头儿还是笑眯眯的,面对这样敢于说出心里话并且如此淳朴自然的孩子,他还真的很少遇到。看着他的诚实,老头儿没有责怪他就是想上大船的愿望。只好迂回地告诉他,大船并不是像他想象的那样四平八稳。对于任何一艘航行在大洋上的船舶来说,轻微的横摇与纵摇,那是再正常不过了。海员们也不是天生就都不晕船的,很多人都是在不断的大风大浪中磨炼出了再大的风浪也坚持工作的身体素质。

"可是,我觉得我有这个能力上最好的船,我是发自内心地说,我想上你们公司最大的那条船。"

丁一凡并不知道,眼前这位和蔼可亲的老人曾经是开国以来数一数二有名的年轻远洋船长,也是海大商院最德高望重的一位名誉院长。老人清了清嗓子,一字一顿地说:"年轻人,凭你一个刚毕业的大学生,我又怎么可能让你一毕业就上大船呢?我可以负责任地告诉你,那是不可能的。你说你有能力上最好的船?为什么?"

"因为我觉得我有这个能力,如果你给我这个机会就知道我能够胜任了。如果我不上你们最好的船,又要一年多才下船,我可以选择更好的公司,不是吗?"

丁一凡此时已经开始有了抱怨,他不想让别人瞧不起他。他觉得他的学习成绩选择这样一个需要绝对吃苦的船公司或许真的有点大材小用。除非答应了他非大船不上的条件,才能算公平合理。这种狂妄的自信和霸气也不是谁都有的。他丁一凡凭什么不能说?大不了老子我不去你这公司就是了。

正是这一句如果我不上大船就不选你们了,镇住了在场的所有考官。他们再次重新仔细地打量了这个来自东北的小伙子,莫非他真的有什么本事?至少他的自信给在场的所有人都留下了深刻的印象。

"那么,我们明天签一下合同怎么样?或者,如果我让你现在就签合同,你愿意吗?"老头儿依旧笑着轻松地说。

"您的意思是,答应了我想上大船的要求了吗?"

想不到这小子居然还不依不饶地围着这个话题谈了下去,这让在场的所有人哭笑不得。

"先不说上不上大船的事儿,我就是想问你,如果我要你马上把合同签了,一下子就要签6个自然年，你愿意吗？"

"这个，您是来我们学校招生的第一家单位，我还想再考虑一下，如果万一后面出现了更合适的公司，那我还是不能马上做出决定的。所以，我的答案是，我不能马上就签合同。我要为我自己负责任，也要为您的公司负责任。毕竟一签合同就是那么多年哪。"

这个问题的回答再次把在场的所有考官雷到了，想不到这小子居然胆子这么大，直接就说他还想看看其他有没有更合适自己的公司。

换做一般公司的老板肯定早就骂道，哪里来的浑小子，说话好大的口气，你知道这是什么公司吗？就敢在这儿挑三拣四。可毕竟眼前的老头儿不是一般船公司的老总，他多年来为海大的航海类专业提供奖学金，建立仿真纪念馆，搞培训中心，甚至来海大挑选优秀的船上人才，就早已不是一个商人，更是一个学者、教授和长者。多年来也算形形色色地接触了各种毕业生，也许比丁一凡回答更为离谱的年轻人他也见过，倒是第一次见识了这位据说来自东北农村说话朴实直率，甚至有些青涩可爱的年轻人这样一番真实的心声袒露。

这一代80后船员，思想和行为习惯已经远比70后的那些要更加个性鲜明张扬。随着近几年来的航运发展，航海类专业已经成为了一个炙手可热的专业，谁都知道，每一个航海类毕业生在就业时，等待着想捞走优秀学苗的公司就不止一个两个，甚至十个八个都不夸张，很多单位因为找不到船员上船一再降低入行标准，只要是男性，拥有船员适应证书，四小证和四六级证书，甚至都可以没有四级证书，只要身体健康，老实肯干，就可以被录用上船。丁一凡这样的心理也不难理解，他已经明确自己的主动地位，并且要求给予合理的重视和对待了，否则他就要择优录取其他更适合他的单位了。要说在海事大学，双选会这个名词一点都没有用错。双向选择，而不是学生一味地哀求用人单位能够给自己一个机会。

结束了面试，丁一凡觉得自己肯定没戏了。他的狂妄与自大来源于他只是把这第一个面试当作热身和经验。这只不过是第一个面试，就算是失败了也没什么可丢人的。

何况他想了半天也确实觉得一年多才能下一次船实在是太辛苦了，真的能耐得住寂寞吗？这很难说。像萧楠说的那样，船上万一就他一个中国人该怎么办呢？他的口语真的像他自己吹嘘的那样无敌吗？这次面试里，其他考官也问了好多关于专业的问题，他也并不是全部回答得很准确精要的。面对这么多不完美，他觉得或许不被录用了也是一件好事。

这边萧楠在场外也为丁一凡捏了一把汗。她想起程小东这个航海系高材生应该会比她更了解FM轮船公司。于是就问程小东这公司怎么样。程小东不假思索地回答，这公司不错啊。不论将来的前途还是薪水都应该是相当可观的，就是辛苦了点。男人嘛，不吃点苦也是干不成什么大事业的。程小东知道丁一凡肯定参加了这次FM轮船公司的面试，不然萧楠也不可能这么上心。都说女生外向，萧楠这个以前从来不会主动找男生问问题的丫头，居然都拉下脸来问他这个其实本身跟她无关的问题了。

看起来那姓丁的小子还真是几辈子修来的福气，遇到萧楠这么个贤内助。就是不知道那小子到底懂不懂得珍惜。

程小东一边跟萧楠说要她不要太担心丁的未来，还是自己保重身体的好。他发现萧楠这段时间好像变得比从前更加清瘦，仿佛是个纸片人，风一吹就倒了一样。

"姐，你多穿点衣服，上海的秋天已经来了。"

"嗯，这一点还用你提醒？姐又不是不会照顾自己的小孩。"

"别太逞强，最近你学习是不是也挺忙的？要照顾好自己啊，不要太累了。丁大帅哥肯定会签到如愿的公司，你就放心吧！"

程小东看着萧楠转身后肩膀微微耸动的样子，就知道其实这丫头真的是不会照顾自己的小孩。粗心的丁一凡难道连这一点都没发现吗？

第二十五章　陪君醉笑三千场（上）

夕阳的余晖一点点洒在学校的操场上。

这海大的操场是泥土堆积的，那点橙黄色的光芒倒像是为这样朴素的泥土地面罩上了一层光环。操场上零星有几个人在踢球，没有谁注意孤单地站在操场一角的萧楠。

最近萧楠开始有种失落感，她不知道从什么时候开始变得安静了。那个说好考完大证就多陪她的丁一凡每天都在不停地忙着面试，不面试的时候就躲在宿舍里没日没夜地玩着DOTA和在线桌球，甚至没有和萧楠下一盘军旗的兴致。

穿过破旧的被爬山虎缠绕的教学楼，想到曾经的他们在空教室里玩魂斗罗直到通关，萧楠想到这里自顾自地笑了。

转了一圈，一个人跑到学校古老的礼堂看电影，这是学校固定的周三场。萧楠不记得这是第几次来礼堂看电影了，让她奇怪的是她仿佛习惯了一个人在大学礼堂看电影。以前是单身为了解闷，后来是因为丁一凡没有兴趣去礼堂这样的地方看电影，总之，她又一个人了。是不是注定选择一个这样职业的男友就必须要一直一个人？她愿意就这样认命，也只能认命。礼堂里放着时下影院里最热播的灾难大片《2012》。电影播完后，萧楠走出礼堂恍然发现这个世界其实很可爱，天空还是这么蓝，树还是这么绿，鸟儿还在自由地歌唱，活着真好。那么，何必计较？她敏感而容易受伤的心瞬间又像是恢复到了满格的战斗力。

她决定陪着丁一凡把这最难的一关熬过去，熬过去一切就是晴天了。

萧楠开始研究那些从前想都没想过的事情了。四处打听海员中什么公司最适合发展，什么公司在最短的时间内就能升到最高的职位。

属于她的未来似乎还有点遥远，而近在眼前的，是丁一凡的。丁一凡的未来，便是她的未来。这样的用心，他不是不知道。他只是习惯性地享受着这样的好，并像孩子一般不愿意去面对和不敢面对让他头疼的一切。

家人又在催着让他准备一年一度的公务员考试。仿佛二老毫不关心儿子到底要签一个什么样的单位。这让丁一凡也感到不知所措。

当用人单位像走马灯似的出现在学校的各个教室时，丁一凡真正感受到什么叫做眼花缭乱了。今天听到国企稳定比较清闲，于是就一门心思地想要进国企。明天听到外企正规福利高，又巴不得削尖了脑袋想进外企。FM轮船公司吗？开什么玩笑，已经不能在老子考虑的范围了，尽管他已经接到了FM轮船公司的OFFER，并稀里糊涂地跟一群被录取的哥儿们一块和老总吃了饭喝了酒。老子说过，凭我这个成绩还能不被录取吗？

就这样，丁一凡一路自大着遇到了一个外企的面试，去之前他依旧相信自己还是可以毫无障碍地进入到最终环节的。谁知，这家单位第一件事就是把所有戴眼镜的同学淘汰了出去。这是什么情况？丁一凡马上摘掉了他之前一直引以为风度翩翩潇洒倜傥的眼镜，眯着眼睛进了考场。好不容易被各路HR问到晕头转向之后，细心的一位发现丁一凡一直眯着眼睛，忙问是不是近视眼。丁一凡只好实话实说，上了大学学习太累，好端端不近视的眼睛也给搞得近视了。

"抱歉，这位同学，我们需要的是不近视的同学。谢谢你对我们公司的关注和支持。"

"他娘的，近视眼就有罪啊？你他娘的又不是招海军！"丁一凡在心里怒吼着，第一次碰了钉子。

心情不好的他就在这个时候接到了萧楠的电话，声音压低了很多，温柔地对萧楠说："别急啊，我一会儿打过去给你，我这儿正面试呢。"

他不想让萧楠知道，他最近几次面试仿佛运气都不佳。有时候连他自己也搞不懂，为什么那些比他学习成绩还要差的人居然轻而易举地就进了他很想进的外企。

"他们一定是私底下给辅导员彭哥送了礼！不然凭什么那样的面试机会不给我呢？"丁一凡心里一边这样想，一边愤愤不平。

彭卓越是个典型的东北男人，却没有赵本山的幽默感，平时一脸严肃不苟言笑。从上大学以来，丁一凡就没怎么和彭哥打过几次交道，想来除了知道他丁一凡的名字，彭哥对丁一凡也没什么特殊的印象。商院上下几百号人，他哪有工夫一一去记得每个学生的性格特点和符合的工作呢？能给推荐几个机会就不错了。丁一凡明显把彭哥当作了他高中时候的班主任，还要根据不同学生的学习成绩来分出毕业去向，这显然是不切实际的。

自从彭卓越知道丁一凡有了一次签了FM轮船又撕毁合同的不良记录后，就不再把更多的就业机会分给他了。毕竟大家的机会都是有限的，谁也不可能得到多少特别的照顾。

几次失败的面试走下来，丁一凡也在问自己，为什么他的成绩优势凸显的力度不够了？于是就问萧楠，该不该给辅导员送送礼？或者请他吃顿饭？再或者送点什么好？

萧楠冥思苦想了半天，就说，要不先去辅导员那儿说请吃顿饭吧。要是他说不去，再想别的办法。

丁一凡一看萧楠也同意这种做法了，看来还是说明没有贿赂辅导员才没有得到机会的，于是马上决定打电话给辅导员，说起了吃饭的事。

彭卓越这天心情不错，听到有学生想要请自己吃饭，立刻发现最近越来越多的学生想起了"走后门"这一条路，看起来80后的学生一点都不稚嫩，还没有完全进入社会，送烟递酒请客吃饭这套就早学会了。彭哥顿了一下，跟丁一凡说自己没空，最近太忙了，没时间去和他单独吃饭，顺便给了丁一凡一个面试机会，心想，小子，你不就是想跟我多要两次面试的名额吗？还来跟我玩这套，不过也太不讲究了，请吃饭这样的事儿哪有电话里说的？你当你是我上级呢？草草两句就挂了电话。

丁一凡想着有这次面试机会高兴了："嘿，传说中的COSCO，我来啦——"他都没来得及和萧楠说一声，自己就去准备面试了。

这一次他要去的是"广大上青天"中的广州远洋。本来丁一凡一心想着要去上海远洋，谁料萧楠不知听谁说，上远的名额全都内定完毕了，心里就凉了半截。除了广州远洋，COSCO旗下在他眼里也确实没有什么可以挑选的了。听学长说，大连远洋实在垃圾，不但十年八年熬不上什么一官半职，而且以运油为主，长期干下来十有八九会影响生育，想起来就害怕。青岛远洋据说管理不善，前段时间硬是出了被海盗劫持的事儿，估计没人敢再去。天津远洋已经更名为天津散货，顾名思义，是以散货船为主，据说船大多老旧不堪，加上散货船一般装卸货时间较长，跑起来速度也不快，加上天津这城市说远不远说近不近，尽管离首都较近，常年来也没什么发展，一直还是有局限性，算来算去，广州远洋应该不错吧。想到离深圳很近，又是比较开放的城市，工资待遇肯定比北方高，再加上听说广州远洋是可以带家属随船的，连后顾之忧的事情都想得如此周到，其他福利肯定没得说。

丁一凡吹着口哨哼着小曲儿，一边想象着自己远大美好的前程，一边琢磨着，我得跟以前爱慕我的那些小妞儿们吹吹牛啦，你们的凡哥，可不是白给的，千万别迷恋哥，哥只是个传说……

第二十六章　陪君醉笑三千场（中）

丁一凡自从被父母催着考公务员后变得有点想家了，尽管他知道他的家乡和这全中国最大的城市上海比起来连个城市都不能算，可金窝银窝不如自己的草窝。这一点，他丁一凡还是有深切体会的。以前在没有认识萧楠前，每逢寒暑假，他都是第一个回家，最后一个回到学校，尤其是过年。农村的年味儿肯定要比城市里过春节的年味儿更加浓郁，没出十五就都是年，有时候赶上学校开学早些，也只能收拾行李回到上海，那时候丁一凡总是不免觉得春节过得不够尽兴，再说，家里还有几个崇拜他的妞儿等着他去宠幸会见呢。

十一长假丁一凡是在老家度过的。也就是在这个十一，他有些矛盾且痛苦地对方晓鸥说自己不愿意耽误她的前途，他丁一凡的未来是要在大上海的。显然两个人再过多地纠缠下去前景十分不明朗。方晓鸥不傻，她知道丁一凡这样的暗示也不都是拒绝。如果真的要想彻底断绝关系，哪有见面的余地？两个人小孩子过家家似的又抻了一段时间，终于要到丁一凡签单位的紧要关头了，方晓鸥岂能不表示一下？她觉得只要丁一凡回了老家，什么萧楠什么上海都会见鬼去了。可女人的心思又很奇妙，她并不能确定萧楠和丁一凡目前的关系。就网络上看，中秋节两个人刚肉麻兮兮地表示过爱意，完全不似丁一凡说的，进入了老夫老妻的厌倦状态。到底听谁的？选择隔岸观火是最好的方法。三五不时无关痛痒地在网络上送丁一凡一些虚拟的礼物，让萧楠对这样的小挑衅感到既无奈又十分恼火。反正方晓鸥已经摸清楚了丁一凡的脾气，一切顺着他来，绝对不会有错。两个人还是像往常一样老公老婆叫得亲热，晚上等萧楠睡下了，偶尔打打电话。天知地知，只要萧楠不知，一切就天衣无缝。

"你说我是去广州远洋呢？还是去南京远洋？如果我去南京远洋，貌似单位就会给我南京户口。"丁一凡用试探的语气来争取萧楠的意见。这个时候的丁一凡完全像是一只迷途的羔羊等待着别人领他到一个光明的地方，而现在那个光明使者就是萧楠。尽管丁一凡知道，萧楠也未必就完全吃得准。

"机会太多了，你不知道去哪儿好了吧？南京远洋？是最近几年才有的公司吗？我怎么没听说过？我看你还是一门心思准备广远的面试吧。哪个公司好与坏并不重要，重要的是一个人的态度，不管什么公司，其实真正去了应该大同小异。"萧楠漫不经心地回答着，眼睛只盯着草坪上那些晒着太阳打着呵欠的猫咪。这群海事猫，应该算是大学里最特别的一道风景线了。每到中午吃饭的时候，猫咪们总是聚在食堂外的草坪上等待着过往的学生或教师施舍些剩菜剩饭来填饱肚皮。因为它们根本不用通过翻垃圾桶或者其他方式来觅食，时间久了，各个都显得很慵懒，且胖得不像话，憨态可掬煞是可爱。

"那我就去面试了。你要给我加油哦。"丁一凡尽管露出了惯用的招牌式微笑，心里却不那么舒服。萧楠居然如此淡定，难道她就完全不管我将来去哪里工作？难道我说我要去南京了她也不拦我？这到底是什么意思？丁一凡已经有些厌倦了这样的猜心术，他本来就不擅长猜小女人的心思，何况，他又有愧疚感，生怕萧楠知道他其实那"家中红旗不倒，外面彩旗飘飘"的事实，想到这里五味杂陈。

"这是金银花冲剂，知道最近你为工作的事儿没少上火。少想一点儿那些没用的吧。一切都会过去的。"萧楠漫不经心中将一个塑料袋递给了丁一凡。两个人算是很有默契地在快要到萧楠宿舍的水果摊门前解散了。

萧楠从兜里掏出钥匙正准备再走两步上楼开宿舍的房门，忽然听见就在刚才分别的路口丁一凡和一对情侣吵了起来，声音越来越大，让她不得不转身快步走回去。一时，她有些发懵。丁一凡眼前的那对情侣，男的戴着眼镜，看起来老实中透着窝囊，女的稍胖，也戴着眼镜，正冲着丁一凡大喊有本事找110。丁一凡眼睛里明显冒着怒火，一手揪着那男人的衣服领子，一边骂道："他妈的到底有没有长眼睛。"显然，好像那男人撞到了丁一凡。男人小心翼翼地说着对不起，女人却不依不饶地说丁一凡不讲理，"既然已经道过歉了为什么还不撒手，难道这学校没有了王法？简直就是流氓。"

"我他妈的就是流氓，怎么的吧。"

丁显然没有要松开对方的意思。

萧楠上去试图拉开，被那女的一把推过去，"这儿没你的事儿。"瞬间，萧楠觉得头很痛，昨晚已经是她连续失眠的第6个夜晚了，看着眼前的这一幕，她恨不得马上把自己扔到床上，什么都不去思考。她有气无力地对丁一凡说："够了，别打了。"可那声音小得丁一凡根本就听不见。

她彻底失望了，身体不由意识为转移地迈开了步子。

是的，萧楠头也不回地离开了事发地点，她没有争吵，没有抱怨，更没有像那个女人一样大喊和撕扯，只是迅速地选择撤离了这一群人。

这一反应倒是让三个人忽然安静了下来。或许丁一凡也意识到自己的失态有些丢脸，或许那对情侣也觉得如此的小事不值得大费周章。如此事端就这样像一场闹剧莫名其妙地收了场。

　　回到宿舍丁一凡越想越气，萧楠怎么可以这么冷漠？她怎么可以就那样走了？而且连头都没有再回一次，任由丁一凡在那里被这样一个女人骂。而那个窝囊的，连眼睛都不长的男人，他的胖女友都知道为了自己的男友说句话，出口气，可是你萧楠呢？就这么走了！竟好意思就这么头也不回地走了！

　　丁一凡回到宿舍坐立不安，抓起电话就想打。

　　想到萧楠回到宿舍后这么久居然连个电话也没打过来安慰一下就更加生气。他全然不知道，萧楠回到宿舍后倒在床上就睡着了。梦里面都是丁一凡大喊大叫的声音，模样狰狞得可怕。

第二十七章　陪君醉笑三千场（下）

　　双方都冷静了半天，在冷战过后第一个低头的人绝对是天使。丁一凡以前总是愿意去作这样的天使，这一次他不想低头了。他觉得他没有理由总是迁就。萧楠的冷漠让他已经感受不到爱。他会去比较，如果遇到这样的情况，别人会怎么去处理。比如方晓鸥，她肯定不会让他在那样的情况下掉链子，就算掉了链子，过后也一定会安慰他的。他为什么那么愤怒？因为那个不长眼睛的男人撞了他的那里，一时疼痛难忍。他能和谁说？他以为她懂的，结果她不懂。

　　她眼神里都是蔑视，一个和女人计较，被人撞了一下就不停咆哮的男人还是男人吗？为什么一个要与海打交道的男人，心胸却那么狭窄？

　　下午睡醒午觉的萧楠一个人去了超市。去超市的路上她想了很多，她不明白自己连续几周都在失眠的原因究竟是什么。货架上琳琅满目的商品总是让人产生想要更多的购买欲，所以超市里很多人手中拎着的篮子总是在不知不觉中就装满了。萧楠习惯性地拿起每次必买的零食，又下意识地想起丁一凡和她说起过他最爱吃的零食是葡萄干，一连就拿起了两袋，扔进了购物篮。

　　快走到校门的时候，她接到了丁一凡的消息，刚想回复，却看到丁一凡就站在校门的入口处。她把东西递上去，话也没说一句，就想转身回去。丁一凡一手抓住萧楠的手，拉她去了他们常去的树下长凳坐了下来。

　　看到葡萄干，丁一凡眼眶忽然有点热。他说的没错，他只是个有些懦弱的男人，想到萧楠下午的失踪居然只是为了给他去买他小时候最喜欢吃的葡萄干他就没有权利再生气了，而且不争气的只有感动到想哭的份儿。萧楠这个丫头说来就是奇怪，有时候话多的就像是500只鸭子一样聒噪，没完没了地说个不停，有时候又像个闷葫芦，一个字也不说甚至连哼都不哼一下。这会儿看到萧楠那汪清泉一样的眼睛，睫毛忽闪着，似乎又饱含委屈，一想到那委屈是他丁一凡给的，他就有了一种犯罪感。他想上前亲她的脸，却又担心她像往常一样下意识地躲开，只好接过葡萄干撕开包装说是要分着吃。

　　萧楠笑说："你还真是个大馋猫，这么点吃的就满意了？急成这样？"说完把一袋葡萄干倒进了丁一凡的嘴里。

"萧楠，你知道吗？从小到大，只有我姥姥最喜欢给我买葡萄干吃，对我最好了。后来，就再也没有这样一个人。萧楠，我……"

面对着丁一凡忽然的煽情，萧楠鼻子也有点酸了。她不知道为什么最近很容易伤感，也许是她自己的学习压力也太大，也或许是丁一凡那急躁的情绪传染给了她。

"我们以后不吵了行吗？其实我怕你会不理我，我第一次看到你的时候觉得你那么温柔，就像是一只受伤的小猫，现在的你怎么可以冷漠到把我一个人丢下呢？你怎么可以在生气的时候也冲着我拍桌子又吼又叫呢？！"

丁一凡说这些话的时候仿佛角色颠倒而变成了一个有些委屈的女孩，让萧楠不知道该说什么好。她知道他在选择工作的阶段里变得易怒和暴躁，同时又很脆弱。他现在的身边没有亲人，那她萧楠就是他最亲的亲人。既然是亲人就不能在意他的那些小脾气和莫名其妙的无理取闹。

"如果有天我窘迫了，什么工作都找不到了，你还会要我吗？"

"傻瓜，你会找不到工作吗？找不到工作我养你。"萧楠一脸认真，她居然说她可以养他！

"说真的，现在很多同学都已经找到了工作，签了合同。每天我从楼道里见到那些以前和我一块上过自习的同学都觉得抬不起头，他们每次问我的都是一个问题，'嘿，凡哥，签了吗？'那种感觉，你根本就不知道。我真的怕我找不到好工作，或者甚至找不到工作。"

"你怕什么啊？大不了回家种地去。要不，我们一块开个小店卖麻辣烫？别想了啊，你是凡哥，你什么时候也开始变得这么俗了？"萧楠说的异常轻松，她知道丁一凡不可能真的找不到工作，除非他自动放弃机会，否则他想不签合同就毕业学校也不会答应他。萧楠看着头上的蓝天，秋日的天空显得格外的干净，干净的一片云彩也没有，她就那样望着远方出了神，却没有注意到丁一凡此刻望着她也出了神。

从没有这样一个时刻让丁一凡觉得温暖，尽管这样的话听起来很稀松平常。对于一个男人来说，最担心的莫过于自己穷困潦倒而又被爱人抛弃，当他知道自己即使没有工作萧楠也不嫌弃他时，他没有理由不感动。他不知道该怎么感谢萧楠的不离不弃。脑袋忽然一热，趁萧楠没有注意就吻了她。周围很安静，自然也没有任何人，萧楠被吓得闪了一下，还是闭上了眼睛。他们谁都不再提那件让丁一凡想起来都觉得丢人的事儿。丁一凡开始习惯不用语言的道歉而直接用肢体语言去表达。大概天下所有的男人也都不太喜欢用语言来表达歉意或感激。所以他觉得他们和好如初了，甚至说感情比从前更深厚了。

第二十八章　未来肯定不是梦

　　秋天是个让人容易伤感的季节，可对于想把自己人生中关键的几步走好的丁一凡来说还来不及去伤感什么。像他自己说的，周围的同学大部分已经或好或坏的定下来就业单位的意向，就差没签那像卖身契一样的合同了。

　　反反复复的面试，已经把他仅有的耐心折磨得差不多了。他在大同小异的单位里似乎已经开始迷失了自己。在这个问题上，谁都帮不上他的忙。作为老轨的父亲，此刻老丁的船正靠在东南亚的某个港口。想要父亲参谋一下吧，发一条短信就得一块多，而且说不清楚。丁一凡开始焦躁不安。母亲经常对他说，"凡哪，咱就回家找个营生算了，别和你爸似的成天在外面漂，心都漂远了，我就你这么一个儿子，你爸和你都走了，留我一个老太太在家多孤单？听我的，就在家，安心的考个公务员，一年不行咱两年，两年不行咱三年，你爸不是认识老隋吗？让他再使使劲，在家工作多好，又安稳又保险，无风无浪。古话不是说了吗？父母在，不远游！"

　　看着周围同学三天两头地问丁一凡到底签了哪里，丁一凡就头疼，吃不下东西，嘴角也起了水泡。萧楠看在眼里也急在心上。她想到家里还有以前别人求老爸办事留下来的中华烟，决定让这烟发挥点作用。

　　"我爸从来不抽烟，这个，你拿去打点打点应该去打点的人吧。"萧楠把烟给丁一凡的时候，丁一凡愣了一下。他不知道萧楠居然还能有这东西，看起来包装很精美，不像是假货。

　　"这东西不会是你爸收的礼吧？这烟里面会不会有钱？"

　　"别想太多了，我爸一般不收别人礼的。这不过就是一个朋友求我爸爸办点事意思一下的。"

　　丁一凡想起自己从来没问过萧楠的父亲是做什么的。以前他妈妈就问过，女孩的家里是不是很穷？若不是，怎么还要在大学里经常作家教来贴补零花钱？会不会是家庭很困难？不会是图你将来跑船赚的多？丁一凡摇头说，虽然萧楠平时节俭，可也没见她少吃过一顿，而且看样子家里不能穷，不然见她认识他之前天南海北去旅游的那些照片也肯定不是什么穷人家的孩子。他试探地问，"我这未来的岳父大人是做什么的？"

萧楠很没心没肺地说，"烧锅炉的，哈哈。"看着萧楠那无所谓的样子，丁一凡也不能再开玩笑地问下去了。只好严肃地说，"我妈问我了，说你爸妈是做什么的。我说，你爸爸是一家国企的技术工人，妈妈退休了。"

萧楠一听，撇了撇嘴。刚想反驳，我爸不是技术工人，他是管理技术工人的还差不多。看到丁一凡那有些自卑的样子，只好说，"做什么的都无所谓啦，我父母都是赚工资吃饭的工薪阶层，所以我也不是什么富二代，你别那么大心理负担好不好？你应该问，将来我会干什么，还有你会干什么。家庭背景很重要，可是我们也不能依靠父母一辈子不是？我爸爸说了，尽管我是个女孩，事业一定还是要有的，将来一定不能只靠男人养，这样他们会伤心的，他们培养我上大学，不是让我去在家里作全职太太，洗衣服看孩子做饭的。"

话说到这里，丁一凡叹了一口气。他忽然觉得自己如果真的见了萧楠的父母，也许二老未必能同意他们的女儿跟他这么一个从农村来的傻小子。除了在学校里认真努力地学习得到点成绩外，他现在居然连个工作都没有，居然还要用女孩家的烟去收买辅导员来赢得一份像样的工作。想到这里他觉得自己真的没用。这个关口，他的父母只会一个教育他要踏实做人，一个要他回家随便找份工作不要跑船。他对萧楠的做法既感到感激又觉得羞愧。

其实他不是真的找不到工作，比如FM轮船，他已经签过了合同，想了半天又撕毁了。他不想真的一跑就是一年多，他想在半年左右的时候就回家看看，这样就不至于和社会太脱节，也不至于让朋友们都完全忘记了他。广远的第二轮面试让他觉得难度不大，他已经决定要去签合同了，就在他想作决定的关口，来了一个机会，CP公司也来招人了。

CP船公司在上海早期很有名气，算是新中国成立后，合资船公司的代表。那时候在外滩十八号只有CP船公司大牌子赫然立在外面，很是拉风。后来经过整改，算是和著名的COSCO联合下的一个蛋，尽管比不上上海远洋，但由于外国的和尚会念经，让CP船公司的名声在上海也越来越响。近几年，CP船公司一直从事着重大件船的运输工作，无论从船队的规模还是自动化水平也都算是处于国内领先地位了，这让不少准船员们对这个公司也有了跃跃欲试的念头。

无奈，CP船公司来学校招人的时间稍晚，很多优秀的同学已经签了合同，就好像是男人迫不及待地结了婚，再想要去参加竞争已经失去了资格，不能犯重婚罪，所以也只有眼馋的份儿了。丁一凡这样高不成低不就的家伙此刻正在为萧楠劝他的那句好饭不怕晚而拍手叫好,暗自觉得自己实在是英明无比。广远的招生负责人已经约好了丁一凡下午2点去办公室签合同,他想到CP船公司下午也有面试,这可怎么办?只好和负责人说,他要打电话好好和家人商量一下,迟些再去签合同了。

CP船公司别看来得晚,阵势可是一点都不减,明确地要求了公司里无论轮机员还是驾驶员,都必须不能近视。这可急坏了丁一凡,他赶忙去学校附近的眼镜店配了一副隐形眼镜,也不管是不是价钱合理,掏钱吧。为了工作,花点钱绝对值得。从来没有戴过隐形眼镜的他越是着急就越戴不上,只得求助卖眼镜的阿姨帮他戴。在把眼镜片放进眼睛里的时候,他条件反射地想哗哗地流眼泪。由衷地感慨,为了工作,真是和找对象一样的遭罪呐。

英语要求六级,成绩排名要靠前,据说长相上还要过得去。几个条件下来,丁一凡明显成为了CP船公司应聘者中的佼佼者,公司准员工里的战斗机。一切进展得都特别顺利,丁一凡在心里暗爽的大叫YES!

这会儿工夫,他完全忘记了自己已经和广远的招生负责人说好了下午就要签合同的事儿。"丁同学,如果没有问题,我们双选会上见咯,到时候你把你的简历还有其他相关的一切证书表格和合同都带来我们就可以签了。欢迎你加入CP船公司!"

签合同!糟了,要签合同了!

丁一凡这才想起自己算是脚踩两条船。广远的老总据说和CP公司的头目私交甚好,这万一要是知道他丁一凡又琵琶别抱,究竟会作何感想?

他心里稍稍有了愧对广远的感觉,想到自己有个同学也正在苦于没有好工作可以选择,家乡又是南方的,正好做个顺水推舟的人情,代替他去广远那里试试。

这样一忙就到了晚上,丁一凡作为新进的一批员工和另一批和他一样由学生身份转为了社会人的同学们参加了当天来应聘的所有公司和员工们的晚宴。在饭局上,广远的招生负责人看到了一边得意、一边喝着小酒微笑着的丁一凡,心里暗想这小子也真是不厚道,出尔反尔的事儿怎么做得这么心安理得呢?不过跑过船的男人心胸多半也都大度,他也不觉得学习成绩优异的学生上了船又能比成绩一般的学生多出多大能耐。想到这里,感慨一声,"现在的学生,都是人精儿呢,"也把杯子里的酒给干了。

应酬完毕,也就8点多了。萧楠在早晨就知道丁一凡在这一天即将要打一场硬仗,所以一天都没有打过一个电话给他。她知道丁一凡应该没有问题,大不了就是再换几家单位试试。凭他的条件,实在不行还有大连远洋和中海这样的单位接着,肯定不会沦落到卖麻辣烫的地步。一整天她都在图书馆待着，哪儿都没去。手机就像死了一样，连10086的短信都没有。

到了快9点的时候，图书馆的阅览室就要闭馆了。萧楠趴在桌子上睡着了。手机的震动让萧楠吓得一个激灵。

"喂，楠楠，你今天过得好吗？我现在问你一个问题，你觉得上海远洋，上海锦江，还有CP船公司，哪个最好？"

"那还用说，肯定是上远了啊。"

"那要是除了上远呢？你觉得我应该选哪一个？"

"CP吧。锦江不是只跑日韩一类东南亚的线路吗？你不是不喜欢跑近的，就喜欢远洋，越远越好，不是吗？恨不得跑到阿拉斯加，北极，是不是？"

"楠楠，不愧是我的楠楠嘛，你和我想的一样。你猜，我今天签了哪个单位？"

"这么高兴，难不成你去上远了？不对啊，你今天不是参加广远的面试吗？该签合同了吧？怎么样？"

"你先不要管那么多啦，见面咱们仔细说。今天我好开心啊。我没去真正的COSCO，我签合资公司啦，你老公是不是特别棒？"

"什么意思？怎么回事？你能说清楚点吗？"

萧楠拿着手机，信号时断时续，听着丁一凡兴奋的声音，她昏昏欲睡的状态一下子也跟着清醒了。

没去COSCO，那是什么意思？合资的？看来是去了CP了。可是，那广远的老总会不会因为他的诚信问题从而对他留下不好的印象呢？尽管这些年类似的事情已经屡见不鲜了，可是本着慎重的原则，萧楠也不希望丁一凡吃着碗里的看着锅里的。

9点半，两个人相约在操场见面。

在萧楠出现的时候，已经看到远处有个身着制服的身影等候多时了。

丁一凡的白衬衣在夜色柔和的月光下衬托得异常好看。见萧楠来了，一把把萧楠横着抱了起来，吓得萧楠大叫起来。好在大家也都习惯了校园里偶尔出现类似的情况，都见怪不怪了。

"快放我下来！"

"不要，我今天开心呢。"

丁一凡说完抱着萧楠转了三个圈。

萧楠闻到丁一凡一身的酒气，那酒气不像是平时喝的啤酒，绝对是白酒，而且还不是一般低度的白酒,夹杂着淡淡的烟味儿混合在一起居然也不是特别难闻。

"你是不是喝酒了?"

"那是肯定啊,今天那些老总都去了。我丁一凡终于有人要了!而且表现很不错呢。"

"是吧,恭喜啊,终于尘埃落定了,哪天我们去庆祝一下吧。最近你辛苦了,都瘦了呢。"

"楠楠,我是不是很棒?为我自豪吧。今天我才觉得我的人生有了意义。我才不要他妈的成天朝九晚五地待在农村每天上班下班对着屁大点地方。我凡哥是要跑环球航线的。你知道的吧?CP跑的地方几乎能够绕着地球跑一圈,想着就兴奋。"

"那你怎么忽然决定中途变卦了?不是说好了没有意外下午就去广远签合同吗?怎么一下子变了?"

丁一凡被萧楠的疑问忽然给堵住了,他知道他这样中途变卦有些不厚道,但是没有什么比尘埃落定一份工作的兴奋更强烈。他丁一凡还不愿意去想那么多。看着萧楠的不依不饶,他的兴奋劲儿有点淡了下来。

"怎么,你不开心?你老公签了合同你不开心?还问那么多干吗?老子找到工作啦,别的就啥都别问了!"

丁一凡把萧楠放了下来,由于喝了酒,整个人也稍微有些打晃,舌头也有些大。他没有注意自己把萧楠放下来的时候差点让萧楠摔了个大跟头。

他扶住她的肩,跟她说。

"楠楠,你确定要和我在一起吗?真的确定吗?你知道我这次合同签了多少年吗?"

萧楠摇了摇头,她知道丁一凡醉了,不但是喝醉了,心也跟着醉了。他终于不用再为了工作的事儿而苦恼了,眼下他轻松了,她也跟着轻松了。

"嘿嘿,8年。老子签了8个自然年呢。也就是说,搞不好我就要跑一辈子船了,你能等我吗?说不定不是一个8年,得再来一个,Double,甚至更多。你愿意等我吗?"

"当然,I Swear!"

"楠楠,我说真的呢,我不跟你开玩笑呢,你考虑清楚了吗,就随便答应?我要一直跑船你也愿意等我吗?"

"是的，I Swear！"萧楠知道自己这个决心也不是随意下的。

她把手举起来，对着天空说："无论你跑多久我都愿意等你，我愿意。"

丁一凡笑了，一把把萧楠揽在怀里，幸福地笑了。

好久都不唱歌的他哼起了张雨生的那首歌，"我知道，我的未来不是梦……"

第二十九章　拿什么送给你我的爱人

11月了，北方的这个时候开始迎来第一场雪。以前的每个11月，萧楠总是会费劲心思地去琢磨送给江海阳什么生日礼物为好。可这一年的11月，多了个丁一凡。丁一凡竟和江海阳的生日离得那样近。不知是巧合还是什么。

石蓓蓓问萧楠，在这个11月，是不是要准备两份生日礼物？一份给丁一凡，一份给江海阳。萧楠没有回答，她知道她慢慢正在学会把所有不能给江海阳的爱情都转移给丁一凡。

刚进11月份的某一天，她在网上看到江海阳在线，就发个表情过去，半天江海阳才回复一句话，"丫头，照顾好自己。"仿佛除了这句话，也不再能说起别的什么了。两个人都渐渐地避开汪雪和丁一凡两个人不提，像是约定俗成的默契。

"丫头，今年是海军建军60周年。我们单位发了一套纪念邮票，我看挺有纪念意义的，就多留了一份。你不是一直都喜欢集邮的？找个时间我把它邮给你吧。还有，你上次说你牙疼，后来怎么样了？我前段时间逛超市，看到有种牙刷挺有特色，据说是非洲的什么牙刷树，对牙齿挺好的，要不要给你带一支试试？一块寄给你？"

看着这行话，萧楠忽然觉得江海阳还和从前一样，依旧像个大哥，简单而不动声色地关心着她的生活。对于她集邮的习惯，他一直都记得。

她不想找理由拒绝这样的小礼物。青涩年纪一直喜欢的男人，现在愿意像哥哥一样从远方关心着她，看着也没有什么暧昧和不妥。

她问他，生日要什么礼物呢？江海阳忙说，"傻丫头，我送你东西不是变相跟你要生日礼物的。哥哥工作好几年了，不差这点东西，真的想要买的东西你是买不起的，还是拿着你的零花钱多给自己买点好吃的吧，要不买点漂亮的衣服也好。"

过去的好多年里，江海阳也算收到不少萧楠送过的生日礼物。小小的瑞士军刀，灵巧的优盘，写满祝福许愿瓶，为了帮助江海阳在部队打发有时寂寞的时光，萧楠整理过很多好玩的游戏和电子书视频都存起来，一张张的刻成光盘寄过去，甚至还做过一本特殊的台历，太多太多的礼物和记忆，倾注着萧楠少女时代的所有的倾慕与爱恋。只是，一切像是都过去了。那些记忆就这样因为丁一凡的出现戛然而止了。江海阳知道，萧楠不需要再把心思放在他身上了，他希望丁一凡值得萧楠去花费更多的心思。有点不舍，又有点嫉妒，矛盾的心情让他只能选择祝福。

"只要他对你好，只要你快乐就好。我相信我们最终都会很幸福很幸福的。"头像暗了，江海阳下线了。

萧楠看着变灰的头像，心里有点怅然。前阵江海阳还说有机会去趟上海来看看丁一凡和她。要郑重其事地把萧楠托付给丁一凡。像个哥哥一样的托付，要他好好守护他们的爱情。终究因为种种原因推脱了。

她也想过，如果他们两个人见了面，又会说什么呢？是尴尬？还是真的会像江海阳说的那样，两个人坐在一起喝酒谈天？

丁一凡在工作落实后，日子过得比以前舒坦多了。每天他们依旧规律地一起吃晚饭，短短地见个面，诉说一下想念，然后各自忙各自的生活。萧楠在课余也开始重新做上了家教。小朋友的家在很高档的住宅小区，自然薪水也不菲，她决定用家教赚来的辛苦费给丁一凡买一件像样的生日礼物。

当她问丁一凡要什么的时候，丁一凡好像正在和谁聊天，明显显得心不在焉，言语里又有着闪烁。

"你想要个什么东西呢？我也是第一次给男朋友买生日礼物，不知道该买什么。"

"不用啊，你忙你自己的事就好。你忙你的。听话。"

丁一凡像是害怕萧楠买什么贵重的，日后偿还不起。一个劲儿地告诉萧楠不要把这次他的生日过得多隆重。

"那我随便买了啊。"

"嗯，好的，亲爱的，早点睡觉吧。晚安。亲一个。"

丁一凡迫不及待地想要和萧楠结束类似的对话。

因为他发现最近他好像又爱上别的妞儿了。QQ上，除了萧楠，还有两个女人正在等他回话。

第一个先把萧楠安抚好才是，毕竟萧楠最不会怀疑他。谁会想到天天和她见面，跟她一起吃饭逛街的男人还在背地里同时和别的女人打情骂俏呢？

自从签完了CP船公司，丁一凡光荣的准海员身份就在昔日的老同学中传开了。他骄傲地和同学们说，他将来是要跑遍整个地球的，这公司最常跑的线路都是欧美，途径挂靠的港口也都是繁华的、著名的。这让老同学们都羡慕不已，纷纷夸凡哥真的是有出息，不愧是去上海念过书的，就是能见大世面，将来还要出国见更大的世面。

这老同学里就不乏些从前就崇拜过他的女孩。丁一凡承认，他的虚荣心是刹不住的，他希望有更多的女孩崇拜他，爱慕他，最好再发展点什么不一样的故事。当然了，这些女孩必须要比萧楠漂亮。

签完工作后，丁一凡和丁母汇报也商量过了。丁母显然也不是特别满意，可想到儿子既然已经用他优异的成绩被单位"抢"走了，也不好说什么。老丁刚好也在11月下了船，有了休假的时间，就想去上海看看儿子，顺便看一下丁一凡口中所说的萧楠。丁一凡想来想去决定回绝丁父的打算，他还不想这么过早地下结论。他想起丁母说的话，萧楠这个城市女孩太任性也太脆弱，上次萧楠生病给丁一凡也留下了阴影，万一这身体看起来有些孱弱的萧楠有个什么病，将来先他一步去了怎么办？反正他丁一凡还没和萧楠真正结婚呢，还是不要急着下结论的吧。

在丁一凡活络着心思的时候，萧楠正在南京路上一家家的商店里逛着。那心情就像是阿杜的那首歌里唱的，"手握着香槟，想要给你生日的惊喜。"越过漂亮时尚的女装，穿过卖毛绒玩具的柜台，萧楠有点不好意思地走进男装部。杰克琼斯的店面里，帅气的男导购热情地介绍。

"是给男友买衣服吗？今年冬季最流行的新款哦。现在打九折。你男友很高吧？这样的款式最适合了。看这个材质，羊毛呢料，很暖和的。"

萧楠其实已经盯这样一件衣服很久了。然而就是这样一件厚实的外套，售价标签上后面的零让萧楠战栗了一下，她大概得讲30多次课才能换来这样一件外套。可那衣服也确实好看，她仿佛已经想象出丁一凡穿上它对她微笑的样子。

她很想买下它，却又怕丁一凡说她破费，大手大脚。打电话给闺蜜石蓓蓓，说想要她参谋一下。石蓓蓓马上说，"丁一凡又什么时候给你买过一件像样的衣服？何况，你现在对他这么好，他不懂珍惜怎么办？生日礼物最重要的还是心意，所以不需要那么贵。楠楠，你最近瘦多了，该学着对自己好点。"

萧楠在折回学校的路上，看到ME & CITY的男装正在打折。一件和杰克琼斯看到的款式很相似的衣服赫然挂在衣架上。价格倒是在能接受的范围了，只是号码似乎不太正常，她想了许久，把衣服在自己身上比量了半天，试了又试，决定买下。当一叠钱从手里飞出的时候，萧楠感慨了一句，萧老师，你就当白上了几节课吧。但愿他能穿的合适，但愿他能喜欢。

其实萧楠也觉得自己买下了打折的衣服有点不光彩。她暗自下了决心，以后真的赚了钱再去弥补吧。

丁一凡生日的前一天，萧楠发短信通知所有的好朋友，用陌生号码的形式祝福丁一凡生日快乐。这样的浪漫的主意本不是萧楠想出来的。她只记得从前她收到过类似的短信，那个时候她就觉得那个被祝福的女孩很幸福。她希望丁一凡也能体会这样用心良苦的浪漫。

不出意料，凭着萧楠的号召力，那被萧楠选出来的22个朋友真的给丁一凡这个寿星送去了祝福。有的很简单，写了一句生日快乐。有的很直接，嘿，有个妞儿告诉我说要我祝你生日快乐，哥们你谁啊？有的很无厘头，会问丁一凡到底是何方神圣，并且像大话西游里的唐僧一样絮叨不止。石蓓蓓的短信更是别致，"丁一凡：你那善良活泼细腻温柔聪明可爱的女友萧楠同学要我祝你生日快乐。"

丁一凡看到这些有些惊讶，只好一个劲儿地回复谢谢。他不知道萧楠居然采取了这样的方式。有点意料之外的小高调与小铺张。

当22个陌生人都发完了祝福，最后一条当然是萧楠的："丁一凡，在你人生的第23个年头里，感谢上天让我遇见了你。愿你以后的每个生日都有我的祝福与陪伴。亲爱的，生日快乐。"

萧楠出现在丁一凡面前的时候，是精心打扮过的。这让丁一凡更有了意外的惊喜。两个人坐在学校外面的小饭店的包间里百感交集。

"对不起，这段时间一直忙着找工作，我冷落你了。今天这顿饭，我应该先敬你一杯酒。楠楠，你真的辛苦了。"

面对着桌上的一堆菜，萧楠反倒没有什么吃下去的心思。她只希望，那个对她说过要努力面对未来的丁一凡能够把有些飘忽的心思收回来。

"还说那么多没用的话干什么呢？今天不是应该算作是庆功宴吗？庆祝你终于找到了合适的工作，也庆祝我们迈向未来走的第一步是如此的顺利。干杯吧。"

萧楠把装着衣服的牛皮纸袋递给丁一凡，里面除了那件羊绒外套还夹了一本书，《想为你做的100件事》。

"你说，我是不是上辈子一直都在做善事积德，所以我才会在今生遇到你？萧楠，我们这辈子不论遇到什么事，无论遇到谁，都不可以分开我们。这辈子我们永远永远都在一起，好不好？不，我要更贪心一点，下辈子，下下辈子都要在一起，好不好？"

萧楠嘴上笑着说："不好啊，下辈子我不想做女人了，我想变成一个花心的男人，这样就可以泡很多很多漂亮小妞儿，除非你变成妞儿。"

"什么？那也好，下辈子就算你是男人，我也要作你最独一无二的妞儿。"

丁一凡马上嬉笑着油嘴滑舌起来。

其实，萧楠喜欢这样的誓言，尽管听着虚假却依旧动听。

因为她送给他的书里最后一句话就是——

"我想嫁给你。这辈子嫁给你。下下辈子也一样。"

第三十章　我要让你记住我

丁一凡是第一次和萧楠过了这样一个特别的生日，连他自己都没想到。

别说男人就不喜欢浪漫，对于丁一凡来说，没有浪漫的爱情是一潭死水。他本身没有浪漫细胞不代表着他不懂得欣赏浪漫。

他曾经和萧楠说，他羡慕过他的大学同学谭刚女友为谭刚过的一次特别的生日。女孩为了男孩坐了一天的火车，下了火车连休息都来不及，直接赶到学校第一件事就是给男孩买一个蛋糕，只因为男孩家在农村，20多年从来不知道生日蛋糕是什么滋味。连他都快感动得哭了。

说到这个故事的时候，丁一凡特意若有所思地望着远方，不知道在思考着什么。

萧楠反问，"上次帮你复印过谭刚的身份证，他不是2月份的生日吗？你怎么却说是11月？"

这个打断让丁一凡有点不耐烦。其实丁一凡也确实在说谎，那不是谭刚的女友，而是他的臆想。他臆想会有这样的女孩不远千里坐着火车来看他，为他买一个蛋糕对他说生日快乐。

萧楠总是这样，聪明得有些尖锐。这让丁一凡有些害怕。他越来越发现妈妈说得对，萧楠不坏，可一旦知道丁一凡的欺骗，或者更严重点，发现了他脚踩了两只船，将来肯定会用尽一切力气做到鱼死网破。那他丁一凡还有什么颜面在朋友圈子混下去？

当他把衣服拿回宿舍的时候，室友们都纷纷赞叹，这件衣服是他4年来买的最成功的一件。这让丁一凡既感到高兴又有点生气。

莫非以前他自己买的衣服都没有这件好？

换成平时，他也许会很自豪地炫耀说这是女友买来当做生日礼物以此来证明他凡哥的魅力。可不知道为什么，这一次他很低调了。他什么都没说，想了想这件衣服确实不赖，天气正慢慢转冷，干脆在学校余下的日子就都穿它好了。

晚上，丁一凡上网看到方晓鸥送给他画着生日蛋糕的电子礼品卡，卡片上丝毫没有掩饰那火热的爱意。

这一点是萧楠从来都不会做到的。她从来不会在大庭广众之下跟他说那三个字。

这让丁一凡实在难以相信萧楠心里是有他的。此刻,丁一凡有点迷惑了。他并不打算删掉这个礼品卡。他知道萧楠粗心,从来也不会注意他的礼品箱里会有谁的礼物,或者萧楠其实是知道的,只是不明说罢了。既然这样,留着礼品卡又怎么样呢?

最近QQ游戏里也多了开心农场这一个应用程序,以前他和萧楠还曾经在校内上迷恋过一段时间一边偷菜一边谈情说爱。如今,他知道萧楠早已无心玩这种浪费时间又无聊的游戏了。于是他开始在QQ里和方晓鸥在这个游戏里打情骂俏起来。反正萧楠不会知道,就算她玩这个游戏,又哪有那么细致去观察他在和谁说什么呢?慢慢地,他已经和方晓鸥共同玩着那个游戏两三个月了。

萧楠或许是粗心的,可萧楠的朋友并不粗心。石蓓蓓一次无意地点开丁一凡的主页,看到那些火热肉麻的对白立刻就吓了一跳。很明显,这样的字眼是不可能被矜持的萧楠写出来的。那又是谁?贾雨秋也提示过萧楠没事去和她一块玩菜地,看看大家都玩到了什么级别。可萧楠似乎一直就没有对这个游戏热衷起来过。

石蓓蓓很想把她看到的一切马上告诉好朋友,想质问丁一凡到底在搞什么鬼。可又怕萧楠一旦知道了影响情绪,她太了解她了,自己死撑着面子却要佯装着一切无所谓,嘻嘻哈哈地说自己一点不在乎。

感情的事儿,很难说清楚的。想了半天,石蓓蓓只好问萧楠,丁一凡和她最近是否还好?生日礼物送完之后,那小子到底有没有感动?以后是不是就认定他,非他不嫁了?

萧楠摇了摇头,只是说,她没想那么长远。她只希望在送丁一凡上船前,留下一个不错的好印象。语气里满是哀怨,让石蓓蓓不免心酸。爱情难道只能存活3个月吗?怎么感觉上次一起唱情歌秀甜蜜的那对金童玉女转眼就变得有些纠结了呢?

"你知道他的过去吗?"

"过去?我不想知道。我应该知道的是,他的未来。"

"那么,你知道他的现在吗?"

"现在?其实我也不想知道。我应该知道的是,我得努力把握好现在。我不相信,用一个人的良心换不回来另一个人的良知。他说过,这个世界上没有真正的坏人,而只有一时糊涂的好人。"

"楠楠,我真的怕你对他这样好,他会不记得,甚至有天反倒说你纠缠着他。"

他是个怎样的人？你真正了解了吗？"

"蓓蓓，别说了，我知道你对我好。不是你跟我说的？爱情，就是为了一个人改变。爱情，还是去适应，去宽容，去理解，是吗？"

石蓓蓓眼见自己的闺蜜执著地要等待着丁一凡这个迷路的小野马回归正路，有着哀其不幸怒其不争的心情。她知道她断是劝不动她了。只好说，"是啊，你这样善良的姑娘，他若连这都不知道珍惜就是天下第一头号大傻瓜，以后再也遇不到第二个了。"

"要我说，他应该在心里祈求你千万别抛弃他。要知道，再也没有第二个像你这样好骗的姑娘啦。"

石蓓蓓还想再多说几句，萧楠就被丁一凡一个电话叫走了。

到底是什么急事呢？其实也没有特别大的事。只是丁大少爷觉得抄实验报告册太劳心费神，不过就是个照猫画虎依葫芦画瓢的差事，懒得写罢了。

刚好知道萧楠写字速度飞快，字体又比他的丁氏狂草鸡爪体好看得多。不让萧楠帮着写，又让谁帮着写呢？

看着那厚厚的一本报告册，萧楠顿了一下，却决定当作练字抄一遍了，顺便也好看看，丁一凡平时都在学些什么。

密密麻麻像蜘蛛网一样的电路图，看着有点亲切又有点陌生的电池与电阻符号，还有那一连串的实验可能出现的N种情况看的萧楠有点迷糊。她依稀还记得自己当初在大二时候帮助即将毕业的江海阳翻译那满是船舰的外国论文，飞毛腿导弹，大黄蜂轰炸机。

当她很快就将抄好的报告册还给丁一凡的时候，丁一凡再一次吃惊了。他实在是没有想到，萧楠的速度快的跟复印机一样，那工整娟秀的字体又像是打印的一般。惊叹之余又有点嫉妒，嫉妒里有点自豪。这样优秀的女孩，怎么就被我瞎猫撞死耗子的给追上了呢？

"楠楠，你为什么要对我这么好？"丁一凡在说这句话的时候有感动也有内疚。他有时候倒希望萧楠像最开始他遇到的那样，蛮不讲理，或者撒娇任性。他以前吃过的那些苦头他不是全都忘记了，他甚至觉得眼前这对他百依百顺的女孩根本不是他追求时费尽力气的那个萧楠，或者说，眼前的一切像是个不太切实际的梦境。

可是女孩都是一样，把撒娇刁蛮任性留给了爱她的人，而把无私奉献和善良贤惠都献给了她爱的，却不够珍惜她的男人。

丁一凡不知道，其实萧楠之所以改变了，是因为她已经不知不觉渐渐爱上他了。

"说呀，楠楠，你为什么要对我这么好？"

"因为我想要你记住我。"

"小傻瓜，你怎么最近总是说这样莫名其妙的傻话？"

"真的，丁一凡，我只是希望以后你回忆起我来，觉得我是个不愧于自己感情，不愧于你的，忠心对待爱情的人。只要你记住我就行了。"

"你又在说傻话了，好像我们将来不会在一起似的。是不是谁又和你说什么了啊？那些都不是你需要想的。你要乖乖的，什么都不想知道吗？你是我的，我不许你再说这些莫名其妙的怪话了，知道吗？"

"哦？我是你的？那么，你又是谁的？"

"小傻瓜，你抽风了吗？还是今天报告册写累了？怎么奇奇怪怪的话说了这么多啊？今天很不乖哦？你是我的，我当然也是你的啦。笨蛋。"丁一凡心虚地刮了一下萧楠的鼻子，内心有点颤抖，他不知道为什么，心里的愧疚此刻占了上风，他甚至也觉得这样再说下去显得有点恶心了。他有点惊慌失措，萧楠知道了些什么吗？又或者，方晓鸥忍不住和她说什么了？

"丁一凡，我希望，以后的我们，往前看，不要再受到任何人的影响了，好吗？"

"你在说什么？你到底又想说什么呢？楠楠，你知道我很笨的，农村人，心直口快，喜欢快人快语。你想说什么就说吧。"

"江海阳跟我说起方晓鸥的事儿了。丁一凡，你能不能和我说说，当年你们为什么会分开？"

这个江海阳管我闲事管得很牛叉嘛。他以为他是谁？天王老子？丁一凡内心愤怒着又不能发火，只好沉默。

"我跟你说过啊，那是过去的事儿了。我和方晓鸥是没有可能的，她要留在家乡作她的孩子王。我是要和你去大连的。你明白了吗？别问下去了，问多了你会受伤的。真的，没有好处。听我的，我和她没有可能了，过去了。好吗？别问了。真的别问了。"

丁一凡在说这句话的时候不敢看萧楠的眼睛。他没有想到萧楠居然在这个时候把江海阳搬了出来。

这让他觉得很没有面子。

更没想到萧楠又说了一句让他惊讶的话。

"丁一凡,请你给我留一点面子好吗?就算我们分开了,我也不希望是别人告诉我你爱上了别人。我们有君子协定的,是不是?如果你爱上了别人,请你直接告诉我。当然,同理,如果有天我不爱你了,我也直接告诉你,好吗?我不希望我是那个最后一个知道真相的人。"

果然,丁一凡猜得没错。萧楠的敏感不是没有道理的。

"不,楠楠,我谁也没有爱上。我一直心里是有你的。难道你看不出来吗?也许我前段时间太忙了没有工夫陪你,你生气了,是不是?对不起楠楠,我说好了忙完了这些就好好补偿你的。"

"别说那么多啦。我想睡觉了。丁一凡,你要记住我今天说的话。我对你好,不为别的。我只要有天你会记住我。"

第三十一章　爱你，爱到不怕死（上）

第一次听说丁一凡是个花心大萝卜，那是萧楠一个人在图书馆。

海大的图书馆有种特别的历史沧桑感，或者说，它有种灵异的蹊跷和虚幻。晚上那昏暗的灯光一打，有窗外斜斜的树影投射在墙上如同鬼魅。

一过7点半，借书的地方就陆续开始清场。那些勤工俭学的同学就急着按照顺序开始理书架上的书，声音噼噼啪啪，搅得读者心烦意乱。然而萧楠却养成了一个习惯，她反倒是喜欢选择在这样的时候来看书，因为人少。

由于学校规定，文艺类的书籍一张图书证只能借一本，她常常只好把最想拿回去看的先放在一边，再耐心地去看另一本同样喜欢的。这多半都是没有安全感的人愿意做的事。

昏黄的灯光下，萧楠在读元好问的《摸鱼儿》。

问世间情是何物，直教生死相许？天南地北双飞客，老翅几回寒暑。欢乐趣，离别苦，就中更有痴儿女。君应有语，渺万里层云，千山暮雪，只影向谁去？

这首词并不陌生。电视剧里经常有这句话，问世间情为何物。

高中时代，萧楠也是一个喜欢读诗词的女孩，但她只是喜欢古诗词，从来不看现代诗。所以骨子里就有种固执的传统。但她偏不爱这句，问世间情为何物，直教人生死相许。

这么说来，真爱一个人，是可以为对方去死的，或者像《海角七号》插曲里的那首歌，爱你，爱到不怕死。

高中时代，她接到过一个人的情书。那上面赫然写到，"我爱你，爱到可以为你做一切事，甚至包括牺牲自己的生命。"

呵，她冷笑。为了一个人可以放弃生命，这也太夸张了。她不信爱一个人可以到如此痴的地步。她满不在乎地对另一个男孩子说，他怎么可能真的为我去死？我最看不惯的就是这样的男生。男孩子一脸严肃，"怎么不可能？你呀，就是个小女孩。"她不懂，也不细追问下去。她承认那时候她不懂爱情。

不料多年之后，当她读到这句，又禁不住轻笑了一声，像是冷笑，又像是感叹。如此轻笑在这样有些气氛诡异的图书馆的晚上显得有些吓人。

整理书架的男生斜眼瞟了一下她，不做声地跑去和另一个男生聊天。

"都签了单位了，还来这里勤工俭学？过几天该出海去了吧？"

"站好最后一班岗吧。待在宿舍里也没意思。像咱这样，来学校时一个人，眼瞅着快离校了还是一个人。惨哦。"

两个男生一边整理着书架上被打乱过顺序的书，一边有一搭没一搭地聊天。这对话让萧楠听着有了兴趣。原来他们两个和丁一凡一样，是即将要离开学校的商院学生。

"你就没个女朋友？不是吧。那你就太惨了。咱辅机老师怎么说的？赶紧趁着上船前，骗一个。"

"骗？你当是骗小猫小狗呢？哥们我长得又不帅，家里有那么穷，更不会说甜言蜜语，上哪儿骗去？我跟你说啊，我现在心里就是不平衡，凭啥有些人仗着自己好看就脚踩多只船？你看那6班的丁一凡，表面看着斯文老实，背地里女朋友多的都排成串了。他妈的也不嫌累，这边讲电话，那边和人视频，平时和咱学校的妞儿在一起吃饭。那次我还看着他刚送走一个小姑娘，转眼就跑到咱楼下给别的女孩打电话呢，那声音肉麻要死。"

"哈哈，你小子怎么跟个娘们似的。他泡几个，关你屁事？"

"嘿，说真的。他泡过的妞儿一个个长得还都不赖呢，是不是？"说罢，那男生回头瞟了一眼萧楠。又接着说，"嗯，你说那丁一凡上过多少个？哈哈，瞧他平时总驼着背。一看就是肾亏啊，哈哈哈哈。"

"就是，你说他那小子光是买套，就得花不少钱吧，哈哈哈哈……"

萧楠皱了皱眉，把书放下，也没顾得上太多，三步两步就平移出了图书馆。出门的时候还仿佛听到那两个男生半猥琐半邪恶的笑声。那笑声异常刺耳，好像是一种恶魔的笑，阴魂不散。

也许他们认出了是我，故意这么说呢？

他们也太过分了！

萧楠一边愤怒一边无奈。其实她心里明白，寂寞的男人是喜欢在女孩面前故意说些荤话来过嘴瘾的。尤其是他们那个系，平时只要见到个女生，就总是会把人家上下打量个几遍。以前她说要去丁一凡宿舍串串门，丁一凡马上阻止："那怎么行？那帮狼准会在一分钟之内把你看个从头到脚的不舒服，还色迷迷的。那简直给男人丢脸！"

男人本色。这是生理所决定的。而商院的男人更色，这是阴阳比例严重失调所决定的。

打电话给丁一凡,不到三声丁一凡就接了。

"怎么了宝贝儿,你不好好学习又想我了啊?哥哥我现在倒是没课了。不过我正和哥们组队CS呢,待会儿和你说啊。"

啪。电话挂断了。萧楠听见电话里异常嘈杂。

她决定找时间等白天好好和丁一凡聊聊。那心态好似是负责任的班主任实在看不惯学生懒散的作风决心纠正学生的错误一样。

回到宿舍后,室友乔羽看着闷闷不乐的萧楠开始逗她。

"哟,小祖宗。嘴撅的能挂油瓶子啦?楠楠最近怎么了?你那即将要远航的情哥哥冷落你了吗?"

"去,别跟我提他。自从他签了单位,整个人就像脱了缰的野马。没事不是打游戏就是喝酒,好像就没干过正经事。"

"啥叫正经事?你以为你俩还在上高中呢啊?要我说你俩前阵那约会真和高中生似的没两样。成天背着书包自习自习,都快学傻了。那么学,多那俩奖学金有啥用啊?你看隔壁寝室那个吴冰冰,上次和男友刚从雁荡山回来,小俩口甜蜜的呀。"

"你咋不说他俩出去旅游的重点不是旅游?"

"哈哈,是吧。本来就那么点事儿。说,你和他有没有?有没有?"

"讨厌!再说我把你衣服扒下来!"

"来吧,我倒是看你怎么扒的。"两个女孩在宿舍里闹了起来,绊倒了电线,也不知道谁在宿舍里偷偷烧水,差点把水瓶瓶胆搞碎。

第三十二章　爱你，爱到不怕死（中）

其实丁一凡也觉得每天在学校里除了打游戏喝酒不干什么正事儿的日子很无聊。以前没有遇到萧楠的时候，这样悠闲日子几乎就没有拥有过。

何况他自己也总是不甘寂寞，更不允许自己那么堕落。在他没妞可泡的时候他想过去作家教，去送盒饭，甚至去兼职作酒店门童。

眼下在萧楠有课的时候他丁一凡也不能总是打电话骚扰。他心里太清楚了，萧楠是绝不可能像他一样为了见他旷几节课去陪他逛街的。听说萧楠所在的学院，每个教授点名都有自己的一套规律，一旦被抓到旷课太多，连考试的资格都会被取消。为了旷课最后连毕业证都拿不到，这样的事儿乖孩子萧楠怎么可能铤而走险？

上网查了一下兼职信息，丁一凡发现他好像真的老了。不想再干那些吃苦却不赚钱的活了。送盒饭，就得用自行车。他自行车已经丢了好久了，而且冬天太冷，北方人尤其受不了那种特有的湿冷。门童？严格地来说，他已经不够年轻了，现在的大酒店喜欢要20岁左右甚至不到20岁的年轻小帅哥，像他这样大学都快毕业的人也是不受欢迎的了。

突然，他看到一条这样的消息。

"轻松赚零花钱，打字两百一份起。"

看起来这是个很轻松的活。不需要经常出门，只需要把手写的变成电子版，一份打字的工作做下来就是200块钱。如果每天没事用QQ聊天也得需要打不少字。还不如敲敲键盘就赚钱了。

看到这个兼职信息他第一个想到的就是要问问萧楠这样的工作是不是真的靠谱。

不得不说，他相信萧楠的判断能力。从帮助他签单位开始，他就越发地觉得这个女孩办事能力绝对不像她外表那样文弱，而是坚定有力的。

"楠楠，你觉得我去做个类似打字的兼职，好不好？反正我现在闲得要命，大证考完了，单位也落实了，每天打游戏喝酒实在是太无聊了，要是我找份兼职工作，白天就不会闲的无聊骚扰你了，还能赚点小钱。你说好不好？"

"不错啊。既然你想赚钱了，那就去赚呗。只要你开心就行了。"

"好，那我记下几家类似的公司，休息的时候你陪我一块去看看，也给我出出主意。我都听你的。"

丁一凡在这个时候就变成了听话的小绵羊，他觉得萧楠有时候像个可爱的小孩，有时候又像个宽厚的姐姐，他潜在的意识里觉得离不开这种依赖。

或者说，他很沉迷于这样一种既像妹妹又像姐姐的奇妙感觉。就像有本专门描述男女情感的杂志里说的，男人，其实不过就是个孩子，有时候渴望的是一个充满母性的怀抱。躲在那里，就算外面有大风大浪，也都不在乎了。温香软玉抱满怀，还管它什么天下大乱呢？

萧楠本来就想说丁一凡那成天游手好闲喝酒抽烟打游戏的生活和小混混没有什么两样。一听丁一凡想要从良了，自然是高兴还来不及。

到了周末，两个人就决定去那几个丁一凡在网络上查到的几家小中介公司踩踩点。那几家也几乎就在一个区域内，他们刚好顺路就一块去探个究竟了。

第一家公司在南京路附近，离萧楠参加实训课的中外运大楼不太远。两个人坐着隧道6线晃悠了没几站，过了江便到了。

按图索骥，走进有些阴冷的大楼，看到一个个私营的小公司有些泛黄的牌匾拥挤地挂在门外。丁一凡让萧楠站在外面等他，临进门前，萧楠交代了一下关于中介费的缴纳问题，防止受骗上当。

"就一百，多于一百你就连头也别回，直接走就行。"

"哦了。我就按照你说的办。"

丁一凡进去之后，果然里面的人说要交纳中介费。可狮子大开口，上来就要200，并且说保证给他介绍一份比打字还要赚钱的工作。丁一凡刚有点动心，想到萧楠在他进来前叮嘱的话，又把那念头收了起来。萧楠说得对，交的中介费越多，将来就越不好退。万一要是没有工作可介绍，或者出了什么差错，怎么办？

第一家小公司就这样被丁一凡给枪毙了。

转身又进了第二家。第二家要价也不低，但比第一家便宜了50。150块钱，可以在半年内一直介绍兼职工作。直到你满意为止。他在门口向萧楠比划了手势。见萧楠还是摇头，丁一凡又垂头丧气地出来了。

"楠楠，你那价格标准是不是有变动了？最近CPI都涨了那么多了，其他东西也都水涨船高了吧？我看下一家要是差不多，我就交了吧。要不这一天都交代进去了，还啥都没干成。那咱不是白出来一趟了？"

"行，那你就看着办。反正是花你的钱。"

第三家的装潢明显比前两家气派得多，办公室都是格子间。丁一凡走进去，看到里面有两个女的正在用电脑聊着QQ，赶忙打破了平静。

"我是来应征打字员工作的。我在网上看到说，你们这兼职招聘，只要我在规定时间把你们的手写稿件打出来，一份就可以得到200块，是不是真的？"

其中一个长发女抬起头，有点拽地说，那我得先看看你打字水平和速度怎么样。

说完，便从一堆凌乱的纸堆里找出一张不知道是旧杂志还是什么的东西指着上面的一段话让丁一凡试打。

对于这样小儿科的打字输入，有着七八年网龄的丁一凡根本不在话下，不到1分钟就把那张纸上的所有字全部变成了电子版。

那女人看到丁一凡诚心要做打字工作了，就递给他一张表，表格制的有些粗糙。上面是一些信息，姓名，性别，身份证号码，联系电话，貌似还有地址。填好之后又递给丁一凡一份合同，上面有些协定，比如找不到工作或被雇佣的一方如果想终止合同的规定。虽然不太正规，但看起来倒是像那么一回事。

合同上别的丁一凡都没有注意，他只看到了，介绍费120元。

想想前面的几家都比这个贵，又没有前面的考试和合同，看起来这个公司既正规又价格公道。

他满意地签上了自己的名字，付了钱，又将自己留底的那份合同揣在了兜里，心想，下次我就该来这里拿200块钱啦。

长发女把钱点了一下，装进抽屉，然后对丁一凡说："你先回去吧，现在暂时还没有文稿可以打。等有的时候，我再打电话通知你。"

就这样，丁一凡和萧楠回学校了。回学校的路上，丁一凡还一脸兴奋。这活我至少还可以干到我离开学校。现在是11月份，两个月就是8个星期，一个星期据说能给两到三份文稿，我这俩月轻轻松松就能赚3000到5000呢。

可是，一个星期过去了，10天过去了，13天过去了，丁一凡的手机就没有接到一个来自那个打字公司的电话。他感觉有点不对了。

打电话给公司，接电话的女人依旧态度温和。

"您好，这里是天辰中介公司，有什么可以帮到您？"

"你们怎么还不给我安排打字工作？我都等了快两个星期了。要不你把钱退给我？"

"先生，您说什么？我不太清楚啊。我为什么要把钱退给你？"

"不是，你们不能这么玩人吧，我可是和你们签了合同的，你要是没有工作就别他妈的吹得那么邪乎。我这两个星期，能打6份稿子了，都能赚1200块钱了，你到底还给不给我工作了？！你们他妈的到底讲不讲信誉？"

"先生，您说话麻烦能干净点吗？您说的我真的不明白，到底是怎么回事。"

"操，你们是不是故意的，臭娘们，把钱还给我。你敢不敢把钱还给我？"

嘟嘟嘟嘟。电话被挂断了。丁一凡不管电话有没有挂断，还是一气骂下去，直到他意识到他重拨那个号码再也没有反应了之后，才发现他可能上当了。

他马上在网上百度那个公司的名字，有两三个帖子上写到："天辰公司，就是个骗子。"

他慌了。看起来他那120块钱要打水漂了。他想要兼职轻松赚钱的美梦就这样的被这个骗子公司给毁了。

气愤，外加冲动。他咽不下这口气。他心中燃起了怒火，此刻谁也扑不灭。他不明白，这个世界上骗子为什么这么多，而他丁一凡怎么就那么天真，居然稀里糊涂的就上了他的当。

"狗日的，我就不信老子就要不回来这个钱了。他们凭什么那么猖狂，凭什么还一直骗下去。就是因为没有人敢找他。我就不信这个邪。大不了我就和他拼了。我还就不信，这十里洋场大上海，光天化日之下，南京路这块地皮他能把老子给干死。"

他打电话给萧楠，语气里就能听出他的激动。萧楠马上明白了这必定是和那打字兼职的工作有关系。

"不管怎么样，你得陪我去。到时候你别进去，但是要记得给我打120。老子万一要是有事了，别到时候连个叫救护车收尸的都没有。你就记着，你跟着我去，帮我打120哈。别的什么都别管。"

"丁一凡，你不能这样。不就是120块钱吗？咱不要了好不好？我知道可能咱们上当了。可是网络上得到的信息本来就有风险。咱们就当是花钱买了个教训吧。"

"不行，我凭什么助长他的嚣张气焰？要不是大家都抱着这种想法，他能得逞吗？不能惯他毛病！"

"丁一凡，别这样。我看你还是把这事给忘了吧。"

"不行，楠楠，我知道了，原来你胆小，你还说你骨子里全是正义呢，我以为你真的是天不怕地不怕的女侠呢。其实你真的只是个小女孩，你害怕我出事，是不是？呵呵，我不怕死，我就想爷们一回，让你知道知道我丁一凡是个血气方刚的男人，是个不畏邪恶的男人。再说了，我刚才都打电话把那公司的老总给骂了，我要是不去，他以为我是干打雷不敢下雨，一点尿性没有的孬种呢。"

"那好吧，我陪你去。不过，你别真的和他们打架啊。咱跟他好好说，我们都是学生，120块钱也不容易赚，让他们可怜咱一下，争取把钱要回来。要是要不回来，就别顶牛了。以后吸取教训，好不好？"萧楠让步了，她想起上次丁一凡和别人打架，她逃离现场的事儿。心里隐约觉得这次陪丁一凡一道去讨回中介费也是一次对上次事件的补偿。这次看丁一凡这样固执的非要去不可，也只能顺着他了。临走前，她去ATM取款机取了200块钱，又把银行卡背在了身上，并把110存成了手机里的第一优先电话号码这才内心忐忑地和丁一凡坐上了隧道6线。

一路上，丁一凡瞪着眼睛，鼓着腮帮子，一副怒发冲冠的样子，一句话也不说。萧楠知道，这一次丁一凡是真的要让她见识一下什么是爷们什么是硬汉了。

可是，她心里却如此不安。她也说不上是为什么，右眼皮一个劲儿地跳。她从不迷信，可也觉得这一去搞不好真的出点什么事。她不是不清楚，既然骗子公司能够连续几年一直在南京路这个繁华地段进行行骗，那个地方的派出所搞不好早就被收买了，睁一只眼闭一只眼而已。万一要是遇上什么不讲理的地头蛇或是有政府撑腰的团伙，他们两个毫无背景从外地考来上海的大学生，还不被玩弄在股掌之中？想到这些，她不禁打了个寒战。

不过既然已经作为天不怕地不怕的女侠，她萧楠就得勇敢地面对一切，控制好局面，也必须控制住形势，万一大势不妙她就报警，她已经牢牢记住了那个大厦的具体地址和最近的逃生出口。她甚至想，也许这就是传说中的，直教人生死相许？

每到她紧张的时候，她总是喜欢轻轻用只有自己能听得见的声音哼歌。

却不知道为什么在这样关键的时刻，她哼起了这首歌。"哦哦哦，爱你，爱到不怕死，BABY，爱你请你让我疯狂一次……"尽管小得令丁一凡都听不到，可只有萧楠知道，那声音里有着轻微的颤抖。

第三十三章　爱你，爱到不怕死（下）

走进了那公司，没有人搭理这两个看起来既瘦弱又年轻的学生模样的家伙。

其实走到公司门口的时候，丁一凡就已经后悔了，他那鼓了一路的怒火在看到了那些格子间里的工作人员便不知不觉地被压制了。或许他想错了，人家真的没有文稿拿给他打呢？

长发女示意两个人先在沙发上坐一会儿。这个时候萧楠迅速地打量了办公室里的布局。一张很醒目的红色营业执照挂在办公室正中央的墙上。几个办公人员都是年轻的女人，似乎在忙着什么，却又不知道究竟在忙什么。有一个戴着眼镜的兄弟刚要签合同，丁一凡忙把那个男人拦下。

"别和她签，他们公司是骗子。说是给你介绍工作，半个月也没动静，还不接我电话，这不，我亲自来了。"

眼镜男看了看丁一凡，又看了看眉头紧锁的萧楠，若有所思地点了点头，说还要再考虑一下，转身就出去了。

长发女看丁一凡和萧楠丝毫没有可以被随意打发的架势，就跟丁一凡说，她要打电话给她的老总，让他决定到底要不要退给他钱。希望他不要随便干扰她们公司的正常运营。

老总看起来似乎也怒火不小，说怎么可以给他退钱呢？合同上写得很清楚，如果被雇佣的一方主动要求终止合同，那么公司有权不退钱。

萧楠一听是这样，就让丁一凡把合同拿出来仔细好好看看。

丁一凡重新读了一遍合同，发现真的有这么一条。于是一拍大腿，大呼上当。可是，事已至此，又能怎么样呢？他开始大吵大嚷，说今天如果不退钱，就在门口静坐不回去了。

萧楠皱了皱眉，这明显不是个成熟的做法，而且人家很可能说你干扰她们的正常工作，说不定还会把他抓进去。

萧楠对长发女说："这合同明显是有问题的，在当事人没有完全理解的情况下，强迫对方签字，而且合同完全不正规，既没有时间又没有公司的公章，甚至连真正落款都没有一个，怎么能算作是有效合同呢？你们公司的营业执照好像也有问题，能把原件拿给我看看吗？"

面对着萧楠咄咄逼人的问题，长发女有点害怕了。她还是第一次见到有人来者不善地闹场。做她们这一行，其实根本就没有多少文化，她也根本不懂什么是合法的有效合同，甚至也不清楚那营业执照究竟是不是真的。她怕萧楠是暗访的工商，又怕丁一凡是故意来暗访的记者，心虚的她只好打电话给老总说，来的这两个搞不好是什么特殊人物，要不把钱还他们算了吧。反正也不多，就120。

老总想了想，觉得长发女人说的也有道理，多一事不如少一事。于是在电话里吼道，"真是两个要饭的，算了，让他们拿着钱赶紧给我滚吧。"

长发女人不情愿地把钱拿出来还给丁一凡，"你们拿着这钱，赶紧滚，别影响我们公司做生意。快点。"

这句话又一次惹怒了丁一凡。

"怎么？你们觉得心虚了？今天你必须给老子我道歉，不道歉老子不会走的。叫你们老总过来，让他给老子道歉！"

丁一凡的声音划过了整个走廊。连他自己都没有想到，他在发火的时候爆发力居然这么大。

"你说什么，是哪个乳臭未干的黄毛小子敢在我的地盘上撒野？我还以为是什么人物呢，闹了半天是你们两个瘦不啦叽的家伙。今天是想死在我这儿呗？那敢情好，谁先来？"

这是个操着东北口音的彪形大汉，黄毛，脖子上戴着一个很粗的大金项链，穿着黑色的机车夹克，胳膊上露出鹰头的文身。

这是萧楠第一次亲眼见到传说中的地痞流氓。

彪形大汉一把揪住了丁一凡的领子，先扇了一个耳光，"你小子，刚才骂我什么来着。操你娘的王八犊子！"

萧楠见状赶紧拦着，"你凭什么打人？！现在是法制社会，你不知道你们的公司是犯法的吗？这就算了，你还打人？！"

"操，小娘们，你说什么？法制社会，哈哈哈，真好笑啊。我还真的不知道什么是法制社会。你教教我呗？"大汉一把揪住萧楠的头发，狠狠地将萧楠随意一丢，就丢到了沙发上，重重地一摔，像甩一个沙袋那么容易。

"楠楠，你有没有受伤？快点离开这里，这里没你的事儿了。快！"

"哈哈，你们这对儿狗男女，还挺儿女情长啊。这个戏我喜欢看。这时候了还想着英雄救美呢啊？今天你们俩谁也别想活着出去！小样儿的，这么瘦弱就敢来我这儿砸场子。知不知道爷爷在这地方干了多久？今天爷爷心情不好，你俩送上门来了。正好让爷爽一爽！"

彪形大汉先揪住丁一凡抢了两拳，那拳头仿佛像是被安了音箱，一声声下去都充满爆破力，让人几乎能从这样恐怖的声音里感觉到人血冲破血管爆皮而出的刺痛。萧楠从来没有那么近距离的看过打架。她想也许丁一凡那以前一直引以为豪的俊脸怕是要就此交代了。就在萧楠愣住的时候，彪形大汉又拦住了正想要逃跑的萧楠，并要那些女人都守住大门谁也别想离开这办公室一步。萧楠赶紧想起在来的时候存的那110的紧急呼救键，手不停地发抖，由于手机没有开扬声器，究竟有没有拨通连她自己也不知道。她慌乱的喊着，"你们这里是不是，福建中路**号**大厦**房间？这里要杀人啦，杀人了！"萧楠尖声的吼叫也穿过了楼道，让在场所有的人吓了一跳。长发女人企图和萧楠撕扯了起来，并拼命地捂住了她的嘴，那局面紧急的和电影里警匪片被绑架了的情况几乎一样。幸好萧楠的手机藏在兜里没有被他们发现。可这个时候似乎拨通不拨通110也已经显得不重要了。萧楠有点绝望了，看着被打的丁一凡，又想着自己被控制着动弹不得手脚。十分后悔自己当初怎么没有学过跆拳道或者类似女子防身术一类的拳术。就算再有侠女的心又能怎么样呢？难道她和他真的要冤枉地死在这个黑漆漆的楼里吗？

就在她绝望的时候，她听到了楼下巡警车的鸣笛。她觉得好像她报警像是起作用了。其实不是，那是楼下的巡警车执行任务路过而已。可彪形大汉却有点心虚了。他也怕失手万一真的杀了这两个人不好办。就在大家都处在僵局的时候，一个年逾五十的中年妇女闯了进来，说了一句，"平儿啊，别再惹事儿了，你上次判了好几年，这次还想进去不成？"

说罢，她上来一把把萧楠推出去，"姑娘，别报警了，带着小伙赶紧跑。"一边拦着彪形大汉，说要他赶紧放了丁一凡。萧楠抓住丁一凡就拼命地往门外扯，丁一凡就像是看呆了一样，吓得前进不得，后退不得。

那中年妇女咬了那彪形大汉一口说，"小伙，你还不快跑？"

"还愣着干吗？难道你真的想死吗？他进过局子，伤过人，你们俩根本不是他们的对手！"

萧楠赶忙扯着丁一凡躲进了电梯侧面的步行楼梯。楼道昏暗，连灯光都没有。两人边跑边喘气，直到觉得没有人再追他们了为止。

跑到楼下差不多已经很远了，丁一凡才回过神来，"对了，我的钱还给我了！既然还给我们了，我们还要不要找他算账？！我们报警吧，把这个黑窝点给端了。"

"拉倒吧，瞧你，都被打成这样了，还想着再折回去找死？其实我一直都没敢和你讲，人家一个东北人既然能在上海滩这块最繁华的地段上干这不光彩的勾当，肯定后面有个很大的后台撑腰，不然，我们怎么还会被骗？他们已经行骗多年啦。幸好今天我们幸运，有那个大姐相救。也不知道他们两个是什么关系。肯定不一般。"

萧楠一边拉着丁一凡不要再想这事，一边倒吸一口冷气。一下子感觉腿也软了，手心也开始不停地冒汗了。看着丁一凡似乎也被吓得不轻，赶紧说，"既然咱们把钱也要回来了，就啥也别想了吧。你要是觉得这钱拿着看起来不舒服，要不我们把它马上花了？压压惊。"

为了防止彪形大汉跟踪报复，萧楠想到不能马上回学校。她建议先去别处转转。可是，在这样的情况下，逛街肯定没有心情了，两个人早已开始后知后觉地浑身无力。

"要不，我们去唱歌吧？把那些怨气都吼出去，然后把今天和最近发生的一切不快都统统忘掉，你说好不好？"萧楠的提议让丁一凡有些感动，他觉得刚才在彪形大汉面前为了他不挨打，萧楠用那么单薄和瘦弱的身躯想要挡住挺身而出的时候，是那么勇敢，勇敢的简直伟大。

萧楠在去歌城的路上对着他笑了，继续哼："哦哦哦。爱你，爱到不怕死。但你若劈腿，就去死一死。哦哦哦，爱你，爱到不怕死，BABY，爱你，请你让我为你疯狂一次……"

第三十四章　幸福是筷子头上的肉丝（上）

中介公司惊魂一日游就这样在萧楠和丁一凡的后怕中结束了。

那天晚饭丁一凡和萧楠去了肯德基，两个人在拥挤不堪的店面里勉强找到了两个面对面的座位。丁一凡盯着正在大嚼着老北京鸡肉卷故作轻松的萧楠，一时找不到合适的话。他不知道如何表达这"直教人生死相许"的感情要用什么感激或感谢的词语。

"楠楠，这是我第一次有这样的感动。你为了我……我……"他激动得有点语无伦次，像极了最初他表白时候的那种不安和无措。

"说什么乱七八糟的啊，我还没吃饱，再给我来一个鸡肉卷。"萧楠满不在乎地指使丁一凡再去买一个鸡肉卷，嘴边还沾着沙拉酱，样子丝毫看不出什么淑女风范。

萧楠是真的饿了，好像刚才消耗光了她所有的体力，顷刻间食量如牛。

"楠楠，为了我，你，我……"

"好啦好啦，还说那么多废话。赶紧吃你的饭。"萧楠不敢去看丁一凡那有些发烫的目光。她在条件反射地躲避着那些听起来会让人头晕目眩的话。

有人说，山盟海誓虽然虚假，可女人就是那么傻，可以为了那几句动听的誓言而不惜赴汤蹈火。以前的萧楠最不喜欢看的就是韩剧里那动辄就为了屁大点小事说你死我活的话来。她觉得虚假，谁能真的为谁去死？她见得多了。古代的文人骚客，一边给亡妻写着悼文，一边大张旗鼓地续弦。这样的男人虚伪的令人作呕。

"楠楠，我们什么时候结婚吧？"

"啊？！"一口可乐呛的萧楠把水喷了一桌子。丁一凡慌乱地把纸巾递到萧楠的嘴边，完全没想到萧楠居然反应这么大。

"不是因为今天的事儿，你受刺激了吧？结婚？还没毕业就结婚哪？再说了，结婚咱房子买哪儿去？"

丁一凡那头脑一热的感觉瞬间又被萧楠这个反应泼了一桶冷水。他觉得每当自己想要浪漫的时候，总是要被萧楠的现实打败。

可是丁一凡又不得不把他的想法说出来，他好不容易有了这样的冲动。从小到大，说过爱他的女人他记不清，但是真正能为了他不怕死的女人他还真的没遇到过。萧楠最大的特点也就是不爱说那些甜言蜜语，她顶多说过，"我也是。"

有时候丁一凡觉得跟这样的女人在一起确实少了很多浪漫的乐趣。可是这样的女人又让他觉得安心，所以他宁愿选择和那些远在天边的女人打情骂俏，也不愿意放弃和萧楠在一起的机会。他也觉得这样的感觉很奇怪。

"楠楠，你要相信我，我们将来是一定要在一起的。如果哪天我要是变了心，我就随着我出海的船一同沉在海底。这辈子我遇到你一定是上辈子，上上辈子我修来的福分，下辈子下下辈子我们还在一起，好不好？"

又来了。萧楠在排斥着这种誓言。她其实心里想的是，她到底还要不要和丁一凡这样貌合神离的人在一起。

这次惊险的经历过后，她开始重新审视眼前这个冲动时可以不顾一切信口开河的男人。

有一种强烈的不安让她排斥性的想逃。但是看着丁一凡那一脸认真的样子她又觉得自己很坏。她不知道自己怎么会在做了"直教人生死相许"的事儿之后却否认了自己的爱。

晚上回到宿舍，萧楠感觉胳膊酸得抬不起来。掀开衣服一看，居然有几块乌青。可能是在这次惊魂历险中没注意留下的伤痕。

QQ上有不少江海阳发来的消息。萧楠这才发现，这一阵子很久没有和江海阳抱怨过关于生活，关于学习或其他别的什么了。

她的生活已经如此兵荒马乱，完全来不及一一汇报。

"丫头，最近好吗？那个浑小子有没有欺负你？"

"喂，你怎么回事，没事又和我提那个家伙干吗？"

"呵呵，我只是担心你会想不开。感情的事儿，不要太在意，在意多了会受伤。太重情的人往往得不到幸福。丫头，你知道吗？我希望你幸福。"

这句话很简单，却很煽情。换成以前，萧楠肯定大骂江海阳又惹她想哭了。可是这次没有。她拨通了江海阳的电话，对他说起了当天发生的一切。

"丫头，你怎么这么任性？！这事儿可不能让叔叔阿姨知道，否则他们就是说什么也不能再让你和那小子在一起。你也太不让人省心了。这是闹着玩的吗？你以为你是猫，有九条命还是更多？不是我说你，都这么大了，该懂事儿了。万一这次你出事了，有了个什么三长两短的你爸妈得多伤心，你就算是不爱惜自己的生命也得想想他们。"

江海阳的语重心长让萧楠听着有点头疼，她本来只是想倾诉一下，把一切还故意说得轻描淡写了。没想到江海阳把这件事看得如此严重。

"我只是看看自己到底有多爱他。"

"胡闹！简直是胡闹！生活不是小说，更不是电视剧。你说这万一那个畜生对你做点什么呢？你是个女孩！你学过散打吗？练过跆拳道？还有那个小子，就他那小样，连自己都保护不了，你指望他保护你吗？以后不许再没事找事！没有钱也不能做这样有生命危险的交易。真不知道你这个笨手笨脚又稀里糊涂的丫头这么几年是怎么活过来的。以前就觉得你稍微任性了一点，没想到不但是任性，胆子还真肥！"

"我打电话不是找骂的，就是想和你发发牢骚，顺便问你现在怎么样。听说你要和汪雪结婚了？什么时候结？"

"你听谁说的啊？她？我们现在还在慢慢恢复感情呢，至于结婚，还早吧。"江海阳叹了一口气，两个人很快在这样的尴尬里沉默了。

"好吧，不说了，我去看电视剧了，我们都好好的吧。"萧楠提前收了线。开始看刚下载的《蜗居》。

这一年的冬天，仿佛《蜗居》一夜之间就红了。有人说描写得太露骨，有人说描写得太现实，还有人说剧中的人物看了就觉得像真实的。不管如何，这部电视剧有了争议。而一旦什么东西突然被争议了，也就意味着它火了。萧楠本身是不喜欢跟风的，可她自从知道这个电视剧影射着在上海奋斗着却买不起房子的年轻人后，她想着一定要坚持把它看完。最开始她觉得好像剧情也没什么特别，可是看着看着就被小贝对海藻的爱感动了。她并不明白海藻为什么还会背叛小贝，难道钱真的那么有诱惑力？还是离开校园后外面的世界就是要比象牙塔里光怪陆离和精彩？

她问宿舍里正在晾衣服的乔羽，是喜欢宋思明多一点还是小贝？乔羽连思考都没思考多久就直接说，当然是宋思明，又有权又有钱，而且浪漫中不失理智，多情里还透着责任，他是成功男人的代表，况且长得又不赖。如果她是海藻，肯定也会选择宋思明。比起坐在路虎里看各种风景品各种美食，蹲在路边摊大排档和比赛跑步哪一个更幸福？小贝就算再爱海藻，也给不了她那些唾手可得的幸福，呼风唤雨，香车宝马，别墅豪宅。

这个世界怎么了？萧楠困惑了。想起宋思明的那句话，女，25岁，未婚，前途无量。海藻的年轻貌美，就是最大的资本。她跟丁一凡讲起她看《蜗居》了，没想到丁一凡说，"我也正在看呢，咱们比比看谁先看完？"

这是萧楠第一次感觉和丁一凡有了共同语言，也是第一次丁一凡说他也在做和萧楠正在做的同一件事。这种感觉让萧楠有点意外也有点感动。以前，萧楠喜欢旅行，丁一凡爱宅懒得动。萧楠说喜欢玩单机版游戏，丁一凡说太没意思，不如玩联机四国军棋。萧楠好不容易说去唱歌吧，丁一凡只会唱跑调版的《水手》。萧楠提议去逛街，两个人最后变成了只为丁一凡一个人买男装。这就是他们恋爱后不久生活的全部。终于，丁一凡说他在看和她一样在关注的电视剧了。其实萧楠不知道，那是因为方晓鸥说她也喜欢看，要丁一凡没事看看。

电视剧里有这样一幕镜头让人难忘。小贝和海藻吃饭，海藻要减肥。小贝把肉挑出来给海藻，海藻却不要。结果肉掉在桌子上，小贝说浪费。画外音这时候响起：幸福就像筷子头上的肉丝。

萧楠喜欢这句话。丁一凡也确实做到了。每次他们出去吃饭，丁一凡总要把菜里面为数不多的肉夹给萧楠吃。想来没错，幸福是他给你夹的肉丝，存在于你生活中每个细节，他爱你，心里有你，这就是幸福。和金钱无关，和房子无关，和生老病痛无关。幸福就是这么平平淡淡，细水长流。想到这里，萧楠不再想要抱怨了。人不是完美的，爱情也不是童话。总会有磕磕绊绊或是别的什么。他丁一凡不过是个还没有完全长大的孩子，孩子任性，自私或一时冲动，大抵是可以原谅的吧。只要心中有爱，又有什么是不可以战胜的呢？

丁一凡跟萧楠说起之前答应她，等到一切都稳定了，就补偿她。现在学校里课程也不多了，该是补偿的时候了。

他们开始慢慢告别了那个吃了好多年已经厌倦了的食堂。其实海大的饭菜也并不难吃，偶尔去吃一次味道也不会差到哪里去。只是食堂这种地方总是这样，一日三餐都出自同一个厨师的手下，再好的美味也会厌倦。何况曾经他们在食堂吃到过头发，钉子，甚至毛毛虫或者其他的莫名其妙的什么，可每次懒了，累了，倦了就还得在学校的这个食堂吃饭，渐渐毛毛虫或别的什么已经不会再使人大惊小怪了。萧楠时常对以前的同学说，经历过大学食堂的锻炼，她萧楠再也不挑食了。自从丁一凡的作息不再跟随着正规的走之后，他们就开始走出校门到附近去吃晚饭了。

栖山路上的小饭店总是很热闹，不出一个月，两个人就把周围的小饭店都扫荡过了一遍。经过时间的检验，最后俩人决定只盯准一家饭店，那家饭店的特点其实就是米饭可以随意添，俩人各自点两个小菜，刚好可以吃的既经济又实惠。丁一凡最喜欢的一道菜，是那道榨菜肉丝。他经常把肉丝故意挑出来给萧楠吃，自己扒拉几口饭，加上榨菜又下饭，很快，饭碗就见了底。那里的老板不得不感慨，这小伙儿，真能吃。

第三十五章　幸福是筷子头上的肉丝（中）

　　黄宏的某个小品里说过这样一句话，他对着头发花白的宋丹丹，深情地说，"以前论天过，现在就该论秒了。"

　　这句话用在即将要出海的丁一凡身上来说也绝不夸张。自从那如卖身契一样的合同一签，自从学校里的课越来越少，他们也进入了毕业倒计时。丁一凡深刻地意识到，以后再在上海这座城市悠闲自得的机会不多了。虽然他签的公司依旧还在上海，可毕竟工作后不同于学生身份，没有了想怎么住就怎么住的学生宿舍，甚至眼前朝夕相处过4年的哥们用不了多久就各处天涯了，想到这里除了珍惜，丁一凡那有些多情甚至善感的心变得脆弱了许多。

　　经历过大学快毕业那段时间的人们都知道，吃的最多的就是散伙饭，喝的最多的就是散伙酒。系里，班里，宿舍里，老乡，同去一个公司的同学，甚至只是点头之交都可以吃一顿饭。这些聚会的最好理由，都是为了毕业，为了分别。也许以后再也不会见面，也许今昔一别，后会无期。

　　丁一凡在一次散伙聚会后很伤感地问萧楠，问她能不能懂得那种分别的心情。

　　萧楠看着眼前眼圈有点红的丁一凡，这个如此重情的男人，禁不住鼻子也跟着发酸了起来。只好安慰到，天下无不散之筵席。现在的分别都是为了以后更好的相聚。何况，今后说不定你们的那些哥们就会正行驶在茫茫大海的船上，通向不同港口时无心的相遇。如果真的有那么一天，通过高频你听到了熟悉的老同学的声音，那该是多么亲切呢？

　　听完这些，丁一凡竟像个受了委屈的孩子，趴在萧楠的怀里无声地流着眼泪。萧楠想，也许他喝多了。这也不难理解。散伙饭总少不了要喝酒，喝多了的丁一凡并不像有些人那样兴奋地又叫又跳或者胡言乱语一番。他只是安静的，要不就昏睡过去，要不就无声的像这样将感情倾泻出来。

　　但其实这一次的流泪，丁一凡不是真的醉了，他也在为他自己和萧楠的未来而伤感着。眼前的一切，纵然是那么美好。可这样的美好又会是长久而永远的吗？

　　他不知道，也不敢知道。

　　上海冬天的湿冷确实要命。

丁一凡看着不喜欢戴手套的萧楠经常被冻得发红甚至紫青的一双手就不禁有些心疼。偶尔经过校外的路边摊，也会问萧楠要不要买一双。萧楠总是笑着摇头，她不要。他似乎听惯了那句话，她不要。这样的拒绝，在追求的初期是碰钉子的表现，而到了这个阶段，他开始欣喜，因为她总是在替他着想，省点钱吧，剩下来用于更需要的地方。

想到这里丁一凡觉得愧疚了，不知道从什么时候开始，他不像最开始的时候那样关心萧楠了。人都说，一心不得二用。三心二用的人难免分身乏术。那种如小虫般蚕食的愧疚之感每当在丁一凡心思活络时看到萧楠那全不知情的样子就会异常的膨大数倍。他也知道自己这样不对，可是却欲罢不能。偷偷和方晓鸥或其他的女孩暧昧，就像是戒不掉的毒瘾，让丁一凡心痒难耐的同时又有着深深的负罪感。

此时的丁一凡还没有完全的良心泯灭，他想就算将来不在一起，也该和萧楠在这个大学里留下点什么特别的记忆吧，或者这才算不枉在大学里谈过一场得来不易的恋爱。

他开始不停地拽着萧楠去逛街。七浦路，淮海路，人民广场步行街，只要是有衣服卖的地方，就有他俩的身影。

逛什么地方并不重要，重要的是，他们在一起。

萧楠不是不喜欢买衣服，可是她把所有的机会留给了这个即将要上船的男人。

丁一凡好面子，他希望这一次他从上海毕业，回到农村老家后能给大家眼前一亮的感觉。他不希望自己被别人说成，从上海晃悠了回来一圈居然还是那么土。长得好看的男人自然更喜欢打扮。萧楠对这个变得喜欢臭美的丁一凡有些哭笑不得。不过想到自己的男朋友能够穿得干净漂亮，走在身边也有种养眼的自豪感。于是也决定帮丁一凡好好打造一番。全然不想这是在变向地为他人做嫁衣。

有时丁一凡问萧楠："你把我打扮的这样帅气，不怕别的妞儿看上了把我从你手里夺走吗？"

"能够说出的委屈不算委屈，能够被夺走的爱人不算爱人。"萧楠的话从容而淡定。连丁一凡都被这样平实而有力的话吓倒了。

丁有些奇怪，这样的自信，萧楠究竟是靠什么得来的呢？

可他不得不承认，他在某些方面就是离不开萧楠。具体是什么，他又说不清楚。

上海人都知道，七浦路又叫"CHEAP"路，也就是便宜路。不能说丁一凡和萧楠就喜欢便宜的东西，可是对于目前没有什么特别收入的两个人来说，便宜路确实是个不错的地方。这条便宜路，离丁一凡的单位近，自然成了两个人逛街的首选。只要是你眼光足够独特，审美角度不错，随便在七浦路上淘来的衣服，加工熨烫一下，看起来都很时尚和美观。据说连淘宝店主都喜欢去七浦路上货呢。丁一凡深谙穿衣心得，只有异性眼睛里的好看才是真的好看。自从他的室友对萧楠的眼光肯定了之后，更让他深信萧楠选出来的衣服是最适合他丁一凡的。谁说男人就不喜欢逛街？很快，丁一凡就买了好几件。这个时候他也早就忘了帮萧楠看看有没有合适的衣服。只得给自己找个借口，她那个丫头，心气儿太高，估计地摊货也看不上，何况两人向来在对萧楠的穿着上产生过多次分歧。

"我让她穿得轻巧，性感，甚至露透薄，她也不乐意呀？白费那心思做什么？"所以到了最后，萧楠无论买什么衣服，丁一凡是绝对不敢，也懒得发表什么意见了。

除了衣服便宜，七浦路上有一家卖糖炒栗子的小摊位，是萧楠大学四年来一直念念不忘的，那里卖的糖炒栗子，不但价格便宜而且味道也香甜可口。丁一凡知道萧楠喜欢吃，而且又不贵，自然愿意掏钱买上一些，两个人沿路边吃边逛。丁一凡看萧楠剥壳剥得很辛苦，索性就一粒粒剥好了再放到萧楠的嘴里，这场景谁看了都觉得萧楠这丫头是幸福得让人嫉妒的。

没错，萧楠自己也这么认为。从某种程度上来说，丁一凡这个偶尔孩子气的家伙还算得上是浪漫而体贴的。

在她没有认识丁一凡之前，是没有哪个男人给她剥过栗子壳，还一粒粒地喂到嘴里的。这一幕，让萧楠想起那次在操场，曾经她心血来潮地说要他背她。丁一凡也实在太瘦，可硬是把她背了足足大半圈，还一个劲儿地说萧楠太轻了。

她爱上的，不过是他的傻气。那种看到她难过，自己也忽然很难过，看到她开心，自己也忽然特别开心的单纯与善良。萧楠在吃下那一个个被丁一凡亲手剥下不舍得吃的栗子的时候内心是甜的，也是幸福的。就像她曾经吃过他给的红豆蛋糕，或者是他有次偷偷从室友那儿拿来的刚才树上摘下来的橘子那样甜。想起这一切，萧楠禁不住神情荡漾地笑了起来。

男人讨好女人，像哈巴狗一样讨好，又是为了什么呢？

记得乔羽和萧楠说过，"那是为了得到你。"

乔羽虽然没有萧楠大，可思想却比萧楠成熟。平时乔羽是个标准的宅女，周末和假期都是以网络小说为伴，因为条件有限，手机上看小说是乔羽的基本娱乐。据说就是因为用手机看小说，她硬是换了三个手机。

听乔羽自己说，高中她谈过一次恋爱，之前的男友是个典型的卖相好，学习也好的花心大少，两个人都心知肚明地选择毕业就分手。所以在高中毕业后，自然的分开，不拖泥带水。可又听说，其实乔羽的这个前男友后来和乔羽的一个好朋友好上了。这种郁闷可想而知。但乔羽却淡淡地说，不经过恋爱，怎么会懂得生活呢？

这样的淡然，是萧楠不太能够理解的。只好说成是年少无知犯下的错。

乔羽后来在大学索性就独身了，也不知是红尘看破还是懒得再找。可是对萧楠的恋爱却特别用心。她总是提醒萧楠，冷美人是行不通的，像丁一凡这样的帅哥，你再成天拒他以千里之外，还不硬是推给那些主动想要献身的美眉们？可有些事又是矛盾的，从小被传统教育得根深蒂固，但由于专业缘故，萧楠又海纳百川地吸收了国外的思想。一方面说自己不是老古板，另一方面又觉得贞节的重要是一辈子的事儿。对待这个问题，她谨慎而且小心。

从最开始和丁一凡在一起，她就明确地表示，如何示爱都不过分，就是不能发展到那一步。情到浓时，两人都不好把握火候分寸，只有压抑再压抑，克制再克制了。

丁一凡把一颗颗栗子喂到了萧楠的嘴里后，心里琢磨的也是，这妞儿到底在这次能不能被我骗上床呢？

他故意和萧楠走很长很长的路，又逛了无数家小店，经过那些有些破旧而杂乱的小旅馆，丁一凡的眼神总是飘忽不定。他觉得他很窝囊。脑子里翻来覆去想起都是室友的那句话，"你小子是不是因为上次釜山实习后真的不行了啊？一个女人都搞不定，真没用啊！"

第三十六章　幸福是筷子头上的肉丝（下）

在萧楠的印象中，上海冬天的树叶是不会像北方那样掉光的。街道两旁的梧桐树依旧那么青翠，偶尔有些泛黄的叶子落在街上，被行人踩得咯吱作响。就像家乡的雪，厚薄适宜。看着丁一凡的脚步越来越慢，她也觉得累了。想找个地方歇歇脚。

外白渡桥的夕阳那么美，在冬季灰黄的天空里显得有点特别。她看着丁一凡那有些沮丧眼神，又忍住了继续欣赏夕阳的念头。

"我们找个地方歇歇吧？"丁一凡终于把压在心头已久的话说了出来。

"嗯，我想去肯德基买橙汁了，再往前面走个十分钟就到了。"

"可是我已经走不远了，腿感觉都快断了。我想上去坐坐。就一会儿。"丁一凡指着一家叫做吉祥的旅馆可怜巴巴地望着萧楠。

"嘿嘿嘿，你又开什么玩笑呢啊？"话才说到一半，萧楠下意识的像往常他们打闹时候那样去揪丁一凡的耳朵。那仿佛已经是他们约定俗成的暗号了。每次丁一凡发出这样的暗示，萧楠不是塞给他一块糖就是嬉皮笑脸地说他在开玩笑。丁一凡下意识的躲闪，眉头间掠过了一丝不快。

曾经一次在无意中，丁一凡很感慨地提起他毕业后就得出海了，怎么说也得给他点礼物。萧楠问他，"打算要什么纪念？难道你要……？"丁一凡也不敢造次，小心翼翼又如无心无意地说，"长这么大，我连女人的身体都没见过。你什么时候让我见见？"那句话说完，萧楠脸就红了，却硬撑着说，"你小子给我装什么纯，你什么样的女人没见过？苍老师和饭老师的身体永远活在你电脑里的D盘，E盘，F盘。"

还没等萧楠的话说完，丁一凡就吻上了她的唇，七荤八素地亲上一气。说，"你再敢胡说，我什么时候一高兴就把你办了。反正我是男的，你连反抗的机会都没有。你可是见识过我的力气的，我轻而易举就能把你拿下。"

萧楠马上变得可怜兮兮，"大哥，大爷，您就饶了小妞儿我吧。以后咱们就别闹了，省的真的闹出什么感觉来。孤男寡女干柴烈火啊。你答应过我的不是吗？怎么可以反悔呢？"丁一凡不再说话，他曾试探地问过，如果哪次不小心真的把萧楠给办了，后果会怎么样。萧楠每次的答案都是："分手。因为你违背了你的誓言，违背了我的意愿，就是不够尊重我，所以必须分手。"丁一凡坏笑道，"到时候你人都是我的了，还分个屁？"

萧楠的回答却更让丁无话可说："就算你得到了身体，心都没了还有什么意义呢？"丁一凡只好叹气，谁让他找到这么一个油盐不进的妞儿？说她不解风情吧，可有时候又坏坏的，总是惹他忍不住想要做些什么，可再看她那双清澈的眸子，又觉得不忍心。欲望和理智纠结，说不上谁就一下子不小心占了上风。

丁一凡一直心里都有个念头，娶个处女老婆。他明明知道这个社会如今还是处女的女孩越来越少了，却抱着这个幻想。他既希望自己早点得到萧楠，又怕将来他们不在一起，这样对萧楠又算是什么？他隐约觉得如果万一惹了萧楠这个处女，后患会是无穷的。他已经不记得多少萧楠的朋友和他有心无心地开玩笑了，"人家可是处女，你万一要是把她怎么样了又把她扔掉，小心她把你杀掉，就算她不杀你，我们也不会饶了你的！"想到这里，他不寒而栗。无形的压力，让他不得不一次次地压制自己的欲火。他从来没有告诉过萧楠，多少次他在和她做些亲昵的动作前，已经先满足过自己了。即使是这样，还是会在亲吻和拥抱的时候不自觉地发现年轻的身体里蕴藏着无数的能量，似山洪似风暴席卷着，震撼着，又欲罢不能地折磨着。

也有丁一凡实在忍不住的时候，那次丁一凡和同学聚会稍微喝了点酒，拥抱中混乱的就有了点欲望想做些是什么。他疯狂地妄图撕扯着萧楠的衣服，那如同年幼的野兽露出狰狞的牙齿却不敢轻易下口。于是拼命用尽力气狠狠地去掐她的背、腰，还有在他眼里那柔软而富有弹性的臀，看到萧楠疼痛的反抗着挣扎着，丁一凡在迷乱中变得不知所措，呼出的气息温热而急促，让萧楠顷刻也有点迷醉。就在这个时刻，萧楠咬了丁一凡的胳膊，力气虽不大，却让人瞬间疼得清醒。推搡中两人同时摔倒在地上，那大概是上海的初秋，两人仍旧穿着轻巧的夏装。教学区顶楼的天台吹来时而凉爽的轻风，远处却像是闪着某个男生偷偷抽烟那星星点点的火光。萧楠看到丁一凡手足无措地妄图掩饰着某处不自然的凸起，瞬间脸红得像只煮熟了的虾。两个人忽然触电式地分开，丁一凡喘着粗气，空气里的暧昧让年轻的他们兴奋中透着慌乱。那虽不是初涉人事的青涩，却因为那层防线始终无法突破而显得有些欲说还休的赧然。

于是，从那之后，丁一凡每次也就不由自主地在关键时刻戛然而止地刹车了。有时难免会担心一件事。是否有天当他们真正可以光明正大地合法亲密反倒因为曾经的后遗症而失败了呢？

后来发展到丁一凡甚至连接吻都要随时竖起满身的汗毛与神经随时警惕着不要被哪个熟悉的人撞见，时不时的还要睁开眼睛提防着什么。毕竟那是在大学校园。学校是什么地方？是畅游知识海洋的地方，不是卿卿我我你侬我侬腻腻歪歪的地方。他们无法像那些将操场和小树林甚至长凳都可当作是"训练场地"的"野鸳鸯"们肆无忌惮的不顾个人形象。但其实学校里清扫卫生的大叔与阿姨们却早已习惯这些不知检点的年轻孩子们四处释放着他们多余的荷尔蒙能量。连学校附近的小旅馆的老板都不止一次地看到这些急着提前体会生活的学生情侣们那无所谓的神情。

性和爱是可以分开的吗？萧楠问丁一凡这个问题的时候，"你会不会因为我不给，所以你就觉得我不爱？"丁一凡一脸严肃。

"楠楠，怎么会？我知道你爱我。我也知道你不给我是因为你要为自己负责，也是为我们的爱情负责。可是，我是个男人，而且是个正常的男人，还是在一个我爱的女人面前，你说我可能一点杂念都没有吗？"

"我知道你的痛苦，看着你这个样子，我也觉得自己有点残忍。可是，毕竟我们还是学生呢。如果万一哪次真的不小心怀了孕，那对身体伤害很大的。我更不想因为一个手术，从此失去做母亲的资格。我们都还年轻，日子还长。总有天你会厌倦到连我的身体都懒得去看。以后我们结了婚，有些事不是顺理成章的吗？丁一凡，我不想让自己的第一次发生在80块钱一天的小旅馆。如果可能，我希望是属于我们两个人家里的床上。你能理解我吗？"

"楠楠，别说下去了。我不会让你未婚先孕的，更不会让你去做伤害身体的流产手术。你要相信我，以后我们有了孩子就生下来，好不好？我不碰你，你也别诱惑我，决不给我犯罪的机会，好不好？"

这样的对话在过去的日子里反复了无数遍，丁一凡厌倦了。很显然，交往这么久，萧楠始终保持着这个进度，这让丁一凡本来觉得还有点意思的接吻都开始变得索然无味。尤其是暑假里和方晓鸥那如胶似漆般的火热后，他逐渐意识到萧楠这个妞儿的"没劲"。也许论身材，她给他的感觉要比方晓鸥好一些，可她实在不够风情，或者换一个词，不够风骚。方晓鸥的主动是萧楠即使刻意模仿都模仿不来的。连萧楠无心玩笑时说的那所谓"带颜色"的笑话，都仿佛像是从她某个异性朋友那里听来的，想到这里丁一凡就暗自憋着气，他不是没想过，或许这笑话是从江海阳那里听来的也说不定呢？总之，要把萧楠从纯情少女变为风情少妇，这实在是个艰巨的任务。

"喂，你忘记了吗？今晚上你们有毕业酒会，酒会之后有毕业晚会。这么重要的一件事你居然都忘了？满脑子那啥思想的家伙，赶紧回去啦！"几句话，萧楠把有着挫败感的丁一凡拽回了现实生活当中。

就这样，当傍晚的彩霞像少女脸上的红晕，染遍了整个天空。走累的丁一凡终究还是被萧楠揪着耳朵一路躲开了若干旅馆，在路边买了两杯热气腾腾的奶茶后踏上了回学校的公交车。

回学校的路上，丁一凡还不忘在心里暗暗地想，没有老子上不了的妞儿！他闭上眼睛，脑海里浮现的都是方晓鸥在见不到他的晚上发来的那些暧昧的消息。"老公，今天晚上我没有穿小内内哦。你知道我把手机放在哪里给你发消息吗？嘻嘻！你一定猜不到的哦……两腿之间呀。对，你说过的，我的腿最漂亮了。我爱死你了……"

这个时候的萧楠看着丁一凡闭着眼睛那似乎痛苦的表情，哼了一声。瞧你那德行，才走了多点路？真没用！

第三十七章　告别的时代

"姐，你在哪儿？晚上有空来参加商船学院的毕业晚会怎么样？如果你胆子再大一点，晚饭时间，在你平时最喜欢去的食堂楼上。"程小东的短信简单里透着兴奋。

公交车刚停下，丁一凡的手机也响了。兄弟们叫他去酒会了。

"楠楠，晚上吃完饭我联系你啊。叫上你的同学一块看晚会。"

"知道了，少喝点啊。"两个人就这样没说几句便话别了。

回到宿舍的萧楠第一眼就看到楼下的小黑板上写着她的名字，好像是特快专递。又是谁在这个时候寄特快专递给她呢？看了看表，刚好还差几分钟收发室就要下班了。连犹豫都没敢多犹豫一会儿，她就赶紧一路小跑奔向收发室了。这感觉多久没有过了？她不禁下意识地想，这快递会不会是江海阳寄给她的？

看起来特快专递不厚，那有棱角的字体萧楠再熟悉不过了。就是这个笔迹，曾写过无数封信，那里面都是鼓励她，安慰她的话。

迫不及待地拆开，信封纸袋里不过是一本邮票纪念册。邮票上印的也只是些鱼雷，军舰，册面上写着庆祝建军60周年。纪念册里面好像还夹着一个圆柱体形状类似圆珠笔的物体。再细看，难道这就是上次江海阳提到的，产自非洲牙刷树用来刷牙的"树枝牙刷"？

信封里再没有找到类似纸条的东西，江海阳居然如此惜墨如金了，或者他只是怕丁一凡知道会不高兴。想到江海阳今年的生日，萧楠什么都没送。而且那天由于萧楠准备考试也没有像往常一样作发生日祝福短信的第一人。她心里有点过意不去了。打电话过去？还是发个短信过去告诉他，快递收到了？一时她竟然不知道该如何处理。

临近期末了，也临近圣诞，更临近新年。她想，要不补一个圣诞礼物作为还礼？或者新年礼物？要不，说送个春节礼物都来得及。这么想着，她的心态又稍稍平和了。吃完晚饭，看着离毕业晚会的时间还早。她在宿舍打开电脑，准备上一会儿网，刚打开QQ就看到江海阳新换了头像在那儿跳着。头像是个顽皮而又可爱的小男孩，嘟着小嘴像是在撒娇又像是在生气地说着

176

"丫头，我刚出差回来。最近好吗？"

"报告江大队长，已收到你方发来的物资，一切正常，请指示！"萧楠很快敲出了一行字，并发了一个敬礼的表情。

"天可是越来越冷了，今年冬天你冻疮没有犯吧？有没有好好吃饭？这个时间你应该去过食堂了吧？吃了什么好吃的？"

"马虎地吃过了，今天那帮商船的小子在我们食堂楼上搞包场酒会，食堂师傅估计也无心打发我们，菜做的十分马马虎虎，我就回来吃了点泡面。"

"丫头怎么还是老样子，对自己好点，不会对自己好，将来是不会学会对别人好的。说说，你那凡哥对你好吗？"

"必须好啊，那傻小子成天被我欺负得快要疯了。"

"哈哈，那你可更要当心他身在曹营心在汉啊。别到时候他受不了你的欺压，一不留神就投敌叛国了。"江海阳发了一个阴险又坏笑的表情，表面上装作轻松地调侃着。其实江海阳的心是悬着的，他不知道该怎么跟萧楠说，就在几天前，他貌似在某个网站上看到了方晓鸥和丁一凡肉麻的互相留言。他很想知道萧楠是不是对此真的一点不知情，还是故意怕他知道了，说不定其实他们早已经分手了，只是怕说出来会尴尬只好故意装作什么都不知道？

"你和汪雪什么时候结婚？"

"你是不是每次和我说话不到五句就开始问这个？"

"怎么？你真拿你自己当刘德华啦？还是想一辈子不结婚？结婚了也一辈子不说呗？非得瞒着我？"

"好吧，也许明年年底，那都不一定。我们前阵刚说好了先把买房子的事儿好好商议一下。"

"嗯。"萧楠打完了嗯字，恍然发现她不知何时已经慢慢和江海阳再不能像往常那样天南海北的什么都聊了。她更不知道，在以后的以后，是否江海阳还会和她聊，未来的宝宝起个什么名字好？

"我一会儿要参加个晚会，先不聊了啊。我一切都挺好的，谢谢你的礼物。冬天快乐。"关上电脑的瞬间，萧楠复杂得有些难过。可是，她又能难过什么？江海阳，终究不是她的。

萧楠想到去看晚会的大部分人肯定是男生，坐在一堆男生中间肯定是有点不自然的。于是就想着找个女生陪她一起去。她第一个就想到了老乡江惠，推开江惠宿舍的门，却只发现江惠的室友舒遥坐在书桌前看书。推算着这时间，江惠大概是去洗澡了。

"一会儿有空吗？没什么事我带你去看个晚会？"

"好啊，什么晚会？"

"商船学院的毕业晚会。"

"呵，没想到这么快，他们毕业啦？一个学院毕业这么大的事儿居然如此低调？"

"可不是，走，我拉着你去。咱们悄悄地从礼堂后门混进去哈。"

两个女孩从稀稀疏疏的灌木丛挡住的后门进到那有着差不多六七十年的老旧礼堂，灯光是昏暗的。四周一片漆黑。忽然，音乐响起，投影仪开始播放一段视频。

原来平时那些看起来粗枝大叶的商院男生心思居然如此细腻，视频是从一个雨天的画面开始的。他们每一个人肯定清楚地记得，开学的那天是个雨天，高一级的学长接过他们的行李，把他们从火车站接到离东方明珠只有三站地的民生校区，从此踏上了准海员生涯的学习旅程。

军训时纯爷们的方阵气势排山倒海，运动会他们是当之无愧的全校第一名，篮球场上跋扈拼抢的身影，龙舟队的斗志昂扬，课堂上教授认真上课下面睡觉的某位哥们不知何时被偷偷地拍了下来，火车义务活动他们耐心指路，奥运会传火炬维持秩序时大家神情专注认真，游泳课被踢下水的窘态，出去郊游时那一张张青春洋溢着阳光微笑的脸……一幕幕幻灯片的播放，伴着艾薇儿的那首《tomorrow》像是把过去瞬间还原了。

萧楠听着这首英文歌，忽然有点想哭的冲动。看着身边坐着的舒遥，似乎眼睛里也闪闪发亮了。第一次，她感受到，这所大学有这样一群人，他们的大学只有三年半，今天的晚会过去后不久，礼堂里坐着的这400多个男生们，就即将带着他们或清晰或模糊的梦想，扬帆远航，奔向一个不同于他们职业方向的特殊行业。

"楠楠，你是不是哭了？"

"嗯，他，要结婚了。他……"舒遥是知道，萧楠这个口中的他是谁。那个她一直喜欢了好多年却不得不压在心底的名字。她握紧了她的手，没有再说下去。其实萧楠的情绪更为复杂。江海阳要结婚了，丁一凡要出海了。人生仿佛就是由一个个离别和散场构成的。为什么要相遇，相遇便终究有告别的那一天。天下无不散之筵席。没有什么可以留得住。也无法留住。

And I wanna believe you（我很想相信你）

When you tell me that it'll be ok（当你告诉我一切都很好时）

Yeah, I try to believe you（我试着去相信你）

But I don't（但是我不知道）

When you say that it's gonna be（当你说事情会这样发展）

It always turns out to be a different way（结果却不是这样）

I try to believe you（我试着去相信你）

Not today, today, today, today, today（不是今天，不是今天）

I don't know how to feel（我不知道明天会怎么样）

tomorrow, tomorrow（明天，明天）

　　音乐结束很久之后，萧楠心里还记着这段歌词。她也问着自己，明天，又会将是怎样的旅程？

　　晚会上，连平时商院第一严肃的辅导员彭卓越也带上了笑容，说起了祝福的话，甚至还像模像样的想要高歌一曲。深情的诗朗诵，劲爆的街舞，假戏真做般的情侣对唱，台下的口哨声，起哄声，欢呼声，笑声，叫喊声掀起了一个又一个小高潮。热闹中仿佛还听到了某几个男生恶搞的叫了好几声，"彭哥彭哥，我爱你，"仔细一听好像正是丁一凡所在的三号楼407宿舍的全体弟兄，其中有一声还破了音，是不是雷鸣多那个小歪嘴？

　　一阵喧闹和激动散去，场内忽然安静。舞台中间走上来一位稍微发福的中年人，或许说中年又有点过分。果然，他开口作了自我介绍，原来他只是前几届毕业的学长。刚下船不久，听说母校又要送走一批航海类的毕业生，就来友情客串了一把特邀嘉宾。推算起来，这位学长还不到三十岁，就已经是他们船上最年轻的大副。大副学长话很少，就像他们商船学院的大部分男生，习惯了沉默。说了几句祝福学弟未来前途一片灿烂，繁花似锦的话之后，便示意场下的工作人员切换音乐。本以为他也只是唱一首和航海有关的歌，若不是张雨生的《大海》，就得是郑智化的《水手》。

　　"各位学弟们，就要毕业了。我把一首信乐团的《告别的时代》送给大家。希望大家在未来，不要忘记我们是从这所大学走出来的。无论将来，你们是不是选择跑船，都要记得，你们曾经是商院的骄傲。一个时代的告别，其实只是另一个时代的开始。"

　　萧楠以前很少听信乐团的歌。像什么《死了都要爱》还有《离歌》都适合揪心般的嘶吼。这首《告别的时代》有点特别，前奏起的时候就像是在讲故事。仔细听歌词，不禁让萧楠想了很多，为什么，学长唱的这么认真动情？看起来学长必是一个有故事的人。

　　该期盼模糊的未来

　　还是为纪念一时的痛快

　　该迷信感情的能耐

　　还是要臣服天意的安排

　　一个个爱人散落在人海

　　一声声再见不停在倒带

　　难道拥抱都是为告别彩排

　　只有我大惊小怪

　　我明白离不开就不要爱　能忏悔难悔改

　　这爱情舞台谁是天才不给淘汰

　　莫非要让眼泪慷慨　可爱也可不爱

　　才能够接受不去也不来　自由不自在

　　一个个爱人散落在人海

　　一声声再见不停在倒带

　　难道拥抱都是为告别彩排

　　只有我大惊小怪

　　谁不是离不开就是分开　没有理由存在

　　这爱情舞台谁是天才不给淘汰

　　莫非要让眼泪慷慨　可爱也可不爱

　　要不然受伤害也是活该

　　爱在当下何来后来

　　才能盲目开怀

　　在这个轻易告别的时代

直到多年之后，萧楠才明白。海员这个职业背后的辛酸与辛苦。而那些和海员有关的爱情，注定拥有着比普通爱情更多的脆弱与无奈。

第三十八章　我不想说再见

上海的大街小巷总是会在12月装点得格外热闹。即便是完全对圣诞节不感兴趣的老年人也会因为商场年终的各种打折促销活动而不得不记住有这样一个洋节。可是圣诞节放在大学校园里，很多学生情侣硬是要把它当作另一个情人节去过。

不过对于萧楠来说，这一年的平安夜和圣诞节毫无意义。一来，她正要积极准备着一门她完全都不喜欢的专业课考试。二来，丁一凡也根本没有打算要过一个圣诞节的计划。一个面临考试，一个面临毕业，哪个都不轻松也哪个都没有情绪。

平安夜的前几天，丁一凡看到萧楠在QQ个性签名上写了一句话："我也要圣诞礼物。"这话像是在写给他看的。可底下跟帖留言的她朋友们却各个表示等她回家一定补给她一份。看口气似乎都和她关系不错，有的名字一看就是男生，可言语间又看不出任何暧昧。这个萧楠，究竟在搞什么名堂？

其实一直以来，萧楠让他吃醋的本事也就在江海阳那里止步了。对于剩下那些七七八八的什么程小东，张小东，李小东，他也压根没有放在心上过。一个女孩，再有才华和人格魅力，终究不及时尚漂亮来的让人眼前一亮。这时候他忽然就忘记自己当初又是为了什么稀里糊涂被萧楠这个相貌平平又不时尚的女孩所吸引。

"平安夜还是什么圣诞节，我从来不过。你知道我这人也不怎么浪漫，而且那天我们兄弟有聚会，快毕业了，都是散伙饭。"

"嗯，这几天我都要在图书馆的自习室度过了。你要是有空了，可以随时到我自习的老地方找我。"

丁一凡提前把这一天的假请出来，不为了和任何女生约会，他只是感到有些疲倦。和萧楠的相处，让他已经感觉像是进入了老夫老妻的平淡阶段。谁说他凡哥不是个浪漫的人？送早饭，玫瑰花，下跪，求婚，他哪道程序落下了？

穿着他和萧楠一起买的衣服，他一场场散伙酒喝下去，每一次都感慨万分，每一次也都觉得像是最后一次。

平安夜的这天很冷，萧楠依旧抱着她那个不太保温的水杯在图书馆的老位置自习。丁一凡在快要8点的时候悄悄地坐在她身边看着她一页页重新温习着笔记，看着看着，就不知不觉趴在一旁睡着了，浑身带着酒气。萧楠实在看不下去了，跑出去买了一瓶绿茶,把丁一凡摇醒,却发现丁一凡下意识地抓住她的手,舌头有些大地对她说:"楠楠,你看,我给你买圣诞礼物了,你看,你看。"

那是一个大塑料袋,里面装着好多日用品,大包的面巾纸,卫生纸,看起来足够用半年。在这一堆纸巾最下面,压着一副雪白的鹿皮手套,还有一条天蓝的围巾。

"走,我送你回宿舍吧?看你,喝得这么多还来自习室,也不怕把别人给熏着。"萧楠一边说,一边吃力地扶着走路都不稳的丁一凡。

"楠楠,我不想离开大学,我不想毕业,我还想和他们一直作同学,一起玩WOW,一起上自习,一起吹牛……我们是最牛的,我们……"

"嗯,嗯,我们不毕业,不出海,不离开。告诉你少喝点你不听。我倒是第一次看你喝成这样。一会儿回去好好地睡一觉吧。"萧楠给丁一凡递水,丁一凡一把推开。声音又高了八度,"老子不喝水,老子根本没醉。楠楠,你看,今天怎么有3个月亮?嘿嘿,3个月亮,真有意思。今天你看起来真好看……"

显然丁一凡是喝多了眼花了,还不停地用手比划着。丁一凡虽然看着瘦弱,可毕竟是个男的,力气大的时候萧楠也拿他一点办法没有。好不容易晃晃悠悠走到了他们宿舍门口,他又忽然一把抱住萧楠,叽里呱啦又含糊不清的不知道说的是哪国语言。能听懂的就是他反复地说那几句话,"楠楠,你要早点睡觉。你不能熬夜的,你必须要早点睡觉。不许熬夜啊。听到没?"

在这个时候,丁一凡还在心里暗自记得江海阳跟他说过的话。不能让萧楠熬夜。送丁一凡回到宿舍后,萧楠也没有心思继续上自习了。图书馆里上自习的人三三两两早在不到八点的时候就散去了一半。好像大家都去过那温馨浪漫的平安夜去了,丁一凡却喝得烂醉。而江海阳呢?这个时候也正和另一群人推杯换盏。生活里本来就没有那么多浪漫,有的都是平淡。

当萧楠把那传说中的圣诞礼物——一大堆纸巾拿回了宿舍,整个宿舍的姐妹都乐得前仰后合。没听说圣诞礼物是送手纸的,"哈哈,楠楠,你这后半年可算是不用买了。你家老丁同志的这个礼物可真另类。莫不是圣诞节超市促销打折呢?你家老丁可真会过日子啊,哈哈。"

萧楠笑笑也不多解释,不管是什么,终究是一片心意。

第二天清早,还没等萧楠彻底清醒,丁一凡就打电话问起昨天他是怎么回的宿舍。他肯定也忘了自己说过什么,又做过什么,甚至包括他把手纸当作圣诞礼物一块送给萧楠的事儿。

"我昨天没趁着酒劲占你便宜吧？"

"你还好意思说？你差点吐了我一身。你是没见过酒吗？喝成那样？是不是心里有什么不痛快的事儿？"

"楠楠，你没毕业过，所以你不懂。起床了没？赶紧下楼，我在你宿舍楼下有东西给你。"

萧楠急忙穿好衣服，也没来得及多捯饬就下了楼。在下楼的时候还在想，难道昨天那搞笑的圣诞礼物给错了，今天补发了一个？

下了楼才发现丁一凡手里推了辆有些旧的自行车，车座后面放了很多东西。一箱牛奶，一个可以在床上支起来放笔记本电脑的学习桌，一个小电风扇，甚至还有床上用的垫子和被褥。手里拎着一个纸袋子，里面有些文具，还有一个插电的热水袋。

"你这是要干什么？"

"我就要离校了，最近陆续的要办理一些手续。你看看这些东西你觉得有用就拿去吧。这些文具好多我都没用过，都还是新的呢。还有，我离校之后你一定要记得每天不要熬夜，早点睡觉，睡不着就喝牛奶，我先暂时买了一箱，上海的冬天比咱们老家的冬天还要遭罪，你多盖几床被子，我拿走也没有用，我知道你肯定不会嫌弃我，所以就都拿着吧。你看看你还需要点什么我没想起来的？我再找找，回头再给你送过来。"

"别整的那么伤感，搞的我都要哭了。你把我这儿当作回收站了，是不是？还是废品收购站？我最近一往宿舍拿东西她们就笑话我。"

"笑话你什么？"

"笑话我找到你这么一个会勤俭持家的好同志，将来肯定是个优秀的家庭妇男，哈哈。"

"好了，楠楠，我就不帮你送上楼了啊，你自己慢慢搬上去吧。小心点。呵呵。"丁一凡笑中含着苦涩，这是第一次他感觉毕业是那么伤感而凝重的事。一个人推着自行车回宿舍的时候还回头望了望曾经他和萧楠经常碰面的地点，大榕树。

萧楠其实是故意说得轻松，她何尝不知道如果她要是再把气氛搞得忧伤，两个人肯定都会在压抑的气氛中结束对话。她把牛奶放进储物柜，把被褥打开，上面混着男生宿舍特有的烟味和汗味，甚至被角还好像曾经被口水打湿过，黄色的渍迹印在上面晕开了一大圈。

接下来的日子丁一凡好像变得比以前懂得珍惜了，又或者说像是在弥补什么。

他总是莫名其妙的就问萧楠是不是需要买这个或者买那个，而之前丁一凡一直是个不拔一毛的铁公鸡，曾经还因为午饭没有按时AA而提出过抗议。

马上就快元旦了，欢庆新年的气氛让丁一凡和萧楠也动了要出去旅行一次的心思。丁一凡听说萧楠是因为以前在西塘许了愿才遇到丁一凡的，决定陪她再去一次西塘。两个人有了计划，并形成了书面的行程表，就等着实施计划了，却不巧赶上各种车票紧张，只能将计划推迟。丁一凡问萧楠，如果一起去西塘，还要各住各的房间吗？萧楠连忙抓住丁一凡的耳朵咆哮，"你还贼心不死呢？都跟你说了，不行就是不行，你怎么还来劲啦！"

离校前的日子，萧楠确实用比平时更多的时间陪在丁一凡的身边了。或许是女生特有的直觉，她感觉仿佛丁一凡这一离开学校就算是彻底和他们的爱情也说了拜拜。有时候她也会忽然问丁一凡，回家后，我们还会在一起吗？可是看着丁一凡不停地和她有空就腻在一起的表现，又觉得自己像是多愁善感胡思乱想了。

这个时候的丁一凡除了安慰，其实自己内心也是一团乱麻。他已经买了回家的打折机票，而且决定从沈阳中转看一下曾经的同学再回家。对丁一凡来说，他既舍不得离开大学，离开上海，离开同学，离开萧楠，可同时又有点期待着能在沈阳见到那些崇拜他喜欢他的老同学们，还有家里的方晓鸥。是的，就是这样矛盾而复杂的情绪让这个阶段的丁一凡有时表现得反复无常。

有时拨萧楠的电话，明知道她已经没课却还时常占线，甚至会居然一占线就是半个多小时，想起江海阳这个让他觉得比他优秀高不可攀的部队军官，他就有点愤愤然，他甚至怀疑所有他拨不通萧楠电话的时候都是江海阳在和萧楠聊天。

直到有天，他和萧楠一起坐地铁。人群拥挤，不小心两人就走散了。他试着拨萧楠电话，电话中传来，"您好，您拨打的用户正在通话中。"一个转身，却发现萧楠没有接电话甚至电话放在包里也没有任何响声。这一刻他才恍然大悟，原来萧楠的手机摁键有问题，不知道什么时候有意无意地摁到了通话键就变成了占线的状态。可他还是忍不住埋怨："楠楠，你能不能不要总干这种让人误解和担心的事儿？说实话，我现在就怕等我出海了，说不定哪天你偷偷和那个姓江的好了我都不知道！"

"在说什么啊？我是那种人吗？这么长时间敢情我萧楠在你眼里就这么见异思迁啊？"萧楠一肚子委屈，她本来还想说，你不知道我明明知道你私下里和方晓鸥联系却故意装作不知道希望你能及时收敛吗？

丁一凡看到萧楠解释的时候几乎快哭了，又觉得自己有些无理取闹，只好选择用请吃饭来安抚。自从进入了告别大学时代的最后阶段,丁一凡和萧楠就几乎不去食堂吃饭了,想到吃了整整4年的食堂,说起来还是充满感情的。

"我请你吃饭吧?咱上哪儿吃?火锅?自助餐?"

"不,你请我在学校食堂最后吃几顿吧,然后去我们经常去的那家奶茶铺把明天的早饭也准备好。"

萧楠故意没有让丁一凡破费,她想让丁一凡最后再怀念一遍这个让人又爱又恨的食堂。

盛菜的女师傅总是只给帅哥多打一勺肉菜,小窗口的玉米总是比外面便利店的便宜好几毛钱,有时丁一凡总是会把它当作饭后甜点多买一个留给萧楠作夜宵,海联食堂的鸡腿饭总是需要排好长的队才能买到,在萧楠生病的时候天天喝的红豆八宝粥,还有甜甜的玉米青豆,软软的日本豆腐,以及偶尔会从米饭里吃到的线头和沙子,白菜里吃到的菜青虫和刷碗的钢丝,更或者是莫名其妙的不知名的"肉类"。这一切的一切,对于在这个学校生活了整整4年的他们来说,实在是再亲切不过了。若每到周末想要赖床却还想吃早饭的同学,必须要在9点半之前起床,这样才能买上一份只有早晨便宜到3块而其他时段要卖5块的三明治加奶茶或是咖啡。

当他们把所有关于这所大学能回忆的全都回忆了一遍的时候,丁一凡也该走了。

离校的最后那天,他们最后牵手把整个校园逛了一遍。第一次,也是最后一次在那个有象征意义的大门口留下了合影。他们说了无数个再见,可很快丁一凡就又忍不住打电话叫萧楠出来见他。他知道她从来不喜欢离别的场合,所以也故意不要她去送他。他怕他会在机场止不住地哭出来,相信她也是。所以他们就这样一遍遍地说再见了,回家再见。可是却一遍遍地见面,就这样反反复复折腾了七八次。

最后那次,萧楠把一只布老虎的玩偶拿出来送给丁一凡:"我那儿还有一只,记得,想我的时候,抱抱它。"

那老虎憨态可掬,与其说是老虎,倒不如说是一只脑袋上画了王字的小猫。丁一凡抱紧了布老虎,也抱紧了萧楠。这是他第一次这么久地抱着萧楠。

"楠楠,我不想和你说再见……"

天下无不散的筵席。丁一凡还是在傍晚的时候将行李拖走奔向了机场。萧楠也真的遵守约定,她没有送他,也不敢送他。

航班是晚上11点半的,他在登机前忍不住打了好几个电话给萧楠,跟她说去送他的同学临行前还给他塞了500块钱。他还说,男人的眼泪有时候也很多。一个个无声的拥抱，一个个告别的握手，一句句兄弟珍重，那些场面，他丁一凡一辈子也忘不了。

听到这些，萧楠有点后悔了。她后悔没去送他。机场离学校不近，少说也得1个多小时的路程。送完了丁一凡，晚上11点多，她一个女孩子怎么回来？这也是丁一凡执意不让萧楠送他的原因之一。可是，人生中又有多少离别的场面是值得错过的呢？坐在宿舍床上的萧楠开始不停地后悔。她安慰自己，丁一凡说过，大学毕业了而已，他们的爱情还没有毕业。他们还会再见面的，也一定会再见面的。

第三十九章　孔雀东南飞

午夜一点多，春秋航空的A320终于停在了桃仙机场。说起来，丁一凡对沈阳不算陌生了。在没认识萧楠之前，他回家最喜欢的中转地就是这里。家乡不少的同学大学毕业之后，或者根本没有读过大学的，也都在沈阳找到了一份工作。

既然来到沈阳，就免不了让此行变成了老同学的聚会。他在离开上海之前，早已想好了这几天要怎么安排。那些平日里在QQ上暧昧的对象，这一刻就变成了近在眼前的真实形象。丁一凡实在要感谢萧楠对他平日隐私从不过问的良好习惯。自从签约落实了工作后，如果大把的时间不用来和萧楠真实的恋爱，必然在虚拟的网络和别人恋爱。怕孤单，怕没人爱，怕出海以后没有足够的记忆去回味，这个心态让丁一凡有时并不认为是错的。他不是没想过，等到毕业后就和萧楠分手，可开始的美好和萧楠的决心加上他优柔寡断的性格，让他觉得分手这两个字要是能开口，那他就是个畜生。所有男人在想要脚踩两只船的最初，都很想一心一意，只是这世上诱惑那么多，一不留神跌进去，就不再能受控制。他不过是个虚荣心有点强，什么都想要的孩子，面对那么多选择，谁才是那个他想要过一辈子的人，他还不知道，也不想知道。在回家前，他和家人就说过，他打算要去沈阳待几天。丁母知道丁一凡这一次去了沈阳除了和那些老同学一一告别之外，还有一个可能——去见方雯。

那么这个方雯是谁呢？这说起来还得倒退到丁一凡刚确定自己工作的时候。方雯本来是丁一凡高中时候的同学，高中毕业后很多年都没有再联系了，也忘了是谁牵的头，就在这个丁一凡回家休假的十一，丁一凡的高中好友秦宇在一个聚会里也一同叫来了方雯，大家互相留了电话号码，就算有了开始。那时候方雯正经历了一段食之无味弃之可惜的爱情，看到老同学丁一凡之后有些惊呼自己怎么没早点注意这个高中时有点自闭只喜欢学习不爱说话的男生。有意无意，两人在那次聚会后就频繁地联系起来。比起萧楠，方雯好像更可爱一点，加上是老同学，不需要有什么复杂的追求过程，远距离的恋爱谈起来不用像真实的陪吃饭陪逛街来的那么累，只需要动动嘴皮子甚至敲敲键盘就好。方雯在得知了老同学丁一凡自从签完了工作马上就要出海的消息之后，既开心又担心。她只听说海员这个工作要经常不在家，丁一凡说起他未来要出海的航线，听起来好像真的好遥远，不过这样说来，经济也不成问题。丁一凡也许诺,以后两个人成了家,可以不回老家,在大连买套房子,远离公婆的繁琐,等什么时候赚够了钱,就不跑船了,下陆地随便找个什么工作干干……这样的描述,想起来都让人觉得未来充满希望。既然这样,就算是现在职业有点不那么理想,就算是要先过一段"守活寨"的日子,又算什么呢?为了不干扰丁一凡在大学最后的"奋斗",方雯尽量不会在白天打扰他,毕竟她白天也是需要上班的,只能晚上发发短信,打打电话。方雯自然是不知道丁一凡在大学里居然还谈过恋爱的,当然也更不知道有个萧楠的存在。很快,两个人在短短的三周时间,就打得火热了。这一次的沈阳之行,对方雯来说就是一锤定音的一战。

期盼了整整几周,终于等到丁一凡的方雯因为他的到来特意请了三天假。一切水到渠成般发展得特别自然。不同于方晓鸥的火热风骚,更不同于萧楠的矜持与挣扎,方雯在床上的表现让丁一凡意想不到。"等春节我就带你回家见父母。"方雯听到这一句话更是吃了一剂定心丸。整整三天,似乎他们哪儿都没去,一个疯狂地索取,一个不停地给予。对方雯来说,那是天上掉下来砸出的幸福,来得飞快可又是那么顺理成章。她觉得这就是传说中命中注定的幸福,又像是做梦一般。方雯和萧楠不同的地方就在于,一个采取着放风筝的态度,一个却不安地想控制。方雯一次无意摆弄丁一凡的手机,一条方晓鸥发来的短信让方雯起了疑心。她立马拨过去,没有压制自己的怒火,直接质问他们之间的关系。方晓鸥也并不客气,坚定地说,她才是丁一凡的正牌女友。这突如其来的打击让方雯顷刻有点崩溃。可是她还是希望丁一凡给她一个解释。也许女人都是如此,心总是跟着身体走的。她不相信丁一凡这个老同学会拿这样的事儿开玩笑。

丁一凡已经不是第一次解释类似的事情了,他安抚方雯,方晓鸥本来是他的前女友,后来由于家人反对,才没有在一起。方晓鸥一直放不下,她纯真而幼稚,慢慢等她从那个梦境里醒过来就好了。一切都会过去,什么都会过去。总有天,方晓鸥是会忘了他的。

在方雯的将信将疑中,丁一凡坐上了回老家的长途汽车。不知道为什么,一路上他竟然是那么的想念萧楠。他知道他又一次对不起他的楠楠了。在沈阳的三天,他其实每天晚上都会给萧楠打一个电话,有的时候是在卫生间,有的时候是借口出去买东西的便利商店。当听筒那头传来萧楠那平静而温暖的声音,他心头浮上一丝安定。他知道她要迎接的是期末考试,在她固定的自习室里看着专业书。他提醒她早点睡觉,别忘了喝牛奶,晚上还要好好地盖上被子。他有时会愧疚,为什么萧楠从来就没有怀疑过他对她的感情?哪怕被抓到也好,这样就可以名正言顺地分开,可他又不愿意担负花心大萝卜的恶名。

一个人可以同时爱上好几个人吗？就像《鹿鼎记》里的韦小宝，每一个人他都爱？不，肯定有主次，他承认他心里一直有个位置是萧楠的。他想为自己的风流找到一个合理的借口。成龙大哥不是有那句经典的话？也许，他也不过只是犯了一个天下男人都会犯的错误。他不希望萧楠知道，也许那样对内心纯粹的萧楠来说太残忍了。

回家后，丁一凡几次和父母明示暗示，他有女朋友了。丁母一时糊涂，是那个还在上海读书的城市女孩萧楠？还是高中同学方雯？或者，是没事总往家里打电话给他的小学老师方晓鸥？丁父在知道丁一凡的左右摇摆后，怒不可遏。私下问丁母，这三个女孩莫不是都和丁一凡有了不一般的关系？丁母听完丁父的一番话也不禁紧张了起来，想不到从小一直当乖孩子的一凡居然因为在上海读过了大学就变得如此风流和前卫？农村虽不比城市，可这些年来，未婚先孕奉子成婚的事儿也早就见怪不怪了。真若是先上车后补票也无所谓。问题的关键是，现在的婚姻法也不允许犯重婚罪啊。他丁一凡就是再有能耐也不能妻妾成群。更何况，谁又能甘认作小？

其实丁母对这三个女孩全无好感，丁父更是。先不说那个看起来就疯疯癫癫的方晓鸥。听儿子描述，方雯家庭条件似乎不怎么样，何况没多久就和儿子搞在一起，想必也不是什么老实的主儿。再想那个经常被丁一凡提起的城市女孩萧楠，仿佛是无所不能的观世音菩萨，人小鬼大，单不说相貌一般却能让儿子有阵子神魂颠倒，就说那城府看起来就不一般的深。谁知道这女孩到底图他丁一凡什么？再加上听丁一凡自己说，他一直和萧楠是清白的，想必也许这两个人倒真的只是大学里过家家一般的耍耍。丁父开始教育儿子，眼下才刚刚毕业，或许等他出了海，再回来之后，三个女孩都不会再等他。男人还是要以事业为重的，这个时候的儿女情长一点用处都没有。丁父太了解自己的儿子，明白儿子只是需要一段段的爱，来弥补空虚而无助的内心。从小丁一凡就在一个缺少父爱的环境里长大，丁父长期在外跑船，慢慢疏离去教育儿子。直到有天发现儿子长大了，一切却好像有点晚了。幸好是男孩，作为农村人的思想，他倒不觉得这样的风流有什么特别坏的影响，占便宜总比吃亏强。丁母也觉得，这代表儿子在这方面有魅力。只要目前女孩们不找到家里来闹事，那么儿子的这般游戏倒是暂时没有给他们带来多大的困扰。丁父则觉得，这实在有损家风，至少也得先把最不靠谱的萧楠甩掉。

尤其看着丁一凡每晚三番两次地往上海拨电话给萧楠，丁母也实在忍不住想发作。"你到底是不是还和那个城市女孩在一起呢？""是，妈，你就让我打吧。她现在准备期末考试呢，就算说分手，也得等她考完试吧？这也是她的最后两个学期了，很重要的，我怎么能在这个时候给她打击？"

看着儿子这样不忍，丁母也觉得急着逼他们分开有点不人道。都这么长时间了，就不差这一时了。

这一天，丁一凡格外的兴奋。因为他那个无所不能的如机器猫般的"女朋友一号"萧楠结束了考试。不但如此，她还贴心地寄来了一张可以省钱的情侣卡。这样一来，他们就不用担心电话费过高而承担不起了。他们除了吃饭就是打电话，换了两块电池讲到手机发烫为止。这时候丁一凡才发现，自己也许最在乎的还是这个他曾经花了好长时间才追到的萧楠："再过几天，我就过去见你的父母吧。咱们先策划商量一下，你在我走之前多陪我一段时间，好不好？"

萧楠听到这句话马上有了属于她自己的计划。她要提前买好优惠的各种旅游景点的门票，她要提前想好给丁一凡找一个安全又便宜的住的地方，她要想哪里是最想和他分享的饭店和电影院，甚至，她还想送他一个上船前的礼物。她也推掉了好多闺蜜要约她逛街的邀请。她回家的第一件事就是，准备正式迎接丁一凡融入她的生活。

这个晚上她早早地吃完晚饭，一边在想怎样才能让丁一凡上船前的"毛脚女婿"见面活动顺利圆满，一边哼着歌洗着碗。丁一凡用情侣卡的号码拨了电话，彩铃也唱得轻快"小酒窝长睫毛，迷人得无可救。我放慢了步调，感觉像是喝醉了。终于找到心有灵犀的美好，一辈子暖暖的好，我永远爱你到老。"多么温暖又轻松的曲调。

"楠楠，吃过晚饭了没？"丁一凡深吸了一口气，像是在下什么决心。可是，又能是什么决心呢？上午他们刚刚甜蜜地聊到要见双方父母了。萧楠浑然不觉有什么不对，轻声的嗯了一句。"楠楠，楠楠，我们不可能了。我……我们……"丁一凡忽然抽泣起来，那声音像是感冒了吸了一下鼻子。"什么？你再说一遍，你什么意思？和我开什么玩笑？"

"楠楠，就是，我和我家人说过了。他们不同意。我们不能在一起了，我该怎么办？"哭声变大了，萧楠一下子愣住了。放下手里的碗，呆呆地从厨房走进她自己的卧室，关上门。一时一句话也说不出来了。

"楠楠，我不想和你分手的，真的。可是，我……我……。"显然，丁一凡哭的已经有点接近崩溃，像个被抢了玩具的孩子一般，凄惨地哭出声来。

没等萧楠完全反应过来，电话里面忽然传来了一个苍老而又坚定的男声。那夹杂着乡村口音的男人，显然是丁一凡的父亲。

"姑娘啊，我就这一个儿，我养他不是要他离开我的，你听说过养儿防老吧？我和他妈妈商量过了，我们是不会同意他因为你离开家乡的。你是读过大学的人，应该很聪明。我这老头，就是不通情理，就是封建家长，从最开始我就不同意你们在一起。将来凡的媳妇，必须是我老头儿见过并且亲自批准的。听说你是城市女孩，你以后会遇到很多比他优秀的男人，所以，饶了我的儿子，好不好？"

"叔叔，您听我说，我和丁一凡是真心的。您也是从年轻的时候过来的是不？您就成全我们吧。我已经想过了，将来有条件了，把您二老接过来，或者，我也不是不能去你们家那边。您为什么要拆散一对有情的两个人呢？除非，我和他完全没有感情了，我才能答应您的要求。不然，我不会放弃的。"

"姑娘，你是听不懂我的话吗？你一个城市尖尖儿的，能来我们农村？那是不现实的。不管怎么样，我希望你们马上断了。我不知道你们发展到什么程度，要是我们出点钱给你点补偿也可以。你想想吧！"

听到这句话，萧楠忽然怒火中烧，想不到这老头儿居然如此蛮不讲理。她也顾不得个人形象了，声调马上激动得调高了一个八度。

"叔叔，麻烦你把电话给丁一凡，我有话要说。"

"还有什么可说的？你们可不要再黏黏糊糊了。"

"我跟他说清楚，就不黏糊了。"

丁父无奈，只好把手机又给了丁一凡。丁一凡的声音这时低了很多，而且还有点哑。许是刚才一直在哭的缘故，他已经激动得无法平静而完整地说一句话了。

"我们之间吵过架吗？"

"没有，我们从没有吵过架。"

"我哪里不好吗？"

"没有，你没有哪里不好。"

"那你以后就真的决定回家，连你签的公司都不在乎了？"

"我爸说，回到家乡好发展，以后大不了我交点违约金就好了。"

"你考虑清楚了，确定是要和我分手对吗？你确实不爱了是吗？"萧楠一步步地逼问，到了这个问题，丁一凡忽然回答不出来了。僵在那里。电话也不知道忽然被对方的丁父还是丁母给强制地挂断了。萧楠听到的就只有那掉线了的嘟嘟声。

全过程里，她居然冷静的连一滴眼泪都没有掉。房间里一片死寂。她的父母正在客厅里看着电视里热闹的综艺节目。

不一会儿,丁一凡传了一条短信给她。上面写道:"今天的事态有些特殊。请你相信我,我会想办法解决的。不要真的和我说分手。不要。"

夜深了。这注定是个不容易踏实入睡的一个夜晚。

躺在床上辗转反侧的萧楠忽然想到,这么久和丁一凡在一起,居然忘记了原来还有一种分手理由是父母不同意。而讽刺的是,不是她有着稳定工作希望女儿将来幸福的父母不同意,却是丁一凡那远在农村老家的父母不同意。

高中时候,她印象最深的一篇叙事诗,《孔雀东南飞》,讲的便是封建家长活生生将两个有情人逼到绝路的故事。难不成,新社会了,他们两个还要演一次《孔雀东南飞》?

第四十章　你不要哭，这样不漂亮（上）

　　这是萧楠的最后一个寒假了。没有选择考研的她，曾经让身边的好多同学都感到惊讶。有人说萧楠这样做是为了爱情情愿废掉"武功"，安心地在男人背后作个恬静的小女人。陆上专业的女生在找工作上总是高不成低不就，但找个像样的航运公司实习倒是不成问题的。在众多的上海本地航运公司的选择前，萧楠犹豫了。想起丁一凡那句，"如果你和我留在上海，那么你就是我唯一的选择，"让现在的萧楠觉得像个笑话。作为家里的独生女，家乡的优越条件放在那里，不回去好好珍惜实在说不过去。然而，就在萧楠最需要有一个人指引方向的时候，她的感情触礁了。

　　来不及想太多，她要面对的是回到家乡后迅速找一份可以实习的工作，哪怕只是帮帮忙也好。好在这对平时一直还算积极参加社会实践的萧楠来说不是一件难事。每天早晨正常情况下，她要7点钟起床，然后乘公车从城市的一头到另一头。不过自从她和丁一凡遭遇了封建家长的层层阻挠，连打电话都变成了地下活动。丁一凡每天早晨不到6点钟就会起床拨萧楠的电话，有时萧楠实在累，刚接了电话又会睡过去。让丁一凡想不到的是，不管他多早打电话，萧楠都会接，有时只是迷迷糊糊地哼上一声，聊着聊着也便清醒了。晚上的他们则要等着家人都睡下了才能打一阵电话聊聊一天发生的事。这样一周下来，萧楠的辛苦让丁一凡也有点过意不去了。他主动申请去外婆家避一阵子，这样也更容易躲避父母的监视。他安慰萧楠，没有什么是不可战胜的，父母再严苛，到头来也终归会顺着子女。眼下坚持下去才是最重要的。他一面给萧楠打气，自己却并没有太多的自信了。父母的态度日益坚决，让他近乎看不到希望。甚至丁母放话，哪怕你选择那两个中的一个呢？萧楠本来和你没有可能，何必还要浪费那个时间和精力？渐渐心灰意冷的丁一凡慢慢开始一点点的动摇，他背着萧楠去见了几回同样在放假的方晓鸥，事后问萧楠为什么不问他白天同学聚会到底是男的多还是女的多。萧楠依旧像过去那样，不咸不淡地回答，"是我的，谁都抢不走。不是我的，我也抢不回来。"这语气浅到好像完全不在意他了。这和那天在丁父面前据理力争、要求成全、大胆的萧楠简直判若两人。

　　其实萧楠不是完全没有压力的。说好了寒假就来见萧楠父母的丁一凡迟迟不肯出现，让萧楠的父母不得不开始对这个曾经被萧楠说成善良，照顾她很多的男孩产生了怀疑，他们甚至觉得也许压根就没有这么一个男孩。儿女的幸福必然是父母心头永远的牵挂。萧楠的妈妈有意无心安排的几次所谓"相亲"也全被宝贝女儿搞砸了。

周末萧楠和高中同学夏晓曦一起吃饭，夏晓曦在听了这一大段时间萧楠和凤凰男丁一凡"地下工作"的辛苦后，忍不住说萧楠真是个傻蛋。谁又能想得出，就这样一个懦弱又没主见，自私还有点胆小的男人还有什么值得她萧楠爱呢？看着萧楠日益瘦削的脸，夏晓曦都暗自觉得心疼了。

"楠楠，不管怎么样，咱们得好好的。实在不行就和他分了吧。强扭的瓜不甜，以后就算是嫁过去，你也还是要看他父母的脸色。"

"可是，如果因为父母反对就马上放弃，那还算什么感情？晓曦，你知道我的个性。我就是倔，认定的事哪有认输的时候？这是我自己选择的路，跪着我也要把它走完。"

"哎，真拿你没办法了。这顿饭我请你吧。"

不但是夏晓曦一个人这样劝过她。萧楠在家乡的朋友圈子似乎就没有一个看好他们。倒是这时候江海阳的战友颜峰劝她做做丁一凡父母的工作。在颜峰看来，是个长辈，真若是见了萧楠本人，又有几个能下决心反对呢？萧楠尽管不漂亮，至少也算有些气质。尽管不时尚，至少也还算仪表大方。加上她办事一贯谨慎小心的态度，怎么会讨长辈反感呢？他难见萧楠什么时候像这样为一个男人劳心费神。一段感情说停就停，哪儿有那么容易？毕竟人的感情没有开关，不能像水龙头那样说关上马上就能停。

晚上，丁一凡打电话过来，说刚学会了一首歌，要唱给萧楠听。手机忽然信号微弱，似有若无，像极了他们摇摇欲坠又岌岌可危的感情。丁一凡本来就是个唱歌跑调的家伙，想起很久之前那所谓韩语版的《阿里郎》，还有那唱了好几年也没有学会的《水手》，萧楠努力的听也没有听懂电话那端的丁一凡唱的究竟是什么。只听到了一句，"你不要哭，这样不漂亮。"

"楠楠，我多想让你天天都开心，就像你生日那天跟你说过的。有我在，就不会让你难过。我不会做任何让你难过的事，也不许任何人让你难过，半点难过都不可以。可是，我怎么那么笨呢？"说到这里，丁一凡哽咽了，萧楠也实在忍不住积压已久的委屈，对着电话哭了出来。

"不是跟你说了吗？不要哭，哭起来不漂亮。"

挂上电话，萧楠开始听那首丁一凡没有唱完的歌。歌词写得真好，爱情就像是让人沉溺的海洋，太多的过去难割舍那忘记。他们有谁不想用力抓紧属于他们的回忆？这时她才发现原来自己白天佯装无所谓的坚强也会在夜深睡不着时瞬间崩塌。她也不过就是个面对现实和压力想逃避的孩子而已。而另一个孩子丁一凡，又能在压力面前撑多久？

　　就在纠结着左右为难，心痛心酸又无以复加的时候，她看到她的电子邮箱多了一封邮件。发件人居然是方晓鸥。点开还是选择删掉？这个方晓鸥到底又要说什么？萧楠觉得头疼，忙着忙着，这已经是年根底下了，窗外闪过几片零星的烟火。没错，还有两天就是除夕了。

第四十一章　你不要哭，这样不漂亮（中）

方晓鸥邮件写得简短，可字字句句又充满了挑战和不屑。你萧楠是谁？丁一凡早把你说得一文不值了。眼下你知趣点，最好马上在我和丁一凡面前消失，滚得越远越好。你以为你是许三多？还不抛弃不放弃？如果你执意地等下去，可有你哭的。信的结尾还有意无意地提起他们早就有了实质性的肉体关系，并提示萧楠去校内网上看照片。果然，校内网上丁一凡的主页多了一个名为《老婆》的相册。里面的方晓鸥和丁一凡搂抱着站在城隍庙的九曲桥前甜蜜的作态让人恶心到反胃。那照片没有日期，看起来是个夏天。这夏天会不会就是那个丁一凡谎称和同学一起在上海多留两天的那个夏天？

除了放手，你还能选择什么？萧楠一个劲儿对自己说，要冷静，可是哪个女孩能在这样的时刻还装作非常淡定的完全冷静？

丁一凡的电话打过来了，萧楠不知道该以什么语气来接这样的电话。听丁一凡那有些嘶哑的声音，换成谁都会觉得不忍心说那些绝情的话。

"楠楠，你听我说，这照片不是我发的。她有我的密码，你知道，我和她以前，是有那么一段……她一直跟我说她没放下我，可是，我已经跟她说过了我和她不可能。但是我父母对我们俩的感情不看好……所以……"

"我不想问别的了，丁一凡，你必须要做个选择了。你打算怎么办？"

"我不知道，楠楠，我真的不知道。别离开我好吗？"

"那你把密码给我。"这是萧楠第一次说类似的话。相处这么久，她从来不曾要过丁一凡的任何密码。她觉得那没有意义，每个人都有属于自己的天地。而这一次她不是真的要密码，而是要看看丁一凡现在摇摆的内心究竟偏向了谁。

丁一凡沉默了。他只说了一句，楠楠，没想到你也这样，真没意思，你不行啊，真的不行。

什么叫做不行？萧楠体会不了"不行"这两个字的含义。对她来说，这就意味着丁一凡已经在心底做完了选择了，还能再多强求什么呢？

除夕夜，当家家都在吃着团圆饭，期待着新一年的到来时，萧楠在年夜饭时多喝了两杯酒。是的，只有在过年的时候她才会喝上一点酒。而这一年的除夕夜，她第一次醉了。也许是因为没有心情根本没有吃下多少菜，也或许是她刻意想让自己醉。总之，她第一次喝酒喝到吐了。她终于明白什么叫做借酒浇愁。心疼她的父母看到这样的萧楠有点怒其不争。他们不知道究竟是什么样的浑小子让他们的宝贝女儿伤了心。尤其在萧楠爸爸的心中，楠楠这么优秀的女孩怎么也可以被那些没有良心的浑小子抛弃？只是萧楠的醉相也确实让人看了火大，萧父忍不住骂了一句，"我怎么养了你这么一个没出息的女儿？！"萧母也在一边附和。两个人的话在此刻的萧楠心中也变成了冷嘲热讽般的风凉话，听起来尤为刺耳。两个人你一句我一句，让萧楠忍不住顶嘴了："我自己的事儿，不用你们管！"萧母话也没说完，动手就打了萧楠。从小到大，从萧楠懂事起，她就没有被父母打过一次。哪怕她有时真的任性，父母也不舍得真的动手打她一下。

因为这一个巴掌，萧楠负气出走了！

与其说是出走，不如说现在的她倒是像个埋进沙粒里的鸵鸟，不敢面对也不愿面对她必须要面对的现实。

走出家门，萧楠哈了一口气，真冷啊。

家乡的冬天正是银装素裹般的美丽。四处响起的鞭炮声，还有孩子的笑脸，让萧楠恍然想起自己的小时候。她被爸爸高高地举在头顶，伸手去拿妈妈递来的糖葫芦。爸爸妈妈一直都把她当作是掌上明珠般的宠爱。小时候的她也确实乖巧可爱，无论是功课还是生活习惯，少有让父母操心的时候。却没想到，在长大之后，她居然挨了打，还是为了一个搞不清楚到底还爱自己多少的男人挨了打。

寒风中她走了很久，她不知道自己可以去哪里，又能去哪里。这个城市只有她和父母，由于家里的老人健在的不多，让他们也很少回老家看上一看了。这个城市萧楠最熟悉的，也莫过于海边了。然而在冬天的晚上看海，是她从来都没有过的经历。

站在路边她迟疑了很久，穿着粉色羽绒服的她站在路边却显得特别的扎眼。街上的车都是来去匆匆，大年夜的时候，有谁会在路上逗留？谁不赶着回家？只留下一些敬业的出租车司机，等着看看能拉到谁再多赚一点钱。

"师傅，拉我去海边。"

出租车司机老王看到这个眼睛里似乎还含着泪的姑娘说要去海边吓了一跳。大过年的，她不回家，却要去海边，该不会是想要寻短见？

老王也不敢直接问，他开了这么多年的车，什么样的乘客都遇到过。看到这个姑娘的神情，他多半心里也猜出了八九分。若不是失恋，也不过就是她和家人闹了别扭。

"那你要去哪个海边？"

"随便哪个吧，拉我去个离这里远点的。"

老王心善，车子启动，他心里有了主意，他不打算收萧楠的钱了。大过年的，谁都不容易。姑娘肯定不是一个人，她的家人要是知道她这么晚却还没有回家肯定很着急。他不能真的按照她说的，只好把车子掉头开向了市区最繁华的地方。一边开还一边有意无心地和萧楠拉起了家常。

"姑娘是本地人吧？你看，今年的路灯因为过年装点得尤为漂亮。生活在这样一座城市多幸福啊。"

"生活挺美好的，不是？一时有啥想不开的，都别往心里去。我年轻的时候呀，曾经还为失恋想过自杀呢。现在一想，嘿嘿，还真挺傻的。后来我下岗了，当时也想着不活了，可再一琢磨，家里一家老小都等着我养活呢。所以说，人这一辈子要遇到的事儿多了，我现在开出租，尽管辛苦点，但是一样可以让老婆孩子过上好日子。姑娘你还年轻呢，不管你遇到什么事了，想想你的家人，你父母，那些关心你疼爱你的人，你也不能寻短见，不是？"

萧楠听到这一番话，顿时觉得温暖。她一下子想到了这座城市的大部分人一样，都像这位老司机一样热心善良，她也记起了朋友们的话，如果累了，就回家，回到这个北边靠海的城市，回到父母身边。不管有再大的委屈或伤害，都会被时间抚平。

她擦了擦流到嘴边的泪，跟司机说，"师傅，要不你送我到超市吧，我再买点什么东西回家。"

"还买啥呀姑娘？咱家里还能缺啥？大年夜，缺的就是你！姑娘你家住哪儿，我送你回家吧。送完你这趟啊，我也该回家了。家里人等我吃饭呢。"

老王打开交通广播，里面洋溢着一片恭喜祝福的话。萧楠也陆续开始接到各种朋友的拜年短信。

天阴沉了，好像要下雪了。车子缓缓地行驶在城市温暖而漂亮的灯河里，让萧楠那糟糕的情绪慢慢变得平静。过年了，什么事也都该过去了。

第四十二章　你不要哭，这样不漂亮（下）

在萧楠"出走"期间，丁一凡打了好几个电话。

原来萧楠的父母为了想弄清楚到底怎么回事，给丁一凡打了电话。一来怕萧楠赌气出危险，二来，也是希望丁一凡好好劝劝萧楠，让萧楠别真的做什么傻事。丁一凡发现萧楠不接电话后，索性就改成了发短信。短信里没有安慰和劝解，有的却都是质问和责骂。在和萧楠父母通话的过程里，他完全忘记了和长辈说话要心平气和的尊重，更无法冷静，甚至指责萧楠的父母是如何教育出这样一个心理脆弱，又乖张任性的萧楠。

新年的钟声敲响之前，萧楠回家了。每年这个时候，她都会接到江海阳的拜年电话。在过去连续3年里，江海阳几乎就没有哪个春节是在自己家过的。所以每到这个时候，萧楠总会在电话里开玩笑地说，她谨代表个人，向战斗在保卫国家第一线的解放军同志致以新春的第一声问候。今年的春节，江海阳终于休假回家了，他在电话里说那句过年好的时候，萧楠忍住泪水，也只平淡的回了一句过年好，然后就再没多说一句什么。听江海阳又说了一些身体健康，天天快乐的祝福语，到最后他多了一句，愿你如愿找到一份理想的工作。萧楠这才意识到，过了这个年，她马上就要离开那个给她无数回忆的校园，迈向社会这所更大的学校了。新的一年了，她也应该学会成长，学会报喜不报忧，尤其在这样万家灯火，欢乐祥和的时刻，她如何要对那个曾经对她说，要一辈子听她诉说心事的江海阳说，她其实很不快乐？

匆匆，春节的假日结束了。丁一凡也即将准备出海。当公司电话打过来的时候，丁一凡还正在参加着一个小型的家庭聚会，以此来庆祝他即将踏上工作岗位，开始新的征程。接到公司电话后，丁一凡竟然有点慌张。或许是他还没意识到这一天到来得居然这么快，他似乎还有好多事没做，还有好多酒没有喝，好多人没有见，好多告别的话还没有说。什么？你认为这像是生离死别？在丁一凡心中，这也许和生离死别也差不太多。自从知道丁一凡马上就要出海了，丁母开始不停地唠叨，唠叨到一半说着说着竟开始抹起了眼泪："凡哪，你说你还真的要走啊？今年是你本命年了，都说本命年要遇到些坎儿的，要不咱过了今年再说？""妈，那怎么行？我这实习就得一年，我要是在家里干等上一年，不是白瞎了？等到时候，人家都换出证书了，就我还是个实习生！"

每次遇到什么让自己慌张的事情时，第一个想起的是萧楠，这已经是丁一凡的习惯了。他打电话跟萧楠说，他马上要上船了，可能来不及见双方父母了。

萧楠冷笑，还见双方父母？现在的她已经不知道，经她"出走"的那么一闹，他们的关系还算什么。但这几天，丁一凡似乎当那些事完全都没有发生过。他一个劲儿地澄清那些事已经过去了。他不要她提，自己也不提。若非要提起，就说那个丁一凡已经死了。萧楠想起那些无数美好的日子，心真的怎么也狠不下来。

丁一凡提议说要萧楠和他一起回上海，从大连买票，这样方便一些。萧楠当天还在实习，想到这样一面得来不易，说不定也可能是他出海前的最后一次见面了，就算是分手，也得当面说个明白吧。就这样，她想也没多想就跳上公交车准备去火车站买票。直到到了火车站才想起来，她身上带的钱不够。丁一凡毕业了，学生证早已经被学校收回了，再也不能买学生票了。全价一张卧铺票就要将近五百块钱，两个人加在一起起码也得七八百块钱。来一次火车站不容易，春运期间的火车票更是一票难求，不容思索，假如回家再跑回一趟去取钱，兴许就不一定能买到合适的票了。萧楠想了半天，决定不回家拿钱了。也许真的是萧楠平时被家人惯坏了，直到这一刻她还当自己是那个小时候任性的小公主，遇到什么事她第一个想到的还是妈妈。萧楠打电话跟萧母说，自己急需两张回上海的火车票钱，看能不能给救个急。萧母一听这话就猜出了几分，猜想丁一凡要带着女儿提前回上海。萧母听后也没多说什么，挂上了女儿的电话就想起问丁一凡，火车票怎么不自己买，难道不知道女儿在实习，随意请假肯定不会给单位领导留下好印象，难道他的工作是工作，她女儿的工作就不是工作了？丁一凡被这个电话惹恼了，也忘记是在和萧母说话，直接顶撞起来，"那是萧楠的事，你管那么多闲事做什么？她愿意给我买，谁也管不着！"萧母听到这句话，气得发抖，她真的无法相信，这个语气无理态度蛮横活似个小流氓的男人，就是那个照片上看起来还算斯文的男孩吗？"小丁，我问你，你是不是有很多女朋友？""那关你什么事？你是谁啊？管我？"丁一凡又一次觉得气愤，他就不明白，为什么凡是和萧楠扯上了关系的人，都要问他到底几个女朋友，到底是不是动真的。像萧母，像江海阳，还有那个之前的什么许晓言，仿佛他丁一凡天生就是个薄情之人，看起来就会忘恩负义。现在已经不是遇见一个人就必须要从一而终的旧社会，谈个恋爱不合适，难道还不允许我多几个选择？

萧母也早被丁一凡说的那些话彻底伤了心，她想怕是自己的女儿由于涉世不深，交友不慎上了当，或只是看了男孩那金玉其外的表面，忽略了最重要的一点，人品。从小到大，萧楠的朋友圈子里的小孩们各个都乖巧听话，和萧母说话全是谦和有理，至少都会称呼她一声阿姨。而这个姓丁的小子呢？完全不把她当回事，当萧母说起自己是他女朋友的妈妈时，他居然能问出那一句，你是哪一个？看情况是他自己已经分不清到底有多少个女朋友了。这简直荒唐！

丁一凡倒也早就学会了恶人先告状，他打电话责问萧楠究竟是怎么回事。以前那个办事让人完全放心，一切都可以轻松搞定的万能萧楠怎么会犯这种不带钱就出门的低级错误？萧楠心一狠，冷冷地说了一句："放心，你的火车票我肯定能做到帮你买到。我说过的话什么时候打了水漂呢？"是的，萧楠办事从没有食言的时候，萧母在萧楠的解释和求情下，答应先把买火车票的钱垫上。丁一凡和她的火车票历尽艰辛总算是买到了。

丁一凡这才恍然觉得自己做错了。他知道因为这件事他已经得罪了萧母，就算是萧楠再怎么和她妈妈闹别扭，终归她们还是一家人。他连忙和萧楠说，事情不是萧母说的那样夸张，他也是心急，也许态度不是特别好，可没想到萧母居然生气了。这让他很意外。也许是萧楠家人也反对他们两个人，只不过城市人比农村人更懂得掩饰，一直没有明说罢了。看起来萧母对他的印象也完全不会好起来了，索性他也就想要破罐破摔。

"我要是有天真的去了你家，你们家人还不联合把我欺负死？"晚上的时候丁一凡在电话里抱怨："有其母必有其女。你妈妈不讲理，所以你将来也不会怎么讲理！我父母可都是明事理的好人，虽然他们是农村的，没读过那么多书，不像你家的那两个大知识分子，如果换成是我的父母绝不会这样！"

听到这些抱怨，萧楠觉得累了。自从跟丁一凡的恋爱进入"地下工作"阶段之后，也自从她得知方晓鸥的事之后，不管事情是真是假，总归也给她的内心造成了极大的阴影。她也不是万能的，她不过也就是个伪装坚强的小女孩而已。未来的路在她的眼前变得异常的模糊。生活，工作，情感，没有一样让她觉得顺心。有人说，当一个男人在爱你时，那么他就会担心你什么都不会做，而不爱时，又觉得你无所不能凡事都聪明得不必劳任何人费心。看来确实如此，丁一凡如果真的爱她，又怎么会做出这么多让她寒心的事来呢？她只盼快快见到丁一凡，把这段感情圆满的画一个句号，把所有的一切说清楚。

离丁一凡回上海公司的日子近了。丁父丁母一直以为丁一凡是要从家乡转往沈阳再回到上海的。临行前的前两晚，丁一凡却忽然说自己欠了萧楠的钱，要当面归还。这句话听完，丁父丁母也傻了眼。看来他们两人折腾了这么久还没有彻底分手。丁父开始闹起来，要是从大连那儿走，就和丁一凡断绝父子关系！那时丁一凡早已偷偷订好了从那个小渔村开往大连的私家车，可经不住父母的威胁，只好改道去了沈阳。

就在这个晚上，丁一凡打电话给方雯，提出来最后见她一面。方雯其实心里虽然气，却一直不信丁一凡能真的狠心完全断绝和她的联系。这个机会，她怎么能错过？也不知道通过了什么手段，她要来了萧楠的手机号，委婉地问她和丁一凡到底是什么关系，并暗示萧楠，明天丁一凡就要来沈阳见她了。萧楠开始绝望了，一个方晓鸥就够让她劳心费神了，这个方雯又是谁？她不敢马上打草惊蛇，看到窗外正在纷纷扬扬下的大雪，她发了一条短信问丁一凡："这么大的雪，后天中午的火车，你还能赶得上吗？不然我去退票？"

丁一凡马上回复："楠楠，我答应你的事，又什么时候食言过呢？你要等着我。见到我就知道了，我不会让你失望的。要等我。一定……"

窗外的大雪依旧还在下着，萧楠一条条地删掉所有丁一凡发来的短信，在删掉前，她把他曾经发过的那些短信又重新发过去，发着发着就控制不住地哭起来。隐约从含泪的模糊的眼睛里看到那一句："楠楠，你要相信我，楠楠，不要哭，哭起来不漂亮……"

第四十三章　公主复仇记

QQ上，萧楠断断续续地听方雯讲她和丁一凡的事。

她骂他丧尽天良，毫无人性，甚至称萧楠遇到丁一凡是萧楠这辈子遇到的最恶心也最倒霉的一件事。时不时的，方雯还要安慰上萧楠几句，说她对不起她，也说若不是看到萧楠在丁一凡主页上的留言以及丁一凡给萧楠曾经送过的那些电子版的礼物完全不知道丁一凡在大学里是有女朋友的。

方雯也知道方晓鸥，并说那个女孩太天真，简直天真得不可理喻。那么，萧楠呢？萧楠又算什么？莫名其妙的"被小三"了一回也就算了，没想到，丁一凡又让她"被小四"了一回。网聊了一半，方雯下线了。说丁一凡来了，她要去接站。下线之前还和萧楠说，千万不要出卖她，自己小心行事，不管如何也要把丁一凡骗过去再说。方雯心里也有自己的算盘，她不信，丁一凡见了她之后还真的能连夜再赶回大连见萧楠，看那漫天飞舞的大雪，高速路封闭了，他就算是买好了火车票又能怎样？

方雯趁丁一凡不留神，把丁一凡的手机拿来偷偷翻看。里面有大量的短信都是萧楠发来的，看起来他还没来得及删掉。那些短信中间居然还夹着几条他和初恋情人秦碧的短信。言辞暧昧，依依不舍。方雯谎称自己要去洗手间，在上洗手间的工夫跟萧楠报信。

"他来我这儿了，你不信，打个电话看看。这个人简直没救了，居然还和初恋秦碧搞暧昧。真不知道他怎么想的。"

这时的萧楠正在和丁一凡的母亲聊天，丁母因为儿子即将出海联络不便，刚学会了上网聊QQ。萧楠跟丁母说，自己已经放弃了，不想参与那些是非，只是希望丁一凡以后能真正长大，让丁父丁母多为丁一凡的未来考虑，从上海的大学毕业回到家乡的选择实在可惜。顺便也说了，不是自己做了什么对不起丁一凡的事，实在是对丁一凡脚踩三船的做法忍无可忍。丁母这才吓了一跳，敢情这姑娘全都知道了，甚至连方雯的事也知道了？赶忙打电话给儿子，让儿子自己做好准备，最好别再见萧楠，真要是打算还钱用银行划账也好，总之真若见到萧楠可要小心她对他兴师问罪。

丁一凡一时急得如热锅上的蚂蚁。他知道他偷偷见方雯的事情也败露了。萧楠又是怎么知道方雯的呢？他以为自己已经足够聪明，做到天衣无缝了，却没料到一切却完全超出了他的想象。

他在方雯面前哭了，哭得异常伤心。跟方雯说，就算将来他们做不成夫妻，他就是上船了也一样记得她的好。以后不管他走到哪里，都会打电话给她，毕竟他们曾经是合二为一过的。一日夫妻百日恩。说罢，抱起方雯就忘乎所以了。方雯此刻的心情爱恨交加，她实在也不明白丁一凡究竟爱她有多少，她唯一能做的，就是此刻加深丁一凡的印象。她火热的身体像蛇一样的缠绕，狠狠地在丁一凡的脖子上，肩膀上留下了痕迹……

第二天一早天没亮，丁一凡就拖着行李匆匆离开了方雯的住处。由于寒潮影响加上漫天的大雪，几乎所有的高速路全都已经封闭。他想着他还要见萧楠，就是花再多的钱也得赶到大连。只要还有路，他就是爬也得爬过去。他想证明一下，他丁一凡也是个从不食言的人。拦了几辆车，终于有一个私家车主同意顺路把他捎到大连火车站。算着时间，他应该能赶上回上海的火车了。一路上，他装作若无其事地跟萧楠说，他们马上就要见面了。他说好了不会让萧楠失望，就是爬也要爬到萧楠的面前。

其实丁一凡不知道，就在昨天他和方雯在一起的那晚，他的手机被方雯摁下了拨给萧楠的通话键。尽管最关键的部分，被方雯偷偷摁掉了，可是他和方雯在一起的事实却是百口莫辩的铁证如山了。

"你路上要小心些，交代司机开慢一些。沈大高速路还能正常行驶吗？如果不能来，我把票退了吧。其实本来很想非常平静地和你见这最后分手的一面，却不料老天也像是不想给我们这个机会。"萧楠摁出发送消息的键，手略微抖了一下，忍住自己的崩溃，故作镇定。

丁一凡看到这条消息，知道萧楠猜出他这一路是骗她的了，心里也跟着难过起来。他不知道为什么，每做完一件对不起萧楠的事，事后都会狠狠地后悔。

"别退票好吗？楠楠，不要轻易作一个决定。不要说得那么伤感。我们怎么会是最后一次见面呢？你答应过我的，不可以这么轻易就放弃了的啊。"

"晚了，我已经把我的那张车票退了。你自己一个人回上海吧。我不会影响和耽误你的工作。"

经过将近6个小时的折腾，丁一凡终于到了大连火车站。人群中他一眼就认出了只有一个月没见的萧楠，这短短的一个月，她整个人好像瘦得脱了相，眼眶深深地凹进去，那像大熊猫一样的黑眼圈证明她已经有很久没有踏实地睡过一个安稳觉了。齐腰的长发不见了，取而代之的是利落干净的短发，手里没有拎任何箱子，鲜艳的羽绒服下面穿了羊绒的格子裙，脸冻得红扑扑的，和第一次他见到她时一样，像个苹果。头发被风吹得凌乱，他很想伸手为她理一理，可又缩了回来。他觉得他没有资格了，他已经不配了。

两个人一路谁也没有说什么，很自然的就进了站台。长长的月台上此刻就剩下他们俩和给旅客检票的工作人员。

"你为什么要这样？"

丁一凡不说话。他不知道该说什么该怎么说。他想哪怕萧楠歇斯底里地大哭大闹，或者像方雯那样挠他抓他咬他都好。可是没有，萧楠那被冻红的脸始终像湖水一般平静，问他的语气也是那么的平静，好像不是问他为什么出了轨，背叛了她，反而像是等了很久，问他为什么才来一样的平静。

"你过来。离我近一些。"丁一凡猜不到萧楠到底要干什么。或许，她要来一个最后的离别的拥抱？还是给他一巴掌？他迟疑了一下。

萧楠苦笑，心底对自己说，你看，你爱着的这个男人居然是这样的胆小。

她从自己的脖子上摘下一个大钱般的古玉，又看了看方雯在丁一凡脖子上留下的吻痕，把那平安符挂在了丁一凡的脖子上，又把手里的一塑料袋水果交给丁一凡，继续面无表情地说："这个玉叫平安扣，会保佑你出海平安无事的。塑料袋里一共有6个苹果，路上吃吧。苹果也是平安的意思，我只希望你好好的，好好的……"说到这儿，萧楠抬头望着站台上那写着大连的两个大字，轻叹了一声说："大连真的是个好城市，我离不开，你若将来出息了，来这儿发展也好，但是不要记得我。把我忘了吧。就算以后来了这座城市，也不要记得这个城市里有一个我。"

丁一凡听到了这些话，刚才红红的眼眶滚落出了泪水。他轻声说着连自己都听不见的对不起。他哑着嗓子一遍遍地说着，"对不起对不起对不起，"说到最后哇的一声哭出来。

"事情不像你想的那样，真的不是。我以后一定会再来大连的，我不会忘记你，不会忘记你的平安符，还有，这身衣服……"

萧楠定定地看到眼前这个哭得不成样子的男人，羊绒大衣是她去南京路买来的生日礼物，毛衣是她陪他在正大百货一起挑的，里面的衬衫和外面搭配的围巾是她花了一整个下午在淘宝上看中的，裤子是他们一起去了好几次杰克琼斯好不容易拍板定下来买的，鞋子是那次他去接她，家教结束后在小朋友家附近的商店她让他试穿的，那一天他们笑得特别开心……这一切都还是原来的模样，只是眼前的男人却不是曾经陪伴她的那一个。物是人非，不过如此了吧。

"送亲友的同志请注意了，T132次列车还有3分钟就要开车了。请送亲友的旅客尽快下车。"广播里传出了列车员提示的声音。

"你走吧。"萧楠转过身，丁一凡想拉住，却终究只是个念头而已。"萧楠——"他好久没有这样喊她的全名了。"记住，不是所有男人都像我一样的，记得，你一定要比我幸福，再见。"说完，丁一凡转身踏上了车。很快，不到一分钟，车子缓缓开动了。丁一凡拼命地摆手，但是看到萧楠好像早已经狠心地背过头去了，根本没有看见他怎样费力地挥别。

从来不喜欢离别的场面，更没有经历过这样的离别。萧楠看着一路向南慢慢加速飞驰起来的火车，终于忍不住流下眼泪了。她一个人站在原地好久好久，直到列车完全消失在她的视线，直到列车在她的心中化成一个圆点。她的泪水顺着脸颊流下去，滴在地上，啪嗒一声，晕成一片。而她自己也仿佛变成了一座雕像，心空空的，人麻木了。直到有列车员提醒她没什么事赶快离开站台，她这才意识到她自己已经在月台站了将近半个多小时了。这时候的火车差不多快要完全离开大连市内了吧。

她看到丁一凡给她发了一条"最后"的短信。"你一定要幸福，要快乐，要保重。"见她没有回复，又打了一个电话。她任由手机响着，唱着那首《小酒窝》。

她本以为自己会像个泼妇一般质问丁一凡为什么背叛了他，或者，大骂他是不要脸的禽兽和畜生，也或者狠狠地打他一个耳光再骄傲地头也不回地离开。那才是她侠女萧楠。可是，她没有，送别的这一路，她居然这么镇定。没有打骂，甚至没多一句责备。她这是怎么了？

若不是因为爱，她断不会这样软弱地处理。她发消息告诉方雯，"对不起，我让你失望了，我们的复仇计划失败了。我下不了手。"

第四十四章 试着习惯没有你的日子

丁一凡回上海后才发现原来回公司还不是就能马上上船。公司叫他回来,是要在他们上船前进行各种安全教育和培训。具体的上船时间还要看公司的安排,据说他上的那条船还在船厂修理中,这个时候他有点后悔自己怎么那么糊涂,至少当初说死也要劝萧楠一起回来,兴许他们走到边缘的爱情还有生还的一线希望。

回到上海之后,他不能再回学校住宿舍了,公司安排他们住在公司附近的一个宾馆里。宾馆条件还不错,他和另外一个来自河南的小子同住在标准间里。晚上,他们也没有什么娱乐活动,宾馆里有一盘电话。他看那个河南小子拨过,打给他的家人和女友。想想公司报销,也不用自己付钱,他趁着那个河南小子在一旁看起了电视,于是也开始打电话。他先是跟家人报了平安,又打了几个电话给同学。过了一会儿也就聊得差不多了,不知道为什么,下意识的他又拨了萧楠的电话。据说很多男人其实分手后,至少在两个星期内还条件反射地想要拨前女友的电话。丁一凡拨过去,居然是无人接听。他纳了闷,他用的是座机,不是他的手机,萧楠应该不知道拨电话的是他。何况她在上海也有那么多同学,怎么就知道拨电话的就是他呢?她没有理由不接啊?这个时间,萧楠不接电话,是不是又出了什么事?该不会又离家出走了?或者因为分手心情不好,想不开了?他越想越担心,就不停地反复拨萧楠的电话,直到听到萧楠一声慵懒的"喂",把丁一凡吓了一跳。看起来,萧楠在睡觉,那迷迷糊糊的声音不用问也知道。他那悬着的心放下了,至少萧楠还好好地活着,但同时他又有些沮丧,才不到9点,她就睡下了?和他分手看似完全没有影响到萧楠的心情,居然还照吃照睡不误。"你什么时候回来呢?"丁一凡依旧装作若无其事地问道,好像他们未曾分过手。

"什么?回哪里?""快开学了,你不回学校了吗?你不见导师了?不写论文了?""那和你有什么关系?我不想马上回去面对都是回忆的学校。""你,说什么呢?"丁一凡悻悻的不知道该如何接下去。"没事不要给我打电话了,可以吗?""嘟,嘟,嘟,"很快,电话被萧楠摁掉了。再打,电话里就转成了提示音:"您好,您拨打的用户已关机。"

丁一凡骂道,心里不是个滋味。都是方雯那个婊子,害我连想要撒个善意的谎言的机会都没了。萧楠也是，怎么方雯说什么她就都信呢？还是方晓鸥好，不管我怎么折腾，她都能理解。想到这里，他马上拨了方晓鸥的电话。很快，两个人又像孩子过家家一般隔着电话线黏糊了起来。

"老婆，我这次上船就想签4个月的合同，正好我们公司对实习生的规定也是这样的。到时候刚好能赶上你们放暑假。等我回来给你带国外的好东西哦——这两天还没走，我就已经想你想得不行了。老婆，来，再来一次。"像往常一样，方晓鸥隔着电话一边挑逗着丁一凡，一边夸张地呻吟起来。空虚的丁一凡听到这样的声音，很快把持不住，一边在电话的这头自顾自地折腾起来，很快就释放了。

这一次方晓鸥确定自己在这场三人的争斗中胜利了。其实在丁一凡去沈阳找方雯的时候，她也打电话给过丁一凡，只是丁一凡装作没看到没有接。既然爱，就得忍，方晓鸥不是不懂这个道理，只好在那几天装作有意无心地发了些保重，想念的话。她可不想像个怨妇一样，穷追猛打。既然是"老婆"，老公偶尔在外面一不留神迷失了，又怎么样呢？反正到头来，他还是会乖乖地回到她身边。方雯的脾气她清楚，尽管有些手段，放得开，可毕竟人在沈阳，他丁一凡又不能在沈阳待一辈子，不就是几天吗？她不是照样忍了丁一凡在上海陪了萧楠几年？！至于萧楠那个妞儿，她更清楚不过了。萧楠是城市女孩，骨子里清高又不肯认输低头，即使她心里有丁一凡也不会委屈自己装作什么都不知道的。

挂上给丁一凡打的性爱电话，她马上在自己的个性签名上招摇地炫耀起来。"老公，我想你！"

看丁一凡也没法上网修改相册了，又把丁一凡曾经删掉的相册重新编辑了一下，标题为《宝贝》。好像是在宣告，丁一凡是我的，你们谁要是胆敢再打什么主意，那就别想了，门都没有！同时她也想借此机会好好羞辱一下萧楠，可不想萧楠已经删掉了丁一凡的校内账号。他不再是她的特别好友了，别说是特别好友了，她把他拉进了黑名单。萧楠一想起校内网，想起那个校内网宣传的广告语，"校内网，寻找你的真情。"就不得不觉得那反倒应该写成另一句才恰当："校内网，寻找你的奸情。"

这个曾经让他们相识相爱的媒介，如今竟变成了令人倒胃口的一根刺。她好几天都不想登录这个网站，甚至连曾经的同学传婚纱照在上面她都懒得看一眼。

终究还是要回学校写论文的。

春寒料峭，上海的初春有着渗入骨髓的湿冷。没有经历过的北方人完全体会不出那种阴冷。一阵风吹来，便好似在冬季从头到脚被泼了一身雨。骨头缝里也像是爬出上万只蚂蚁，咬得关节又酸又痒。晚上萧楠推开她常去的二食堂的门，里面冷清得吓人。由于她所在的老校区被富商看中即将拆迁，学校里仅剩下一部分高年级的同学，曾经那些让学校看起来异常热闹，有时甚至因为跟他们抢饭抢不上的商船学院的男生们也已经提前毕业漂流四海去了。一个寒战打过来，她觉得好冷。路灯亮起，她一个人从东门走出去，沿着那条她曾经再熟悉不过的路，走到第一个交叉路口去吃麻辣烫。

一碗麻辣烫端上来，她用纸巾擦了擦筷子。见另一对学生情侣就坐在她对面不远处一边打闹着一边吃起来。男孩细心地把碗里最好吃的都夹给女孩，然后傻笑着说他看着她吃就很幸福。萧楠看着这一幕，有点恍惚。仿佛自己看到的是曾经的丁一凡和自己。那个时候的他不也像这个男生一样，一个劲儿地往她碗里夹菜的吗？她挑食，就把剩下的那些不好吃的全都挑到丁一凡的碗里，然后看到丁一凡全都吃下去的样子也觉得好幸福。然而恍惚归恍惚，萧楠那固定的对桌位置上一个人也没有。老板娘热心地招呼："怎么？你男友没回来报到么？还是毕业了？"

萧楠苦笑着，接来老板娘递过来的芝麻酱，胡乱地把那些酱汁随意地倒进碗里。

食不知味地吃完那碗没有人陪伴的麻辣烫，一个人走在回校门的路上，竟忽然下起了雨。上海就是这样，即使在冬末初春也会下起雨来。不像北方贵如油的春雨，南方的雨即使在这个时候也丝毫不吝啬。不一会儿，她很快就被浇了个彻底。从校门口走到宿舍还有很长的一大段距离。换做丁一凡在时，她肯定打电话告诉他赶紧骑自行车过来送一把伞。果然，萧楠见到身边一个女生打电话用吴侬软语发起了嗲，让男友送伞过来了。看到这一幕，她抖了抖羽绒服上沾的雨水，卷起裤腿，快步跑了起来。

"萧楠，从现在起，你又是从前那个像杂草一样，没有人照顾，没有人关心的假小子了！"萧楠一边跑一边在心里暗暗地对自己说。在跑到那棵大榕树下的时候，萧楠还是下意识停住了。她多想在这个时候有一个人对她说，楠楠，我错了，对自己好一点，别淋雨会感冒。可是，除了雨越下越大之外，她的那些错觉一个都没有实现过。

丁一凡在临走前也曾执著的习惯般的拨过好几个电话给萧楠。可看萧楠一直没有要原谅他的意思，他也就不再勉强了。

丁一凡临走的那一天是个下午，萧楠正好在导师办公室探讨选题的提纲。

没有多余的字，整整七个。

"我走了，你多保重。"这条短信发过来，萧楠看到后想马上删掉，可是却不由自主地留下了。那话像极了生离死别前的遗言。

　　丁一凡本来想打电话的，却怕自己再次想起什么哭出来惹得身边同事笑话。

　　不知道为什么，他总是一想到萧楠就忍不住想流眼泪。从来没有哪个女孩让他变得这么多愁善感过。他不知道萧楠还记得不记得，即使在那送别的大连火车站，他也没有把话彻底说死。他说，他要用4个月的船上时间好好想一想自己的感情。好好想一想，属于他们的将来。他早就想好了，在船上无聊的时候，他会有大把的时间用来独处，这样才能想明白他最爱的是谁，他想要的生活会是怎样的。

　　萧楠忍不住回了一条，比那七个字还要少。"祝你平安。"除了祝他平安，还能说什么呢？

　　萧楠没说，在她学校的柜子里，还买了好多为他准备过的各种备用药，甚至她还想到机舱的温度太高，换洗衣物不便，买了很多可供换洗的衣物。那些都是她等着他上船前准备要带给他的。还有零食，他最爱吃的葡萄干，甘草杏。她曾经准备了好多好多他可能需要的东西。如今，她只能送给他四个字了。

　　她不敢再想下去，不能再想下去。导师继续讲着对她论文选题的角度和需要注意的事项。

　　她努力装作认真的听讲。

　　她知道李宗盛曾经有一首歌犀利得坚强，她就不停地在心里哼唱。"旧爱就像是一个巴掌，当你想起你就挨一个耳光……"

第四十五章　踏上征程

　　这是丁一凡自从学校实习之后上的第一条船，也是他踏上工作岗位的第一条船。与他之前想象的不太一样，这条船没有那么大，船长169米，宽27米。上船后乍一看，那逼仄的空间真有点让他觉得憋闷。倘若你坐过客轮，大概也会知道，船上有种特殊的气味，那气味夹杂着海水的味道，加上常年潮湿的环境让人感觉像是到处都发霉了。这艘叫做永安的船是1997年下水的，中间基本上没怎么大修过，看起来还算比较新。他有些庆幸，毕竟好的船况会让他不那么累。可这时耳边又响起父亲的叮嘱，既然是机舱的实习生，船越破越好，不然你学习什么呢？这次由于船上大部分人员公休下船，他们算是成批接班。根据国际海上人命安全公约的规定，船舶更换船员数量超过四分之一以上的，在上船24小时内必须进行常规的消防，弃船，溢油和保安训练，以便熟悉船舶的应急设备，保障船舶和船员自身的安全。折腾了大半个上午之后，丁一凡终于走进了属于自己的小天地。他简单地的把自己随身携带的那点衣物放好。看得出来，上一个房间的主人是个挺干净的家伙。白色的床单和被褥叠得整齐，靠近小桌的那面墙壁上还贴了几张有些褪了色的美女画报。小桌的正上方就是那个永远也打不开的小窗户。初春的阳光温暖而和煦地照进来。起航的汽笛拉响了。几个小时以后，船上开始变得宁静。丁一凡下意识地看了看那个已经磨损得有些发白的三星手机，推上翻盖，放进了抽屉。以前他和萧楠曾经说过，出海前要是有机会换个手机。可对于现在的他来说，换不换手机也不重要了。他的几个上了船的同学也都纷纷表示，手机的功能已经由打电话发短信变成了闹钟。上船的头几天，丁一凡是极为不适应的，从吃饭到睡觉。

　　先说说吃饭。按理说丁一凡是不怎么挑食的。以前在大学食堂就是再难吃的菜因为饿了也不会管那些许多，三五分钟就能够搞定。有的时候甚至在自己已经吃过一顿的情况下，知道萧楠没吃还假装没吃过也要陪她再重新吃一遍。这样的饭量有时候连他自己都怀疑是不是得了甲亢。可自从上了船之后，也不知道是不习惯还是之前情绪过于紧张，他连续几天都吃不下什么，幸好刚出海的几天，海况一直不错，少有强烈的颠簸。他还记得那次实习去釜山，11月的风浪居然也大得让人受不住。带队的老师拿着塑料袋带头吐起来，整个房间都是那种令人作呕的气味，本来不想吐的也跟着恶心起来。他还曾故意在萧楠吃饭的时候把曾经的经历当作笑话说起来,船上的呕吐似乎都有些不太一样,跟着船体摇晃的角度,那些呕吐物就呈喷射状的喷洒开来。本以为萧楠会被这恶心的笑话说的吃不下饭,谁知萧楠很无所谓地继续夹菜把饭塞进口中,说:"这算什么?"还有人因为把呕吐物吐进了盛着做好饭菜的锅里,害得后面的人没饭吃呢。想起这段,丁一凡忽然觉得胃酸涌了上来。"这妞儿哪儿像个女人?真不知道她脑袋里想的是什么。"

　　吃不好也就算了。很多人都听过那首老歌《军港之夜》,"年轻的水兵,头枕着波涛,睡梦中露出甜美的微笑。"听着多浪漫多唯美,不是?可要知道真正在船上睡觉可不是那么风花雪月的事。除了风浪天巨浪敲击船壳能听到声音外,哪里能听到波涛声?耳朵里全是机器轰鸣声和船体的震动。而且由于船上的床铺普遍特别窄,床沿都会比褥子高出一块,以防大风浪天气摇晃时人从床铺上掉下来。此外,房间里的墙壁一般都没有作隔热和绝缘的处理,至多就是钢板上粘了一层厚壁纸。晚上睡觉的时候腰背贴着墙,就特别容易着凉。像他的父亲,就因为上船太久,风湿病严重到住院的地步。陆上的人一般都喜欢又大又宽的床,可对于海上的他们来说,床真的是越窄越好。这样若是遇上风浪天,人就不至于在床铺上滚来滚去了。自从上了船,丁一凡就没有睡过一个安稳觉。他终于知道原来在学校时候的日子是多么幸福了。

　　工作同样让他郁闷。由于丁一凡是机舱的实习生,他的任务基本上就是不停地擦油。老机工话很少,除了让他擦油之外,叮嘱他最多的就是要注意安全。每下一次机舱,他都觉得自己的耳朵都快聋了,怪不得丁父平时说话嗓门那么大,都怪这样的环境,你不对着对方喊,根本无法听清。好在这是初春,天气还有点冷,机舱里的高温一下子感受还不太明显。怕热的丁一凡想着要是夏天那五十多度的机舱环境还不把人热晕过去?老机工有个怪毛病,每次从机舱出来都喜欢用刷碗用的洗洁精洗手。也难怪,机舱里也实在太脏,那套刚发的工作服还没穿两次就基本上洗不出来了。还没怎么样,手上就是一股子机油味。闻着这个机油味,能吃得下饭那就奇怪了。原本以为为了船舶的行驶安全,船上的人应该是不抽烟的。可是错了,寂寞的环境加上无聊的生活,让每个船员都有点爱好。有的人嗜酒如命,有的人就烟不离手。船上都是些大老爷们,也就互相没有什么避讳的。老机工直言不讳地讲,夏天的时候,机舱太热,干活索性就光着膀子,就是这样,不用一会儿,内裤也早就湿了好几遍,洗起来麻烦,后来索性也就不穿了。丁一凡本来就是个有些内向的人,在面对这样一群陌生的前辈时起初还装装样子,后来也慢慢熟悉了。老轨人看起来好像很严谨，可是对待几十年如一日的繁琐工作也早就显得有些不耐烦。他有个出国的女儿要等着他赚钱供她念书，所以不得不继续上船赚着这拿命换钱的苦差事。听着水头和水手们在平时一边敲锈一边不断骂娘的抱怨，丁一凡再一次验证了那句话。人生工作有三苦，撑船，打铁，卖豆腐。有人说，别看同样都是穿着帅气的制服，海军和海员完全是两个概念，海员不过就是一群在海上漂泊着的农民工。

三管是集美大学毕业的，人长得矮小，由于年龄相近，他也和丁一凡算是有点共同语言。没事几个年轻的能聚在一起偶尔斗个地主，或者联机打个游戏。最初的半个月他们也聊天，聊各自毕业的学校，家里的事儿，各自的女友，还要所谓的"艳情史"。看着丁一凡那小白脸般的模样，大家都不免想着这个看着斯文的实习生是否有点故事？像他这长相，随便骗几个炮打，那是不成问题的，搞不好还有倒找钱的可能。可丁一凡似乎假正经得习惯了，决口不提自己那方面的事。慢慢的，他们也就不逼着他说了。上船超过一个月，话题也就都不再新鲜。很多人再聊天的时候都会在话题的开始前补上一句，"不知道我和你说过没有"。有些话翻来覆去说了几遍，也就没了新意。更多的时候，有谁下班了到餐厅转上那么一圈，就只能看到一两个人坐在里面发呆，一句话都不说，另一个就在那里吸烟，偶尔吐出来一个烟圈。常态是，大家都在那儿舒展开身体呆坐着，两腿朝前，双手交叉，眼神呆滞，不知道在想些什么。彼此都默默想着属于自己的心事。

那就回到房间看电脑吧。笔记本里下载的电影不用多久就看完一遍了。电脑里存的那些照片这时候也显得不够多，很快就能浏览一遍。

丁一凡还清楚地记得，大三实习的时候，也就是去釜山的那次，回来之后一时他像是对女人不感兴趣了。看到大街上暴露的美女，他没有那种冲动反倒有一丝犯罪感甚至恶心。不知道是不是因为那一阵子在船上太无聊，疯狂地看A片造成的。早在上高三的时候，丁一凡慢慢发现自己的欲望随着压力的增加而越发地变得无法控制。他本身没有运动的习惯，所以这些欲望积压得太久却没有地方释放。那时候他还没有怎么接触成人电影，一段描写得有些露骨的黄色小说都会让他反复地阅读从中获得快感。无师自通，他沉迷上了打飞机。像许多青春期的男生一样，每次结束后他又背上了沉重的心理负担。加上他高考失常了，私下里也偷偷地把没考上理想大学的原因归结为是这个造成的。一时，他痛恨自己是个男人，更痛恨男人这个生理特性，在这个问题上唯有通过打飞机这种方式才能解决这个如吃饭睡觉一样的生理问题。有了女朋友之后，这种现象也算有了明显的改善。可那个风骚的方晓鸥毕竟远水解不了近渴，加上大学里的萧楠对他的压抑政策，让他仿佛隔靴搔痒，更是比从前还要痛苦。他想到这一点,又开始恨起萧楠来。这个妞儿没追上的时候就给了他不少精神折磨,后来是限制他的亲热,有意无意地勾引出了他的欲望后又掐住,简直是惨无人道!害的他为了她还没事继续跟以前单身的时候一样继续"娱乐基本靠手"。他也和萧楠说过,要是一直这样,他以后丧失性能力了怎么办?你猜那位没人性的妞儿怎么说?你现在还年轻呢,自慰都是正常的,别有心理负担,只要把握好那个度,以后结婚了一切都会正常的,年轻的时候是不需要担心这个问题的。说完还主动抱了抱他。拥抱顶个鸟用!丁一凡心里越想越气。倘若他是个从来没有过那方面体验的菜鸟也就算了,偏偏还尝过那种滋味。想到自己这下子又得禁欲上几个月,脑袋又开始发混了。随意点开一个AV片子,戴上耳机,看着那些肉体交缠的画面,稀里糊涂地找寻着快感。以前跟萧楠谈恋爱的时候,他经常自诩自己最大的爱好就是看电影。萧楠对他完整地背诵过她最喜欢的冯小刚作品中的那些台词而感到惊喜。尤其是他说过集结号里谷子地的话,还有他说他自己就是那个令梁笑笑找到归宿的秦奋,都使萧楠感动不已。其实丁一凡不算是真正的影迷,很多电影他也都没看过。可他也没撒谎,他确实爱看电影,并且还能自己创造情境。没错,那电影不是正常的电影,而是成人影片。大学里雷鸣多等一帮男生在一起没事就琢磨AV的拍摄。他丁一凡还为此被冠上了一个绰号:"AV男优"。起初丁一凡还为这"男优"的绰号而暗自窃喜。后来才发现,原来影片里的男主角多半形象猥琐,模样丑恶,但也尽其猥琐之能事,把那些身材火辣的美女们糟蹋得很是过瘾。

在船上待的时间稍微长了一点了,丁一凡发现船上人的性格走着两个极端。要不就是像大海一样宽广,凡事想得极开。遇到什么事情都能沉着冷静地处理。要不就是郁郁寡欢不合群喜欢钻牛角尖。总是感慨自己时乖命蹇,多疑还敏感。由于船上沟通交流少,加上这个封闭枯燥的生活,情感和精神方面的压力过大却来不及及时的疏导,很容易患上精神方面的疾病。就像那句话说的,很多事都处于不说出来憋屈,说出来矫情的状态。他一个实习生,算是整个船级别的最底层了,和这些共事的同事们说心里话显然是极不合适的。这个时候他就急切地盼望什么时候能够靠上一次港,到陆地有点信号能打个电话和谁说说就好了。

他第一次靠港的时候是个傍晚。那是他们出国的第一个港。因为他们这次是准备要去美国的,所以先得在韩国中转一下进行跨越太平洋的长航。很巧的是,他们第一个港又靠在釜山了。先跟家人报平安,这是自然的了。他和母亲一聊就是很久,讲了他这次要去哪里,船期大概是怎么个安排,又说了船况。最后还报喜不报忧地说他一点都不晕船,吃得也很好,一切都适应得非常好。丝毫不讲那些让他难以下咽的饭菜以及经常失眠的崩溃。家里的平安报完了之后,他又陆续给了几个人打了电话。给没有上船的哥们鼓劲,说其实除了无聊根本没什么可怕的,上船前可一定得下足电影。又给方晓鸥打了电话,告诉她一路他都特别想她,要她安心等他。也给方雯打了电话,和她道歉,说自己不该那样对她。最后,他终于想起萧楠了。这个电话到底是打还是不打?想起没上船前他屡屡碰钉子般的待遇,他犹豫了。船在釜山停留的时间并不多。他在开航前还是拨了一个电话给萧楠。那是韩国的晚上7点,也就是中国的晚上6点,电话迟迟拨不通。传出的居然一直是,"您好,你拨打的用户暂时无法接通……"

　　难道她现在又在和谁打电话占线了?还是已经干脆换了号码?说不定她已经有了新男友了。丁一凡想到这里,有点气又有点怨。他完全没有想到,或许萧楠遇到什么事了。她的死活现在与我已经没有关系了!丁一凡想着这个,狠狠地挂掉了电话,回到自己的房间准备等着船的下一次开航了……

第四十六章　你知道我在等你吗？（上）

　　丁一凡走后，萧楠还留在校园。

　　没有人知道他们分手了，更没有人认为曾经那么轰轰烈烈的一对儿在短短不到两个月的时间会发生那么多的事情。所以，当萧楠在食堂偶然遇到丁一凡的同学时，他们还是经不住来一句，"嫂子，凡哥走了，自己保重啊！"

　　嫂子，萧楠心里苦笑着。以前觉得这称呼真俗。丁一凡却说他们其实是嘴甜，大家都这么叫，她也就不情不愿地接受了。叫什么其实都不重要，可她现在又算是哪门子的"嫂子"呢？她不好意思说他们已经分手，也不好意思多解释什么。遇到哪个问起，她都礼貌地回答着谢谢，然后一脸漠然地离开。而那些同学也都只当丁一凡走了，她因为这个才心情不好，表示万分理解。

　　大四的日子对萧楠来说可松可紧。起初她还想着要好好实习积累经验，可对于一个遭受了背叛打击又突然失恋了的人来说，做什么好像都显得提不起精神。在某天下午她去火车站帮着别人买票的时候，她的手机居然被可恶的小偷给偷了。尽管一个手机的钱不多，可她的电话号码却没有办理实名制登记，这也就意味着她丢了电话本，也丢了别人再想联系她的可能性了。她一个人蹲在人潮拥挤的火车站，看来来往往匆匆的人群，控制不住的泪流满面了。没有人知道她怎么了，更没有人知道，其实她担心有人再打电话找不到她。是啊，谁还会打电话给她呢？丁一凡，丁一凡……

　　以前他们不是没有说过分手的，可是却不知道为什么两个人又莫名其妙的和好了。这种莫名其妙相信很多谈过恋爱的人都知道。萧楠骂自己不争气，甚至犯贱。一个已经背叛过她，甚至连背叛都不敢光明正大的男人又怎么值得自己为这样的男人再伤心流泪呢？除非是包容和无条件的爱，不然还拿什么解释呢？

　　她开始不断地去做一个梦。梦里的丁一凡气急败坏地拨她的电话，然后只能听到一种声音："对不起，您拨打的用户暂时无法接通。"她甚至仿佛看到了丁一凡那拨电话不耐烦而又恼怒的样子，那么的清晰，清晰得她禁不住一次次的惊醒。难道这就是传说中的心有灵犀？

　　室友乔羽看出了萧楠的心事。她知道萧楠这丫头这一次是动真心了。她反问，

"你可有确凿的证据说明丁一凡真的出轨了？或者，他是一时糊涂甚至被人陷害了也说不定呢？你说你早知他以前就曾经被老家的几个女孩觊觎。既然没有结婚，你就不能阻拦人家的追求。男人都是容易一时糊涂的，你怎么不问问他具体到底是怎么回事，不听听他的解释？"萧楠不说话，她看着宿舍里丁一凡留下的那一大堆东西发呆。她想起她曾经在丁一凡分开前问过的那句话。

"你爱过我吗？"

"爱过，只是因为父母，他们的逼迫让我崩溃，让我不敢再爱你了。"

"不，你没必要解释得那么冠冕堂皇。其实你从来没有动过真心，而只是一时寂寞。倘若你真的爱，又怎么会有这些人存在呢？"

"听我解释啊，楠楠。秦碧自从高中毕业分手后就和我没有再联系了，只是这次我回去和同学告别她顺便给我一些祝福罢了。而方雯，也不是我喜欢的那个人。你怎么就不相信我呢？"丁一凡没有再讲方晓鸥的事，这些解释已经够让萧楠觉得头疼。

萧楠那习惯性作鸵鸟将头埋在沙子里的坏毛病终于还是害了她。

没有实习也没有课的时候，萧楠就把自己关在房间里哪儿也不肯去。好像一出去，所有的那些和丁一凡在一起的时光就会像是放电影一样从她脑袋里的各种角落里跑出来。老乡江惠过来找萧楠一起出去玩，看到这样的萧楠也经不住心疼。她确实不相信，那个曾经幸福的羡煞旁人的一对，怎么忽然就变成了这样？

身边的朋友从开始的不希望萧楠和丁一凡在一起，变成了，其实他们在一起也不错。或许大家也都被这对苦命鸳鸯而感动了吧。他们不相信丁一凡是真的背叛了萧楠。而情愿相信，那个丁一凡口口声声说的苦衷，肯定有他的道理。若不是这样，为什么方雯和方晓鸥在丁一凡走之后全都悄悄地消失了？好吧，就算是真的背叛了，为什么丁一凡还要在最后留下那句"你其实什么都不知道"的话让萧楠去想象呢？也许他们不该在火车站就此分开。一天24小时的车程，又有多少话在这24小时里还说不清楚？

女人在爱情里使一些心计和手段，从而达到战胜对手的目的。我们在电视剧里经常能够看到各种恶毒的女人费尽心机，机关算尽到头来换来的只是咎由自取的自作自受。也或者大家内心也都是善良的，期待着大团圆或历经磨难终成眷属的故事结局。他们期待着萧楠和丁一凡走的也是这样一条路，或是正应了丁一凡说过的那句"名言"——这世上本来就没有十足的坏人，有的都是一时糊涂的好人。既然能说出这样的话来，他丁一凡又能坏到哪里去呢？

宅在宿舍里的萧楠变得少言寡语。在朋友们的劝说下，她也慢慢意识到自己的武断和没有问清事实就果断地选择分了手或许是种错误。

想着他走之前留下的最后七个字。萧楠暗自决定遵守着他们最后的那个约定——等他回来。

可是，现在她手机号却没了。丁一凡会怎么想？想她果然潇洒干脆，完全不念及这么久的情分。

闲下来实在无聊的时候，萧楠只好寄情于网络了。以前在帮着丁一凡留意分析各种船公司的利弊时，她曾在海员之家这个网站注册过一个ID。她开始把内心的困惑和等待的决心写在网络上，没想到却意外认识了一群虽素不相识却感觉亲切无比的姐妹们。

这一刻她这才开始慢慢意识到，原来她接触的是这样一个特殊的群体。她们都同样有着一个精神寄托，她们的男友和丈夫都漂泊在这片茫茫大洋上，而她们都无怨无悔地等待着，期盼着，偶尔也抱怨着，彷徨着，不断找事情去冲淡思念而假装充实着。她们没有政府给予的光荣称号或物质鼓励，甚至没有一个好听的名字。但是却平凡中透着伟大，无奈中透着坚强。她们在旁人眼中是特别的，她们用她们独特的方式维系着她们脆弱又伟大，浪漫又心酸的爱情，可终究无怨无悔。她们就是——海嫂。

第四十七章 你知道我在等你吗？（中）

　　第一次知道有航运在线这个网站，还是在萧楠无聊时四处搜寻如何查船舶动态信息而无意找到的。就在这个叫小屋的论坛，她看到了一个帖子里出现了一个熟悉的名字——林宇浩，丁一凡同系不同班的同学。原来这个圈子居然这么小。帖子是林宇浩的女朋友苏辰逸写的，洋洋洒洒上千字，描述着他们这段让人羡慕的爱情。萧楠看到帖子里出现的那些令她亲切的字眼，大榕树，川山猫麻辣烫，就忍不住想要和这个ID为逸浩的女孩多聊几句。没想到，两个人在聊天的过程中很快就建立了亲姐妹一般的友情。一个偶然的巧合，辰逸从重庆出差回来路经上海，说啥也要见见萧楠这个骨子里有点轴的女孩。苏辰逸活泼开朗，笑容有种温暖的力量。两个人一见如故，大有相见恨晚的感觉。面对面坐在麻辣烫的小店里，两人都开始想起曾经陪着她们吃麻辣烫坐在对面的那个人。而和辰逸不同的是，萧楠的丁一凡彻底无音讯了，甚至，她还来不及问，或者根本就没想起来问一下丁一凡这次出海的船名。辰逸听了萧楠的故事，一时竟不知道该怎么安慰才好。看过丁一凡和萧楠的合照，曾经的他们也算是看起来郎才女貌的一对，男的阳光，女的恬静，若是这会儿劝萧楠干脆放弃了，连她这个毫不相干的外人都觉得可惜。虽然和林宇浩还没结婚，可辰逸已经把自己当成了半个海嫂。林宇浩出海才短短的一个月时间，她已经见缝插针地去探过了一次船。萧楠也是第一次听说，原来有一种望眼欲穿后的幸福叫作探船。也正因为辰逸比萧楠更真切地提前感受了作为一个海嫂的辛苦，一边她出于心疼，希望萧楠不要再深陷于这段看起来有点麻烦的爱情，而另一边又觉得如果萧楠能和她一样，陪她一起等待该有多好。"至少，你得等到他第一个航次回来，到那个时候你再做别的选择比较好。我就不信，那小子放着你这么好的女孩不要，除非他脑子有病，喜欢犯傻。"苏辰逸的话让萧楠觉得自己那傻傻的等待也许不会白费。

　　像很多人猜测的那样，自从丁一凡走之后，陆续出现在萧楠生活里的男孩子又多了起来。有次，萧楠去超市买东西，居然遇到了大一时候帮助过她很多的学长。学长毕业后留在了上海，有着一份听着还算不错的工作。显然，意外在超市遇到萧楠，让学长感到又惊又喜。他抢着要帮萧楠付账，又看了看萧楠那购物篮里除了方便面外就是饼干，这些都是没有什么营养的垃圾食品。于是自作主张地帮萧楠多拿了些像酸奶，水果类的东西，甚至，问萧楠要不要吃巧克力？或者买点甜点当第二天的早饭吃？再不然，有空一起去找个地方喝个咖啡？萧楠被学长这突如其来的殷勤吓得不知所措了。把所有的邀请都婉拒了之后，学长只是叹了一口气，要她好好照顾自己，不管男友在不在身边，都要好好的。萧楠也不知道学长是什么时候知道自己有了男友的，其实就在当学长霸道地把酸奶和水果从货架上扔进她的购物篮时，她心里不是没有感动过。她已经像是好久没有被这样一个人关心过了。

抬头仰望星空，城市里的光污染好像把好多星星都藏起来了，顶多只能看到最亮的那一颗。萧楠在想，这时候的丁一凡到哪儿了？在海上一定能看到比城市里更漂亮的星空。那么，在同一个星空下，丁一凡又是否偶尔会想起他们曾经那些共同的日子？

她好想告诉他，她还留在原地等他对她说那句"我回来了"。她好想对他说，在他不在的这段日子里她想了很多，她为他拒绝了那么多人，只因为她还想等迷路了的他找到回家的路。她想说的话忽然变得那么那么多了，可是她却只能对着星空发呆。她孤单而无助的心事只好写进日记，或者把那种心情和思念写到小屋，让同是等待中的姑娘们看了不禁心酸。

小林也是那些等待中的姑娘中的一个，只不过她和萧楠差不多，她等待着的也是一个忽然就了无音讯的男友。看到了萧楠的故事后，更多的是惺惺相惜般的感同身受。小林也是个优秀而骄傲的姑娘，被男友百般呵护地宠爱过，却也因为一些现实原因让那个海员男友选择放弃。可小林也固执地相信，曾经有过那么多美好回忆的爱情怎么会因为一点困难就忽然变得那么脆弱得不堪一击。萧楠在知道了小林的故事后，也为这个女孩的执著而感动，她忽然转念一想，既然知道公司的名字，那么怎么就不能打电话到公司鼓起勇气问一下船名呢？萧楠帮小林问来了小林男友的船名，更现学现卖地用搜索网站找到了小林男友所在船的位置。一时间，小林忽然有了希望一样，每隔一段时间就看一下男友船的位置，仿佛自己也像是随着他的船在远航了，心里别提有多激动了。小林看出其实萧楠也没有忘记丁一凡，于是在网上随意查到了丁一凡所在单位的电话，以丁一凡女朋友的身份要来了丁一凡的船名。小林发自内心地希望，她们两个这样痴心的等待能够换来一个圆满的大结局。

其实萧楠也不是私下里没有打听过关于丁一凡的消息，只是她又不好意思问那些熟悉的朋友,这个时候脸皮不够厚的萧楠可谓吃尽了苦头。丁一凡的妈妈在丁一凡出海之后一直在用丁一凡的QQ号,也不知怎么,已经删掉的号码又奇迹般的恢复到了萧楠的好友列表中。毕竟稍微上了点年纪,丁母显然对网络知识不那么熟悉,她也好像像是什么都没有发生过一样,竟然还向萧楠问起了电脑软件使用的问题。和丁母聊天的这期间,萧楠发现原来丁一凡在以前真的没少说她萧楠是多么聪明或有才华的话,以至于连丁母都不得不把她不再当作一个孩子来看待。可是,丁母又为何纵容着她的儿子可以像蝴蝶一般游刃有余地穿梭在这些女孩中间呢?这令萧楠百思不得其解。丁母和萧楠聊天的过程中提起了方雯,语气里都是不屑和批评,甚至骂到方雯不是东西,根本不要脸,他们全家都不喜欢这个姑娘。这样的评论更是令萧楠感到吃惊。她婉转地问起丁一凡的船名来,丁母却忽然故作糊涂地说丁一凡打电话时也提起过,只是年纪太大记忆力没那么好,要她给忘记了。显然,这是个托辞,不想让他们继续联系下去倒是真的。可是在她过生日时,丁母居然还在网上送了祝贺的礼物和卡片,也不知道是等待儿子的日子太无聊还是实在太想念儿子,她有时竟也和萧楠倒起苦水来。萧楠顿时觉得丁母其实很可怜,她好像一辈子都在等待,先是等待丈夫,后来儿子长大了,又开始等待儿子。刚好萧楠的生日挨着母亲节,于是她也礼尚往来地送给了丁母电子贺卡,想着自己作为晚辈,给这样的祝福倒也没什么过分吧。谁知丁母居然像是孩子一样,感谢之余,在QQ上居然发来了亲亲的表情。这真令萧楠哭笑不得。看着QQ头像跳动的还是丁一凡曾经那张笑容异常灿烂的,在釜山实习时的照片,萧楠一时恍然失了神,却还是在丁母那儿无意中得知,丁一凡的船,这会儿已经到美国了。

　　其实,丁母真的只是太想念儿子了而已,毕竟儿行千里母担忧,就算儿子再大,在母亲的心中依旧是那个不会照顾自己的小孩。所以丁母面对这些曾经跟丁一凡有过点什么的女孩们都有想倾诉的欲望,她甚至把和这些女孩的交往当作是一种生活的调剂。她可以和萧楠这样大倒苦水,当然也可以很友好地和方晓鸥聊天,看着方晓鸥甜甜地叫着阿姨心里也挺美。没错,这就是一个有儿子的母亲的心态。所以,千万不要觉得婆婆能对自己真的比亲生女儿还要好,就算对你好,那也是因为她的儿子喜欢你。如果她的儿子喜欢上了别人,你也不过只是浮云而已。在丁母的眼里,萧楠确实也是个不错的女孩,只是人没有十全十美的,萧楠长得不够漂亮,年龄还比儿子大上一岁,将来还有可能把儿子拐跑到城市去,那聪明劲儿是谁也算计不过的。方晓鸥呢?确实也有她的优点,家乡的乡村教师,工作稳定,刚好小儿子一岁，长得也好看些。只不过黑了一点，又不够高，加上那喜欢得瑟的野劲儿，搞不好会让儿子天天沉迷于女色，忘记发展事业。综上所述，丁母觉得她还是足够理智冷静的。儿子不懂事，她可不能跟着不懂事。这两个女孩想要做儿子的朋友是绝对没问题，她也可以好好地和她们和颜悦色地说话。只是，要想再打她家凡的主意，那可就想也别想了。

第四十八章 你知道我在等你吗？（下）

萧楠在小林那儿得到了丁一凡的船名之后，更有动力去写那些属于他们俩的故事了。论坛里的几个资深老海嫂渐渐也都开始熟悉了萧楠的每日报道帖。

没两个月，萧楠已经因为小有名气而慢慢变成了一个QQ准海嫂群的群主。创建人雅雅把这帮可爱又痴情的姑娘们常一起聊天的群名起的浪漫而又富有诗意：我与大海有个约会。

有萧楠在的群，确实热闹不少。很多姑娘面对全无中文翻译的查船网站一筹莫展的时候，学过航运知识又喜欢热心助人的萧楠一时成了这些年轻准海嫂们最喜欢麻烦的人。当然，帮萧楠加油鼓劲，期待萧楠的等待有个不错的结果也是姑娘们最美好的愿望。

转眼间，丁一凡已经走了将近三个月。这个群里的一位叫做齐琪的姑娘看着萧楠每天空泛的等待，实在是有点心急。大好的青春年华，倘若浪费在无望的等待里，听起来就不怎么美好。她建议萧楠写一封信给丁一凡，把她所有想说的话都写进信封寄给公司，让公司的人再转交给船上。这念头看起来有点疯狂，甚至有点不切实际。这年头，谁还写信呢？更何况是给船上写信。可是齐琪却说她自己就写过，而且是每天一封，接到信的那个人自然也感动得不行。

这个主意在群里传开了之后姑娘们忽然都精神振奋，好像她们已经看到了丁一凡接到信之后那感动得涕泗横流的脸。然而，写些什么呢？萧楠一时又觉得无从写起了。她可以在论坛里写这么多天联系不上丁一凡的日子有多难熬，或者她那些莫名其妙的想念和不安。落到了笔头上却不知道该如何表达。其实在感情里，通常有时连她自己也分不清到底是因为还爱着，还是因为习惯而不甘心。萧楠决定不说太多话，只写她自己过得如何好，不再像从前那样任性，已经懂得了如何照顾自己，或者说她明白了从前的那些日子她很感激也很怀念。如果不是爱，她何故还要固执地继续等下去，只为那一个之前的约定呢？信很快写完了，寄出之前她犹豫了很久。在犹豫的过程里大家都在给萧楠打气。有的甚至鼓励萧楠寄照片。萧楠反复地读了几遍她写的信，看着看着自己都觉得感动了。

过儿：

　　看到这个称呼，你还会记得这个曾经这样称呼你的我吗？你走之后，我想了很多。想起从前的那些日子，还有我们的约定。

　　自从开始重新认识你所在的这个职业，我才发现你的辛苦和从前我的任性与无理取闹。或许我们都真的太年轻了吧，年轻到不懂爱情到底是什么，也不懂能给对方带来的是什么。或许，我真的错了。在这你离开的100多天里，我才明白什么是只有体会的人才能明白的那种刻骨铭心般的折磨与想念。也许，我真的错怪了你。像你说的，其实也许我什么都不知道。真的不知道那些女孩和你的关系，却也不愿意耐心听你的解释。还是不说这些许多了。你要知道我在等你。用属于我的方式。船上的生活已经习惯了吧？要好好照顾自己。

　　信的末尾萧楠还特意留了她新换的手机号码。丝毫没有提起她如何丢了手机，在那几个月里遇到了多少难过而烦心的事儿。她不想让他为她担心。在这几个月她混在小屋的日子，听了那么多海嫂在讲起她们的爱情时那幸福而又略带忧伤的故事。她慢慢习惯了报喜不报忧，而不再像从前，任性地把所有一切不爽一股脑地倒出来。她相信在选择一个人的时候，职业是和爱情无关的。既然你选择了一个人，那么你就要支持和理解那个人的工作。

　　她开始不断充实着自己的生活，上为数不多的课，认真地参加实习，即使是这样，她也丝毫不觉得日子过得很快。

　　就这样，有天程小东忽然打电话找萧楠说是航海实习结束了，要请萧楠吃个饭，萧楠这才意识到，原来连程小东这个因全院第一名的成绩被保送上了研究生的大闲人也已经回来了。程小东消失了那么久，她萧楠居然完全没有注意过。也难怪，人的心有时候很大，可以装很多很多人，有时候又很小，小到只能容纳一个人。

　　这一天程小东刚从他们的校船实习下来不久，急于想和萧楠报告那些在实习船上遇到的新鲜事。想约萧楠吃饭，又想不出什么新奇的理由，于是就借口说是要给萧楠践行。说是践行，可大学毕业前聚会和散伙饭借口都是同一个，关系好一些的朋友恨不得因为一个践行的理由吃上十几顿饭才分别。所以萧楠也对这样的借口见怪不怪了，她丝毫没有把这一次的吃饭当作是"践行"。

　　边吃边聊的过程中，程小东知道萧楠这个傻瓜姐姐已经给丁一凡写了往船上寄的信。如果是普通我们在陆地上，一封从上海寄往美国的信就得需要至少半个多月甚至更久。何况是写给船上呢？按照一般惯例，只有当代理往船上送资料或者是文件，才会顺便将类似的船员信件一类的东西带到船上。很显然，萧楠的这种做法看着就很不靠谱。有可能，信刚到指定的港口，船就已经开航到下一个目的地了。萧楠已经三个月没有丁一凡的消息了，换句话说，丢了手机没了联系方式这样的事，基本上也没有几个人能遇得上。特殊问题就得用特殊手段来解决。程小东当机立断，还等什么？给船上发电子邮件啊！现在都是什么时代了，还要像蔡依林《海盗》的那首歌中唱的"写封信寄不到"。

中远内部已经开设了船员家属信箱，只要有可能，就可以随时写电邮给家人报平安。丁一凡所在的公司虽不是中远旗下的，可也算和中远有点沾亲带故，想来接到一封电子邮件也不难吧？

听程小东这么一说，萧楠好像忽然觉得醍醐灌顶了。可是，她又如何知道他们公司他所在的这条船的内部邮箱是什么呢？

她的疑问抛向了小屋。很快，一位声称自己是CP某船轮机长的爱人回应了她。那位轮机长的爱人于秀娟当了34年的海嫂，按年龄来说，她比萧楠的妈妈年纪还要大，听说了萧楠的事，二话不说就告诉了萧楠内部邮箱的基本拼写顺序。由于年纪大了，她又不是很精通英语，邮箱字母拼错了，两人在QQ上折腾到半夜接近一点钟，好不容易才使邮件发送成功。

这一次，萧楠真的是勇敢了。由于她本身根本不知道是不是真的能收到电邮，这电邮是写给丁一凡所在的船长的。加上听说用中文写有可能收到的是乱码。她只好用蹩脚的英语发了这样一封邮件。

Dear Captain:

Because I lost my cell phone, so I haven't contacted Ding YiFan for about two months. I just leave this phone number to you. Please help me to tell him when you have a chance. Thanks a lot.

Please forgive me to send you email directly.

Happy Dragon Festival and good luck.

信写的虽然蹩脚，可看到信的船长却很惊讶。这是怎样一个小妮子在什么情况下想要把邮件发给他呢？也许这女孩真的有什么急事要联系他这条船上的实习生丁一凡。

出于礼貌，再加上在驾驶台值班暂时也没有太多事，这位永安号的船长同样用英语在当天就回复了萧楠。

I have got your email.I will forward your message to Mr.Ding.

第四十九章　休斯敦之殇（上）

　　船长回完了萧楠的邮件，直接看了看电脑上显示的时间。此刻的永安轮刚好停靠在休斯敦港。当地时间和北京时间时差大概在16个小时。也就是说在萧楠的凌晨时分，他们的船上却刚刚只是前一天的上午。上一站新奥尔良到休斯敦也没有多久，两个港口离的并不是很远。到休斯敦入河道前先要经过三个大桥，晚上的时候依稀可以看到灯火通明的几大炼油厂。进入河道后又是另一番景象了，矗立在航道边的纪念碑和一艘供参观的旧炮舰在过第一座大桥的时候就依稀可见。原来纪念碑的所在地是一个德州圣哈辛托古战场的历史公园。1836年，休斯敦将军为了争取得克萨斯州独立，率军与墨西哥军队激战，为了纪念圣哈辛托战役，于1936年至1939年建造了此塔。这如耸入云霄的一根锥形柱子，是目前世界上最高的纪念塔。公园的岸边安静地停靠着得克萨斯号军舰，算是一战和二战的纪念品了。
　　这次船刚好靠在休斯敦港卸货，由于在当地刚好赶上周末，码头上没有干活的景象。美国人不愿意休息天加班，但我国的船公司必须要抓船期，只能让老美们勉强来加班，也因此，这帮家伙显得格外无精打采。公司驻休斯敦办事处的领导来接船长，这是永安轮到美国后的第一次下地机会。没有下地签证的人员都不能离船，有签证的也要有相应的人员来接送，个人想随便出去走走都不容许，甚至走不出港区。由于这是美国人限制外国人行动的特权，所以大部分人都只能安心在舱室里看过时的旧报纸，对在美国下地的愿望早就消除得一干二净了。
　　3个多月的航海生活已经让丁一凡由起初的期待到新鲜感全失的地步了。这3个多月，他听到最多的便是船上其他高级船员抱怨这浪费青春的生活实在是一种对生命的变向折磨和摧残。欧美人的生活方式只有你亲眼见了，才懂得他们活的是真的恬淡。早就听说外国人把休假看作是生活的一部分。果不其然，见识了美国人的生活，才知道没有什么比家人在一起团聚重要，也没什么比享受天伦之乐，拥有自由和清新的阳光空气更幸福了。想到这里，丁一凡忽然觉得从前的自己为了要得到那些虚无缥缈的东西而付出的时间和精力是那么不值得。就如同，他浪费了那么多在自习室上自习的日子，单单只为了一个不错的成绩好进一个像样的公司。到头来，他还不是一样和年级后几名的同学进了同样一个不伦不类的中外合资公司？一样的擦油，一样的给领导打扫房间，甚至还不如机工活得潇洒自在。他觉得好像这么多年来读书只为了去跑船，这个决定简直就是他丁一凡人生中最大的一个败笔。那么多个不成眠的夜晚，他想得最多的是他度过童年的地方。那个并不喧闹，甚至有点荒僻的小渔村是他人生中最初也是最美的宁静乐园。尽管小时候他被父母严加看管很少和那些所谓的野孩子玩，可那田野里泥土的芬芳，风吹过稻田沙沙作响的声音，让他怀念。从小他就被教育要上进，要努力考出那个小地方，慢慢的他开始对大城市的繁华与忙碌充满了向往。后来，他发现城里的一切真的不一样。有那么宽而平直的马路，有好几层楼的大型购物超市，只要有钱，你就能把自己包装成一个十足摩登时尚的城里人。城里孩子不但会读书，还会钢琴书法绘画唱歌跳舞。上了大学之后，他发现整个商船学院，几乎就没有几个是真正的城里人。因为城里人是不会吃了上船这个苦的。除非他们发了神经，从小看多了《大力水手》或《辛巴达历险记》非要过过哥伦布或者郑和的瘾。

　　就算大家都是农村人，可是上了大学没多久之后，他发现身边的每一个人都急于脱去那个"泥土味"，尽快把自己粉饰成一个十足的城里人。宿舍里的男生军训后就再也不愿意留那像犯人一样的板寸。不知道从什么时候，有人偷偷烫头了，有人把头发染色了，甚至有人偷偷打了耳洞。看着他们变得时尚了，丁一凡也曾蠢蠢欲动想要变成那样。可是想想，曾经当了二十年的好孩子，一下子变成那样，他也接受不了。他觉得自己可以不流俗于这些外在的形式。所以他唯有不断地好好学习，取得让他自豪的成绩，这样才可以让自己有一天骄傲地挺直胸膛，留在这样的繁华都市。后来，他觉得能找到一个城里姑娘作媳妇也不错。他也真的像是要做到了，找到萧楠做女朋友。尽管不那么漂亮，却够聪明。她懂的事情永远要比他多，她的见识总是比他的要广。但也正因为这样，骨子里他有了深深的自卑。这样的姑娘，在未来要带给他的是什么样的压力？萧楠任性，再说得难听点，就是作。倘若长得好看点，那么作的时候也能让人感到值得。偏偏他现在越来越觉得她的普通。萧楠也似乎从来不会小鸟依人，她只会告诉他什么是错的，什么是对的。错的事情不要做，对的事情要多做。她好像是个领导，对他的一切进行限制，五花大绑地让他透不过气来。这样就扼杀了他想要作大男人的愿望。自豪和骄傲都没了，慢慢也变得没了男子汉的气派。那唯萧楠马首是瞻的日子里，他丁一凡过的真的好辛苦。他怕她。他并不知道这怕其实也变向证明了那是他对她的在乎和爱。他只觉得他像是一个小丑在她面前低三下四一般的讨好，这想起来就让他感到很没面子。曾经的他极力在别扭地改去他身上的那些"江湖气"或者"农村气"，就如同他到了大学后就开始讨厌自己的家乡话而刻意要把普通话说的异常标准一样。他怕，如果有一天一旦他哪里做得不好让萧楠知道了就会不高兴，就会离开他。其实他也没有安全感，他总觉得萧楠本来就和他不是一个世界的。或许他那么想要得到，却也怕终究抓到一场空。尤其在遇到客观和外界的重重阻挠的时候，萧楠的表现让他失望。她不会是个可以理解他的人。他们真的像是来自不同的星球。他为了她而改变，像是把身上的刺都拔了个精光。可那又能怎么样？萧楠好像也并不领情。

他一个农村出身的下里巴人怎么懂得欣赏她的阳春白雪呢？

像他父亲说的，倘若真的要萧楠放弃那习惯了20多年的城市生活，她是否真的肯？倔强如她，个性如她。她即使现在答应，说不定哪天也会忽然后悔。到时候她会怎么看他？他已经骗了她够多，已没有勇气骗她更多。

而方晓鸥就不是那样不食人间烟火的神仙姐姐。她听得懂他的心声，她安静的时候真的安静，知道他不爱说话就静静地陪在他身边什么都不说。完全不似萧楠那完全不知所云的喋喋不休。一个女人倘若做到了婆婆妈妈的境界，那么就离被厌恶不远了。男人从来不会因为你的好心而停止对唠叨的厌恶。还有一点，娶媳妇不是娶摆设，虽然萧楠多次点燃过他的激情，可没有真正实质真刀真枪的演练过，他怎么就知道她萧楠倘若跟他上了床就不是一根木头？是的，他介意。他介意他卖尽了力气也没有得到她的痛苦。

他真的不敢想起他和萧楠的那些从前了。也许他父母说得对，他和萧楠就是从一开始就是个错误。

或许这个错误他意识得晚了一些，他甚至觉得他从前那些所有的挽回都是些可笑的耻辱。船上的老机工告诉他，他那曾经拿着当宝贝的挂在脖子上的项链其实根本不值什么钱。那说不定就是从地摊上随便买来的便宜货。

他觉得他好像被这个城里的女人耍了。没错，一定是这样。说不定她忸怩作态的装纯情，其实早就不是什么处女，却还要恶心的装作什么都不懂的样子。若不是这样，她怎么后来再看到他讲黄色笑话也开始变得镇定自若了呢？

他没有收到什么萧楠手写的书信，更不知道她是不是丢了手机。倘若他收到了，也没有拆开看的心情了。他想着想着居然有点恨，恨他认识萧楠。如果萧楠真的爱他，怎么会那么残忍的明知道跑船这么辛苦还狠心的和他说分手？或者说，明知道上船是这样的憋屈和苦闷，怎么就能忍心连一句，"为了我别去出海的话都没有？"

除非她为了钱！

他想萧楠或许是个贪慕虚荣的女人。没错,她一个城市女孩,偏偏看上了他。他出身农村,没有什么特殊的背景,除了为了他跑船能多赚点钱外,他还能有什么特别?

就在他反复想着这些让他头疼的事情时,三副忽然告诉他船长找他有事。

天!这是什么情况?

他一个轮机的实习生,除了最开始上船的时候和船长有说过几次话,再后来几乎就没有怎么见到过船长了,更别说船长能找他有事。什么事呢?他开始不安。丁一凡就是这样,喜欢在不安的时候下意识地去摸摸自己的鼻子。走在去船长办公室的路上,他一边摸着自己的鼻子一边一个劲儿地想自己到底犯什么错误了。老轨去加油了,应该不在,难道是刚才趁着有空去告他的状了?也不会,老轨人还不错,他也好像没有做什么错事。就这样想了一路,他的鼻子也被他的手搓得发红了。

"小丁啊,是这样,我接到一封邮件,好像是你女朋友发的。说她手机丢了,联系不上你,要你赶紧联系她一下。你看你没什么事就联系一下吧。靠在这个港还不错,美国的信号可以让你搜到网络的。对了,我希望以后你处理好这类的事情。没什么急事不要发到我的邮箱。就这儿事,你回去吧。"

船长也没有怎么仔细看丁一凡那紧张时有点涨红了的脸和已经被搓红了的鼻子尖,轻轻地把烟弹进了烟灰缸,慢条斯理地说完这句话,就让丁一凡出去了。

"操他娘的女朋友!我不是和她已经分手了?她还真拿自己当瓣蒜了?肯定是这3个月又被哪个男的踹了才又想起我,鬼才信她丢了什么手机。我在的时候她怎么没丢过手机?"丁一凡在心里骂道,同时又犯了嘀咕。萧楠又是凭着什么神通,连他丁一凡船长的邮箱都能搞到。这个妞儿难不成我还甩不掉了?隔着10几个小时的时差,隔着这浩瀚的太平洋,她居然还能找到我!丁一凡看了看日历,惊讶地发现,再过一天,就是中国的传统节日端午节了。而这个时候,国内已经开始过下一天了,也就是端午节当天了。他准备等国内天亮,再联系萧楠。为了措辞丁一凡想了半天,他不敢写得太生硬。

尽管气愤,可气愤里又夹杂着意外。两种感情交织着,让丁一凡竟然有点想哭。

第五十章　休斯敦之殇（下）

端午节的清晨，上海的阳光格外的明媚。这个清晨和从前的每一天看起来是那么的一样，又好像是哪里不一样。前一晚忙碌到大半夜的发邮件让萧楠看起来精神状态不是那么的好。每个人都有第六感，藏着心事的萧楠自然一改往日逢休假必睡到日上三竿的作风，所以在早晨不到6点钟就起床了。学校的食堂正免费派发着粽子，她想到自己早起刚好能够赶上这样的实惠心情也经不住跟着愉悦起来，又想着平时老乡江惠对她的照顾，就跟食堂的师傅多要了一个。

回宿舍的路上她不是没有想过自己昨晚那发邮件的"壮举"会引来什么后果。她曾不安地问起那位轮机长的爱人，会不会因为这个影响丁一凡的实习？老海嫂的回答让她放心。谁不是从年轻时候过来的？虽说不管什么行业都有一定的规矩，像这样特殊的情况不管脾气怎样的领导都会网开一面的。根据萧楠的描述，丁一凡这类的实习生最容易想不开，适应能力如果再不强，心理就很容易出问题。联系上萧楠说不定会是一件好事。

萧楠知道她发邮件的做法有欠考虑，可有时候事情一旦发展了，就像箭在弦上不得不发。她好像就不知不觉被推着走了。发邮件时心中只有一个声音，她想要他知道。如此单纯，也丝毫没有考虑到已经对她丝毫没了感情的丁一凡会怎样发落。

买回的早饭和领到的粽子还散发着清香，萧楠打开电脑连上了QQ。这样的清早，不会有任何人在线。可是电脑右下角的一个曾经熟悉不过的头像跳了起来。没错，是丁一凡。

休斯敦当地时间下午4点多，海面上的夕阳把整个永安轮都镀上了一层金色。丁一凡努力地拿着他那5斤多的笔记本困难地在船甲板的一角搜着微弱的网络信号。不能再等了，他才不要管中国的时间是什么时候。他要留言给萧楠，要让她彻底死心，不留一丝活口。谁让她没事居然像通缉令一样的到处"追杀"他？

他想说得坚决些，可话到嘴边又咽了回去。如此反复，让丁一凡自己都开始觉得磨叽。于是他决定留言给萧楠。

"在吗？端午节快乐。我给你留言没有什么别的事情，就是想告诉你，现在的我很好。曾经很感谢你，是你帮我度过了一段内心无助的日子，你就像我的一个

231

姐姐，但我想那根本不是什么爱情。我会照着从前你说过的话去做，因为你真的教给我很多东西。好了，你保重吧。你那么善良一定会收获属于你的幸福的。我祝福你。"

这段话，丁一凡修改了好几遍。终于在手的一次颤抖下发送了出去。

这段话还没发送超过5分钟，萧楠就上线了。这算是他们最后一次心有灵犀吗？

听取了好多海嫂的意见，萧楠没有马上在回复丁一凡的时候意气用事地质问他为什么。她好像有好多话要说，是啊，他们已经有3个多月没有联系过了，那么多话搁到嘴边怎么就想不起来了呢？她努力反复地看丁一凡发来的那段话。内心全是委屈。什么叫做不是爱情？什么叫做像是姐姐？什么又叫做帮助他度过了一段内心无助的日子？那么，他们那些曾经的誓言都被大海带走了吗？

她想或许他是因为她贸然的发了邮件让他生气所以才莫名其妙地说了这样一堆话。可是，他难道不知道她为了找到他付出的辛苦和等待吗？就算她犯了错误，还不是因为她想让他知道她还在等？

她第一次放下了矜持，对他说，其实她想原谅他了，不管以前如何，让一切从头开始，她愿意为他改掉那些专横和任性，因为她知道遇到一个能够让她一直想念的人有多难。她多想一股脑地说她这3个月来所遇到的事情？可是她现在不能说，影响丁一凡的情绪怎么办？所以她说，"你只要记得我还在遵守着我们的约定就好了。"

什么约定？丁一凡有些意外。他已经不记得了。他想告诉萧楠，去他娘的约定吧。老子这3个月想起你的时候都他妈的是痛苦！痛苦！

看着萧楠像是着了魔一样的梦呓般的话，丁一凡恨不得冲着电脑喊，他妈的还没睡醒吧？！

丁一凡再也不想伪装了，直接把那些字拍过去。

"你萧楠不过就是个爱不起的家伙！我早看出来这一点了，所以我们的分手就是最正确的决定！"

"你到底还要不要脸？明知道发邮件给船长是错的，你还这么干？存心想要玩死老子，是不是？！"

"我告诉你萧楠，你别以为你对我有多忍让我就能重新爱上你了。没门！做梦！你就是做再多努力老子也不会动心了！"

"女孩应该是你这样的吗？像你这样强势外加霸道，老子祝福你一辈子找不到对象，你活该一辈子单身！"

写着写着，丁一凡越来越激动。他要告诉她，"老子最后选择的不是你了"。你难道还不明白吗？想起方晓鸥在QQ签名上的那句话，他直接就引用起来。

"男人是用来靠的，所以要可靠，女人是用来爱的，所以要可爱。"

在你萧楠面前我根本就找不到大男人的一点点尊严，老子要的就是小鸟依人，不是被你的那些自以为是的强势论调搞得抬不起头。

也许很多中国传统的女人在遇到第三者的时候第一个想到的都是那个不要脸的狐狸精是如何勾引上自己老公的。其实她们没有想过，在他们变质的爱情里还有一种情况就是你把什么事都做好了，留下了那个不知道该做什么才能显示男子汉气概的男人只有在第三者那里才能找到保护弱小的征服感和满足感。

也许越是幼稚的男人就越想要在一个更为弱小的女人面前显示出他的英雄气概。当丁一凡第一次遇到楚楚可怜的萧楠，不正是因为她那梨花带雨的脸而心疼的动心了吗？而随着时间的流逝，那受伤的小猫一不留神就长成了对他颐指气使的大老虎，这让丁一凡一边感受到沉重的压力和负担，一边就巴不得想逃。他本以为上了船，随着时间的流逝，她萧楠也就把他忘了，而仅仅只把大学这段他们幼稚而可笑的爱情当作一个插曲，却没想到萧楠这骇人的执著劲，硬是把他从遥远的大洋彼岸给揪了出来。想到这里他就又气又恼。

萧楠看到这一连串的叹号外加抱怨，惊讶之余更多的是一种心酸。她一再的沉默，偶尔沉默中夹杂着一两句辩解。可是，又有什么用呢？他已经心中无她，无论怎么辩解终究也是苍白无力的。她只问，"你在船上过得好吗？同事关系处理得怎样？有没有好好吃饭？会失眠吗？"

可是丁一凡回复的只有冷冰冰的一句话，"我的事跟你没有任何关系。"

"好，那我只问你一句，你现在完全不爱我了吧？"

萧楠强忍着泪水，哪怕他们没有开视频，丁一凡也根本看不到她的脸。桌上还留着没有来得及吃的早饭和粽子。她已没有任何胃口和心情去吃下这散发着清香的早饭了。

"嗯。"丁一凡没有多余的一个字，他甚至不想再多说一个关于爱的字了。他已告诉她，他现在有了女朋友，而他现在只要爱一个人就够了。

笑话，他丁一凡怎么可能做到只爱一个人？

其实他最开始觉得多几个人等他回来想起来都是一件非常爽的事，所以他才会在走之前让所有的女孩都等他。他觉得最没有可能等他的就是萧楠。现在萧楠可让他大大地出乎意料了。

就在这关键时候，丁一凡的电脑忽然没电了。他飞快地跑回舱室想要充一会儿电。三小时后，还不忘给萧楠留下这样的话。

"其实你哪里都好，就是爱不起。以后你要学会爱得起啊！"他见萧楠一时没有回复他，就多看了萧楠的资料两眼。上面显然换了签名。签名是这样写的。很短，又让人莫名其妙。

"怎么迷路了呢？"

他想也许这签名是写给他看的，他想要解释他是深思熟虑的结果，他才没有迷路。这3个多月来，他想得够彻底了。他不是一时糊涂，更不是什么迷路了。

其实这句话是萧楠质问自己的。是啊，她怎么鬼迷心窍了。她萧楠自己迷路了。她过分地相信了他们的爱情。一句不再爱了，让她终于找到了不再等下去的理由。这应该高兴不是吗？可是，她怎么难受得连饭都吃不下？

好吧，既然你已经完全不爱我了，那么，刚才我说过的那些话你都可以忘记了。

萧楠准备下线了。她再次删掉了莫名其妙重新出现在好友列表里的丁一凡，就在要关机的一瞬间，她接到了一个区号为丁一凡老家打来的电话。没错，是丁母。

肯定是丁母知道他们的事了，表面上却仍然装着糊涂。

"我听说你发邮件到凡的船长邮箱了。老实说，我对你的这种做法很有意见。你知道作为家长，为了不影响他在船上的工作，好几天没有信号的时候我连个电话都不敢往他们公司打！"很显然，丁母这个电话打来就是来质问萧楠的。

好像大家全然都忘记了这一天是中国传统的节日，不能回家的萧楠在挂掉了丁母的质问电话后开始放声大哭。宿舍就剩下她一个人了。大家都回家过节的过节，逛街的逛街了。没有人在意她的喜悲。

端午节的一整天，她没有吃下一粒米。大哭之后她木然地收拾着她的东西。要毕业了，整个宿舍已经被那些提前就找到住处准备随时办离校手续的同学搞得异常冷清和空旷。

她这才发现原来她固执的再想留在那座繁华的大都市上海似乎也没有什么意义了。是时候了，她该回家了，该回到那个北边靠海的城市了。没有了爱情，她还有家人，还有朋友。

她打电话给家里用非常镇定的语气说她想毕业之后就回家，工作等回家后再慢慢找。她相信她肯定会很好地努力加油的。说到这里的时候，她还故作轻松地笑了笑。

  一切真的该结束了。她把丁一凡曾经留给她的那些东西一一送给了还要继续留在上海生活的同学，也把自己的行李归了类。毕业的模式都将是如此的相似，答辩，典礼，拍照。接下来要离校前的日子，她还有很多事要做，她必须学会坚强。

  萧楠自然也不知道，和她说分手后的那个晚上，丁一凡一夜未眠。看着太阳从海上落下又升起。他拍了一张海上日出的照片，那红似火的太阳看起来是那么有活力。犹如郝思嘉说过的那句话，"明天又是新的一天了。"丁一凡也告诉自己，一切都将是全新的开始。新的开始是那么的让他憧憬。他终于让她死心了，她终于不会再找他了。想到这里他如释重负地叹了一口气。

第五十一章　背叛才是不可抗力

对于萧楠来说，端午节过后的日子，像是插上了翅膀，即使要多挽留一会儿，都是想抓都抓不住的。

就这样过了几天，小屋里的姐妹们都禁不住想关心地问她那越洋的邮件发出后得到的该是什么结果。然而大家谁都没想到，萧楠就在某一天忽然消失了。她的不辞而别让大家莫名其妙了好久，却也不难猜到，这不是一个皆大欢喜的结局。QQ群里，每天都有女孩和男孩闹着别扭，聚散离合无时无刻在上演。有人说，不是海员的爱情经不起等待，只是他们的爱情更加脆弱，稍有不慎，誓言就被大海的浪卷走了，尸骨无存。那些曾经给过萧楠祝福的老海嫂也开始怀疑萧楠是不是在等待的中途变了卦。毕竟80后的人，心思活络，早就把感情看得很淡然了。

毕业答辩刚结束的那天，萧楠就收到了封叫做航海衣羊的船长发的邮件。那是一名有着数十年航海经历的老船长，也是扎根在小屋里的极有威望的一名船长。邮件里细细分析了丁一凡对她态度问题的原因。那封信不长，却句句在理，字字深刻。大学时代的恋爱，不外乎都是两种结果，要么马上结婚，要么就此分开。多少人抱着游戏的态度打发着校园寂寞的时光，多少人一毕业就分手成了约定俗成的一种不用解释的习惯。还有些人，将学生时代的爱情根植在记忆中，融化在血液里，却也只能在遗憾中怀念一生。倘若丁一凡还爱着萧楠，就不会在接到这样连船长看了都动容的邮件还说出那种无情的话来。船长邮件中流露出的慈祥和亲切让萧楠觉得意外。在她的印象中，可以被称作船长的人，都是严厉或不近人情的，要么就是粗犷中透露着威严。她不知道是从什么时候开始起，就一直对船长这两个字产生敬畏。尽管没有人刻意对她说起船长应该是什么样的，然而，经历过大风大浪的人，若不是乐观豁达地看开了生命中的各种无常与无奈，如何抵御那些寂寞枯燥的时光？像航海衣羊一样，经历了很多起起落落的老一辈航海人，心态都被打磨得和安静时候的大海一样，淡定得不再有什么波澜。面对失意中年轻的女孩萧楠，衣羊船长唯有开出这一剂叫做理智的药方了。他心中也为那个背叛她爱情的负心人感到遗憾。明明跑船的就不好找对象，遇到这么一个痴情的姑娘，这小子怎么还就变心了呢？莫不是他又在新的环境中遇上了什么条件更好的人？若真是这样，倒也不值得姑娘伤心了。

纸终究是包不住火的。群里的姑娘们终于还是知道了萧楠那让人大跌眼镜的结局。既然知道了，免不了开始叽叽喳喳地评论。小屋也为此开展了积极的跟帖。老中青三代的海嫂代表竟都针对此事开始各抒己见。一时间，萧楠像是站在了任由品评的风口浪尖。先前看好他们，希望有美好结局的大姐们此刻都纷纷表示最初就不看好这对不靠谱的学生情侣。那句话说得好，人嘴也就两层皮，咋说咋有理。就在这个时候萧楠听说，那个名为"大海有个约会"的QQ群，自从她离开后又陆续多出了几对分手的，而分手原因竟奇迹般的都是统一的背叛。萧楠一时百感交集，在论坛里发了一个名为"海员，请你们懂得珍惜你们的爱情"的帖子。这下可好，论坛彻底被这个小妮子搞得一团糟。

没错，帖子开头就饱含着质问的语气，陈述了多个姐妹因为遭到了海员的背叛而伤心欲绝的故事。那些准备要和海员谈恋爱的姑娘，或者刚刚和海员接触着正要发展爱情的姑娘在看到了这样的帖子自然会在心里犯嘀咕。早就说海员的私生活好像有点混乱，难道真的是这样吗？不然，又是为什么会出现这样一个偏激而又气愤的讨伐帖？面对不够冷静的萧楠，论坛里的几个资深的老海嫂都按捺不住了。她们毫不留情地批评萧楠不该如此武断地一棍子打翻一船人。"你怎么能因为你自己遭遇了感情的背叛，就偏激地认为天下的所有海员都会背叛？！"其实她们在批评这小妮子的同时，心里也不禁暗暗倒吸了一口凉气。一直以来，论坛里都是以铺天盖地的想念和等待为主题。偶尔冒出一两个姑娘问问船员们是否真的会找妓女，也算是最大的底限了。在这样一直平静的海面，扔下这么一颗小石子，看起来倒是没什么，实则动摇了不少姑娘继续等待下去的决心。

海员的妻子自然有属于她们的心酸。家里老人孩子都要女人自己照顾，倘若哪天生病了，连个替换的人都没有。工作上遇到了烦心的苦恼，想找个人倾诉吧，可能也许你拨打的电话已关机或暂时无法接通。多少海嫂因为习惯性的等有着时差的电话从夜猫子变成彻底失眠的神经衰弱。又有多少海嫂大半个月都没有丈夫的消息时常担心他是否出了意外在等待中熬得心焦。那些海员的女友们呢？经常对着曾经接收到的短信读着读着笑了又哭了，没有朋友可以明白她像神经病一样的接到一个越洋电话就兴奋上整整半个月，却又会因为错过漏接的一个奇怪号码的电话而懊恼上半个月。

可是即便这样，在爱情面前，一切苦涩的等待都有着他们甜蜜时刻的意义。海员的爱情是容易病态的，却也会衍生出极端的幸福。没有经历过的人永远都不会懂。可如果你让那些海嫂们劝说她们的丈夫放弃这个职业，她们又都会一致地说支持丈夫的一切决定，或许真的有少数人将航海事业当作毕生至高无上的理想。在那一望无际的大洋上随着浪花不断追求着。但大多数人却还是俗不可耐地单为了一个钱字。都说海员是一个古老的职业，就如妓女那个古老的职业一样。如果不是为了钱，很少有人出卖自己的灵魂或肉体。近几年来，海员市场并不像过去那些时候那样景气。所以不少航海院校，尤其是那些职校，更是把开阔眼界，低投入高回报，实现航海梦想这样虚无缥缈的空话当作宣传的招生语来吸引更多的年轻人来加入这个队伍。他们自然不会傻到告诉那些孩子们，进了这样的学校就是一座和尚庙，等待着他们的也许就是一座在海上漂着的流动监狱。他们有可能会在最初晕船晕倒吃什么吐什么最后吐到明白什么叫苦胆汁，他们会想家想父母想女人却只能看着大海对着月亮唱着苦涩的自嘲的歌，他们也许会害怕生病，哪怕是感冒发烧，因为即使是一个阑尾炎的小手术在船上都有可能会被活活痛死。

但就像那句话，当兵会后悔3年，不当兵会后悔一辈子。跑过船的男人血液里会有他们独特的记号。航海，就该是男人的职业，也只有战胜得了寂寞，忍受得了孤独，吃得了这份苦的男人，才会懂得什么是真正的幸福。

平心而论，能够懂得什么是幸福的航海男人是很多的。海员的队伍里也总是一群侠骨柔情的硬汉，在听到不满周岁的孩子喊着爸爸，在看到那个为他在岸上守候着很久面容有些憔悴消瘦了的女人还是会忍不住流下泪来。如果非要说有什么可以阻拦海员的爱情进行下去，除了背叛，大概也没有什么更凶狠的原因了。不过，普通的爱情不也大抵都死于背叛吗？所以以前说，天下的故事，幸福都是相似的，不幸的各有各的不幸。而对于爱情来说，倒是可以倒过来，不幸的都是相同的，因为背叛才是最大的不可抗力。作为一个女人，宽容的确很重要，但是宽容的对象是那些真懂得醒悟和回头的男人，而不是那些情感勒索，一味要求你容忍他花心的男人。有些男人就是这样滥，自己不断犯错，又不断被女人逮到，然后就借口说因为一直得不到自由，所以格外想要自由。有的人，就像个陀螺，擦肩而过的人越多，转得越洒脱。但是，他往往又无法控制旋转的惯性，遇见了，又是习惯性的错过。而对于萧楠来说，丁一凡便是那样的人。

只不过固执的萧楠依旧不愿意相信，那个曾经可以说出"世上没有十足的坏人，而只有一时糊涂的好人"这句话的丁一凡，为什么要在她面前努力扮演着一个坏人呢？

萧楠曾在还未经历"休斯敦一战"时看到过丁一凡的初恋女友秦碧在丁一凡空

间里留下的一句话。那是他在大学初期照的一张照片。照片下只有一条丁一凡还没有来得及删掉的评论。秦碧说，"那是过去的你。可是，你已经不是从前的那个人了。"字里行间透着无奈和隐约的遗憾和眷恋。没有人知道这句话意味着什么，然而萧楠却仿佛看出了什么。是啊，现在的丁一凡，又是怎么样的一个？

曾经轰轰烈烈的山盟海誓，到头来变成了镜花水月的一场空。她不知究竟为何，他丁一凡能让每一个和他有过感情的女人都对他如此恋恋不忘。

终于，她在半年后，他第一次下船的时候好像有点懂了……

第五十二章　有多少爱可以胡来（上）

　　好多海员都喜欢在QQ上记录他们的航迹，有的是因为想要朋友知道，尤其是曾经和他们一起读过航海的兄弟们看到他的动态。还有的，仅仅是给自己留下一些纪念。丁一凡也不例外，在快回家的时候，他习惯性地把回国内的倒数第一个港口挂在了QQ的个性签名上。又是釜山。他不知道为什么总是和这个港口有着深深的缘分。不过其实也很正常，釜山作为国际上的几大重要的中转港，但凡经过的商船，少有不挂靠这个港口的。人有时候很奇怪，回忆这东西仿佛真的需要一把开启的钥匙，一旦遇到了什么熟悉的场景，即使你不愿意回忆，也会自觉不自觉地从脑海里跳出来。

　　丁一凡还记得自己在大学时候第一次要随校船出国，第一次去釜山的那个深秋。之前繁杂的手续，各种需要打的防疫针，学院开展的各种安全教育让那些急不可耐想要早点上校船的他们头疼而兴奋。直到现在他还能够想起校船上的那个做菜的大师傅诡异的食谱，听说这厨子还发明过类似西红柿炖豆腐，土豆炒鸡蛋这样怪异的家常菜，他甚至还可以回忆起那次出海宿舍几个哥们第一次在釜山的街道上闲逛时他们每个人都穿的什么衣服。看到街上密密麻麻参差不齐的各种牌匾每个人都经不住感慨，其实具有亚洲四小龙之称的韩国最繁华的港口城市的街道也不怎么样嘛，有些街道感觉就像是一个小渔村。他们下了陆地就开始钻进各种超级市场和化妆品店来完成他们此次出行的采购任务。有的人认识的女性太多，家里姐姐妈妈各种姨妈姑妈，各种女朋友女同学，因此清单被列了很长。清单上的主要内容都是化妆品。对于亚洲人来说，中国女人只认可韩国或日本的护肤和化妆品。而韩国的价格相对能便宜些，这也就造成了一堆大老爷们下了船之后却往往冲向的是这些卖女人东西的商店的壮观景象。

　　丁一凡如今又一次走进卖护肤品的商店了。他的身份已经不再是学生。釜山的街道3年来似乎没有什么太多变化，不像日新月异的上海。拿起The Face Shop的洗面奶，把每种类型的都装进购物的篮子。芦荟的要留给妈妈，绿豆的要给妹妹，柠檬的要留给方晓鸥。咦？不对，柠檬的没有了，只剩下樱桃的了。他思绪有几秒停滞了。眼前好像闪过了一个画面。没错，他想起了萧楠。在一个很晴朗的午后，校园的天空纯净得可以当作画布。他打电话让还在上课的萧楠跑出来见他，他依旧背着那个乔丹的书包，书包里有好多从韩国带来的东西。尽管那些东西都不那么值钱，可物品包装上面那大家都看不懂的钥匙型文字还是可以让一些从来没有见过正宗原装国外东西的人眼前一亮。他匆忙地把杏仁糖塞到萧楠手中，又拿出The Face Shop的几种洗面奶让萧楠挑，一边拿一边还说，真不好意思，我也是偷偷把这些东西趁同学不注意才拿出来了的。他们要是知道我还有存货，肯定都会像强盗一样直接拿走。萧楠什么也没说，眯着眼睛只拿走了一个，上面画着一个大大的樱桃。就在丁一凡还没有注意的时候，萧楠飞快地在他的脸上亲了一下然后就像燕子一样跑回教室上课了。那大概是她第一次主动亲他？他只记得他自己愣在原地好久。该死，他怎么又会想起这一段？这么多年了，他经历过的事已经够多。那样一个不经意的甚至说很没有技术含量的吻又算什么呢？他想，也许他怀念的不是那个人，而只是一段纯粹美好的时光。可不是？时间长了，记忆总是会过滤掉不好的，而沉淀留下好的吧。

　　船回到国内后，经过了将近一周多的时间，丁一凡才算彻底折腾完毕回到了自己的家中。看到母亲好像又老了一些，难免心酸。可谁让他选择了这个职业？不过，心酸也就一阵子。回家没有多久他就忘记了在船上时想要好好陪家人的念头了。每天也不过就是起床，打开电脑上网，吃饭睡觉。他好像已经彻底习惯了在船上那种自娱自乐的生活，活在属于他自己的小世界。所以丁母每天几乎和儿子的互动也就只能是，叫儿子起床，看儿子玩电脑，叫儿子吃饭，再看儿子玩电脑。

　　丁一凡自己也不知道为什么，回家后找不到了那种和方晓鸥甜蜜深沉思念的感觉了。他想女人大概一旦进了社会就会不知不觉地将校园时的纯真褪去，渐渐变得俗不可耐。方晓鸥见到丁一凡带给她的韩国护肤品好像并没有提起多大的兴趣。也对，The Face Shop洗面奶在韩国卖也不过就几十块钱。现在网络上到处都是淘宝代购的外国原装护肤品，自己就可以买，而且还可以买更好一点的。显然，他丁一凡低估了方晓鸥的胃口。"老公，人家不想用这个嘛。你下次最起码得给我带兰芝的。还有，就这么一点，让我怎么分给亲戚朋友还有同学嘛。"方晓鸥一努嘴，显然是不高兴了。方晓鸥早就在同学、朋友间吹嘘开来，自己有个在上海读过大学正在跑远洋可以走遍世界的无敌帅气男友，哪个亲戚朋友不羡慕不知道她小方老师好福气又好运气。这如今，帅气男友"荣归故里"了，怎么还不得和大家见见面，来点见面礼？

　　丁一凡这才发现自己最初的想法没错，他本以为方晓鸥在工作了之后多少知道了赚钱的不易和辛苦，会收敛她的大手大脚，至少也该知道，虚荣是个缺点。日子怎么能过给别人看呢？可话虽然是这么说，他丁一凡何尝不虚荣？他若不是虚荣，觉得萧楠大自己一岁外加相貌普通，也许就不会那么快地放弃他们的爱情了。方晓鸥几次和丁一凡提到要见家长，要找时间把婚事尽快定下来。毕竟他们这恋爱谈的时间也够长了。即使可能很多人早已经心照不宣了，可是还是差那么一个形式。

　　丁一凡想到自己的事业才起步，可以说还什么都没有。结婚？那不得需要钱吗？张口跟父母要的话，也得看父母是不是对这个准媳妇真的满意。想到这里，他偶尔也会头疼。这个时候真想找个哥们出来叙叙旧，喝喝酒，抒发一下内心的苦闷。可下船后，他发现已经工作的同学每天都在上班，只有周末才休息。有时候周末也难得休上那么一天。由于他干了这份工作，平时很少能和以前的同学或朋友经常联系了。偶尔接到一两个老友的电话，开口却都是，"呀，凡哥可算回家了啊。你得请我们喝酒啊，钱没少赚吧？对了，最近哥们手头有点紧。能不能……"

　　很多海员下了船，回了家，好像都遇到过类似的情况。陆地上工作的人永远体会不了在海上赚钱的辛苦。他们总以为船上赚的钱就是大风刮来的。所以借钱的事，找个作海员的朋友搞定那是最合适的。都是哥们，你好意思不借吗？你不借？好吧，你也太小气了。我又不是不还你？！可是，真的要问起什么时候还钱，那就不好说了。丁一凡的父亲就是跑船的，从前问丁父借钱的人就有不少，直到现在，还有不少账莫名其妙的就被销了。有的干脆不得不忘记了。

　　作为实习生的丁一凡，尽管不至于惨得工资一分钱没有，可还不至于有转正时那么多。他懒得跟别人去解释什么是白皮，什么是新证。他苦笑着应付着每一个妄图要和他借钱的所谓"朋友"。

　　也许是在船上听到了太多船员妻子在外红杏出墙的故事，他对自己的爱情也越来越没有信心了。怎么防微杜渐？必须要把所有可能出现的情敌或不良情况都扼杀在摇篮里和萌芽中！他知道方晓鸥不但喜欢打扮爱漂亮，更是爱在网络上和各种男人勾搭。哪怕没有什么实质性的接触，可光是看到那些暧昧或挑逗的话语就足可以使作为男友的他变得大为光火。他依旧采取的措施是把方晓鸥的所有密码要来，有事没事就隐身登录她的QQ或邮箱，一旦发生什么风吹草动就要采取行动强烈制止，告诫对方这小方老师是他的。时间长了，换成谁都受不了。小方老师自然不会任由丁一凡这样胡来。一来二去免不了争吵，争吵多了就难免会伤了感情。每个女人都一样，委屈和伤害都是慢慢累积出来的。方晓鸥深知自己走到如今的位置实在是太不容易了。她忘不了当初她是如何看丁一凡怎样和秦碧没完没了地续着连绵不断的初恋旧情，也忘不了是在什么情况下知道了方雯这个同样称自己是丁一凡女朋友的女人对丁一凡怎样的控诉，更忘不了在萧楠的网页上曾经看到过丁一凡的那些贴心而肉麻的情话。是，她方晓鸥就是要忍，忍着等待着丁一凡把一切风景都看透再陪她细水长流，过上她想要的富裕的生活。可是，小气的丁一凡真的给了她所谓幸福的如公主一般的华丽生活吗？没有！他们出去吃饭依旧还是街边的烧烤摊和大排档，他们依旧还是要各自骑着自行车回家，他们依旧还得在农村的集市上买着不够华丽甚至有点土气的衣服。而这样的男人除了能一味的索取和给予身体上的慰藉之外，还能给她什么？想到这里，她累了。真的累了。她和丁一凡委婉地陈述了自己想要努力积极发展事业，争取干出一翻天地来的雄心壮志和伟大决心。既然是这样，那么儿女私情一定会影响她的宏伟目标。没错，她这是在和丁一凡试探着提分手了，却又要披上为了明天去奋斗的华丽外衣。

令她完全没有想到的是，丁一凡居然爽快地答应了，并且也信誓旦旦地说起为了明天奋斗的话，好像他们是过家家。说分手吧，就又残留着一丝为未来留有希望的可能。

都说不少爱情都是在船员们第一个航次结束后的那个假期完蛋的。丁一凡已经不是第一次遭遇失恋了。他早已把这些看得很淡很开，不就是个女人吗？换个谁还不都一样。想到这里，他忽然想起那个为了找他开展过地毯式搜寻跨过太平洋也要找到他的萧楠。当初他就是看不惯萧楠为了爱情可以死去活来那个讨厌的执著样。爱情不就是该拿得起，就该放得下的潇洒吗？如果萧楠不那么别扭着对感情那么认真，也许她会是个好情人。只享受爱情的甜蜜过程，完全忽略结果。至少萧楠不会在金钱上对他要求那么多，也从未给过他不安全感。之前他不是没有打过萧楠上次在邮件里留下的手机号码。但遗憾的是，每次拨打都是提示他欠费，后来变成了无法接通。他想也许她已经回到她的家乡，那肯定不会再用这个号码了。想要问萧楠的朋友吧，又没有哪个会告诉他，除了他自己去问。想着想着，他鬼使神差地想要点进萧楠的QQ空间知道她现在的生活。

当然，正如网络上流行的那句话，别以为你的前任在你的空间里留下了访问记录就是对你念念不忘。而恰恰相反，他很有可能左手把着新欢，右手点击鼠标来指给新欢看，喏，那就是一直对我还念念不忘的那个傻瓜。

第五十三章　有多少爱可以胡来（中）

　　萧楠的QQ空间里好像多出了好多陌生人的祝福和留言。看她的相册，又多出来几张和朋友出去玩的照片。从日志的字里行间，丁一凡不能推断出现在的萧楠是否很快有了新的恋情。但是有一点是肯定的，分手后，萧楠的生活没有像他想象得那样糟糕。这让他此刻的心情有些复杂。那个曾经把爱情视为比生命还重要的萧楠又是在怎样的心情和状态下云淡风轻地抹去了轰轰烈烈的昔日回忆？如鲠在喉的他顷刻十分想要和萧楠说些什么。他点击了熟悉的对话框，惊讶地发现自己只是被萧楠删除却没有被拉进黑名单。这是不是证明，其实她心里一直还留有那么一个位置给他？

　　很多男人联系前任，有时候不是真的怀念起昔日的恋情，而只是在新的恋情发展不顺利或者要发展到下一个阶段的时候想要在过去的恋情里反复得到肯定，也或者得到一丝来自过去的安慰。如果他不幸失恋了，得知前任的爱情发展得也不顺利，甚至还不如他的好，对比之下心情就会舒畅许多。千万别说这样的心态太自私和猥琐，人的本性有时就是这样丑恶。

　　那个下午，丁一凡看到萧楠亮着的头像，挣扎了半天，却只打了两个字。"在吗？"

　　仿佛一切回到了最初的原点，他问她是否在线，是否在同一所大学，能否见上一面。

　　等了半天，对方一片沉默。丁一凡的心一点点沉了下去。他不知道在家休息的萧楠自从没了爱情的束缚之后变得轻松许多。她不过是这边挂着QQ，那边呼呼大睡去了。

　　睡眼惺忪的萧楠睁开眼睛就看到QQ消息提示弹出了一大堆。其中丁一凡那个熟悉的头像跳跃得让她恍然失了神。还没睡醒呢吧！她狠狠地掐了自己一把。然而，一切又是真实的。屏幕上依旧是浅蓝色的宋体字，丁一凡头像上那个在釜山街头定格的微笑，让她瞬间清醒。都说这世上没有什么记忆是可以彻底遗忘的，当你无意中碰到了那把可以打开回忆大门的钥匙，一切往事就都会瞬间向你扑来，让你无力招架，手忙脚乱。张小娴不是说过？爱情不外乎就是那么几个字，我爱你，对不起，算了吧，你好吗？

面对前任的问候，要想回答得滴水不露，这对还年轻的萧楠来说似乎并不是那么容易的事。她只是谨记，如果对方问起你是否还好，你一定要回答非常好。她从不知道，少言寡语的丁一凡居然在这一刻变得有那么多话要对她说。看着QQ对话框那一直是"正在输入"的状态，她有些惊讶，有些无措，或者说，她完全还没反应过来这一切为什么会发生。

丁一凡的愧疚在萧楠看来显得有些多余，而对于他在休斯敦那一站的道歉，又显得是那样姗姗来迟。更让她觉得气愤的是，直到现在他还在自以为是地提起她曾经那为了爱情执著的事，并煞有介事地"教育"她要在今后的恋情里学着要"爱得起"。没想到，事隔这么久，他丁一凡依旧没有改掉他我行我素的自负习惯。

"萧楠，知道你现在过得很好，我很欣慰。我们只是有缘无分吧。你也知道，父母一直在给我压力，我只能那么选择。真的，发自内心的祝福你。善良的人都会得到幸福，而我相信你一定会比我幸福的。从前，你说你因为我才把你从来不加校内陌生好友的习惯破了例。现在，你就再为我破一次例，让我看到你以后幸福的样子吧，好么？"

不管这样的话说起来有几分真假，面对前任的留言，萧楠无论如何都做不到十足的镇定了。她想骂他，问他凭什么还在这个时候莫名其妙地出现，打破她貌似平静如水的生活，更想问他，到底是为什么，可以在从前背叛她背叛得那么彻底。难道善良的人就可以任由你丁一凡随意宰割，还是因为只有善良的人才会获得更多的欺骗只因为她们更容易选择原谅？而丁一凡又有什么资格祝她幸福？他还配吗？

她回他留言的时候速度变得很慢，十句对不上一句。丁一凡只好讪讪地说，是时间让萧楠已经学会了宽容。

见萧楠还是沉默，丁一凡很快为了给自己找台阶下，顾左右而言他地提到了江海阳。他自嘲，其实他们的爱情不都是起源于江海阳吗？从始至终他就是个配角，一个被当作是替代品，拼了命只为了要博得红颜一笑的小丑角色。出发点却又是那么的简单，只是不愿意看到萧楠为情所困委屈又难过的样子。谁说他会忘记当年那个在他面前为了个别人流泪的她？料想她也不会忘记。

"江海阳已经结婚了。我是真的爱过他的，所以我发自内心地祝福他们。因为不管幸福是谁给他的，只要他幸福就够了。爱一个人，不就是要给他幸福吗？既然我不是那个能够给他幸福的，那就让别人给他吧。"

"你这句话说得太好了，萧楠，我就是这样想的。我也是真的想要你幸福啊。"

萧楠的头像转灰，下了线。要她做到平静地和前任做朋友，那怎么可能？从来她便不再相信分手后也是朋友的混蛋论调。也许她想得太过极端。她宁愿自欺欺人地去想，随便他将来和谁结婚，或者过上的日子是好是坏，跟她也再没有了关系，看着对方幸福，那是件多么无聊而又残忍的事。她还记得她最后一次和江海阳的默契，是彼此慢慢地消失在对方的世界，甚至连告别的话都没有一句。那是在她生日那天，江海阳送给了她最后一份生日礼物，然后不辞而别地消失在她的世界。她明白，这样的残忍其实是对她最好的拯救。

那次江海阳无意地发现在萧楠的博客里有那样一句话："抱歉，不能爱你，所以我只好将那些所有不能给的爱情都给了别人。"他这才明白，原来那个傻丫头还是那么傻。傻到可以为了他随便将爱给一个谁。就像陈升在《桃色蛋白质》里对刘若英的那句叮嘱，你始终是要嫁人的啊，始终需要一个人去照顾，随便什么人都好，哪怕是司机老王或者什么别的人。

对于一个男人来说，当你给不起可以给的爱，那么唯有放她走，才是对她最好的祝福。江海阳知道，他是时候放她走了。哪怕是用那样一种混蛋的姿态。或许，对于萧楠来说，江海阳就像是陪伴她青春岁月的一个天使，而今虽然像是消失了，却始终转向了幕后默默关心着她的生活，偷偷地看着她的喜悲。她几次看到她的博客里留下了他的痕迹却始终没有留下一个字。慢慢的，她就不再写了。她也知道，这样的关心和牵挂何尝不是一种变向的折磨？

江海阳的离开，让萧楠明白，这个世上，男女间真的不可能有什么纯粹的友谊。与其留恋着那些早已经错失的，无法挽回的，不如期待着未来可以把握的。

离开校园之后，萧楠的工作并不是一帆风顺的。这个传说中把男人当驴使，女人当男人使的航运界，在她最初工作的几个月，连续的每晚加班就足以摧毁萧楠对未来工作的全部热情。带她的师傅是个怀孕期间既霸道又无理的女人，由于急于休假更是没有多少耐心，面对初入行萧楠的笨手笨脚经常免不了一顿奚落。她每天拖着疲惫的身躯从城市东面的码头坐着一个多小时的公交车才能回到城市西面的家。一次，她在挤公交车的时候，因为太累又太困，不小心撞在了公交车扶手的栏杆上，胸前的那块和当初买给丁一凡一模一样的玉就在这样的不小心中撞碎了。直到这个时候，她才恍然想起，有些事她一直没有忘。她本不是个迷信的人，却相信了那句，玉是有灵性的，当它碎了的时候是为了主人挡掉了灾祸。一块碎了，可是还有另一块不是吗？她也不知道是中了什么邪，想起了《孔雀东南飞》里刘兰芝的那句话:"人贱物亦鄙,不足迎后人。"她想把曾经给丁一凡的那块玉要回来。虽然她并不确定那块玉是不是还在,或者把它当作废物早已扔进了大海也说不定。可她就是心心念念地想着那块玉。爱情没了,承诺没了,那印证着爱情的信物还有意义吗?

　　一心想要回玉佩,要回属于她萧楠的东西,这也许是萧楠在这段和丁一凡的感情里做过的最愚蠢也是最失败的一件事了。

第五十四章　有多少爱可以胡来（下）

其实在萧楠想要回玉佩之前，她征求了好多好友的意见。当大家得知那个玉佩对萧楠曾经有着重要的意义时，都纷纷表示不能便宜了这个负心人。再加上萧楠一旦牛脾气上来便不顾一切，宁为玉碎不为瓦全的架势仿佛她要丁一凡归还的不是一块小小的玉，而是她曾经受过伤害的心。世上哪里有那么多公平的事，尤其在爱情里更是没有对与错，黑与白之分。只可惜萧楠还没有意识到这一点，她只是单纯地想要那块玉罢了。如果说非要深究她是不是还对旧情念念不忘，就难以说清了。以前她以为，所有分手后的彼此双方大抵是要经历一次彻底的清点盘算才可以结束的。在这一点上她似乎没有欠他什么。过去那些一起吃过的饭，大多数都以AA制泾渭分明的形式抵消了，丁一凡在恋爱期间除了追求初期买过鲜花，后来那些什么纸巾手套围巾的小花销，和她萧楠的比起来就显得太凤毛麟角。虽说爱情里不能以金钱的付出来衡量计算，但扪心自问，萧楠觉得无论从感情的付出上还是从金钱的花销里都没有愧对过丁一凡的地方。想到这里，萧楠有些忿忿然了。按理说，丁一凡应该主动将那些不属于他的礼物归还她才是。是的，天真的萧楠还真的就是这样认为。她错把天下所有的人都想象的像她一样单纯和干脆。何况，她其实也不会真的完全要他归还全部礼物。像那件她买给他的大衣，退回来她还能再给谁穿吗？还有那曾经让他拿去收买辅导员的烟，她能要回来转送给谁？不，她不过是想要丁一凡真正意识到他的错误，而不是假惺惺地说些什么祝她幸福的混账话。

想到这里，一时冲动的她动手给丁一凡的家里拨了一个电话。手机号可以换上千百遍，但家里的电话却很少跟着一起换。接电话的是丁一凡的母亲。很显然，丁母早已忘记有萧楠这样一个人了。萧楠压低声音，认真而清楚地说自己是丁一凡的大学同学，这次打电话只是想要回属于自己的东西。丁母这才反应过来，装模作样地客套了几句，心里却犯了嘀咕。莫不是儿子私下里和萧楠还没有断了联系？过了这么久，还有什么东西没有归还？也许这丫头不过就是找一个借口再重新接近儿子罢了。几句寒暄过后，她说儿子不在家，不巧正好去了姥姥家，让她留下个电话等着儿子给她打过去。挂上电话，丁母就不高兴了。看来这丫头还没饶了儿子，胆子还不小，居然敢直接打电话找到家里来了，也太不把她老太太放在眼里，瞧她说话那不卑不亢的劲儿，想着就来气。

其实这天丁一凡才没有去什么姥姥家，他是去相亲了。相亲对象正是丁母看好的，知根知底的工友家女儿罗杏。这正在关键的时候，她萧楠跳出来搅和什么？难不成她听说丁一凡和方晓鸥分手后马上又找了新女朋友而故意来搅局的？她马上打电话告诉儿子，赶紧把萧楠这个难缠的丫头打发了。听到是这个情况，真让丁一凡感到意外。看来萧楠并没有接受他上一次那假惺惺的道歉，这一次竟然找上丁母要起那不值钱的玩意儿来了。

他回拨那个丁母记下来的电话，结果却是忙音。辗转反侧了一夜，第二天清早，丁一凡就发短信给萧楠："你想怎么样就怎么样？你以为你是谁？还好意思问我要那个不值钱的地摊货？想要也行，把你地址拿来我快递给你好了。萧楠啊萧楠，没想到这么久了你还不懂得怎么做人怎么做事，如此幼稚又虚伪，看来我这次就得好好教教你怎么做人！"

几天前还仿佛温情脉脉的前任丁一凡转身变得如此无情，其实这倒也并不奇怪。毕竟早已不是男女朋友，谁也不用再刻意掩饰什么来顾及个人形象，倒必须是有什么就说什么的直白了。

"我现在在工作，很忙。如果你觉得不方便，那么记得帮我好好保管。"萧楠深吸一口气，尽量显得冷静。

"保管？你可真会开玩笑啊。你不觉得你说这句话很可笑吗？"

萧楠看到这句话再也忍不住直接拨了电话过去。"丁一凡，你到底要怎么样？要不等你下次回公司把玉佩转交给我的大学同学，让她们给我捎回来。不用这么阴阳怪气。"

"我下次什么时候回公司还不一定呢，别拖那么久，免得夜长梦多。就那么一个破玩意儿你还好意思要？你当我丁一凡是没见过世面的农村穷孩子吗？萧楠，你这个样子真的是一点没变，真不知道毕业之后你怎么还没学会如何为人处事，办事太差了，真的太差了啊……"丁一凡本来还想继续说下去，却发现电话嘟嘟的已经被萧楠很快挂掉了。两个完全没有了感情的人，果真是话不投机半句多，这在以前怎么可能发生呢？萧楠又什么时候会连他的话都没有说完就挂掉电话呢？这样的草草结束，让丁一凡禁不住骂骂咧咧。

现在的丁一凡之所以能够这样理直气壮的说话，是因为他在结束和方晓鸥的感情之后很快把目光转移到了罗杏的身上。

罗杏是谁？当然就是先前被丁母看好的工友家的女儿。巧的是，在丁一凡11岁搬家转学后刚好就转到过罗杏的班上。算起来，他们还是小学同学，离家近自是不必说，按照丁母的话说，那是完全的知根知底。听说罗杏大学毕业后就回到老家在一个外贸服装厂做起了外贸跟单员，收入虽然不多但在农村却也算是有一份工作的文化人了。

女大十八变，罗杏如今也算得上是村里数一数二的美女了，丁母一发话，丁一凡便活动了心思，来一番深情告白。说他自己早在小学的时候就暗恋着罗杏，这不，毕业了回到家，好好的上海都不想留，直接回家就是为了等着和罗杏在一起。哪个姑娘听到这样的话不感动？10多年，自己居然被一个从上海学成归来的大帅哥一直暗恋着，岂不是做梦都会笑？就这样，罗杏也顾不得半推半就，喜滋滋地就接受了这个从天而降的帅哥男朋友。没过一周时间，两个人晒幸福的甜蜜照片就贴满了所有的网络空间。罗杏自然迫不及待地想要人知道，眼光挑剔一直没有遇到合适男人的她终于找到如意郎君了。而丁一凡也更是难掩得意，怎么着？我丁一凡是能缺了女人的主儿吗？看，这个妞儿比前任们好多了吧？既没有秦碧的势力，也没有方晓鸥的虚荣和风骚，比方雯看着多了一份老实，也少了萧楠的那股子聪明劲儿，长得可是好看多了。最要紧的是，这回她可是有家里老佛爷的钦点，要想过父母这关，绝对是不费吹灰之力了。在经历了这么多前任女友的洗礼过后，丁一凡若想获取一个妞儿的芳心那还不是易如反掌？或许对于丁一凡来说，开始时最不好拿下，当然结束时也最不好对付的就是那个打扮不入时看着像村姐其实内心却十二万分别扭的城市女孩萧楠了。

那次被挂断电话之后，萧楠就再也没有打过来。有时丁一凡暗自觉得后背发凉。那好比是一把达摩克利斯之剑，隐隐约约悬在他丁一凡的幸福之上。好在她也不在丁一凡所在的小城，隔着那200多公里的距离，又能把他丁一凡怎么样？

很快陷入新恋情的丁一凡，也很快想到了结婚。是的，也许这种心情是让旁人无法想象的。对于一个船员来说，亲情有多重要，而稳定的爱情又是多么的重要！毕竟，青春不常在，得抓紧谈恋爱。在家休假的时间除了吃够睡够玩够，还得有"两个务必"。务必把妞儿尽快泡到手，务必把妞儿尽快搞上床！但是毕竟结婚不是一件简单的事，这样轻易就和罗杏提出岂不是要吓坏了她？只好没事在网络上无聊的时候将罗杏和自己的名字输进网站做出一张假的结婚证来满足一下内心的空虚同时也以此向罗杏表示衷心。罗杏表面说他太过幼稚，内心却像是吃了蜜一样甜，要说爱情还真是说来就来。先前过年的时候家人说她今年红鸾星动，果然不假。谁说她就不恨嫁？在农村，这个年纪生娃的都有不少了，喜事就得趁热打铁。

只是再怎么头脑发热也不能马上答应下来。丁一凡虽然起初看起来事事殷勤，可好像后劲不足。先前说早晨叫她起床上班，可好赖都没坚持过三天。最开始说要没事就接她下班，后来没两次就烦了。

　　而且也不知道是不是其他情侣间都像丁一凡和她这样几乎没有秘密。所有邮箱，QQ，MSN，除了银行卡（估计以后结婚了，这个也肯定必须要上交）统统要告知密码。电话占线稍微久一点他丁一凡就要过问，一旦罗杏有点委屈想说个不，丁一凡就会说那是因为罗杏长得太漂亮，肯定有不少人追求，如果不看紧一点怎么能放心？男人一旦把一切类似无理的要求披上了爱的外衣，就变得堂而皇之了。这样的爱也实在让人窒息。谁给罗杏打来电话，丁一凡总会在一旁装作若无其事地偷听，要不就是借着帮助拎包的机会偷偷翻看她的短信记录看看有没有可疑的敌情。这些都不算，丁一凡居然还要管她罗杏逛街的花销。

　　罗杏毕竟工作在农村，一个月的工资也不过就那么几张"毛主席"。现在的女孩又有几个不是月光女神？何况当前的物价天天都在飞涨，罗杏家里还有个正在上高中的妹妹，到处都是用钱的地方，罗杏能攒下钱才是奇迹！哪个女孩不爱美？打扮就得买衣服，哪怕是在镇里的集市上，一件不怎么起眼的衣服少说就得一百多。积少成多，那就是一笔不小的开销了。丁一凡听说有次罗杏因为在县城的大商场看中了一件800多的衣服一咬牙就狠心买了下来，知道后马上严肃地就此事展开了批评。

　　"老婆，你一个月才赚多少钱？再多的钱也经不住你这么花，是不是？以后咱俩结婚了，我可不允许你这么花。那不是败家吗？钱就得花在刀刃上。"

　　"可是，我喜欢啊。这才800多，城市里的衣服好多标价就得上好几千呢。这是我自己的钱，我想怎么花就怎么花！"

　　"老婆，虽然现在是你的钱，可以后咱俩结婚了，你的钱就是我的钱啊，咱们的钱怎么能乱花呢？乖，咱们以后不要那么花了啊。"丁一凡一边哄着，一边暗自叫苦。"乖乖，现在的女人可都对自己下手挺狠啊。"以前的方晓鸥看来也不算过分，真不知道现在女人的衣服怎么都那么贵。好在看罗杏好像还不是特别喜欢化妆品，否则那又是一笔花销。可一切看起来并没有那么简单，罗杏喜不喜欢衣服或者化妆品倒不重要了，重要的是，这女人喜欢房子！

　　从小到大，罗杏便和妹妹住在一起。虽说姐妹两个很少吵架，可是两个大姑娘同住在一个屋子里总是会有很多不方便。工作之后，罗杏偶尔会因为单位离家太远住在单位的宿舍，可那始终没有家的感觉。能够在老家这片方寸之地买上一套经济实用的小户型就成了罗杏朝思暮想的一个梦。每当看到网络上有那些漂亮的装修家居图片,她总是带着期待而又盼望的眼神狠狠地收藏起来,想着什么时候自己有一个家了,也可以那样布置。现在有了即将可以谈婚论嫁的男友丁一凡,房子更是得尽快提上议程。她时不时地就要在丁一凡前吹吹耳边风:"马上咱们这儿的房价就要涨到3000了,以后要是再买该多不合算。咱这小地方万一被评上了百强县,房价就会升得更快。到那时候,你再买房子就指不定多少钱一平啦……"

"老婆,你看,我现在工作还没怎么稳定下来呢。以后我想去大城市买房子。"

"那现在先在家这边买一套也不冲突啊。等你以后有了钱再去大城市。买到北京上海都不管,反正现在你得在家买。"

丁一凡表面应付着,心里却有点烦躁。房子房子又是房子,有人说中国的房价就是丈母娘给炒上去的。让他赶紧在这边买房子的意思,和罗杏的妈妈肯定也有关系。这时候他慢慢开始知道作为一个男人,而不再是男孩,摆在他面前的除了泡妞儿之外还有更多的事情要做了。

第五十五章　站在回忆的十字路口

在家休假的时光慢慢变得无聊。丁一凡毕竟就不是个能闲的住的人，罗杏平时要工作，顶多在上班时和他在网上聊几句。其余的时间，丁一凡只能待在家里守在网上闲逛。丁母看到这样无所事事的儿子，自然也看不下去。劝丁一凡要不就趁着这个机会复习公务员考试，反正压根就没指望儿子会跑一辈子船，能早点下来那是最好。只是离开学校后想再学点什么已经变得没那么简单。刚下船的时候，丁一凡还想着帮着村里的几个孩子补习一下功课，赚钱是次要的，至少可以打发一下无聊的时间。然而，和在船上那规律的生活相比，这种"吃老本"的兼职又累又对他将来的工作没有实际意义，所以不到一周的时间，他又放弃了。

他问罗杏，能不能在她们的服装厂给他找个工作？这样一起上下班，也就不用他刻意接送了。罗杏听到丁一凡这样的想法，误以为他是因为太过想念，心里感动。可仔细一想，丁一凡一个跑船的，去她们服装厂能做什么工作呢？坐办公室的都是些小姑娘，大老爷们也不能成天做这种打打电话联系客户的工作。让他去仓库当搬运工？他肯吗？堂堂一个有点名声的大学毕业生，居然当起了理货运货的力工，这传出去都会被人笑话。只好对丁一凡说，服装厂的工作没有太适合他的，倘若他要是多会一门语言，兴许还有点希望和可能。服装厂有固定的长期海外客户，排在第一位的就是近邻日本。丁一凡于是想到要不要没事学学日语？

说起日语，丁一凡从前多少有点兴趣，只是一直没有什么机会去学习。大学时候，一次他和萧楠在教室黑板胡写乱画，看过萧楠在黑板上写过日文，他知道萧楠第二外语学的就是日语，应该算是会一点。他们最初认识时好像萧楠在复习考二级，后来因为谈了恋爱，再加上其他的课业过于繁忙，不了了之。萧楠很少在他面前提到她日语到底是什么程度，只不过有时候会偶尔炫一下她蹩脚的日语。他和萧楠恋爱的时候，她很少在网络上公开表达她对他的爱，哪怕真的表达了，用的却是日文。丁一凡用在线翻译才勉强看明白那些句子不是在骂他，而是些温暖表白的话。都说恋爱里，两个人应该互相从对方身上学到点什么不一样的东西，可丁一凡没觉得萧楠教会了他什么，也或者说他那个时候对她的兴趣不在这些上。他唯一在她那里学过一句有用的日语，就是那句萧楠故意逗他说他一定会听得懂的"やめて"——"牙买碟"（不要）。

翻着日语书，丁一凡有点伤感。现在的他，回到了老家，每天过上了貌似平静而又安逸的生活。然而，他总觉得像是少了点什么。打开校内网，那些前任的女朋友们都还乖乖地留在他的好友列表里，除了萧楠，那个曾经大笑着揪他耳朵鄙视过他除了喜欢看岛国爱情动作片没有别的爱好的女孩。她就那样悄无声息地从他的好友列表里消失了。

他想忘记他曾经认识过她。是啊，难道曾经的一切不是一场梦么？不然，为什么好像一切就像是从来没发生过一样。

不知道为什么，每当想起萧楠，丁一凡最想做的事是找方晓鸥说话。因为在方晓鸥那里，他丁一凡从来没有碰过钉子。说好了，分手后还是朋友。这一点，方晓鸥显得特别大度。在方晓鸥的网页个人状态里，丁一凡了解到方晓鸥最近生病了，而且还很严重。关心一下旧情人，好像也没有什么不妥。为了防止让罗杏看见，丁一凡给方晓鸥留了悄悄话："怎么那么不会照顾自己啊，你们那些班上的小朋友一点都不知道心疼老师，嗓子疼要多喝水，记得吃药，知道么？"方晓鸥一看丁一凡分手后对她还是这么关心，心里难免得意，相信每一个女人在得知分手后还一直被前任惦记着，都难免会掩饰不了那种自豪。

"人家也不知道是怎么搞的嘛，就是一直咳嗽，嗓子肿得完全都说不出话来了。"

"我不在你身边，你也记得要对自己好，知道么？你必须要把自己当作是公主的。"两个人在校内上就那样肆无忌惮地用悄悄话聊了起来，仿佛他们依旧还是从前的关系。方晓鸥知道丁一凡又有了新的女朋友，可不管他有多少女朋友，心里依旧有一个位置给她。这样的独特位置，方晓鸥有点知足也有点无奈。她只好在丁一凡面前继续装可怜，扮无辜，可是他们还回得去吗？这个连她都不清楚了。经历了那么多事，她受了够多的委屈，下了无数次的决心要完全忘记他，可是她怎么就是做不到呢？有时，连方晓鸥自己都觉得，她像极了一个无耻的小三，又好像是他丁一凡御用的备胎情人。她贪恋他曾经给过她的甜言蜜语或是肉体慰藉。不过时过境迁，终究他不是她的。想到这里她又懊悔难过起来。

转眼又要到丁一凡的生日了，其实他更习惯于过阴历的那一个。不过不管过哪一个，随便找到一天去庆祝就是了。他打电话跟罗杏说，晚上下班后接她去唱歌，叫上她的同事一块去。罗杏听到铁公鸡终于有拔毛的一天了，颇感意外，忙问太阳是不是从西边出来了？丁一凡心里有点不高兴，嘴上却没有表现出来，反倒是坏笑着说,"嘿嘿,今天我过生日嘛,我看晚上我们就别回去了,反正……"

罗杏听到这里不禁脸一红,嘴上嗔怪起来。讨厌,你又想打什么歪主意?两人在电话里互诉衷肠了一阵,就只等着晚上去KTV一展歌喉了。

晚上一下班,罗杏就带着两个平时在办公室一起工作的同事去找丁一凡了。去的路上,罗杏还问同事,丁一凡那些平时对她"严加看管"的行为算不算是过分。同事都觉得这样的男人好像心胸比较狭隘,说到底却还是证明了丁一凡对罗杏的不放心及对他自己的不自信。可爱情里的事又怎么好界定什么是对或者错?也许外人看起来很怪异的一对儿,身在其中的两个人反倒是不觉得有什么问题。纯属都是王八对绿豆,一个愿打一个愿挨罢了。

几个年轻人在KTV里一阵狂吼着发泄,却难见有个麦霸真正的出场。罗杏从来就不太会唱歌,除了国歌,难说再有哪首歌不被她唱跑调的,这一点倒是和能把唱歌变成"老太婆在哭"的丁一凡极其的般配。罗杏也实在想不通,怎么并不擅长唱歌的丁一凡却非要在KTV来庆祝他的生日?

在罗杏看来,丁一凡确实有些地方有点奇怪。他好像总是对她有些奇怪的要求。比如,非要让她在大冬天穿呢料格子裙,还反复说穿上那个裙子特别的好看。再比如,出去喝饮料总是习惯性的给她买奶茶,好在她本身也并不讨厌喝。还有,非要她每次睡觉前都关机,还反复地催她要早点睡觉,甚至有次还问她玩不玩小时候玩过的红白机游戏?要不要一块玩只有男生才喜欢玩的魂斗罗。现在他又非要说过生日去KTV,听他唱着根本就找不到调的《水手》和《大海》,看他那自我陶醉的样子还真让罗杏有点哭笑不得。倘若罗杏知道,这些看起来有些怪癖的习惯,其实是跟丁一凡之前大学的那段爱情有关,怕是再想笑都笑不出来了。不过,此刻的罗杏,依旧相信丁一凡是个连裸体的女人都没见过的纯情小处男。

"老婆,别总在一边干坐着嘛。来,你也来唱两首?我帮你点了。"丁一凡说完,音乐声就响起了。熟悉的旋律让丁一凡陷入了片刻的回忆。"Every night in my dreams, I see you, I feel you. That is how I know you go on…"

泰坦尼克号那首《我心永恒》的前奏,伴着特有的圆润质朴的苏格兰风笛声,缓缓地诉说着永恒的爱。

在船上的时候,他就曾不止一次听这首歌,哪怕之前他曾笑言这是一首对船员来说不吉利的歌。

要说起来,大部分绝美的爱情都必须得有一个人先挂掉才能保证故事的完美性。不然,那些炮制出韩剧的家庭妇女们怎么那么偏爱让男主人公或者女主人公得上七七八八诸如白血病或更离谱的什么绝症来？也是为什么，所有童话的结尾，都是从此王子和公主过上了幸福的生活，下文就彻底没戏了，因为后面难说王子和公主会不会不孕不育，会不会吵架离婚。

丁一凡喜欢《泰坦尼克号》，不完全是因为那是一首跟海跟船有关的歌。更因为里面的Jack和Rose的爱情可以瞬间定格在永恒。不知是不是巧合，丁一凡用过的英文名就是Jack。可他没有那么幸运或者不幸，他没有遇到那个让他可以一辈子去纪念的女人，而只记得曾经有个女孩为他唱过这首《我心永恒》，现在却不知那个女孩在哪里又在给谁再唱这一首《我心永恒》了。

望着频频唱错，最后只剩下伴奏的音乐又不知所措放下话筒的罗杏，他回了回神，想起方晓鸥曾经对他说过的一句话，女孩都是傻傻的，你对她好，她就会对你更好。哪个女孩期盼的都不过只是一份简单的承诺和平淡的天长地久。他确信自己曾经辜负了那么多人的心，如今想长大一些了，既然对不起过去的那些人并且也无法挽回，那就对眼前的这一个好一些吧。想罢，他一把揽住了罗杏，见她一猫腰就缩进了自己的怀里，胸口那块儿顿时暖乎乎的。

丁一凡寂寞地想，也许，这样，心就不会那么空了吧。

第五十六章　万般皆是命，半点不由人

初冬的北方，午后悬在天空的太阳总是红红圆圆的一个点儿，那种仿佛能够照进人心里的温暖就像你在迷茫的人生中看到了希望。然而，此刻那份让萧楠崩溃的工作显然依旧还在继续折磨着，咬啮着她的神经。

又逢周三，公司每逢一三五都会走掉一批货，作为单证员的她此刻刚好放掉了让她很是头疼的一票货。以前的她从不知道原来全球每天有那么多的船只满载着各种箱子往返在大洋上的任何角落。打开系统输入表格，各种标箱，高箱，冻柜看得她眼花缭乱。冻鳕鱼、陶瓷、茶叶、圣诞节要用的装饰品，船舶载着这些货物通过他们公司的调配经过国际中转大港釜山发往南北美洲的各个国家。墨西哥、阿根廷的海关总是显得那么不近人情，提单的法律条文中哪怕只少了一句话都可能造成公司的损失。同办公室负责危险品和化学品的Mark总是一脸严肃的不苟言笑，他总是在下午固定的时段去茶水间喝上一杯麦斯威尔的袋装咖啡，摇着他那颗硕大的肥脑袋在办公室里踱着步子。部门销售经理John是东北财经大学物流管理的硕士，招他进来时曾经吓她一跳。因为那天她看到的John更像是个在道上混的老大，后来知道他们这个有个性的销售经理不管什么季节，永远穿着紧身T恤露着半截胳膊，上面的青龙文身好似在刻意显示他的威严。私底下，John其实倒是个比较绅士的家伙，不过好像有些自恋，甚至有时在电梯里也不忘记对着透明的玻璃检查一下自己的发型和衣着。最要命的是，他对下属从来都是特别严厉的。外企文化有个习惯，公司里同事间都是不叫中文名字的。萧楠进了这个公司后，就告诉大家她叫Nancy。几个月过去，有人甚至不知道她到底姓什么，她也并不熟悉其他人的中文全名。

下午3点多了，萧楠扭了扭有些酸痛的脖子，停止输单工作，向窗外望去。她所在的写字楼，正处于市中心和码头的核心位置，不用刻意眺望就能看到碧蓝的海和那些高耸着的龙门吊和堆垛整齐的各色集装箱。爱看大海的萧楠，终于也可以天天时不时地就可以看到大海了。但她此刻心情就像外面飘着的薄薄的雾气，朦胧里透着潮湿。不知什么时候开始，她讨厌起了雾天。因为一旦遇到雾天，船舶便不能按时到港，船期表就会因此改变，耽误了船期货主单位就会冲着他们发火，她还要为此下雾天拖班通知。电子邮箱里堆了好多她还来不及看的邮件，大洋彼岸的另一

端的同事们在隔着时差和她说早安。

"叮咚！"MSN有人在敲她。

"楠楠，你知道么？最近南远有一艘船貌似因为自由液面的事儿好像沉了。听说挺惨的，船上有咱们的校友。赶紧上网百度一下。"发来消息的是在上海一个船公司当白领的大学同学沈瑶。

大学毕业后，少有人不进航运企业。也因此，这个圈子里，在工作中多数都是学长学姐提携着学弟学妹，连萧楠最上面的领导竟然也是80年代毕业的同门师姐。萧楠赶紧偷偷开了外网浏览起了网页。输入了"南远沉船"几个字，很快就跳出来一大堆令人惊骇的消息。

最令她感慨的，却是法学系的一位校友为此事写的一篇名为《死亡清单》的日志。

我机械地一张张扫描着厚厚的10日在台湾东南沉船的船员资料，忽然停住了，看到一张年轻的脸，他的身份证上写着那个让我这几个月一直魂牵梦绕的地址——"浦东大道1550号"。他跟我年龄相仿，听说跟我一届，我似乎见过他，忘记是在图书馆还是航海楼，他是不是已经命陨大海……我的工作慢了下来，我一张张看着这些船员名单，忽然意识到手里拿着的，几乎是一份死亡清单。大部分船员是80后，还有几个比我还小。有些船员来自于海事大学，看着一个又一个身份证下的"浦东大道1550号"，心里越发的沉重。作为公司这么多年第一桩大案，我有些沮丧，因为据说多年辛苦积蓄付之一炬；又有丝兴奋，因为妄图通过这个案例能学到很多东西。我坐在温暖的办公室里，和哥们扯淡吹牛逼，脑子里装着的是租约、是镍矿特征、是保险条款、是赔付金额、是法律条文、是追偿，我忘记了最重要的东西——生命。早就有人说我们这行的工作会泯灭人性，一直认为这纯属无稽之谈，可是慢慢发现自己的良心被职业要求所控制。人身伤亡在海事里算是小案子，读书的时候因为最后考试不考就没有认真学，工作的时候也觉得人身伤亡是又繁琐又费力不讨好的事情。因为它不需要太多法律知识，更重要的是它不能用来赚钱，仅此而已。碰撞了！兴奋！沉船了！兴奋！爆炸了！兴奋！漏油了！兴奋！回想这半年实习加工作遇到的各种海事大案，不知道为何会对灾难如此兴奋。那些所谓的要关注此事，也更多来自于内心的兴奋。兴奋的元素，或许是可以在同学面前吹牛逼，或许是可以学到东西，更多的是无知浅薄和自私。

航运是一个很有意思的世界，既有着船员在凶险的海洋与波涛骇浪斗争，也有着大船东们在舒适的高尔夫球场谈着生意玩着金融股票，还有更多像我们服务业的从业人员坐在安稳的办公室里仅仅靠一部电话、一台电脑就可以控制着许许多多艘价值千万美元的巨轮。

一条崭新的大船，就这样瞬间沉没。保险公司急得火上浇油，大债主即刻讨债，各大律所蠢蠢欲动，打捞救助公司蜂拥而至。这里的世界充斥着钢铁和金钱，而忽略的恰恰是最珍贵的生命。看着新闻平淡写实的描述，船舶在几时几分右倾多少度然后在多少分钟内迅速沉没。这组冷冰冰的数据，只有他们才知道真正意味着什么。

查了出事坐标，没有岛屿。查了当天的天气状况，出事地点在两股相对的强烈季风的交界处。5天过去了，这几乎绝无生还可能性。

想象当时的场景，除了恐怖我找不到其他词来形容。

有过一次完美浪漫的集体航海之旅，却从未经受过大自然狂暴的力量。想着我们或者兢兢业业或者颐指气使地指挥着前线，我们可能一辈子都无法理解合同和保险单上那些天灾、火灾、台风、战争、海盗、爆炸、碰撞、搁浅等等这些字眼的真正内涵。

更讽刺的是，吹了牛逼，可能一辈子都没有机会去感受大海的壮观和暴虐。在钢铁和金钱下，失去了抗争的勇气。

他们是我的校友，他们是我的学长，他们是我的榜样。愿尽快找到失踪者，愿逝者安息，也许，大海是最好的归宿。（P.S.不要问我一个人赔多少钱，不要问我什么原因造成沉没，不要问我案子的进展。写在这里，是为了纪念这些虽不曾相识但可以相知的海事校友。愿大家一切安好。）

再P.S.谢谢各位朋友关心，我们既然不能做什么，除了悼念，就在工作中多些责任感，我们几分钟敲在email中的一道指令在前线会需要许许多多时间和努力去克服种种困难，错误的指令甚至是致命的……

萧楠忽然预感也许在这份死亡清单里会找到什么令她熟悉的名字。她一行行地看过去，目光定格在轮机机舱实习生王强身上。没错，那正是当年丁一凡提到过的王强。王强也出生在农村，家里困难，一家老小几乎都要依靠他去养活。王强有个笑容很温暖的女朋友，他们从大一就开始恋爱，两人感情一直很好，如果不是这次出事，也许等王强这次下了船就会结婚吧。

她不敢再想下去，这是她第一次经历身边熟悉的人遭遇海难。她永远不会忘记，当年她劝丁一凡不要去南远面试，当时的丁一凡还表现得极为不满。南远可以解决户口问题,毕竟大学毕业后,丁一凡的上海集体户口就要莫名其妙地被打回原籍了,和城市的萧楠不同,他是那么渴望有一个大城市的户口。可萧楠却执意不要丁一凡选择南远。毕竟她是有属于她的私心的,她怕丁一凡心一野便收不回来了。只好像哄孩子一般的跟丁一凡说,南远尽管也是中远旗下的,可毕竟成立时间太短,不少船都太新,难保有什么危险。后来,丁一凡终究没有选择去南远,因为他知道王强兄弟更需要这个机会。那时的王强还对丁一凡感激不尽,临毕业送别时还说了不少好兄弟够意思的话。想到那个老实的,年轻的,曾经活生生的生命就这样被无情的大海吞噬,萧楠的心揪着疼了起来。她偷偷去看了王强的校内网,个性签名永远定格在了那一句话:"谢谢大家祝我生日快乐,我想念你们!"这个年轻的生命刚刚过完属于他的25岁生日。照片上的王强,微笑着,像是告诉大家,他其实并没有走远,只是这个航次稍稍长了一点。

都说航海人是拿自己的生命在换钱。更有人说,只有经历过航海的男人才是勇敢的男人。然而当航海人亲自直面航海职业里有可能发生的海难,却是悲壮的。南远沉船事故的消息,丁一凡知道的自然比萧楠早得多。他也为此去了王强的校内主页,让他意外的是,他发现了就在前几分钟,萧楠刚刚来过。网络上分明显示着,这个最近来访者萧楠,她在线的头像还亮着。

原来,她也知道这件事了。不奇怪,航运圈子来去就那么大。瞬间,那种复杂的情绪涌了上来。他好想和她说话。可是却强忍住了冲动。他该和她说什么呢?还好吗?还是保重?不,她萧楠又不出海,她自然不会出事。可经过校友遇难的事儿,丁一凡忽然感受到了生命的脆弱。他至今都不敢相信,那个曾经跟他说过,以后有机会喝酒的王强,怎么就这样说走就走了呢!

萧楠何尝不开始明白生命的脆弱?想到丁一凡,这个至少近几年内还要从事海员这个危险的职业,柔软的心莫名其妙就酸痛了起来。是啊,如果当初他没有背叛她,而只是因为其他原因就那样无疾而终,是不是她就不会那么恨他?而好像在经历了这件事之后,她也不是那么恨他了。本来,爱过的人就是再怎么恨也是恨不起来的吧。她开始明白为什么那些从前丁一凡的前任们都仿佛对他念念不忘。或许丁一凡确实有他不一样的地方,他总是可以在恋爱时把女人的心安抚得很好,感情上自然也有投入。就像很多女人在讲述和男人婚外情的时候总是喜欢讲述细节,曾经他给她买过一块烤地瓜,或者还给她打过洗脚水之类的情节,企图证明两个人之间的确有真爱,或者说有过真爱的时光。因为这些细节,而无法接受男人最后没有选择自己的结局。她们总是觉得自己的故事和别人的不一样,自己有自己的特殊性。

其实，每一段感情都没有什么不同。每段爱情都曾经有过如胶似漆的时候，每一对相处过的恋人都或多或少的真心对待过对方。然而这些东西并不能够证明这一段爱就能够长久存在，也并不代表男人真的下决心要和你天长地久了。

丁一凡和萧楠来来回回反复地去王强的校内主页好几次，与其说是为了吊唁和哀悼这个因为海难去世的校友，倒不如说是反复找借口想要看到彼此头像亮着时，心里多一份安定与不安定。

终于，丁一凡还是发了一条短信给萧楠。说自己当年是真心的，他希望她好好安排将来的生活，要过得幸福。

萧楠看着这条短信，那酸痛的心像是被挤了一下，眼眶流出泪来。她说她不再恨他了，希望他今后早一点离开这个危险的职业，不要再跑船了。她会在远离着他200多公里外的城市里，祈祷着他平安，祝福他幸福。

那天晚上，他们通了电话。电话里的萧楠声音不再像从前那样软软的甜甜的了，而是淡然中透着一丝坚定。丁一凡的声音也好像沧桑了许多。那一天在电话里，他们不太像任何昔日有过恋情的情侣，倒更像是上过同一条船的兄弟或是好久没有看到过的老同学，不约而同地聊起了船上的生活，也不约而同地聊起了去世的校友王强。

"丁一凡，你还记得王强当时若不是因为家庭困难，兴许上那条船的就是你了。"

"萧楠，那一切都是命。这是他的命。而我有我的命。我不会因为一个兄弟海难去世了，就惧怕大海，惧怕跑船。我丁一凡还没那么怂。"丁一凡在说这句话的时候，语气冷冷的，也淡淡的，好像死去的不是他的校友，不是他的兄弟。这样的冷漠，是萧楠不熟悉的那一个。从前那个抱着她哭着说，以后再也见不到大学同学怎么办，不想离开学校，不想离开兄弟的那个丁一凡呢？

他们没有说再也不要联系，收线的时候，丁一凡浅浅地说了那句，"楠楠，工作了别熬夜，没什么事要早点睡觉。"萧楠没等听完这句，连再见都没说就挂掉了。

不知为什么，萧楠觉得好难过。为了校友的去世，也为了变得日益冷漠甚至冷血的丁一凡。

她不知道，丁一凡是故意变得这样冷漠的。船员兄弟的命贱，或许有天他也会不知什么时候就葬身在这个时而多情时而无情的大海。有人说，海上那些伴随着船舶和浪花嬉戏着的海鸥，都是海员兄弟的灵魂化身。魂归大海，也算是船员的一个

261

可以安息的归宿吧。工作后的两个人,多少都褪去了校园时的稚气,学会了表面上不屑,内心里偷偷地流泪。

万事万物都有它应有的归宿和命运。丁一凡挂上电话不由得轻叹,他和萧楠的感情何尝不是一次命运的捉弄?由不得想太多,他该打睡前电话给罗杏了。罗杏有他的手机密码,搞不好哪天上网查通话记录就得问他这个拨往大连的号码到底是谁的。要怎么解释?就说那是他船上的一个大连的哥们吧。他赶紧把萧楠两个字随便改成了一个男人的名字。

第五十七章　谁都有秘密

　　每天晚上的7点半到10点钟，照例该是罗杏和丁一凡在网上相会的固定视频时间。要问为什么两个相距不远，只有10分钟自行车车程的两个人为何不光明正大的出来约会，那怪也只怪丁一凡的懒惰和丁母的严厉。纵使丁一凡有再多的甜言蜜语，也会有说腻的一天。大多数时间，两个开着视频的人，还是各自干着自己的事情。正如一本书里说的那样，每个人生下来其实都是孤独的，来的时候是一个人，离开的时候也是一个人。而爱情，也不过就是找一个陪伴你的人而已。你们看电影，其实是各看各的，一起去郊游，眼中看到的事物和感受到的风景也都是不一样的。罗杏觉得视频里的丁一凡经常沉默，他可以一直不说话，假装在看一本书。就像在大学的自习室里，可眼神却是飘忽的。有时候，丁一凡貌似在哼着一首歌，戴着耳机，身体随着节奏摆动着，眉头蹙着，不知有什么心事。

　　这是罗杏不知第几次提起要买个房子的事了。短短的一个月，见过了同事和朋友，甚至也见过了父母。在罗杏的心里纵然还有一些不确定，可始终相信他们结婚是顺理成章的事。她这次想说，她已经看好了一处小户型，只等丁一凡有空陪她一块去瞧瞧。每当丁一凡对她这个要求表现出为难的时候，罗杏就会说，其实她的胃口不算大。

　　"我要求不算高吧？不过在这个家乡的小村子里买个差不多的房子。你看同事小陈？她男友不过就是个卖肉串的私营摊主，小陈说要是和男友结婚，怎么也得在县城买上个90平方米的房子，那算起来也不过才十七八万。现在的女孩，即使在农村出嫁也不能免俗的希望有房有车，小陈一张口就是要台30万左右的车。"

　　这样看来，她罗杏可真是再朴实不过了。何况，私下她还觉得她长得比小陈好看多了，难道出嫁的时候还没有小陈风光？丁一凡继续沉默。罗杏只好建议两个人随便聊聊。有时罗杏也奇怪，为什么男女朋友聊天有时候居然赶不上一个她的普通朋友。丁一凡从来不提他出海的见闻，也不提大学的时光。问起他大学那些照片呢？丁一凡含糊地说，一次电脑出了故障，全都丢了，只剩下大一时校门口的那一张。那时候的他真年轻啊，不，应该说真可爱，好像只是个十五六岁的孩子。他们中间隔了那么多时光，一眨眼，记忆中的少年就长大了，眼前这个喊她老婆的男人，他所经历的那些过去，都是她没有陪他经历过的。但他却说没关系，以后要经历的时光还有很长，不是么？一辈子呐。只是，她还是觉得遗憾，毕竟略过了最浪漫而轻狂的岁月。

她拿出她大学毕业时候的照片，指给他看。哪些人是她的室友，哪些人是她不喜欢的，哪些人毕业就结婚了。丁一凡听着，时不时还做出评价。他问罗杏，大学里就没有一个人追求过你？罗杏说，当然不是。只是觉得大学里的恋爱都是毕业就分手的，不敢浪费那个感情，再加上不是那么喜欢，也就拖着拖着撑到了毕业。两个人忽然都沉默了，于是也就各自选择默默地想属于自己的心事。

其实罗杏也不是真的没有恋爱过，只是她不想让他知道罢了。这个时候，她倒是情愿作个鸵鸟，不希望丁一凡讲起属于他的过去。女人的直觉告诉她，这个经常沉默发呆的男人，不可能真的丢掉了在她看来最重要的大学时光的照片。除非，那段时光里，有什么他想忘掉的东西。

都说好奇心杀死猫。罗杏闲来无聊，真的去查了丁一凡这一个月来的电话记录。除了打给她之外，晚上几乎没有什么电话。然而，一个晚上10点的大连号码却引起了她的注意。她装作不太经意地问起。丁一凡马上有点不自然的下意识的去摸了摸鼻子说，那是他的一个大学同学，聊了聊船上的生活。男的。他特意强调了性别，反倒让罗杏有了兴趣。

"你们是不是关系特别铁？大半夜的不睡，聊了很久吧？"

"还行吧。老乡嘛。在大学里我俩挺好的。"

"哦，那以后有时间邀请他来玩呗？他现在在哪个公司？"

"呵呵，这个，他是城市的，哪有心情来我们这个小地方玩。"丁一凡叹了一口气，又禁不住警惕。他怕他这次的撒谎不圆满，紧张得他手心里都是汗。其实罗杏只不过是随意地问问。她越来越看不懂丁一凡，好像大学是他的一个禁区。可每次讲起上海，讲起他的大学他似乎又很骄傲。她问他，以后可不可以为她放弃跑船这个职业？丁一凡摇了摇头，说自己还是挺适合在船上待着的。陆地上关系复杂，不如船上简单规律。

罗杏几次提起小陈那个卖肉串的男友，感慨道："你想象不到吧？其实卖烤串的也很赚钱呢。生意好的时候，一天就是五六百，一个月也能上万了。不像你，累死拼活又要背井离乡，回不来家不说，还没有信号，想打电话都是要看靠港情况和电话卡是不是便宜合算。要不，你以后下来也卖烤串算了。"

"我下来，老婆你来养我吧。"丁一凡笑着，终于松了口气。他才不会真的卖烤串。哄女人开心怎么都可以，男人要是连自己为自己的事业做主的权力都没有，那还叫做男人吗？幸好，罗杏没那么多心眼，轻而易举的就被他的顾左右而言他给蒙了过去。可他也真的轻敌了。那把悬在他头上的达摩克亚里斯之剑，正预备着掉下来，只是他还不知道罢了。

没错，罗杏已经在怀疑他了。之前丁一凡忘记删掉曾经在QQ空间里残留的一条个性签名，那签名上分明写着，爱晓鸥胜过爱自己。晓鸥是谁？罗杏随便一搜丁一凡的校内好友，一个叫做方晓鸥的女孩头像很快就跳了出来。方晓鸥的个人主页上刚上传了一张写真艺术照，服装性感眼神魅惑，浓妆艳抹下的方晓鸥还是难掩骨子里的那个风骚劲儿，让罗杏看完一直皱眉。妖气——她只能从属于她的词汇字典里搜索出这么一个词用来形容方晓鸥了。

都说祸不单行，罗杏刚发现这点异样的时候，忽然接到在韩国留学的高中好友小雯的长途电话。小雯还没来得及问候什么，第一句话就问她是不是最近交了一个男朋友。罗杏刚想分享恋爱的喜悦，小雯就赶忙说丁一凡是个危险的男人，得细心观察观察，又问他们之间发展到什么程度了，平时是不是经常对她动手动脚？这一系列的问话让罗杏措手不及。忙问小雯是怎么想起来跟她说这些的。小雯就把她收到的邮件发给罗杏看。

"吴小雯，你好！你好朋友罗杏交的这个男朋友丁一凡是个危险的男人，他之前有过无数个有着亲密关系的女朋友，如果不相信，我提供三个QQ号给你，她们会证实这一点。"落款不详，名字像个大侠，也分不清楚男女。宁可信其有，不可信其无。罗杏抱着好奇的心态，开始输入查找那个大侠留下的QQ号，惊讶的是，三个号码的主人都是女孩，有一个昵称就叫晓鸥，显然就是她在校内网上看到的方晓鸥。另外两个，资料一个在沈阳，另一个在大连。

天！大连！那么之前那个电话莫非是……而丁一凡又不止一次地和罗杏提到他将来有钱了要去的第一个城市就是大连。难道……罗杏忽然觉得自己被骗了。大连这个女孩到底和丁一凡是什么关系？她拼命告诉自己要冷静，也许大连的这个女孩只是他的一个普通同学呢？她马上登录了丁一凡的QQ，很奇怪的是，没有找到这个大连女孩的QQ。为了防止丁一凡发现她知道了这件事，她随便申请了一个QQ的号，经过一系列的思想斗争，决定碰碰运气，想要和这个大连女孩聊聊。等待通过验证的时间真漫长啊，罗杏有点后悔了。一下午，她都在等待着这个大连女孩通过验证，一边等待一边翻阅着这个女孩在QQ上留下的资料。资料上写得很简单，好像比他们大上一岁，工作一栏填的是航运物流。看起来应该是丁一凡的大学同学，可是，丁一凡不是说过他们的专业一个女生都没有的吗？

终于，电脑右下角那个喇叭状的系统消息弹起了。罗杏全然忘记了自己还在上班，更不在乎对方是不是也在工作。

"你好！"罗杏不知道怎么开始，首先问候起来，又不忘记礼貌地加上一个微笑的笑脸表情，内心忐忑。

"嗯，你好。"萧楠的蓝色字体居然和丁一凡的一模一样，一时罗杏有些慌了。

"你认识丁一凡么？"

"当然认识。怎么，你有什么事？"

"哦，认识你很高兴，我就是想了解了解他。"

"哦？那么你是？"萧楠忽然想起很久前自己和方晓鸥的第一次开场白就差不多是这样的，注意力马上从那堆票证和单据中转移出来了。

"呵呵。"罗杏没有马上回答萧楠的问题，她在心里反复思考那句"当然认识"究竟是什么意思。看起来，她加这个大连女孩的QQ应该确实认识丁一凡了。就在她还不知道该怎么回答萧楠抛过来的问题时，萧楠飞快地回了她一句。

"我知道你是谁了，你是丁一凡的新任女朋友吧。"

"你怎么知道我？还有，新任是什么意思？那么，你是旧任？"

"如果你和丁一凡没什么特殊关系，谁又会偷偷私下来了解他呢？说吧，你想了解什么？我是他大学里的曾经一任。连我自己也不知道我是他第几任，呵呵，没想到他后来没有选择方晓鸥。"看着萧楠这样轻描淡写地回答，罗杏震惊了。

"你说什么？不是开玩笑吧？他跟我说过，他从来没有谈过恋爱的。再说了，他大学里没有女生。"

"呵呵，丁一凡这小子，怎么又犯这个毛病了？真受不了他。他大学班级里确实没有女生，我和他不同班，我是陆上专业的。"萧楠平静地对着屏幕，窗外是平静而深邃的蔚蓝大海，内心的波涛却未曾停止。丁一凡这个名字，就像个咒语，一旦有人念起，萧楠的心里就开始隐隐作痛。

换作劝别人，萧楠是绝对不主张前任女友和现任女友共聚一堂促膝谈心互诉衷肠这类脑残的事情发生的。她也知道最好的解决这类问题的方式是干净而彻底地把这个连真实大号都不敢用的女孩的QQ马上拉进黑名单。可她居然脑子秀逗了一般的和罗杏一直聊到了下班。这也意味着，萧楠一步步地把自己迅速卷进了一场可怕的麻烦中。

第五十八章 听说她爱你

辛晓琪有一首歌，名字叫做《女人何苦为难女人》，谁让女人们都有脆弱的灵魂？

面对萧楠的出现，罗杏意外里感到好奇。之前她有想过丁一凡肯定有喜欢他的女孩，却没想到他居然有这么丰富的过去。罗杏很想知道这个说起话来爽快的大连女孩究竟长什么样。

女人天生喜欢攀比。前女友的长相，和关于她过去的一切，都是新任所感兴趣的。说得文艺点，她们想知道跟她爱上过同一个男人的女人究竟是个什么样的人。说得直白俗气些，那就是想知道那只被历史车轮淘汰，或互相嫌弃被彼此当作旧衣服丢掉的那个女人究竟是个什么货色。

罗杏自认为长得不赖，难免自信爆棚。她点进了萧楠的QQ空间，看到的第一张照片竟让她有种奇怪的感觉。这女人真如照片那般年轻？兴许像丁一凡一样，怕是把好多年前的照片拿到网上去晒吧。相册里杂七杂八都是些萧楠出去旅游的照片，完全不像她平时拍的那样多，大多数都是没有笑的，也可能是不会笑。总体说来，貌似是邻家妹妹，一脸单纯，估计话少又老实。

萧楠起初好似很警惕，后来知道了她的身份反倒是很放松。罗杏于是就听她慢慢讲起丁一凡来。说起他的幼稚和天真，也说起他的喜好与讨厌，更是劝他们要早些结婚，这样才会有可能将他那可恶的花心收敛。显然，那些话听起来都不像是假的。罗杏几乎都快要被萧楠说得感动了，那些丁一凡生活中的小细节，只有在萧楠的解说下，才变得具体而形象。

没错，他爱吃榨菜肉丝，不吃米线面条，他只为他自己买衣服却从不关心身边的人是否有兴趣有体力逛下去。他表面上听父母的，心里却完全不屑。他擅长说甜蜜的话却鲜有真实可信的行动。他平时不喜欢和女友说起自己的事，他胆小的时候像个女孩子，他脆弱的时候经常流眼泪。那些所有，都是罗杏不知道的。看着萧楠好似漫不经心地讲起那些细节，罗杏心里就像萧楠所说的丁一凡最爱吃的零食葡萄干一样酸溜溜的。表面上，她会说自己为丁一凡有过这样一个前女友，并且能够和她说上这样一些看起来像是总结移交书一样的话而打心眼里为丁一凡而感到高兴，心理上却完全不是那么一回事。既然他们曾经那么相爱，为何就分了手？

萧楠有些伤感地说，因为，他撕碎了她关于他的梦想，铁证如山般的证据，让她怎么选择继续下去？这倒是让罗杏听不懂了。

难道真的像萧楠说的那样，丁一凡是脚踩多船被抓包了么？罗杏将信将疑。她反问萧楠，当年在萧楠还是丁一凡的正牌女友时，可曾像她现在这样，手里掌握着一切密码、QQ、邮箱、手机，一个都不能少？这句话说出来时倘若不是隔着网络，萧楠肯定可以看到罗杏那难掩得意的笑脸。谁让你不看得紧一些？看起来是你没有魅力，丁一凡才会变心的吧。

罗杏嘴上说着很为萧楠打抱不平的话，心里却十分过瘾。旧人只是旧人而已，隔着两百多公里的距离。你萧楠和丁一凡这辈子怕是再也不会相见了。想到这里，罗杏心里稍稍缓了一口气。

萧楠反复和罗杏说，以后让丁一凡尽量下船别再做这样危险而无奈的职业。这是她看到王强出海遇难后内心最想对丁一凡说的话。可同时她又不希望丁一凡就此回了农村一蹶不振地彻底告别了航运界。

罗杏并不懂什么是航运界，更不明白萧楠口中那些稀奇古怪的名词。虽然她多少也接触着国际贸易，却顶多只见过订单。航运界里的那些如供应链般繁琐的东西听着她很头大。可通过和萧楠的聊天，她又觉得这是件有趣的事。前女友和现任女友欢聚一堂的洒狗血场面，从前只会在电视剧里出现不是吗？何况她们现在还貌似心平气和地一起去聊这个有些花心有些幼稚又叫人无奈的男人。

罗杏很喜欢听从萧楠口中说出的故事，最初她以为这是因为她爱上的是丁一凡这个男人，所以爱屋及乌，想要迫切地知道关于他的一切事。好的，或者不好的。慢慢的，她发现，萧楠的讲述太精彩了，精彩得就像看一场直播的连续剧。而说不定她们正在演着这同一部电视剧。想到这里，她一边听着，一边仔细观察。她相信她足以分辨萧楠说过的，跟丁一凡有关的事件的真假。

整整两个多月，她们好似《公主复仇记》里的两个女孩，彼此貌似交心又心存芥蒂，微妙得很。当然，这一切都是在丁一凡全然不知情的情况下进行的。

即使这样，纸也总有包不住火的一天。丁一凡渐渐发现罗杏像是变了一个人。她不再那么听话顺从他。仿佛鬼上身一般开始有了独立人格。这是多么可怕的一件事？她查他的手机记录更加频繁，有事没事依旧过问他上次说到一半含糊其辞的老乡到底姓甚名谁。甚至有天，罗杏居然不声不响地就将方晓鸥和他的私人聊天记录用截屏的形式发给了丁一凡。这让丁一凡瞬间汗毛倒竖，这一刻他第一时间就想到了一人——萧楠！可萧楠连他现在的女朋友是谁都不知道，又怎么会干扰他现在的生活？丁一凡已经硬着头皮在罗杏的面前打电话给方晓鸥，义正词严地说自己已经有了女朋友，希望将来两人保持距离。说完这些还得在事后发去道歉的短信让方晓鸥消气。想起从前萧楠何时能变得这么精明？只能说罗杏手段更胜一筹了。殊不知前女友萧楠在这半年多来已经成功地由初级版1.0升级为加强补丁版2.0。丁一凡不知道该称赞罗杏比萧楠更聪明，还是更懂得御夫之术。总之，他心里在愤怒的同时又莫名对罗杏的"聪明才智"产生了崇敬。全然不知，其实罗杏早已和萧楠决定联手让他在照妖镜下现形呢。

离开丁一凡之后的萧楠应该说过得不错，只是她不再相信爱情。自从她对外宣称自己恢复了单身，追求者便从未曾少过。只是，什么感觉才是对的？她也问过自己是不是太过挑剔，更开始糊涂到底什么才是一个善良的值得托付终身的男人。想起也就在一年前，属于他们的上一个冬天，寒风刺骨，她还躲在丁一凡的大衣里，吃着他剥好的一颗颗糖炒栗子，而如今那个骂她爱不起的男人，正穿着她辛辛苦苦打工赚钱买来的"残次品"大衣怀抱着另一个叫作罗杏的女人，说着从前和她说过的那些同样没羞没臊的情话。这就是爱情么？或者是人生？

是的，他们已经开始拥有了不一样的人生。

尽管现在的萧楠只是普通的外企白领，却还是常有机会坐在低调奢华的商务车里，在繁华的这座城市穿行，看那挂在树上的莹莹灯火，或者坐在大酒店里看领导们互相应酬推杯换盏，而她总是在这个时候想起两个不一样的丁一凡。一个他踌躇满志，说发誓要在大上海闯出一翻天地，另一个他淡泊名利，说其实清静的家乡小城就不错，日出而作日落而息。现在的他在做什么？是否是罗杏口中，顶着北方特有的凛冽海风骑着他的破自行车乐颠颠地去离家很远的地方买一块豆腐，或者送罗杏下班回家连一杯奶茶都不乐意买的吝啬。

在她和罗杏聊天的过程里，多次想到了一个词，造化弄人。罗杏也在聊天的过程里发现，萧楠真的了解丁一凡。如果不是萧楠，她又怎么会知道丁一凡私下里依旧还在和方晓鸥互留着亲密的留言，甚至还妄图去沈阳见方雯一面，美其名曰同学聚会。萧楠仿佛真的是她的情路指南，遇到问题，一旦问起丁一凡，他回答的答案，早已被萧楠先一步说破。

罗杏经常忍不住要跟萧楠诉苦抱怨，为什么丁一凡居然是这样的人。她真的不信，也不愿意接受，从前那个有着单纯笑脸的英俊少年，怎么会变得游戏人生和感情，简直就像个无耻混蛋？！

一次，罗杏因为陪日本客户应酬喝醉了酒，便想着找萧楠诉苦起来。她说到伤心处不禁落下眼泪。

谁没有伤心的事呢？罗杏失去了曾经疼她爱她的奶奶。那是她第一次失去重要的至亲。这时候的她最需要安慰，可丁一凡却不会给予合适的安慰。或许这一刻他正打电话给哪个旧情人，说着半真半假暧昧的话呢。

萧楠又一次心软了。说既然丁一凡屡教不改，何不找个理由就分了算了？

女孩的青春岂是轻易要被喜欢游戏感情的人随便耽误的？

罗杏又犹豫起来。农村人嘴碎，她已经过早地让大家都知道了他们即将要结婚了的事实。这个时候提出分手，那么大的摊子谁去收拾，又怎么收场？

说到底，她还是爱他，放不下，情愿躲在壳里，埋在沙里，情愿装作不知道罢了。

她开始恨为什么萧楠要实话实说。也许她是得不到而故意要拆散他们呢？罗杏不停地询问身边的闺蜜好友。又有几个愿意相信罗杏遭遇的是这样游走在花丛间的感情骗子？

这样自欺欺人之下，罗杏正准备想出点什么办法让丁一凡痛改前非，把过去一笔勾销，却没想到临近过年的关口，出现了这样一系列的怪事……

先是有陌生的男人故意和丁一凡聊天，自称是她罗杏的朋友。质问丁一凡为什么要像看管罪犯一样的对罗杏的隐私盘查到底。话不投机半句多，话还没说两句，两个男人居然相约要单挑，地点已经选好。丁一凡叫嚣要找哥们把这位莫名其妙的男人摆平。这件事着实吓了罗杏一跳。看不出这个外表瘦弱，面目斯文的丁一凡居然能有和别人打架的勇气。那眼神犹如准备斗架的公鸡，平时在她面前装作是温顺的小羊，此刻瞬间就变成了凶恶的公狼。到底说还是男人，雄性的激素不能遏制本能中善斗的一面，何况是为了女人。普希金当年便是为情而死。现如今他丁一凡又要为了罗杏甚至决定和那男人决一死战。可口号叫得震天响，约好的那天晚上却下起了大雪。这样如闹剧一般的宣战竟虎头蛇尾的结束了。丁一凡喜欢做事后诸葛亮，免不了对罗杏又是一阵吹嘘。但同时又怀疑这个男人的来历起来。丁一凡的多疑，不是没有理由的。

罗杏的圈子里也有些异性朋友，说不准就是她把他查隐私的事说了出去。罗杏只好一脸无辜的叫屈。这一点她可要比萧楠不知道要聪明多少倍。女人何必要在男人面前故意逞强，该装傻气和柔弱就不要含糊。一声老公我错了，下次再也不敢了，就会把丁一凡的神经麻酥。

好不容易神秘男人事件结束了，接着罗杏就开始三天两头继续用房子的事儿作分手要挟连续轰炸丁一凡。就在丁一凡觉得脑子发昏，心里发闷的时候，又一件奇怪的事发生了。丁一凡的手机时常会被人拨错，有人非要问他到底还租不租房子了，有人问他手里的墓地多少钱可以转让，有人问他旧家具能不能再便宜点处理，有人干脆问他是不是在某某网站上登了征婚广告。更离谱的是，QQ上每隔一阵总有人要加他为好友，理由是他想和他"交个朋友"。每当他问起对方是怎么有他的手机号时，对方都会告诉他，他的号码就公布在网络上，不信自己去搜搜。有的人干脆骂他神经病，既然不是，为什么还要往上发，耽误他们的时间。看到这些铺天盖地的消息，丁一凡的肺都要气炸了。他妈的，到底是谁干的？！

仔细去看那些广告，那些无厘头貌似恶搞一样的帖子，各个写得一本正经而那在一本正经中还透着点小小的才气。他实在想不出，除了萧楠，谁还能这么精心布局，大胆策划。

萧楠，你这个无耻下贱的女人，老子这回他妈的要跟你拼了，我倒是要看看，到底谁他妈的能玩过谁！

丁一凡下定了决心，他绝不会放过这个恶毒而无耻的女人。

第五十九章　天使也会变魔鬼（上）

　　不知从什么时候开始，罗杏渐渐在无法准确把握丁一凡心态的时候总是想起要找萧楠倾诉，只要一有空，就想找萧楠聊聊这个男人又会对她说了多少谎话。一旦萧楠不在线，或者不理她，她就有点紧张不安。她并不知道自己不安的到底是什么。难道是怕有天丁一凡和萧楠也像丁一凡对方晓鸥那样私下联系着，暧昧着吗？

　　这时候，仿佛不是罗杏在和丁一凡谈恋爱，她更觉得自己像个傀儡，被两个人爱恨情仇的故事卷了进去。她有时觉得现在的萧楠大概还没有完全放下这个早已变心的男人，一边又觉得萧楠其实是可怜的活该。可她不得不承认，她心里隐隐觉得可怕，自从她知道了他们的故事之后，也自从她知道方晓鸥和方雯或者什么初恋以及和丁一凡有关系那些其他女孩的故事都是真实的之后，开始后悔她认识了萧楠，如果这些故事她都不知道，是不是就不会像现在这样，一边别扭着一边又难受着？她打电话给萧楠，一遍遍地确认萧楠已经放下了丁一凡，只不过在释然里还隐隐有着一些恨。大家都说，爱和恨本是同根生的并蒂莲，已经没有了感情的两个人，留下了恨是不是证明着他们最初深刻地爱过对方？

　　罗杏想起这些，头就开始痛了起来。她情愿觉得这一切都是一场噩梦，而梦醒后，什么方晓鸥，方雯，秦碧，或者萧楠，还有那些和丁一凡有关系的一切女孩都是不存在的。罗杏的朋友吴小雯安慰她，这个叫萧楠的城市女孩，一定是故意让你讨厌丁一凡才告诉你这么多所谓"真实"的他。她一定是一边告诉你丁一凡有多坏，另一边却偷偷勾引他去了。你可得提高警惕。罗杏问吴小雯，那么，丁一凡给前女友方晓鸥留的那些暧昧留言真的不算什么吗？小雯也很爽快地回答，那有什么，自己的男朋友还不一样和前女友偶尔联系着，甚至说的比那些还要暧昧，这才证明这个男人是个有情有义的好男人。在半真半假将信将疑中，罗杏过了几周疑神疑鬼又提心吊胆的日子。她偷偷在论坛上挂了几个广告一样的信息，以丁一凡的联系电话及QQ号码作为联系方式，观察着丁一凡的反应。最初，丁一凡怀疑方晓鸥，后来又不知为何开始怀疑上了萧楠。这个反应让罗杏很欣慰，她想她该在这个时候主动摊牌告诉丁一凡她和萧楠私下联系的事情了。只不过，出于私心，她没有告诉丁一凡是她主动找到的萧楠，更没有告诉他，她其实当初得到的是三个女孩的联系方式，却偏偏只加了萧楠一个。坦白从宽，抗拒从严，罗杏这一招果然管用，丁一凡越听越气愤。当丁一凡听到萧楠和罗杏说起她要在假期杀到他们的老家只为给他一个响亮的耳光，告诉他，无情无义又花心的男人必须得到惩罚的时候，激动得手都在发抖。又羞又恼已经不足以来形容此刻丁一凡的心情了。腹黑，心机，狡诈，阴险，毒辣，这样的关键词在丁一凡的脑中充盈，而这些词汇真的可以和那个外表看起来纯真，和他在一起傻傻的从不过多过问他私生活的萧楠划上等号吗？也许妈妈说得对，萧楠其实就是这样的人，只不过隐藏的太深，而外表有多幼稚纯真，内心就有多丑恶阴暗。他咬牙切齿起来，那咯咯作响的声音从他的骨缝中发出，倘若萧楠现在站在他面前，他恨不得马上就捏死她。不，先拼命打上几个耳光再说。不，如果可以要先把她羞辱一番。

骚扰电话还在不停地响着，依旧咨询着旧家具，热租的便宜房子，廉价的墓地，甚至情趣内衣。QQ消息依旧在不停地跳着。一个个陌生的带着挑逗或者恶心的名字问他是不是要搞同性恋。丁一凡不知道这样的日子还要过多久，他刚下船不久就换了新的手机号，刚挂在网上通知朋友没多久，一下子又遇到了这样的事，这不是逼着他再次换个手机号？就在这个时候，罗杏再次和他提了分手，原因是有女孩说其实他有两个甚至更多的手机号。罗杏的脑子一团乱麻，而他丁一凡，更是恼羞成怒。好像他们两个人扑通一声掉进了一个被人一手设计好的大陷阱里，而设计这个陷阱的人，此刻正躲在某个地方观望着，哈哈大笑。

罗杏又打电话给萧楠了，这次没有用手机，而是一个普通的座机号码。可奇怪的是，萧楠的电话一直是正在通话中。难道她正在和丁一凡联系着？罗杏心里难过了，一遍遍地打着萧楠的手机，3个，5个，7个，19个，萧楠的电话依旧冰冷地提示着，"您好，您拨打的用户正在通话中。"好不容易接通了，却听萧楠没好气地问道，你到底想干什么，着实吓了罗杏一跳。罗杏怯生生地问道，刚才怎么一直在通话中？萧楠这才抱歉地说，她刚才以为是丁一凡打她的电话才那么语气强硬。罗杏这才放心，心里甚至窃喜。原来丁一凡和萧楠已经闹到了这样的地步，她还有什么可担心的呢？况且刚才她也不停地收到了丁一凡道歉的短信。"我不知道，我不知道我当时为什么会想要跟她在一起，当初我真的瞎了眼，我知道从前的自己那么幼稚，我错了，从前我确实犯过很多错，但是这一刻发现我真的开始放下了，所有的过去都放下了。我现在明白我有多爱你，不要离开我。"

罗杏听萧楠在电话里语气淡然地说，如果受不了和丁一凡在一起的折磨，就放手吧，这样会好过一些。遇到萧楠，认识她，或许只是她罗杏开始过上动荡生活的第一步,将来需要遇见的麻烦肯定绝不会比现在少。既然是好女孩,何必要和这样的男人浪费时间呢?

罗杏自然听出了萧楠的劝告其实是在拆散她得来不易的幸福,又怎么会把萧楠的话放在心上?丁一凡是怎么说的?当初和萧楠分手,就是因为这女人心机太重,没想到现在为了重新得到他不择手段地故意在背后说他的坏话,真是恶心。还有那些恶搞的骚扰电话,肯定是这个恶毒的女人故意要报复他。罗杏倒是要看看丁一凡是如何对付这个想要和她抢男友的前女友的。然而,她忘记了一点,即便那些骚扰恶搞的电话确实是萧楠故意所为,可对于相爱过的两个人,又是什么原因会使他们反目成仇恩将仇报到恨不得撕碎对方才罢休呢?她从未听说过这样收场的爱情结尾,好奇中带着一丝想看好戏的幸灾乐祸。

第六十章　天使也会变魔鬼（中）

这是个阳光明媚的冬日，正午的阳光斜斜地照进来。萧楠暂时结束了手头的工作正期待着今日午饭要吃些什么。就在这个时候，一个很久都没有联系的高中朋友给她打了手机。她迅速走出办公室，轻声地先说了一声"喂"，然后走到窗边清了清嗓子等待着这位好久不曾联系的老友开口说话。

"喂，萧楠，你现在能上网吗？赶紧去看看，你的校内主页怎么了。为什么我今天收到了那么多低俗下流诽谤你的留言。你得罪谁了？还有，你现在好么？没出什么事吧？"

"什么意思？喂，你能大声点吗？我这在上班呢，信号好像不是太好啊。"

"快点上网看，出大事了。那些留言太恶心了，你赶紧处理一下，不然对你的影响太不好。老同学啊，好好想想这个人到底是谁，我先挂了啊。"

萧楠正一头雾水的时候，她的电话瞬间变成了热线。不到10分钟的时间里，一堆来对她说刚才那同类似话的朋友越来越多。有的人扭扭捏捏像是欲言又止，好像说出来就会脸红，也有的人大咧咧地就口无遮拦起来，语气中一半是紧张一半是愤怒。夏晓曦更是直接地说："这小兔崽子没想到人模狗样的居然是这操行，你俩分手就对了，我第一次见识人竟然可以无耻到这个地步！"

萧楠马上反映过来晓曦口中的"小兔崽子"是谁，不是他丁一凡又是谁呢？从小到大，萧楠就从没有得罪过任何人，即使是最讨厌的人也顶多遵循着"给他个不理睬"的无视政策。且不说根本不会有被报复的可能了，就是吵架，她也难得会真的和谁有过什么所谓的"战争"记录。

挂上电话回到电脑前，她点开了校内主页。瞬间，脑袋嗡的一声，如同被一击重锤敲打过，就差没有眼冒金星了。主页上那些激动的语言和过分下流的话语让萧楠看完后瞬间瘫倒在椅子上。

显然，丁一凡没有用自己的实名账号登录。一个头像是个女孩，名为王丽的留言铺满了她的整个留言板。纵然没有使用实名账号，可语气却是那么熟悉。萧楠记得，这个叫作王丽的马甲账号，分明前段时间就偷偷来过她的主页，不是吗？难道一切只是丁一凡为了了解她最近的近况好实施报复？

没错，他的报复计划开始了。一切来得突然，就像日本偷袭美国珍珠港一样，搞的人措手不及。

一个女孩最重要的东西是什么？名节！丁一凡就是要毁掉萧楠的名节。他扬言他手里有她的艳照，虽然模糊但足以让她的朋友全都认出那是她！

可是，萧楠心里纳闷了，他怎么会有属于她的"艳照"呢？她飞快地回忆过去，脑海中丝毫翻不出一丝他能够得到艳照的记忆。莫非是那次"强奸未遂"？她努力摇了摇头，试图去搜索那些记忆，可这时的她就像那些电影中暂时失去记忆的病人，越是要拼命去想，便越是头疼欲裂。

丁一凡的留言异常的露骨，他像是故意气她，也像是在提醒着她，甚至在混淆视听，让她甚至连自己都要怀疑他们是不是真的发生过什么？！流产，激烈的性行为，妓女般下流的动作，丁一凡的言辞里充满了无赖的淫荡，仿佛一边留恋的回忆一边无耻地妄图唤起萧楠的什么记忆或者更直白地说，是愤怒！而之所以萧楠不断地接到朋友的电话，更充分证明了一点——丁一凡把这类下流无耻诋毁她名誉的留言都一一发给了每一个萧楠的好友！

正在她莫名其妙怀疑着丁一凡为什么要这样做时，她的邮箱里出现了一封邮件。显然这封邮件是丁一凡发来的。他可不傻，不会直接用那个马甲账号承认那诽谤她名誉的人就是他丁一凡自己。可宣战书却是有必要写一份的。邮件里的语言也很过激，他说他真没想到原来外表幼稚貌似纯良的萧楠是个不折不扣的下贱胚子，他丁一凡真是瞎了眼才会交友不慎遇到她萧楠这种阴险毒辣而又狡诈的女人！难道你是没有人要了吗？非要缠着我不放？！自己得不到就不想要别人得到？他妈的简直就是个婊子，敢不敢站在我面前，娘的，老子抽死你！想跟老子玩，老子让你死的很有节奏感！

萧楠再也看不下去了，眼泪止不住地流下来。她拼命告诉自己要镇定，要冷静，可是没有用，她无论如何都想不到的事居然就这样在如此晴朗的一个冬日中午爆炸性地发生了。

还能怎么做呢？她只得一面马上锁掉主页空间，更改了个性签名，对外宣称她中了电脑病毒，以防止更多的朋友来询问她怎么回事；一面向管理员发了举报投诉信，保留了截屏删掉了那些留言。

纵使情已逝，到底意难平。萧楠曾经想过，两个已经没有了感情的人，既然相爱过肯定成不了朋友，至少可以不是敌人。这样的结局她如何去承受？

委屈，天大的委屈！

她很想对丁一凡说，倘若她当年在知道他的背叛后就采取报复，何必等到今天？她本可以赏他几个耳光，或是泼他一脸咖啡，更或者找人揍他一顿，她犯得着用让别人骚扰他的方式去报复吗？何况，在那段感情里，她至今也没想出到底是她错在哪里，反倒是他先背叛，怎么到头来却如此理直气壮？

她没有多辩解什么，只是找到从前她在等待他时发过的那些帖子。她把那些链接发给他看，要他知道这样的她怎么会做得出来那样的事。

可这样幼稚的做法对丁一凡来说是不可行的。萧楠早已忘记，丁一凡即使在口口声声说爱她时也不曾仔细看过她写给他的帖子，又怎么能在两人没有了感情时还有心情去看那种对现在的他们来说毫无意义的文字？

恶心！丁一凡只回答她两个字。他骂她恶心。好像那些帖子是她妄图让他回心转意。

萧楠马上义正词严，"你要是再敢发这样的东西，我就有办法惩罚你了，我们走法律程序，你不要怪我不客气！就算是你用了随便一个什么手机号，照样可以定位出来你是谁！"

"告我？你去告我啊？哪个证明那个王丽就是我丁一凡？我随便买一个电话卡，又不是实名的，谁能查得出那就是我！"

丁一凡好像已经开始精神错乱了，他的语言已经开始不能控制，逻辑思维也有点混乱。这样的丁一凡让萧楠感到可怕。她甚至都开始怀疑，这个跟她对话的男人到底还是不是丁一凡，那个对她说过世上没有坏人，而只有一时糊涂的好人的丁一凡。

第六十一章　天使也会变魔鬼（下）

　　萧楠的义正词严没有停止丁一凡的过激行为。网上的留言越来越多，已经泛滥到如同牛皮癣一样顽固不化，丁一凡甚至为了真正达到恶心到萧楠的目的，硬是自己用PS的技术伪造出了所谓的"艳照"，妄图萧楠好奇地点接收。毫无例外，丁一凡对萧楠的好友也采取同样的方式。这样的做法自然激起了萧楠好友们的愤怒。他们试图去查找到底谁是罪魁祸首，那个嫁祸于萧楠莫须有罪名的人到底是谁？

　　终于有朋友查到，原来发初始帖子的居然是罗杏！朋友们直接把这个消息发给了丁一凡，却见丁一凡无动于衷，丝毫没有停止继续破坏萧楠名声的行动。看来还真是应了那句俗话，真的是秀才遇到兵，有理说不清！不来个以其人之道还治其人之身看来是不行了。

　　和萧楠从小一块长大的朋友戚燕看着丁一凡那拙劣的PS技术，不由得轻笑，伪造的实在也太不专业了，明显脸和身体的亮度就不一致，比例也不协调，怎么看怎么都不像真的。也不看看她戚燕是做什么的？五年的网站美工，熟练掌握Photoshop软件早已达到了炉火纯青的地步，平时看到别人去拍写真修片的技术都忍不住要抱怨后期制作的美工水平太烂。看到姐姐萧楠竟被这样无缘无故的欺负，一股无名之火就涌了上来。她真的没搞清楚为什么曾经她在上海旅游时见到过的那个斯文男生丁一凡怎么会忽然变得这样无耻，或者说她们都一起被眼前那个貌似无辜的男人的纯良外表所蒙蔽了？人不可貌相，海水不可斗量。

　　曾经戚燕就被无良的前男友欺骗外加背叛，想到这里不免唏嘘感慨，更是让她决定要帮萧楠出出这口恶气。可是怎么出气？难道像夏晓曦说的那样，找上几个魁梧的男人把丁一凡揍上一顿？这倒是容易，只是事后还总要赔偿他丁一凡的医药费吧。看这样子，这男人搞不好就此就赖上了萧楠，实在麻烦。再说丁一凡现在又不在眼前这同一个城市，明显操作起来也有难度，也难怪丁一凡会叫嚣着不能把他怎么样了。

　　戚燕不愧是学美术设计的，想出来的馊主意也离不开本行。既然你丁一凡能够PS萧楠的"艳照"，那我们就不能么？倒是要看看谁的技术高超。说干就干，戚燕的专业功底自是不必说。只不过她得饶人处且饶人，并没PS出什么"艳照"，毕竟还是应该有道德底限的，什么是犯法什么却无伤大雅她戚燕还分的清楚明白。于是，在戚燕的努力下，罗杏的照片被恶搞成了郭德纲，芙蓉姐姐，春哥，史泰龙的样子，却穿着性感迷人的裙子做着无比丑陋的姿势。丁一凡，下一次你再说有什么我们感兴趣的"有颜色"照片，那我也可以提供一些给你看看了，比如你现在这个喜欢幸灾乐祸的女朋友的照片，你也会很感兴趣的。顺便也让你见识见识，什么叫做真正的PS。

　　董青书第一次看到丁一凡诽谤萧楠的留言，没有马上打电话通知萧楠，在他心里有点为这个曾经为爱情执著而勇敢过的女孩遇到了这样一个无情无义又无耻幼稚的男孩而感到遗憾。在董青书的眼里，萧楠是成熟女性和幼稚女孩的矛盾混合体。大学几年他一直默默地看她为学校的社团活动奉献，或者在学生会努力作他人的垫脚石，在课余做家教，其实都是在打发着她看起来多余的那些时间。他猜想她心里肯定有个人，后来他知道她和丁一凡在一起了，却不那么快乐。毕业的时候，他本想决定要尝试着表白，可看到萧楠那有些痛苦又佯装若无其事的样子让他不得不把那些话咽下去了。他想能够一直这样在远处守望着也好。等她心情平复了，等他再有些事业了，他就表白。谁知，毕业后不久她就一声不响地回老家去了。他都未曾来得及送她一次，更未曾提起他默默喜欢了她那么久。丁一凡事件打破了萧楠生活的平静，对于一个女孩来说，她该如何面对这突如其来的打击？他很想为她做点什么。至少，他要好好地教训一下丁一凡。可是丁一凡也早已不在上海，说教训谈何容易？董青书本来平时爱好不多，是个不折不扣的宅男，可对计算机的痴迷却并不局限于玩玩电脑游戏那么简单。他喜欢钻研一切关于破解密码的技术，说通俗一点就是黑客。尽管是个初级的菜鸟，可在网上用点小伎俩破译个邮箱什么的倒是不在话下。通过邮箱的破译，他大致知道了丁一凡和萧楠的恩怨症结究竟在什么地方了。董青书本身也不是个成熟的男人，尽管他心里鄙视像丁一凡这样没有头脑又笨得像猪还自以为是的家伙。或许是英雄所见略同，他和戚燕一样，把矛头同样对准了倒霉的罗杏。关于罗杏的一切资料，只要破译一个邮箱就OK，她的QQ还有她的手机号码，甚至她的工作单位地址，都不再是什么秘密。以牙还牙，以眼还眼。既然你丁一凡不相信罗杏把你的信息故意出卖了，那我就让你罗杏也尝尝被骚扰的好滋味。

　　董青书这么一做，收效倒是立竿见影。罗杏马上无法淡定了，当即跟丁一凡告了状。从小到大她罗杏什么时候受过这么多委屈？有人发她恶搞的照片，有人骚扰她的电话和手机，甚至还有单位电话。前几天她还正兴致勃勃地准备着公司一年一度的年会。农村的公司在年终搞起花头来比城市的外企还要不知道兴奋多少倍，毕竟辛苦了一年，大家都想找个机会乐呵乐呵。她罗杏不会唱歌跳舞，走走模特步还是会的，公司的年会表演，她二话没说就报名参加了时装秀的排练，暗自还在为自己的身材不错而得意着，却一边在同事旁假惺惺地说自己瘦得大灰狼见了都掉眼泪，天天在求得长肉的秘方。谁知道高兴的日子不长，看萧楠好戏的生活那么快就结束了，眼下她被迫成了受害者，不找丁一凡算账又能找谁？

　　丁一凡找到那个在论坛发帖子的地方张口就骂，骂萧楠全家不得好死，出门就被车撞死，却不敢承认自己就是丁一凡，甚至连罗杏的男朋友的身份都不敢承认。董青书坐在电脑前哭笑不得，这个男人，直到现在，还是这样懦弱和窝囊，哪个女人将来跟了他会幸福呢？幸好，幸好他和萧楠分了手。

　　除了戚燕和董青书外，帮助萧楠的朋友绝不止他们两个。他们都在以他们的力量和形式帮助萧楠无声地还击着。

　　朋友们帮萧楠打抱不平的光荣事迹，竟然没有一个主动和萧楠提起，他们都情愿做那个默默无闻的英雄，好事不留名的活雷锋。殊不知，这样却也害惨了萧楠。因为萧楠要一一为这些人的所作所为买单。丁一凡可是谁都不认识，他只认识萧楠，也认定了这些莫名其妙又很有水准的"反报复行动"是萧楠亲力亲为。

　　终于，丁一凡忍不住要找到萧楠的母亲要她好好教育她的女儿了。

　　他有那么多的话要问，声音颤抖中带着沙哑。

　　萧母耐心地听这个已经不是她女儿男朋友的男人激动地告着状。听他时而平和时而愤怒的责问。"你到底知不知道我有女朋友的事萧楠是怎么知道的？还有，阿姨，你知道我现在已经有女朋友了吗？我对她可是一心一意的，你怎么能让萧楠那么做，你要好好劝劝她，告诉她其实我和她真的不合适。你不知道，她已经做了太多骑着我脖子拉屎的恶心事，我实在是忍无可忍了。"萧母冷笑，终于，他叫了她一声阿姨。他可记得当年在火车站，他是如何对着她没有礼貌的大喊："我有几个女朋友干你屁事？你爱怎么的就怎么的！"

　　见丁一凡絮絮叨叨地啰唆了很久，萧母好不容易才插上一句："小丁，你冷静一下，现在你们已经不是男女朋友关系了，既然这样，我也没有任何义务回答你太多问题。分手后的两个人各自应该有各自的生活，你总说楠楠影响了你现在的生活，那你能让你的女朋友也别影响到我们家楠楠现在的生活好吗？如果我说，楠楠现在也有了新的感情，你觉得她会有时间干扰你的新生活吗？她每天工作都很忙，下班后回家已经很晚了，哪里有空去做你说的那些莫名其妙的事？"

"她真的有新男朋友了？我不信。那个人是谁？江海阳？"丁一凡语气里有失落更有怀疑，他分明没有在萧楠的校内主页上发现任何开始新恋情的蛛丝马迹。如果说萧楠真的开始了新恋情，也肯定是和江海阳有关。他开始怀疑那些骚扰罗杏，恶搞她照片的事是江海阳干的。

"小丁，你听我说，江海阳和楠楠是从小一块长大的好朋友，他们的关系很纯洁，一直也不是你想的那样龌龊。我们家楠楠之前只有你这样一个男朋友，她没有做什么对不起你的事。请你也不要再打听江海阳的什么消息了，他已经结婚了。如果你曾经和楠楠有过一段感情，我希望你成熟冷静的去面对，你坦白告诉我，你们从前的感情难道都是假的吗？为什么分手后要互相这样伤害对方？如果楠楠真的做了什么过激的事，也只能说你伤害了她，深深地伤害了她。"

电话另一端里的丁一凡忽然哽咽了，像是要哭了。丁一凡没想到江海阳竟然已经结了婚，回想从前和萧楠的那些过去，就像是一出戏剧，不由得悲从中来。

"小丁，我已经听说你在网上做的那些幼稚可笑的事了，赶紧停止你的行为吧。楠楠说她手里已经有了你诬陷她的证据。我真的不希望你们再见面，尤其是不希望你们在法院的原告与被告席上再见面。"萧母在和丁一凡的谈话中没有流露出太多愤怒和责骂。但却痛在心里，她的女儿到底在丁一凡的无耻里受了多少委屈？她的女儿是不是真的曾经被这个浑小子欺负了？她真的后悔当年没有在一开始就强烈反对他们的交往。如今事已至此，让内心受到感情重创的女儿能够安稳平静地生活，才是她目前最大的心愿了。

那一年，昔日的校内网一不留神变成人人网了。

现在的90后大学生恐怕也再不会理解当年他们的学长学姐第一次把名字和头像换成真实样子的忐忑。因为现在的人人网已不再专属大学生。只是那些还有着校园情结的人还恋恋不舍地通过这个媒介想得知那些毕业之后一别天涯的同学。

好多人头像再不是从前青涩的自己。

有人戴着硕士帽站在异国他乡的学校门前，有人身边多了另一半，穿着结婚礼服幸福地微笑，有人干脆就把头像换成了他们伟大的作品——可爱的宝宝。

丁一凡的头像，却换成了一座黑暗里闪耀着光芒的灯塔。

一般来说，灯塔所在地的水域，往往是航运中复杂和危险之地，这些地方或礁滩众多，或风急浪高，或水道狭隘，或迷离难辨。灯塔以自己的光芒，引领航船冲破危难驶向安全的彼岸。所以，灯塔就是茫茫大海航船的保护神。

他丁一凡要作自己的神！

曾经在船上的日子，他从迷茫中一次次以国考为希望，把窄小的舱室当成自习室。仿佛回到了大学时代，一个乐扣水杯，一支笔，一本参考书。有时候，复习出了神，累了，趴在桌子上。恍恍惚惚，忘记自己是在船上，还是家里，或者，是学生时代的自习教室？

那些认真学习的时光，让他找到了安定而充实的美好。很多备战过公务员考试的人都知道这样一个词："上岸。"

没有铁饭碗的工作，就如苦海无边。丁一凡是真的一心一意要"上岸"了。彻底离开那个苦海，也离开那份船员的工作。

他到现在还记得，最初拿到的第一本公务员考试用书是萧楠给他的。那时的他几乎连题型都看得一头雾水，却满不在乎地认为凭他的智商，有个十天八天，就可以稳操胜券地拿下考试，甚至想如果考上了到底要不要去？

可是那时候的萧楠却在学校的操场上字正腔圆地说："这么短的时间，你根本考不上！"

丁一凡已经忘记这是第几次走进国家公务员笔试的考场了。

听着开考前提神的铃声，他灵魂出窍了几秒。飞快地想起关于国考的全部记忆。第一次，他交了钱却临阵脱逃。第二次，考完后发现那题真是变态的难，心里记得的是萧楠那句，坚持到最后一刻才会笑得最好。第三次，他差点错过报名的时间，报名资格也困难重重，省内的工作经历限制过严，要不就得被放逐到天涯海角……

很快，海事局的面试名单下来了。丁一凡在意外的职位表第一名的位置看到了自己的名字，该喜极而泣还是该仰天大笑？

第六十二章　往事风干来下酒

都说夕阳无限好,只是近黄昏。如果你见过海上的夕阳,一定能够感受到那份温馨和暖洋洋向上的力量。

照进船舱里金黄的夕阳,还有那烧遍半边天的红霞,会让人内心无限的宁静。《小王子》里说悲伤的人喜欢看晚霞。其实恰恰相反,因为晚霞的温暖,正能够治愈一个人的悲伤。当整个船舱笼罩在金光中时,程小东看到萧楠恬静地笑着。

"后来呢?楠姐?你和丁一凡就真的没有见过面么?"程小东终于在听萧楠讲到这里时忍不住插了这样一句。

在这个去日本的航程,因为遇到了萧楠,也正因为听到萧楠讲述的这个故事而使整个枯燥的旅途变得短暂。

"没有。后来自己的工作也离航运远了,更没有机会听说他的事。"萧楠盯着同样平静的海面平静地回答。

"那你觉得离开这个圈子会很遗憾么?姐,说实话,你到底后悔过没有?"

"人生是没有回头路可以选择的。有时候,我打开大学QQ群,看到里面那些航运精英们挥斥方遒,开口闭口都是我们的船,仿佛指挥千军万马般的英雄。货主,船东,船代,货代,这些词还如魔咒一般偶尔在我的耳边萦绕。有人说,一个人的名字就是世界上最短的咒语。对我来说,那些专有名词,也仿佛是一句句短短的咒语,经常让我有种时光倒流的错觉,好像它们就是一把打开过去记忆闸门的钥匙,让我觉得很痛苦。经历过的事情,就不会完全忘记。只是暂时想不起来了而已。人是不该后悔的,不管是好的,还是坏的。毕竟经历过的事,总会给你一定的收获,所以我不后悔,也没有什么可后悔的。"

程小东本来还想问,这样的代价会不会大了一点。可他还是终究没有说出这样一句话来。就像他从来没说起过,他曾喜欢过萧楠一样。

两个人一下子都沉默了。默默地看着船平稳地驶在安静的海面上。从始至终,萧楠的脸上都挂着那平和的微笑。波澜不惊的,好似这平静的海面。

不久,船靠了岸,两个人准备下船前,程小东这才想起来问:"楠姐,这次你到日本培训,选择从上海出发,有没有路过看一眼我们的大学?"

"嗯，去过了，也许下一次再看到那些熟悉的地方，就得在校史馆里了。"

"你什么时候去的？我知道就在前几天，很多同学都回去做最后的留念和拍照了。也许，呵呵……"程小东把话说了一半，冲着萧楠摆了摆手。

"楠姐，下次见了。下次再见到你的时候，希望你还像现在这样年轻。也许……"看着程小东用力地挥手，萧楠也用力地挥了两下。脑海里回味着刚才程小东说的那半截没有说完的"也许"。

没错，很多同学在老校区彻底拆迁之际回来看了看。看一眼以前走过不知道几千次的香樟大道，看一眼那棵盘根交错的被叫做大榕树的樟树，看一眼一直没有翻修过硬邦邦的操场；看已经关门了的第五街奶茶店；看不再营业了的食堂；看可能面临着无人可以喂养而真正流离失所的那些海事猫咪；看不再有阿姨看守的宿舍大门，外面再也没有花花绿绿的热水瓶等待着谁去提走；看空荡荡的电话亭，再也不会有人插着电话卡没完没了地用家乡话聊天；看那写着彭德清题词的小礼堂；看商船学院门口的那个旗杆；看办过无数次宣讲会的报告厅；看那像加油站一样的北大门。

想起若干年前的她，总是不愿意回到这个"学费超值，假期极短"的大学。因为，宿舍的床很硬，天花板上的电扇似乎永远也吹不到床上。到了冬天只有不停地抱着各种热水袋蒙着厚被子瑟瑟发抖地度过。因为，每天早晨都要勉强地瞪着那双睁不开的眼睛在起床号的催促下稀里糊涂地飘到操场，然后再和那帮子饿狼一般的男人们抢早饭。以前总是盼，说盼到开学就好了，就好见到那些想念了很久的同学们了。而今，再也不用开学了。又什么时候才能再见？说等五一吧，等十一吧，等休假吧，最后变成了，等谁谁谁结婚吧！也不知道那一天，又会是哪一天。

萧楠回想起，离开学校的那一天。学校里的树叶就像她这次看到的一样，被雨水冲刷得特别绿。而那个傍晚，夕阳映红了整片天空。她没有勇气真正地说起那句再见。也正因为这样，工作了那么久，她还像个学生。而直到这一次，她才真正淡然平静地在心底和这个即将变成商务中心的老校区作别。

时光，果真是一剂最平和的药。

曾经她不但在那棵大榕树下看过谁忧伤的脸，也在那棵树下为见到朋友而欣喜地笑过。她不但在那个古老破旧又窄小的图书馆里遇到过谁，还在那里度过一个个悠闲自得的午后。其实，有些东西她一直都没有忘。只是不愿意刻意记得。那罐过了期的啤酒，那张被她扔在江惠那里的小桌子，那刻在树上的名字。像一道疤，伤口愈合了，只有在某个特定时刻才会想起曾经的痛。

老校区终究会全部消失，好似一场幻梦。而往事，也似这场幻梦，或是海市蜃楼，就像不曾来过，如同曾经属于她的爱情一样。

程小东没有讲完的那句也许，是因为丁一凡也来过老校区。

世界很小很小，小到明明不在一个城市却偏偏能够隔着千里还要遇见。世界很大很大，大到一个转身，你便永远也找寻不到曾经那个发誓在你身边守候一辈子的人了。

正是那句话，最初不相识，最后不相认。而两个人的缘分，便是当萧楠走过篮球场，丁一凡走过了图书馆，那不过几十米的距离，却是永远的擦肩而过。

在日本的培训并不漫长，萧楠却在异国他乡不经意地反复做着这样一个梦。

海水是灰黑色的，波涛汹涌。她自己仿佛置身于一条很大的船上。当海水扑过来时，水漫过了捆绑扎紧货物的钢丝绳，一切那么真实。一个年轻的水手好像和谁聊着天。忽然，狂风将拴吊杆顶部的保险绳扭断了。碗口粗、6米多长的吊杆轰然坠落。就在这个时候，丁一凡一把推开了那个年轻的水手，猝不及防地被砸倒在船上，鲜血汩汩直流。这样的梦境重复了好多遍，连她自己都在怀疑这会不会是真的。

是潜意识里她希望他以这样的形式死去么？还是其实丁一凡那个人早已经在萧楠的心底死去。

有时她也会梦见另一个场景。几十年过去了，她已经白发苍苍，可丁一凡却永远是年轻时候的模样。他有着怪异的如同他父亲一样的性格，严厉地教育他将来的孩子承父业，继续跑船。

最真实的一个梦境却是这样。

一个百年不遇的大雪天，去机场的路被堵得水泄不通。萧楠的车在这样的天气里抛锚了。茫茫大雪中她摇下了车窗，想看看外面的风景，却不料看到前面一个出租车里好像有两个人争吵了起来。她猜想那可能是一个很简单的追尾。这个城市每天几乎都能遇到这样的事。

她顺着人群的目光撇到了国骂不绝于耳的两个男人身上。司机穿着橘红色的羽绒服，骂骂咧咧，说没见过这样的人，打车居然不给钱，还想赖账不成。而那男人穿着黑色双排扣的呢大衣，体态与普通的中年男子无异，微微驼着背，头一边侧着，一边用手指比划着和司机说他不讲理，他只是钱包丢了，不知道被谁偷了，激动时，有点口吃。

有点看不下去的萧楠想把窗户摇上，不料就在无意中定睛一看，那沧桑的中年男人竟是丁一凡。他好像是没睡好的样子，眼眶深深地凹进去，眼圈黑着，胡子也没有刮。

曾想过多少个重逢的场面，她或是牵着心爱的爱人的手，趾高气扬地在丁一凡面前高调地走过，或是踩着优雅而漂亮的高跟鞋，穿着精致的衣服让他惊艳。可是，都没有。

她狼狈的小SUV抛锚在了雪天里动弹不得，而他竟然因为没有车费窘迫地被司机拽住不让走。

还好，他并没有认出她。他认不出她来了。他早已经忘记她了。

或许，这世上根本就没有绝对的好人与坏人。因为这世上只有一时糊涂的好人，而没有绝对的坏人呢。萧楠不经意间想起这句话，笑了，经历了这么多，她终于懂得了丁一凡这句经典而又耐人寻味的名言。

那次丁一凡回母校，是被雷鸣多硬拖着回去的。

这个航次下来，丁一凡的船刚好停在上海港，见到老同学的亲切让他们不由得选择将聚会地点定在学校附近曾经常去的那个酒馆。讲起过去那些熟悉的名字，提到那些熟悉的事件，丁一凡没喝几杯就醉了。雷鸣多拼命往丁一凡的酒杯里倒酒，边倒边说："你小子这老得可真快啊，想起来没？有次大学里喝醉了，要不是萧楠打电话给我，让我把你拖回宿舍，你他妈就冻死在外面了。""他妈的，老子喝，今天谁不喝谁是孙子。"丁一凡忽然声音提高了几度，嚷着要为了活下来干杯。

"来，为了还活着干杯。"酒馆里不断响起干杯的声音，丁一凡很快烂醉如泥。

那些过眼云烟般的往事，就这样被他丁一凡当作下酒菜，风干了拿来下酒了。

尾　声

　　两年后。

　　收到大学同学江惠的喜帖是在一个雨后初晴的下午。作为被邀请参加婚礼的萧楠和其他宾客稍微不一样，她是江惠从大学同学中选出的伴娘。萧楠在回上海的路上就想，下飞机后她应该做的第一件事便是奔向江惠马上要搬离的出租屋。

　　大学刚毕业那会儿，萧楠曾和江惠一块收拾过那个不到15平方米的小房间。因为大部分毕业生早就熟悉和习惯了大学周围的环境，都不愿意走得太远。因此学校附近的房租自然水涨船高。为了节约租房成本，房子的条件自然不会好到哪里去。

　　当时的她们真的算是一穷二白，从学校搬出来后基本没有多少像样的物什。房东留下的家具几乎无法使用。出租屋的床是那种劣质的折叠铁床，两个女孩用尽力气才算勉强掰开。没有饭桌，只好找来几块砖头上面垫上一块木板。那时萧楠已经决定夏天一过就要回老家工作了，便把自己在学校留下的能用的全部家当留给了江惠。搬家的时候，除了萧楠自己的暖水瓶、台灯，还有丁一凡那时留给她的电扇，小桌子，布老虎，甚至热水袋……江惠照单全收，一样都没有拒绝。

　　"楠楠，什么时候想着回上海了，这里永远给你留一个位置，或者你想再见到这些东西了，它们还会一直在。我帮你留着，一直留着。"

　　萧楠和丁一凡分手后，江惠再没有在电话里聊过一句关于过去这些东西的去向。萧楠想，过去这么久了，大家也再不是刚出校门的青涩菜鸟，那些不再有意义的东西恐怕也被江惠扔了吧？

　　萧楠没想到，现在的江惠已经搬了新家，出租屋早在半年前就退了。当江惠接过萧楠的包，领萧楠坐在客厅里倒上一杯茶水的时候，萧楠环顾这个简约时尚的房间，不禁赞叹！真漂亮！

　　这是典型节约空间的设计，新房是复式的小二楼，阳光从斜斜的屋顶窗户照进来，温暖明亮。

　　江惠让萧楠自由参观，这边跟即将新婚的她家相公煲起电话粥来。萧楠在一楼转了一圈很快就对小二楼有了兴趣。

　　二楼像是一个客房，多余的墙角被巧妙地用屏风隔断成了一个小型的储物空间。客房里随意摆了一张矮床,床头的正上方摆着布老虎。没错,是当年和丁一凡人手一个的那对情侣老虎之一。那布老虎依旧笑得很灿烂,也依旧露着那两颗搞笑的门牙。储物间里堆着好多杂物。可萧楠还是一眼就认出了那些她以为早就从这个世界上消失了的东西。落满灰尘的电扇显然很久都没有用过了,小桌子被折起放在柜子的最底层同样落上了厚厚的一层浮灰。还有些东西她已经不记得了,比如几张旧照片,夹在她已经有些看不懂的专业书里。她至今都不知道她曾经什么时候将她和丁一凡曾经为数不多的合影洗出来过,并且还夹在了书里。照片并没有泛黄。那时的他们在新校区的图书馆门前,她一脸羞涩的被他甜蜜而霸道的拉在怀里,他穿着她最爱的白衬衣,她留着顺直乌黑的长发,笑容灿烂,俨然一对金童玉女。那次他们因为怕来不及赶回老校区,不敢多作停留,就放弃了去新校区看上海南汇滴水湖畔大海的计划。那时的他们以为还有好多机会,那时的他们似乎并未想过到底什么才是口中动辄就提起的永远。

萧楠也曾在那个时候问:"丁一凡,如果有一天我们分手了,你还会爱上别的女人吧?"

丁一凡说不会,显然丁一凡撒谎了。萧楠说她也不会。

他们都说了谎。不同的是,那时候的丁一凡就已经知道他在撒谎。

就在萧楠一本本地翻开那些她已经陌生的专业书时,一个叠成了船的形状的信纸从书页里掉了出来。那纸船显然不是萧楠折的,她甚至从来没有见过这只纸船。可能因为受潮,蓝色的字迹透过不那么厚的纸张印过来。她小心翼翼地拆开,里面竟是一封短信。

"楠楠,从我见到你的第一天起,我就告诉自己,我想让你开心,我要逗你笑,让你每天都开心。"

"有我在,就不希望你再有半点难过了。你要是喜欢,以后我们有空就去看遍全中国的每一片海,不,全世界的。楠楠,你现在开心吗?现在的你,幸福吗?"

"现在的你开心吗?现在的你幸福吗?"萧楠重复着这句话,笑了,那笑容好似桃花般灿烂。她想她现在有资格回答这个问题了。她打开那扇斜斜的窗户,将拆开的纸船重新叠成了一只纸飞机,让它在天空成了一道优美的弧线。抬头仰望纯净的天空,漂亮的让人炫目。难怪有人说,海是倒过来的天。

番外篇之人物内心独白

江 惠

　　大学毕业后，我只见过萧楠一次。她好像真的像其他同学说的那样一点都没有变，还像个学生，只是好像比上学那会儿胖了。老乡中只有她选择了回家，这是让大家都感到意外的，就像当年她没有继续读研究生一样。有时候我一直在想，她和丁一凡的爱情到底是不是只像个故事或者梦。可却真真切切地发生过。我在上海租的房子里，还保留着所有丁一凡送给萧楠的东西。以前以为，他们肯定会像曾经那些分分合合无数次的情侣一样，早晚有天还会在一起。如果到那个时候，我能把这些完整地交给他们，也算是尽了一份同是老乡的心意。可谁知道他们就那样散了，且散得咬牙切齿，倒也刻骨铭心。

　　时间过得真快，有时候好想和萧楠再去那家味之都餐厅，像以前快毕业的时候那样，点一盘老醋花生米或土豆刀豆，然后听萧楠讲她们的故事，或者什么都不说，只是吃着就很开心。我不知道那次丁一凡在休斯敦两个人分手的当天萧楠哭了有多久，只是知道那个她没有睡觉的夜晚是我陪她度过的。现在还记得她那张毫无表情又惨白的脸还有那强忍着泪水的红肿的眼睛。爱情都是那样吧，第一次真切的爱情过后，有人学会了残忍无情，有人学会了游戏人生，而对于萧楠来说，这段感情结束后，她应该学会了如何多爱自己一点。因为只有第一次的爱情里的人才会是爱对方的，以后的每一次恋爱就都是爱自己了。不敢问萧楠后来的感情生活，因为似乎她一直过得不错，有时候羡慕她单位的稳定或者不错的待遇，也羡慕她在家日子过得如此安稳。大学里能让我放在心里去牵挂的人不多，萧楠就算一个了。也许是上天都妒忌她曾经生活得五光十色，所以非要让她在感情里吃那么多苦。可是我却一点不担心她会真的成为剩女，我相信她终究会找到那个懂得宽容爱护她的那个男人，陪她走过今后的日子。

程小东

还记得第一次看到姐的时候，她眼神里就写满了纯粹。当时我真的想告诉这个傻瓜姐姐，你真长了一张容易上当受骗的脸。萧楠的善良在于她只会选择被伤害，也意味着她在不知不觉地给了别人伤害她的机会。这个世界没有那么简单，不是谁都可以做到不忍心。和丁一凡不同，我从来不信这世上有什么一时糊涂的好人。相反，我觉得这个世上坏人太多，而再善良的人也有良心泯灭和丧心病狂的时候。听姐说，丁一凡已经有些精神失常，饶了也罢。我也并不信这个说法，只不过姐最后的善良让我觉得可怜和可悲。为什么，这个世上好女孩总要遇到这样无耻的男人。

有段时间，也经常打电话给姐。听她讲起现在生活的种种开心与不开心。隐约中，我担心的事情好像还是发生了。姐开始怀疑，这世上到底还有什么是值得相信的呢？喜欢她的男人依旧有那么多，姐冷冷地旁观着。有时讲几个有意思的例子当笑话说给我听。我在电话这端附和着，想着那些小子怎样被姐折磨或折腾得叫苦不迭，一边期盼着那个真正能够懂得姐的男人快点出现。至少，也得先幸福一个给我看。

海大的老校区没拆的时候，我还经常一个人在校园里瞎逛。秋风吹起，叶子簌簌地掉下来。好像一回头，就能看到姐调皮地喊着，"喂，你说的那个花儿在哪儿呢？"也好像，记忆回到了那个我一有什么好吃的就想着要和姐分享的时候。不要问我是不是真的喜欢过萧楠，但是我可以告诉你们，这辈子如果说我只有一个姐姐。那她一定是萧楠。

许晓言

还在英国留学的时候，我打过几个电话给萧楠。很惊讶的是，她接我电话的神速。后来才知道，曾经的她一定在等属于她的越洋电话。我并不怪她的重色轻友。谁让她天生就一副痴情的模样。大学初期只是知道有一个在部队的兵哥哥经常给她写信。有次因为我帮她收了一次信，刚好遇到了放暑假，想到她不能马上看到信，我硬是帮她寄回了老家。听说他们从小就认识，应该算得上是青梅竹马。后来的不了了之着实也让我遗憾了一阵子。临出国前，我见到了丁一凡。那小子看着人模狗样，在我面前的局促不安让我感觉他还算老实。心想这下我们的楠楠终于可以牵起这个笨蛋的手从此幸福地生活在一起了。那一年，石蓓蓓的生日听说是萧楠和那小子一起陪着过的，也算是弥补了我们从前三人行的空缺了吧，也着实让我羡慕外加嫉妒了。回忆起英国的读书生活倒也不都是乐趣，熬夜到凌晨甚至通宵写论文和报告都是常有的事。慢慢的，我和萧楠的联系少了，可是牵挂不变。只是有一次在MSN上看到萧楠说她换了手机号，这才知道丁一凡出了海，她也六神无主地丢了手机。那时候我真的有点心疼她，一个女孩，有男朋友和没男朋友又有什么区别呢？想着自己在异国他乡偶尔思乡的情绪大泛滥起来就一发不可收拾，凭着我这样没心没肺的性格都能随着室友的情绪哭上好久，何况是平时就有点多愁善感的萧楠？真想劝她赶紧结束那听着都揪心的爱情，也想劝她别再逞强地待在上海。也许人真的是懂得自我保护的动物，后来的萧楠真的回家了。没有多久，我也毕业了。两年的时间，说起来也是飞快的。当丁一凡把那些下流又无耻的留言发到我的站内信箱里时，我才想起来这个人的脸。真的没想到外表看起来人模狗样的他居然是这样一个人。以前以为萧楠和他的分手多半源于他那飘荡不定的职业，现在更加支持了萧楠分手的决定。只是又有点遗憾和迷惑。或许，丁一凡和萧楠的认识本身就是个错误，也更或许像书上说的，前世有因后世有果。难道这都是萧楠前世欠丁一凡的？

丁一凡和萧楠的爱情，现在想来，大概是萧楠三分赌气的结果。如果当年我没有出国，或许萧楠就不会因少了一个说话的人而感到寂寞。但愿萧楠像我一样，没心没肺地把过去那段不好的记忆都忘掉吧。爱情，本来就是个不靠谱的东西。计较得多了，就都会受伤。可是我绝对相信每个人都有自愈的能力。萧楠，你得加油啊，别忘了，我们不论谁结婚都要到场的约定。

石蓓蓓

萧楠离开上海后不久，我就认识了现在的先生，然后很快结了婚。每天的生活，按部就班，平淡中有甜蜜。大学毕业后，大家都疏于联络，起初还发发消息，后来便忙于各种细枝末节了。所以结婚的事，我没有高调地通知大学同学，包括萧楠和许晓言。

那天在娘家收拾东西，我看到萧楠送我的那只小兔子，忽然很想念过去的校园生活。想起我们抱着咖啡杯在肯德基聊感情。那时候的我们真年轻啊，对未来一片迷茫，对爱情可以奋不顾身。然而，时光总是带走了最美的东西。

萧楠注定是个感情上容易走很多坎坷路的女孩。因为她太敏感，而且容易在感情里受到伤害。有时候很想问她现在过得好不好，可是话到嘴边却咽下了。时间，距离，终究冲淡了我们的友情，而且是在不知不觉中。像《失恋三十三天》里黄小仙闺蜜说的那样，我们好过不是么？我和萧楠也曾那么贴心贴肺地好过。而我是比较现实的那一个。不能说过去的事我都忘记了，甚至我可能记住的比萧楠还要多。希望我这样慢慢远离她生活的做法不会伤害到脆弱敏感的萧楠。真心地希望她能最终遇到属于她的那个幸福。

而我，也会在某个闲暇下来的午后，偶尔想想，曾经有两个人，为我过过一个特别的生日。

还有，那首歌。越单纯越幸福。

有时候想的少一些会比较容易快乐吧。

方晓鸥

有人说，女人年轻的时候都会爱上一两个混蛋。我不后悔爱上过丁一凡那样的一个混蛋。若不是他，可能我还不知道自己原来可以那样奋不顾身或者说不要脸。是的，我不介意别人说我不要脸。年轻的时候，谁能保证自己做过的事情就都是要脸的呢？

也许我确实做过对不起萧楠的事，可谁让她也让我添堵了。早知道她和丁一凡不会长久，像她那样的城市女孩，是不可能对感情认真的。

我最欣慰的是，丁一凡直到最后心里还是有我的。有那么一个男人，一直心里给你留下一个角落。这样说来，萧楠是失败的。因为男人一旦对你没了内疚，就连恻隐之心都没有了。

现在的我过得很幸福，我并不管别人怎么说。日子该是过给自己看的。也许现在真的开始懂得什么才是可以走一生的爱情了吧。年轻时，以为身边有一个高大帅气的男朋友，就是最大荣耀。现在才知道，一个男人如果只能给你甜言蜜语的虚假承诺，那他真的没有意义。

别说我贪慕虚荣，找了一个又老又丑的男人，又那么快地结了婚。只有我自己明白，这个人，才能给我想要的生活。我就是想要过上像现在衣食无忧又随心所欲的生活。而这样的生活，是丁一凡所给不了的。但是我还是会像以前说的那样，永远祝福他，祝福他过得幸福。

方雯

往事恍如一梦。如果不是萧楠跟我说起丁一凡这个名字，我可能已经忘了当年那好像电视剧一般洒狗血的这段有点恶心又有点奇怪的爱情。连我亲生妹妹都说我是当年昏头了。虽说那些过去都过去了，可很多结还留在那里，永远打不开了。我口口声声说不恨他，可又怎么能不恨？有时会梦见他，梦见他笑着说，"方雯，我就是玩你的。"

不知道后来萧楠和丁一凡又发生了什么事。我只是感到可悲，同时也感慨命运的变化无常。丁一凡是没有福气的，和他生活的女人也注定不会幸福。因为那样自私或者无耻的男人，永远都想着一切以他的利益为中心。

如果真的有那种可以擦去记忆的东西就好了。那我一定要忘记这一段。这段对我来说不够光彩的人生记忆。

萧楠

有时候，会突然就很想念10年前那些写信的日子和落雪的阴天，很想在雪地上走。陪我最久的是701路和27路，天黑时坐在摇晃的公车最后排，茫然看着窗外后退的房、树和人，因为熟悉，所以哪怕只是微弱的轮廓也很安心地知道那是哪里。

后来就不在熟悉的城市了，在那里很少坐公车，有时只是坐一两站都会紧张。不曾搭车去看望遥远的思念，会飞去，再飞来，短得好像从没发生过，没痕迹，然后就被忘掉了。

有些记忆还是有痕迹的。只是每每想起来都很绝望，特别是那些美好的部分，说爱情是橙那样的九分酸加一分甜，没有那些酸又怎么能感受到甜？我倒过来了，我尝到那甜，后面都是酸。然而无论再尝多少酸，那甜也不回来了。

也有朋友严肃认真地问我是不是从那之后不再相信爱情。我说怎么会，婚姻不是爱情的一时冲动。葛优不是都说过，那该是将错就错。

上天总会是公平的，让经历过心酸和心碎的人学会懂得珍惜。

也许还是年轻，也许时间还不够久。

听说汪雪依旧还是会为我将醋坛子无故打翻，也听说丁一凡依旧在心里狠狠地恨着我。还意外地听说，FM公司最大的船就要下水了。多么的巧合，船名居然就是我的网名。也就是说，倘若丁一凡没有放弃FM公司，他心心念念要上的大船名字是第一次遇到我时的ID。只是，他早就不记得了吧。

因我一直相信时间是个好东西，它终究会让曾经令人百转千回懊恼的名字变得失去了魔力，普通得好像超市货架上的商品名称。

而我们终将努力地，不顾一切地，去幸福。

江海阳

和萧楠失去联系后，我一直躲到一边去看她的生活。

有时候她几个月都不写一篇日志，只好不停刷新她的博客主页，不由自主。

是内疚吗？还是习惯？汪雪经常会因为这件事和我吵起来，甚至真性情地就大剌剌地在网络上骂起萧楠来。一时觉得好为难。我知道那是因为汪雪太爱了，在乎得让我有点窒息。

有时很想找机会和萧楠说一句对不起，可我终究放弃了。还说那句多余的话做什么呢？

从萧楠的文字中，我似乎看到这个丫头长大了。不知道她是装作长大了，还是真的学会了应对生活中随时出现的令她困扰的一切。她再也不需要我这个曾经的心灵垃圾桶了，我也不配了。

有时真的希望她忽然又在博客上幸福地秀着甜蜜了。

却怕，有天她只留下一行字。我结婚去了，别看了。

丁一凡

在船上时，偶尔遇到风浪，睡前总是会听到咣啷咣啷的声音，就像是谁在不停地敲着你的门。所以我习惯了戴上耳机去听歌。听的最多的还是那首《水手》。因为这首歌，会想起好多在大学时候的日子。我以为很多事早已忘记，可却发现有的越是想忘记越忘不掉。

是年少轻狂吗？还是寂寞空虚。那些和我有关的女孩的名字有的我都记不太清楚了。可，为什么会在不经意间忽然想起那个曾经为了找到我，不惜一切代价的女孩而感觉喉咙涩涩的。

也想不通又是为什么，后来的后来她那样穷凶极恶地对我。

我记得我恨过她，诅咒她不得好死。却也爱过她，为她流过不知是遗憾还是后悔的泪水。

终究陌路。

我甚至已经忘记她的样子了。忘记她第一次在面前流泪让我心疼过的样子。

终究我负了那么多人。在不知道谁爱我，和我应该爱谁的青春岁月。

终究，我把青春弄丢了，也把那些曾经爱过我的人都弄丢了。

后　记

　　记得那天在网上看到老校拆迁的消息,还是忍不住矫情了一把。只是,离开校园后,我就再也没有机会和勇气回上海去看老校区的最后一眼了。情愿让它永远美好完整地埋在我的记忆深处。

　　看九把刀的电影《那些年我们一起追的女孩》,多么羡慕柯景腾能够再次回到母校将青春记忆再现,而且找到那么清纯的女主角和帅气的男主角去演绎曾经属于他们的青春。至少,他有那样的勇气,让全世界知道在那些年,他喜欢过一个女孩叫作沈佳宜。可是我无论如何努力,老校区都永远不会再回到过去的模样,哪怕是重新走一遍曾经认为很短的香樟大道。

　　不要再问我小说里的萧楠究竟是不是我,也不要再追问丁一凡的本名究竟是什么,我承认我没有九把刀的执著和勇敢。写下这个20多万字的故事,只是想让所有在海大度过4年青春的校友们知道,在那些年少轻狂又青涩的岁月里,在那棵见证了无数爱情的大榕树下,在我们哭过、笑过、骂过、怨过、爱过、恨过的海大里,发生过这样一个故事。或许它平凡,或许它洒狗血,或许它令人唏嘘甚至哭笑不得。可它真真切切地发生过,是根植在血液中不能磨灭的青春记忆。

　　那时候,我们年轻,所以不懂爱。以为一个微笑就是美好的开始,以为一滴眼泪就能看到对方心中全部的海洋,以为一句誓言就可以海枯石烂的永远。

　　那时候,我们还不知道,爱情也许只是两个人的事,而婚姻,却注定必须是两个家庭的事。

　　那时候,我们还不懂宽容,却只知道用自我的任性长出无数的刺,扎向对方也刺痛了自己。

　　那时候,我们不知道爱情里除了甜蜜、思念、承诺、付出,还有争吵、负气、背叛、痛苦。

　　不要问我在写下这故事时,心中还存着多少爱恨。那曾是人海茫茫中多看了一眼的无心插柳,却不想只一瞬的决定就改变了一生。一转身,已天涯。

　　时光在我们的脸上留下了痕迹,所有的爱恨就像写在沙滩上的誓言,让叫作岁月的浪花悄悄地擦去。

曾经，我们是那样的年轻，无畏，幼稚，却纯粹。如此奋不顾身又同样茫然无措。

感情如此不讲理，所以不要追问到底是谁谋杀了脆弱到不堪一击的爱情。

终究，那个多情而又无情的男孩，没有带倔强又敏感的女孩一起去看海。

但是我们的青春，属于我们今生唯一的23岁，永远了留在了曾经的海大，留在了图书馆，自习室，大榕树下。

读后感（一）

我是在一个航运论坛上无意中看到青梅同学的连载，作为一名海大的商船学院航海系毕业生，当时就有一种很亲切的感觉，还没来得及看内容，我就知道，这本书里将展开的是我们身边的亲身经历过的故事。有人能将我们的青春刻成文字印在纸张上，这是成长中的幸事。后来和青梅同学有幸认识，作为学长，得到了这个求之不得的写读后感的机会。

书名叫《带我去看海》，对于大多数人来说，大海只是一个和阳光海滩还有浪漫梦幻联系起来的美好事物，但对于海大学子或者更准确点从事航运业的海大学子来说，除此之外，大海对我们来说还意味着挑战，机会，神秘和危险，甚至像书中的丁一凡一样，还必须面对大海带给我们远离亲友的苦寂和随时吞噬生命的无情。

但即便如此，每年还是有无数高考学子，毅然决然地带着他们的青春荷尔蒙，踏进鲜为人知的海事学府，选择延续人类这个古老而又伟大的行业。也许，他们有着对大海无限的憧憬；也许，他们期望这是一个可以改变自己命运的机会；也许，他们有的只是对这个行业的未知和好奇。

书中的丁一凡和萧楠的故事，就像是自己过去的缩影。作为商船学院的学生，我们留着统一的短发，穿着制服，排着队去上课，连起床也比别人多几道工序，需要将内务整理得一丝不苟，把被子叠成豆腐块。一个刚毕业的高中生，以为自己在结束高考的寒窗苦读之后面对的将是无忧无虑的大学生活，却一不小心掉进了军事化管理的深渊，除了不厌其烦地集合与没完没了的考证，在雌性生物屈指可数的学院里，唯一能意淫的就是四年一次的航海实习的免费出国机会和毕业以后能驾驭万吨巨轮穿洋过海然后赚美元的日子，但真实的场景是常常拿着美元回国兑换人民币的时候发现美元其实在不断贬值，但花钱的时候又觉得人民币也在贬值，然后就干脆什么币都不带了。

过剩的雄性激素充斥着他们最年轻的身体，严厉的军事规定可以约束他们的行为，但却约束不了生物本能引发的内心饥渴，虽然在其他学院的学生眼里自己已经跟匪气霸道的野和尚联系起来了，甚至被视为异类，某种原因是他们得益于长期的军事化管理培养出来的集体荣誉感，造成经常在需要发生群众性肢体冲突的场合占有绝对优势，不过这一切最终并不妨碍他们向各种学院的各类女生发出求偶的信号。装备再差的部队，几百个战士放出去，也总该有几个有幸没有成为烈士的。虽然他们并没有太高的狩猎本领，但胜在有强大的后备力量，死了一个再上一群，为了培养接班人，在频繁的攻击之下，还有偶有收获的。接着，在各种课余时间，校园里呆头呆脑的（这其中也包括少数一些自我感觉很良好的，比如说我）制服男身边站着一位楚楚可人或者惊天地泣鬼神的来自其他学院的女生便成了这所学校里常见的风景，但更常见的还是在上学的路上一群穿着制服的男生用狗盯肉包子的眼神盯着身边走过的每一个女生或者每一对情侣。于是乎，一段段海可枯石可烂的爱情便像书中一样发生了。

年轻的爱情看似千篇一律，无非是我爱你，对不起，分手吧。相比较而言，大学的爱情是最纯粹的，我们不需要讨论何时买房，不需要考虑远方的父母，不需要考虑何时生孩子，不需要考虑彼此的距离，不需要考虑何时结婚，这些都是毕业以后才考虑的问题，何况我们会不会一起走到毕业这个问题还是个问题。在那时那刻，我们可以单纯地喜欢一个人，只是因为他长得好看，只是因为他打球很棒，只是因为他成绩不错，只是因为他唱歌好听，或者只是在某时某刻，在需要一个伴侣的时候，我们认识了。其实但凡经历过的人都会对自己那段刻骨铭心，一起排队买饭打水，一起去自习室占座复习，一起在校门外的夜摊旁冻得跺脚，一起在熄灯后用短信在被窝里交流，一起打工赚钱为了吃顿大餐，她可以为你缝衣服补裤子洗袜子，她可以在某场比赛里为你放声呐喊，因为这种机会，一辈子不会再有，我甚至认为，没有过这种经历的大学生涯是不完整的，这一点来说，丁一凡和萧楠都是幸运的。有人会说，他们最终不幸地没有走在一起。其实谁都不该后悔，无论好坏，总会有收获，都是成长中的营养。正是因为过去的林林总总，才构成了今天的自己，缺一不可。

希望看过这本书的我们的学弟学妹们，在完成学业收拾包袱各奔前程离开学校的时候，回想起自己当初来报到的那一天，心里带走的除了酸楚，还有温暖，像海上的最后一道晚霞。

郭 敦

2012年3月23日零点

写于北纬22度08分

东经113度48分

广州港桂山引航基地

读后感（二）

　　就如青梅一篇篇发表《带我去看海》的章节一样，我被引导到了"带我去看书"的意境。坦率地表白，因为网络小说名字上有"海"，与我工作的大海有缘分。所以，一开头就被书名所感染，从而改变了我读书的习惯，我断断续续但十分投入读青梅的书，谁叫青梅吊胃口般的隔三差五地发表。不过，我确实喜欢青梅写的《带我去看海》。

　　别人讲小说是作者个人经历的镜子。不错，在《带我去看海》的情节中，处处表现了作者对校园青葱时代眷恋，对那一份渴望爱人带着她去看海的情感的投入。她借助了无边无际的大海自然现象来叙说那段海大往事，当感情奔放时，可以像大海随着微风起伏，享受甜蜜；当感情压抑时，可以瞭望一望无际的大海，释放郁闷；当感情愤怒时，可以像大海的风浪一样，怒涛汹涌。可以看出青梅的小说，把一位女孩的情感世界表达得淋漓尽致。

　　当年，黄浦江畔的海事大学，航海学子们在课堂上可以听到江面上航行巨轮此起彼伏的汽笛声，推窗可以在教学楼上望见江上巨轮在移动的桅杆。这一幕幕情景，无不撩起了他们对大海的渴望，对将来航海职业的憧憬，希望在黄浦江上航船解说大海的故事。

　　海大离开大海很远、很远。需要沿着长江走到南汇嘴才能见到不是蓝色的大海。那泛黄的海水无论如何满足不了海大学子对大海的向往，渴望有人撩开大海神秘的面纱，了解大海，看到真正蓝色的大海。

　　海大的同学们只能从书本、从已经参加航海的学哥口中打听神秘的船舶故事，更多的同学是在网上寻觅大海的故事。

　　海大一定与大海有关，所以无论在什么专业，海大的专业几乎都是与航海搭界，与航运密切相连。更多的海员故事、更多的航运信息让学子们涌动了甜蜜和苦涩混搭的心情。

　　航运在社会经济活动中是最活跃的，也是最脆弱的行业。当航运兴旺时让从业者感到冲动到天上的快乐，当航运处于低谷时从业者跌入地狱失望至极。他们在选择未来，他们对航海和航运未来充满了希望、也对航海和航运的未来感到彷徨。但已经在船的海员始终默默地坚守船舶，依然把定航向驶向幸福港湾。

航海系的学生对未来的航海生涯充满了期待。凭着专业敏感，他们想毕业之后走上甲板，成为船长驾驶巨轮周游世界。赚大部分陆地专业毕业生在短时间内得不到的高薪，迫切彻底改变命运。

海大同学们还没有上船就错误地表现了传说中的海员的粗犷，放荡，在夜店中表达了豪放。以健壮的体魄、航海家的风度吸引了陆上专业的女同学，如同地球上动物的表现牢牢把握痴恋的异性，并以暂时的激情演化对女友虚伪的关爱，就如青梅小说中的丁一凡没有航海的心灵感悟，当碰到现实问题后他没有了承诺，当然他不会得到真正的爱情。

海大年轻人还没有理解谈恋爱的意义，大学的恋爱基本上曲终人散，没有结果就花谢了。当面对离开学校前未经考验的恋人各奔东西而"劳燕分飞"，其实称不上"劳燕分飞"，丁一凡仅仅是填补大学时代的精神空虚，因为航海的原因萧楠投入了少女的真情。但丁一凡并没有带萧楠去看海，令萧楠失望离他而去，海大的恋爱变成了甜酸苦辣咸的五味般的回忆。丁一凡从每天看海的船上工作没多久就离开。他觉得一切并没有海大老师在课堂描绘的大海是美丽的，航海是浪漫的。他仅仅感受了大海的孤独、忧愁和失望。不像老一辈航海家那样，把航海职业当成了终生奋斗的事业，为中国的航海事业奉献了一辈子热情，甚至为航海献出了生命。

随着社会的发展和进步，人们获取报酬的方式多样化了。海员职业已经被描述成为高风险的职业，海员生活是枯燥、孤独的代名词。丁一凡当初的希望成为失望后，奋进的激情没有了，急于获取人生最终目标变成了浮躁，机缘没有降临而自暴自弃。

尽管丁一凡最终没有成为海员，萧楠也无法成为"海嫂"。

萧楠是幸运的。她仍然对大海寄予希望，她还是渴望有一个心爱的人带她去看海，她思念海的愿望越来越强烈。毕业不久就回到了有海的故乡，站在海边看浪推沙滩，看遥远的海天线。为了看海，当公司派她去往日本培训时，她选择了乘船，去完成学生时代看海的夙愿，她的心中依然是蓝色的海。

她在船上看到真正的大海，她终于理解了大海。

青梅的故事结局是遗憾的，我非常理解主人公萧楠的感情。我多么希望海大的准海员和已经是年轻的海员能找到像萧楠一样向往看海的女生，张开海员宽厚的胸膛拥抱喜欢看大海的她。

现在海大搬到了南汇嘴，海大的学生离开大海近了，我希望他们对航海的理想也近了。

希望读者喜欢海员，关注海员生活，了解海员情感。

中国海运集团高级船长　胡月祥
2012年2月22日